중·고생이
꼭 읽어야 할
한국고전산문 **44**

중학생이 꼭 읽어야 할

한국고전산문 44

2012년 3월 7일 개정판 1쇄 ◎ 2017년 12월 8일 개정판 3쇄

엮은이 현상길 ◎ **펴낸이** 안대현 ◎ **펴낸곳** 풀잎 ◎ **등록** 제2-4858호

주소 서울시 중구 예장동 1-51호 ◎ **전화** 02_2274_5445/6 ◎ **팩스** 02_2268_3773

디자인 디자인스튜디오 203 대전

ISBN 978-89-967588-4-6 44810

ISBN 978-89-967588-2-2 44810(세트)

중·고생이
꼭 읽어야 할

한국고전산문 44

현상길 엮음

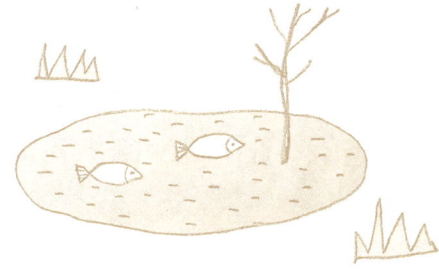

머리말

　중·고생들은 대부분 고전(古典) 작품이라고 하면 어렵게 생각하는 경향이 강하다. 그래서 평소에 쉽게 고전 작품을 읽지 못하고, 시험공부를 위해서 억지로 읽는 경우가 많은 것이 사실이다. 실제로 많은 고전 읽기 자료들을 보면, 원전(原典)을 살린다는 뜻으로 고어(古語)를 그대로 쓰거나, 지나치게 한자어가 많은 경우가 대부분이다. 이것이 바로 중·고생들이 우리의 고전을 멀리 하는 이유 중의 하나이다.

　이 책은 이러한 문제점을 개선하여 중·고생들에게 '쉽게 읽고, 빨리 이해하는' 고전 읽기 자료를 제공하고자 만들어졌다. 고전은 우리 민족의 얼과 삶이 그대로 살아 숨 쉬는 문화의 보고(寶庫)이다. 그러므로 고전을 읽음으로써 우리는 과거의 전통을 알고, 오늘을 사는 지혜를 얻으며, 내일을 위한 좌표를 세울 수 있는 것이다. 이러한 의미에서 이 책은 오늘을 사는 청소년들에게 우리 문화의 뿌리를 알고, 정체성을 확립하며 현재를 넘어 미래의 꿈을 가질 수 있도록 도와줄 것이다.

　그리고 이 책은 학교의 서술형평가와 수행평가에 도움을 주고, 대입 수능시험과 논술 등 진학을 위한 공부에도 도움이 되도록 만들어졌다. 특히 국어과 교육과정의 핵심 목표인 '창의적 국어 사용 능력 향상'을 위해 작품별로 읽기 전에 알아두기 → 작품 읽기 → 읽은 후에 정리하기 → 깊이 생각해 보기 → 심화 문제 풀기의 5단계 독서 과정을 거치도록 함으로써 하나의 작품에 대한 깊이 있는 이해가 가능하도록 하였다.

1 　원 작품의 고어나 한자어 등을 가급적 많이 현대어로 바꾸어 쉽게 읽고 빨리 이해할 수 있음.

2 　다양한 갈래의 고전 산문 감상을 통해 고전 읽기의 재미를 얻을 수 있음.

3 고전 산문을 '설화', '가전', '고전 소설', '고전 수필', '고전 비평'의 다섯 가지 갈래로 나누고, 각 갈래에 대한 안내를 함으로써 작품에 대한 이해를 도와줌.

4 전문이 긴 작품은 일부 생략하거나 부분만을 발췌하여 게재함.

5 각주가 간단명료하게 제시되어 본문 읽기와 내용 이해 에 도움을 줌. 작품 읽기 단계 특징은 다음과 같음.

① 읽기 전에 알아두기 – 갈래, 시대, 성격, 표현, 사상, 제재, 주제, 의의, 출전 등을 간략히 소개함.

• 감상의 주안점 – 작품 감상의 초점 제시

• 도움말 – 작품의 시대적·사회적·작가적 배경 등의 안내

② 읽은 후에 정리하기 – 작품의 내용이나 줄거리, 보충 내용을 정리함.

③ 깊이 생각해 보기 – 작품의 내용을 바탕으로 사고력과 비판력, 상상력을 기를 수 있는 문제를 제시함.

④ 심화 문제 풀기 – 수능 유형의 선다형 문제 풀이를 통하여 이해력·적용력 향상을 도와줌.

이 책이 한국 고전 산문에 대한 중·고생들의 이해력을 높이고, 고전을 읽는 새로운 맛을 스스로 느낄 수 있는 길잡이가 되기를 바란다. 그리고 어려운 여건 속에서도 이 시대의 청소년들을 위한 양서 출판에 헌신하고 있는 「도서출판 풀잎」에 깊은 감사의 인사를 드린다.

2012년 2월
엮은이 현상길

Contents

고전이 이렇게 짱 재밌을 줄이야!
고정관념을 확 깨게 해주는군!

설화 說話

설화(說話)에 대하여

1. 개념 : 한 민족 사이에 구전(口傳)되는 일정한 구조를 가진 꾸며낸 이야기. 꾸며낸 이야기라는 점에서 설화는 서사민요, 서사무가, 판소리, 소설 등 모든 서사 문학의 갈래와 일치함.

2. 종류

   ① 신화(神話) : 민족 사이에 전승되는 신적인 존재와 그 활동에 관한 이야기로서, 이에는 우주의 탄생과 종말에 관한 우주 신화와 천지·일월·성신에 관한 천체신화 및 건국신화와 국왕신화 등이 있음.

   ② 전설(傳說) : 전승자의 입에서 입으로 전해지는 이야기로서, 주체가 되는 사물에 따라 지명전설·성명전설 등으로 분류되며, 이야기의 신빙성을 높여주는 증거인 암석·수목·산천 등의 흔적이 남아 있음.

   ③ 민담(民譚) : 신화의 신성성과 위엄성이나 전설의 신빙성과 역사성이 희박하고, 흥미 위주로 된 일종의 옛 이야기로서, 동물설화·본격설화·소화(笑話) 등으로 분류되고, 또는 본격설화와 파생설화(派生說話)로 구분되기도 함.

3. 정착 : 우리 나라의 고전 설화가 문자로 정착된 것은 고려 때부터라 하겠으며, '단군신화(檀君神話)'를 비롯한 많은 신화·전설이 수록된 〈삼국유사(三國遺事)〉는 설화의 보고(寶庫)라 일컬을 만함. 그 밖에 고려 전기에 박인량(朴仁亮)의 설화집 〈수이전(殊異傳)〉이 있었다고 하나 전하지 않음.

단군 신화 檀君神話

설화

- **갈래** 설화(신화)
- **성격** 건국 신화.
- **구성** 설화적 구성
- **표현** 간결하고 소박함.
- **사상** 광명 사상, 숭천(崇天) 사상, 동물 숭배 사상
- **제재** 단군의 탄생과 고조선의 건국
- **주제** 조선 건국의 내력과 홍익인간(弘益人間)의 이념 형성
- **의의** ① 홍익인간의 건국 이념을 밝힘. ② 천손(天孫)의 혈통을 지닌 민족의 긍지를 반영함. ③ 우리 민족의 단일성·역사성을 암시함. ④ 한국 신화의 원형임. ⑤ 농경 사회의 제의적 성격을 반영함.
- **출전** 〈삼국유사(三國遺事)〉

감상의 주안점

건국 신화를 가진 민족으로서 자긍심을 느끼며 감상해 보자.

도움말

'단군 신화'는 우리 민족 모두가 그 전승자로서, 누구나 신화의 신성성을 의심치 않는다. 신화의 주인공은 신과 그 아들들이며, 태백산과 신시라는 신성 공간이 중심 무대이다. 태양신인 환웅과 지신인 웅녀의 결합에서 단군이 탄생했다는 것은 태양신과 대지의 신의 결합이 모든 생명의 근원임을 신화화한 것이다.

12

단군 신화 檀君神話

고기(古記)에 이렇게 전한다.

옛날에 환인(桓因)[1]—제석(帝釋)[2]을 이름.—의 서자(庶子)[3] 환웅(桓雄)이 항상 천하에 뜻을 두고 인간 세상을 몹시 바랐다. 아버지는 아들의 뜻을 알고 삼위 태백(三危太白)[4]을 내려다 보니 인간 세계를 널리 이롭게 할 만했다. 이에 천부인(天符印)[5] 세 개를 주어, 내려가서 세상을 다스리게 하였다.

환웅은 그 무리 삼천 명을 거느리고 태백산(太白山)[6] 꼭대기의 신단수(神檀樹)[7] 아래에 내려와서 이 곳을 신시(神市)[8]라 불렀다. 이 분

---

1 하늘. 하느님.
2 제석천(帝釋天). 불교에서 범왕과 더불어 불법을 지키는 신. 또 십이천(十二天)의 하나로 동쪽의 수호신.
3 맏아들을 제외한 둘째 이하의 아들.
4 여기서 '危'는 '높다'의 뜻이므로, 세 개의 높은 산 가운데 태백산이라는 뜻으로 풀이됨.
5 신권(神權)을 상징하는 부적과 도장.
6 지금의 묘향산.
7 신단에 서 있는 나무. '樹'는 고대사회에서 신성한 지역을 나타내는 숲을 뜻함.
8 고대사회에서 제(祭)·정(政)의 집회지.

을 환웅천왕(桓雄天王)이라 한다. 그는 풍백(風伯)·우사(雨師)·운사(雲師)를 거느리고[9], 곡식·수명·질병·형벌·선악 등을 주관하고, 인간의 삼백예순 여 가지의 일을 주관하여 인간 세계를 다스려 교화시켰다.

이 때, 곰 한 마리와 범 한 마리가 같은 굴에서 살았는데, 늘 신웅(神雄-환웅)에게 사람 되기를 빌었다. 때마침 신(神-환웅)이 이들에게 신령한 쑥 한 심지[10]와 마늘 스무 개를 주면서 말했다.

"너희들이 이것을 먹고 백 일 동안 햇빛을 보지 않는다면 곧 사람이 될 것이다."

곰과 범은 이것을 받아서 먹었다. 곰은 몸과 마음을 깨끗이 하고 삼간 지 21일(삼칠일)만에 여자의 몸이 되었으나, 범은 능히 삼가지 못했으므로 사람이 되지 못했다. 웅녀(熊女)는 그와 혼인할 상대가 없었으므로 항상 신단수 아래에서 아이 배기를 축원했다. 환웅은 이에 임시로 변하여 그와 결혼해 주었더니[11], 그는 임신하여 아들을 낳았다. 이름을 단군 왕검(檀君王儉)이라 하였다.

단군은 요(堯) 임금이 왕위에 오른 지 50년인 경인년─요 임금의 즉위 원년은 무진이니 50년은 정사이지 경인은 아니다. 확실한 여부가 의심스럽다─에 평양성(지금의 서경)에 도읍을 정하고 비로소 조선(朝鮮)이라 불렀다. 또 도읍을 백악산(白岳山) 아사달(阿斯達)[12]로 옮겼다. 그곳을 궁(弓) ─ 혹은 방(方) ─ 홀산(忽山), 또는 금미달(今彌達)이라 한다. 그는 1천5백 년 동안 여기에서 나라를 다스렸다.

---

9 바람·비·구름을 주관하고,(신화의 배경이 농경사회)
10 [주(炷)]. 묶음.
11 천상과 지상의 결합을 뜻함.
12 아침 해가 비치는 곳. '조선(朝鮮)'의 본뜻으로 추정하기도 함.

주(周)나라 호왕(虎王)이 왕위에 오른 기묘년에 기자(箕子)를 조선에 봉하니, 단군은 장당경(藏唐京)[13]으로 옮겼다가 후에 아사달에 돌아와 숨어 산신(山神)이 되었는데, 그 때 나이가 1천 9백 8세였다.

---

13 황해도 구월산 밑에 있던 지명.

■ **내용 정리**

　단군신화는 우리 민족 최초의 국가인 고조선의 건국 신화이다. 천상적 존재인 환웅이 지상으로 내려와 정치와 제사를 주관하고, 곰을 인간으로 변화시켜 정혼한 뒤 단군을 낳았는데, 그 단군이 평양에 고조선을 세웠다는 내용으로 되어 있다.

　이처럼 단군신화는 건국이라는 민족적 관심사를 다루고 있으며, 건국이 천상적 존재에 의해 이루어졌다는 점을 강조함으로써 그 정당성을 부여하고 있다. 또한, 우리 민족이 천손이라는 민족적 긍지를 표현하고 있으며, 한국 신화의 원형으로서 우리 민족에게 민족적 정체성을 부여한다. 천손은 제정일치 사회의 제사장으로 묘사되어 있으며, 거기에 인간을 널리 이롭게 한다는 홍익인간의 이념이 나타나고 있어 신화적 보편성과 가치가 높다.

■ **보충 정리**

1. 소재의 상징성

　① 곰 : 곰은 이상적이고 내적인 힘의 상징이다. 이 곰의 생활 주기가 대지(자연)와 같다는 것(겨울잠)이 '웅녀'로 전환되어 생산력을 나타내는 지모신(地母神)의 상징을 갖는다고 할 수도 있다. 즉, 재생의 이미지를 갖는 것이다.

　② 쑥 : 일반적으로 쑥을 단옷날 사람의 형상이나 호랑이의 형상으로 만들어 걸어 나쁜 기운을 쫓는 데 썼다. 이사를 하면 그 집의 나쁜 기운을 없애기 위해 쑥을 태우기도 하였으며, 또 동물적인 존재에 영성(靈性)을 부여하기 위해 사용되기도 했다.

2. 「단기(檀紀)」의 계산법 : 단군이 요 임금과 같은 해에 즉위하였으며, 그 해는 '무진년'이라는 것이다. 이 '무진년'을 연대로 환산해 보면 B.C.2333년이 된다. 오늘날 단기(檀紀), 즉 '단군 기원(檀君紀元) 몇 년' 하는 것은 바로 이것을 기준으로 한 것이다.

깊이
생각 해보기

1. 신화의 끝 부분에서 단군이 산신(山神)이 되었다는 것은 무엇을 뜻하는지 생각해 보자.
2. 토템 사상을 바탕으로 곰과 호랑이의 이야기를 해석해 보자.

▶ 예시 답은 [부록] 참고

1. 단군 신화의 의의에 대한 설명으로 바르지 <u>못한</u> 것은?( )

① 건국 신화로서 고조선 건국의 투쟁 과정이 반영되어 있다.

② 우리 민족의 역사성과 단일성을 암시하고 있다.

③ 천손(天孫)의 혈통이라는 민족적 자긍심을 부여해 준다.

④ 홍익인간(弘益人間)의 건국 이념을 밝혀 준다.

⑤ 웅녀에게서 단군이 태어난 것은 덕성을 우위에 두는 민족성을 반영한 것이다.

2. 이 글에서 주술적 효력을 발휘하는 두 가지 소재를 쓰시오.

(,)

3. 이 글에서 환웅과 웅녀의 결합이 상징하는 것으로 볼 수 <u>없는</u> 것은?( )

① 천신 숭배 부족과 곰 토템 부족의 결합

② 천상과 지상의 결합

③ 선주족(先住族)와 이주족(移住族)의 결합

④ 인간과 동물의 결합

⑤ 신과 인간의 결합

▶ 모범 답은 [부록] 참고

I can do it.

동명왕 신화 東明王神話

설화

- □ **갈래** 설화(신화)
- □ **성격** 건국 신화
- □ **구성** 설화적 구성
- □ **주제** 주몽의 탄생과 고구려의 건국
- □ **의의** ① 문헌 설화 중 가장 문학성이 탁월함. ② 후대 영웅 서사 문학에 큰 영향을 줌. ③ 난생
  설화(卵生說話) 중 유일한 인생란(人生卵) 설화임.
- □ **출전** 〈삼국유사(三國遺事)〉

영웅 서사 문학의 특징을 생각하며 감상해 보자.

'동명왕 신화'는 고구려의 건국 과정을 그린 설화이다. 고구려인들은 자신들의 시조인 동명왕을 하
늘과 물의 도움을 받아 탄생한 위대한 영웅으로 생각하였다. 그러한 선조를 가진 자신들도 따라서
위대한 사람들의 후예라는 자긍심과 민족적 일체감을 가질 수 있었다. 또한 동명왕이 건국하기까
지 고난을 생각하며 자신들도 현재의 고난을 이겨내고자 하였다.

동명왕 신화東明王神話

　고구려는 곧 졸본 부여다. 혹 지금의 화주(和州)니 성주(成州)니 하는 것은 모두 잘못된 것이다. 졸본주는 요동의 경계에 있다. 국사 고려 본기에는 다음과 같이 쓰여 있다.

　시조 동명왕의 성은 고씨(高氏)요, 이름은 주몽(朱蒙)이다. 이보다 앞서, 북부여 왕 해부루[1]가 동부여로 피해 가고, 부루가 죽자 금와(金蛙)[2]가 왕위를 이었다.

　그 때 한 여자를 태백산[3] 남쪽 우발수(優渤水)에서 만나 물으니,

　"나는 하백(河伯)[4]의 딸로 이름은 유화(柳花)다. 동생들과 놀러 나왔다가 하느님의 아들인 해모수(解慕漱)를 만나 웅신산(熊神山)[5] 밑 압록가에서 같이 살았는데, 그는 가서 돌아오지 않는다. 부모가 중매

---

1 북부여를 세운 해모수의 아들.
2 해부루의 아들.
3 여기서는 백두산을 말함.
4 황하(黃河)의 신. 곧, 물을 맡은 신을 말함.
5 일설에 '고마뫼', 곧 '개마산'이라 함. 백두산을 일명 개마산이라고도 함.

없이 남을 따라 간 것을 책망하며 여기에 귀양 보냈다."
고 하였다.

금와가 이상히 여겨 유화를 집에 두었더니 햇빛이 비쳐 몸을 피해도 쫓아가며 비추었다. 이로 해서 잉태하여 알 하나를 낳았는데, 크기가 다섯 되 들이나 되었다. 왕이 버려서 개, 돼지에게 주어도 먹지 않으며, 길에 버리면 소나 말이 피해 가고, 들에 버리면 새와 짐승이 덮어 주었다. 왕이 깨뜨리려 해도 깨어지지 않으니 도로 어머니에게 주었다. 어머니가 알을 싸서 따뜻한 곳에 두니, 한 아이가 껍질을 깨고 나왔다.

그 아이는 기골이 영특하고 기이하여 7세에 벌써 보통 사람과 다르게 뛰어났다. 스스로 활과 화살을 만들어 쏘면 백발백중하였다. 속담에 활을 잘 쏘는 사람을 주몽(朱蒙)이라 하기 때문에 이름을 주몽이라 하였다.

금와에게는 일곱 명의 아들이 있었는데, 주몽과 같이 놀면 그 재주가 늘 따라가지 못하였다. 맏아들 대소(帶素)가 왕에게 말하기를,

"주몽은 사람이 낳은 것이 아니니, 만약 일찍 없애지 않으면 후환이 있을까 두렵습니다."
했다.

그러나 왕은 듣지 않고 말을 기르도록 하였다. 주몽은 좋은 말을 알아보고 조금씩 먹여 여위게 하고 나쁜 말은 잘 먹여 살찌게 하니, 왕은 살찐 것을 타고 여윈 것은 주몽에게 주었다. 주몽의 어미가 왕의 다른 아들들이 여러 장수와 함께 주몽을 장차 해치려 함을 알고,

"이 나라 사람들이 너를 해치려 하니, 너의 재주와 모략으로 어디로 간들 좋지 않겠는가. 속히 일을 꾸며라."
하였다. 이에 주몽이 오이(烏伊) 등 세 사람의 벗과 엄수(淹水)[6]에 이

르러 고하되,

　"나는 하느님의 아들이요, 하백의 손자다. 오늘 도망하고 있는데 뒤쫓는 자가 따라오니 어찌하겠는가?"

하니, 고기와 자라들이 다리를 놓아 주었다. 주몽이 건너자 다리는 사라지고 쫓아오는 군사들은 건너지 못하였다.

　졸본주[7]에 이르러 도읍하였으나 미처 궁실을 짓지 못하여 비류수(沸流水) 위에 초막을 짓고 국호를 고구려라 하였다. 고씨(高氏)로 성을 삼았으니, 그 때 나이 12세였다.

6　지금의 압록강 동북쪽에 있다고 함.

7　현토군(玄菟郡). 한사군(漢四郡)의 하나.

■ **내용 정리**

이 신화는 '주몽 신화'라고도 한다. 해모수와 유화의 결합은 천신(天神)과 수신(水神)이라는 이질적인 두 집단 간의 결합을 뜻한다. 즉, 이것은 비정상적이며 기본 질서에 대한 반항이 내재된 새로운 세계의 실현을 전제로 한 결합이다. 이 과정에서 두 집단은 서로 갈등과 대결을 거쳐 새로운 조화의 세계로 나아가게 된다. 그러므로, 주몽의 출생은 그러한 조화의 상징이며, 주몽은 천신의 권위와 수신의 능력을 동시에 계승한 완전한 인간으로 탄생함을 의미한다. 그리고, 주인공의 탄생 과정에서 시련과 이적을 보여주며, 유화가 햇빛을 받고 임신했다는 것은 해모수로 상징되는 하늘과의 관련성을 암시하고 있다. 그 결과 알에서 주몽이 태어난 것은 새로운 세계를 통치할 신성한 인물의 탄생을 상징하는 것으로 볼 수 있다.

■ **보충 정리**

1. 소재의 상징성

① 해 : 햇빛이 유화의 몸을 비춤으로써 잉태된 것은 하늘(천신)과의 연관이 지속되었음을 의미함.

② 알 : 알은 세계를 상징함. 세계가 깨뜨려져서 하나의 새로운 질서를 세우게 되는 것으로 왕의 상징이며, 그 알을 새나 짐승이 보호한다는 것은 신성한 존재임을 인정하는 것임.

③ 활 : 활을 잘 쏜다는 것은 해를 거느려 제압하는 절대적 존재인 왕을 의미함. 활은 달의 형태로 풍요·강함·생명력 등을, 화살은 형태와 내쏘는 기능에서 남성을 상징함.

④ 말 : 일반적으로 말[馬]은 제왕 출현의 징표로서 태양과 관련됨. 말이 주몽과 밀착된 관계로 등장하고 있음은 유목 민족을 상징함.

2. 영웅 설화의 일반적 구조

① 고귀한 혈통 ② 비정상적인 출생 ③ 탁월한 능력 ④ 시련과 고통 ⑤ 보호자의 양육 ⑥ 성장 후 위기 ⑦ 위기 극복과 위대한 승리

깊이 생각해보기

1. 이 글에 나타나는 난생 설화(卵生說話)는 고대인의 어떤 신앙과 관계가 있는지 생각해 보자.

2. 신화가 현대를 살아가는 우리들에게 주는 긍정적인 가치는 무엇인지 생각해 보자.

▶ 예시 답은 [부록] 참고

1. 이 글에서 주몽이 지닌 투쟁의 성격으로 보기 <u>어려운</u> 것은?(   )

① 서로 양보하여 평화롭게 공존하고자 한다.

② 새로운 국가를 개척하고자 한다.

③ 옛 질서를 깨뜨리고 새로운 질서를 세우고자 한다.

④ 영웅으로서 위대한 업적을 성취하고자 한다.

⑤ 고난을 극복하여 창조적인 세계를 이루려고 한다.

2. 다음 〈보기〉의 밑줄 친 부분이 상징하는 것은?(   )

> 〈보기〉
>
> 알 하나를 낳았는데, 크기가 다섯 되 들이나 되었다. 왕이 버려서 개, 돼지에게 주어
> 도 먹지 않으며, 길에 버리면 소나 말이 피해 가고, 들에 버리면 새와 짐승이 덮어 주었
> 다. 왕이 깨뜨리려 해도 깨어지지 않으니 도로 어머니에게 주었다. 어머니가 알을 싸
> 서 따뜻한 곳에 두니, <u>한 아이가 껍질을 깨고 나왔다.</u>

① 비정상적 출생으로 인한 비극

② 현실을 벗어나려는 의지

③ 초인적인 능력의 표출

④ 기존 세력들의 갈등

⑤ 새로운 질서의 창조

▶ 모범 답은 [부록] 참고

I can do it.

구토 설화 龜兎說話

설화

- **갈래** 설화(민담)
- **시대** 삼국 시대 이전 추정
- **성격** 우의적, 풍자적, 교훈적
- **구성** 5단 구성(발단–전개–위기–절정–결말)
- **표현** 의인법
- **제재** 거북과 토끼
- **주제** 위기 극복의 지혜 분수에 넘치는 행위 경계
- **의의** ① 〈수궁가〉, 〈별주부전〉 등의 근원 설화가 됨. ② 동물 우화 설화로서 풍자성과 교훈성을 내포함. ③ 소설의 구성과 비슷한 서사 구조임.
- **출전** : 〈삼국사기(三國史記)〉

이 설화가 유행했던 고구려 당시의 세태가 어떠했을지 생각하며 감상해 보자.

이 설화는 고구려 보장왕 때의 장수 선도해(先道解)가 신라의 김춘추(金春秋)에게 들려준 민담으로, 후에 판소리 〈수궁가〉와 판소리계 소설 〈별주부전〉 등의 근원 설화가 된다.

구토 설화 龜兎說話[1]

옛날에 동해 용왕의 딸이 몹쓸 병이 들어 앓고 있었다. 용한 의원의 말이 토끼의 간을 구해서 약을 지어 먹으면 능히 나을 것이라고 하였다. 그러나 바다 속에는 토끼가 없으므로 어떻게 할 도리가 없었다.

이 때 한 거북이 용왕께 아뢰기를,

"내가 능히 토끼의 간을 얻어 오겠습니다."

하였다. 용왕의 허락을 얻은 거북이는 드디어 육지로 올라가 토끼를 만나 말하기를,

"바다 속에 한 섬이 있는데, 그곳에는 샘물이 맑아 돌도 깨끗하고, 숲이 우거져 맛있는 과일도 많이 열리고, 춥지도 덥지도 않고, 매나 독수리와 같은 것들도 감히 침범할 수 없는 곳이다."

하고 꾀어서는, 드디어 토끼를 등 위에 업고 바다에 떠서 한 이십 리쯤 헤엄쳐 가게 되었다.

이 때, 거북은 토끼를 돌아보며 말하였다.

---

1 구토 : 거북과 토끼.

"지금 용왕의 따님이 병환이 나서 앓고 있다. 그런데, 꼭 토끼의 간을 약으로 써야만 그 병이 낫는다고 하기에 내가 수고로움을 무릅쓰고 너를 업고 가는 것이다."

토끼가 이 말을 듣고 말하기를,

"아아, 그런가. 나는 신명(神明)[2]의 후예로서 능히 오장(五臟)[3]을 꺼내어 깨끗이 씻었다가 이를 다시 뱃속에 넣을 수 있는 능력이 있다. 그런데, 요사이 마침 마음에 근심스러운 일이 생겨서 간을 꺼내어 깨끗하게 씻어 이를 바윗돌 밑에 말리려고 두고서 그냥 왔다. 내 간은 아직 그곳에 있으니, 다시 돌아가서 간을 가지고 오지 않으면 어찌 네가 구하려는 바를 얻을 수 있겠는가? 나는 비록 간이 없어도 살 수 있으므로, 그러면 둘 다 좋은 일이 아니겠는가."

하니, 거북은 토끼의 이 말을 그대로 믿고 토끼를 업고 돌아서서 육지로 올라갔다.

토끼는 풀숲으로 뛰어 들어가며 거북에게 말하기를,

"거북아, 참으로 너는 어리석구나. 어찌 간 없이도 사는 놈이 있단 말이냐?"

하니, 거북은 민망하여 아무 말도 못하고 돌아갔다.

---

[2] 하늘과 땅의 신령. 천지신명(天地神明)의 준말.
[3] 다섯 가지 내장. 간장, 심장, 비장, 폐장, 신장.

구토설화는 인도의 자타카 본생경(本生經)의 불전 설화(佛典說話)인 '용원 설화(龍猿說話)'를 모태로 하고 있는데, 그 줄거리는 다음과 같다.

"바다 속에 용왕이 살았다. 그의 왕비가 잉태하여 원숭이의 염통을 먹고 싶다고 하였다. 용왕은 원숭이의 염통을 구하기 위해 육지로 나와 나무 위에서 열매를 따 먹고 있는 원숭이를 만났다. 용왕은 "그대가 사는 이 곳은 좋지 못하니 아름다운 수목이 있고 먹을 열매가 많은 바다 속으로 안내하겠다."고 하였다. 이에 솔깃한 원숭이는 기뻐하여 용왕의 등에 업혀 바다로 갔다. 도중에 용왕은 그만 원숭이에게 사실을 말하고 말았다. 그 말을 듣고 놀란 원숭이가 용왕을 보고 "염통을 나뭇가지에 걸어 두고 왔으니 얼른 다시 가지러 가자."고 하였다. 용왕은 원숭이의 말을 곧이듣고 다시 육지로 업고 나왔다. 원숭이는 육지에 나오자마자 나무 위에서 올라가서 내려오지 않고 용왕을 보고 비웃기만 하였다."

■ **내용 정리**

　이 설화는 동물 우화이다. 신라 선덕여왕 11년 김춘추의 딸과 사위 품석이 백제군에게 죽임을 당하자 김춘추는 이를 보복하기 위해 고구려로 구원병을 요청하러 떠났다. 그러나 오히려 김춘추는 첩자로 오인되어 옥에 갇히게 되었는데, 그 때 고구려에 들어올 때 가지고 온 청포 3백 포를 고구려 장수 선도해에게 뇌물로 주자, 선도해가 탈출을 암시하며 이 이야기를 들려주었다. 그러므로 용왕은 고구려 보장왕이 되며, 거북은 그 신하이고, 토끼는 김춘추인 셈이 된다. 한편, 이 설화는 인간의 삶의 자세와 지혜를 암시하고 있기도 하다. 위기에 빠져서도 절망하지 않고 끝까지 침착한 슬기로써 그 난관을 극복해 가는 토끼의 지혜가 돋보인다. 그리고, 이 설화의 핵심적인 모티프가 고전 소설과 판소리에 남아 있다는 것은 설화에서 소설까지의 서사적 양식의 발전을 이해하는 데에 중요한 단서가 된다.

■ **보충 정리**

1. 다른 작품과의 관계 : 이 설화가 바탕이 되어 후에 판소리 〈수궁가〉(토끼타령, 토별가)가 이루어지고, 그것을 바탕으로 고전 소설 〈토끼전〉(별주부전), 〈토생원전〉, 〈토별산수록〉(한문), 〈별토록〉(한문)이 나옴. 개화기에는 이해조의 신소설 〈토의 간〉으로 나타남.

2. 토끼의 상징성 : 서양에서는 보통 '불륜, 성스러움, 중개자, 교활함' 등을 의미하고, 현대적인 의미로는 계수나무에서 방아 찧는 토끼로 인하여 부부애를 의미하기도 함. 민담에서의 토끼는 힘이 약하고 몸집이 작고 약한 존재임에도 불구하고 매우 영특하고 착한 동물로 그려짐.

3. 우화 소설 : 동물이나 무정물(無情物)을 주인공으로 하여 인간 세상의 단면을 보여 주는 이야기 형식의 소설. 성격은 대체로 풍자적이고, 격언이나 속담 같은 것이 많이 인용되며, 도덕성을 강조하는 내용이 많음. 이 계통의 소설에, 〈두껍전〉, 〈장끼전〉, 〈금송아지전〉, 〈서동지전〉 등이 있음.

깊이
생각 해보기

1. 당시의 세태를 비판하는 관점에서 본다면 이 글의 주제는 무엇이겠는지 생각해 보자.

2. 토끼에게 행한 거북의 행위를 어떻게 비판할 수 있는지 생각해 보자.

　예시 답은 [부록] 참고

1. 이 글에서 토끼가 거북에게 들려 줄 수 있는 속담으로 가장 알맞은 것은?( )

① 하룻강아지 범 무서운 줄 모른다더니.

② 낮말은 새가 듣고 밤말은 쥐가 듣는다.

③ 뛰는 놈 위에 나는 놈이 있는 법이다.

④ 못된 송아지 엉덩이에 뿔이 나는 법이다.

⑤ 부뚜막의 소금도 넣어야 짜다는데.

2. 이 글에서 거북의 행위를 '약한 백성을 속이는 간계'로 볼 때 토끼의 행위가 상징하는 바로 가장 알맞은 것은?( )

① 권력자의 압력에 굴복할 수밖에 없는 자포자기적 행동

② 권력자의 회유에 대해 일시적으로 판단을 유보하고자 하는 태도

③ 권력자와 타협을 하고자 하는 현실적 선택

④ 권력자의 횡포로부터 자신을 지키기 위한 정당한 전략

⑤ 권력자를 볼모로 하여 더 큰 이득을 얻고자 하는 술책

▶ 모범 답은 [부록] 참고

I can do it.

조신調信의 꿈

설화

- □ **갈래** 설화(전설)
- □ **시대** 고려
- □ **성격** 불교적, 교훈적
- □ **구성** 환몽(幻夢) 구성[현실 → 꿈 → 현실]
- □ **주제** 인생의 무상함. 세속적 욕망의 덧없음.
- □ **의의** ① 꿈을 소재로 한 환몽 소설의 연원이 됨. ② 김만중의 〈구운몽〉, 이광수의 〈꿈〉 등과 같은 소설에 영향을 줌.
- □ **출전** 〈삼국유사(三國遺事)〉

꿈속에서의 체험이 어떻게 현실의 삶에 수용되는지 생각하며 감상해 보자.

이 설화는 전설에 가깝다고 할 수 있다. 전설에는 이야기와 관련된 증거물이 나타나는 경우가 많은데, 이 설화에서는 '세규사'와 '정토사'라는 두 절이 그 역할을 하고 있다. 특히 조신이 깨달음을 얻은 후 세웠다고 하는 정토사는 이 전설이 절이 세워진 내력을 설명하는 '사원 연기 설화(寺院緣起設話)'의 증거가 된다고 할 수 있다. 이 이야기와 정토사의 관계처럼 설화가 사람이 만든 어떤 사물의 기원을 설명하는 구실을 하는 경우, 그 이야기를 '연기 설화(緣起說話)'라고도 부른다.

조신調信의 꿈

옛날 신라(新羅)가 서울이었을 때, 세규사(世逵寺)[1]의 장원(莊園)[2]이 명주(溟洲) 날리군(捺李郡)[3]에 있었다. 본사(本寺)에서 중 조신(調信)을 보내서 장원을 맡아 관리하게 했다. 조신은 장원에 와서 근무하면서 불공을 드리러 절에 드나들던 태수 김흔(金昕)의 아리따운 딸을 몹시 사랑하게 되었다.

그리하여 조신은 여러 번이나 낙산사(洛山寺)의 관음보살 앞에 가서 남몰래 그 여인과 같이 살게 해 달라고 빌고 빌었다. 이렇게 하기를 몇 해 동안, 그러나 그 여인에게는 이미 다른 배필이 생겼다.

조신은 또 불당으로 가서, 관음보살이 자기의 소원을 들어 주지 않는다고 원망하며 날이 저물도록 슬피 울었다. 그러다 날이 저물 무렵 지칠 대로 지친 그는 잠시 풋잠이 들었다.

그런데, 꿈속에 갑자기 그가 그렇게 보고 싶어 하던 김씨 낭자가 나타났다. 그 낭자는 기쁜 낯빛을 하고 문으로 들어와 활짝 웃으면

---

[1] 지금의 흥교사(興敎寺).
[2] 봉건 제도하에서 귀족이나 절에 소속되어 있던 대규모의 토지.
[3] 어느 곳인지 알 수 없으나, 영월(寧越)로 추측됨.

서 말했다.

"저는 일찍부터 스님을 잠깐 뵙고 알게 되어 마음 속으로 사랑해서 잠시도 잊지 못했으나, 부모의 명령에 못 이겨 억지로 딴 사람에게로 시집갔습니다. 지금 내외(內外)[4]가 되기를 원해서 온 것입니다."

이 말을 들은 조신은 매우 기뻐하며, 절을 나와 그녀와 함께 고향으로 돌아갔다.

조신은 그녀와 사십 여 년 간 같이 살면서 자녀 다섯을 두었다. 그러나 살림은 말이 아니었다. 집은 다만 네 벽뿐이고, 좋지 못한 음식마저도 계속해서 먹고 살 형편이 못되었다. 마침내 꼴이 말이 아니어서 조신 부부는 식구들을 이끌고 사방으로 다니면서 얻어먹고 지냈다. 이렇게 십 년 동안을 초야(草野)로 두루 돌아다니니 옷은 여러 조각으로 찢어져 몸도 제대로 가릴 수가 없을 지경이었다. 마침 명주(溟洲) 해현령(蟹縣嶺)[5]을 지날 때 열다섯 살 되는 큰아이가 갑자기 굶어 죽어 통곡하면서 길가에 묻었다. 남은 네 식구를 데리고 그들 내외는 우곡현(羽曲懸)에 이르러 길가에 모옥(茅屋)[6]을 짓고 살았다. 세월은 자꾸 흘러 이제 조신 내외는 늙고 병들었다. 게다가 굶주려서 일어나지도 못하게 되자, 열 살 된 계집아이가 밥을 빌어다 먹었는데, 계집아이는 밥을 얻으러 다니다가 그만 마을 개에게 물렸다. 아프다고 부르짖으면서 부모 앞에 와서 누운 불쌍한 딸을 보면서 조신과 그의 아내는 목이 메어 눈물을 몇 줄이고 흘렸다.

---

4 부부(夫婦).
5 명주는 지금의 강릉 지방임.
6 띠나 이엉 따위로 이은 허술한 집.

부인이 눈물을 씻더니 갑자기 말을 하였다.

"내가 처음 그대를 만났을 때는 얼굴도 아름답고 나이도 젊었으며 입은 옷도 깨끗했었습니다. 한 가지 음식도 그대와 나누어 먹었고 옷 한 가지도 그대와 나누어 입어, 집을 나온 지 오십 년 동안에 정을 맺어 친밀해졌고 사랑도 굳게 얽혔으니 가위 두터운 인연이라고 하겠습니다. 그러나 근년에 와서는 쇠약한 병이 해마다 더해지고 굶주림과 추위도 날로 더욱 닥쳐오는데, 남의 집 곁방살이나 하찮은 음식조차도 빌어서 얻을 수가 없게 되었으며, 수많은 문전에 걸식하는 부끄러움은 산더미보다 더 무겁습니다. 아이들이 추워하고 배고파해도 미처 돌봐주지 못하는데 어느 겨를에 사랑이 있어 부부간의 애정을 즐길 수가 있겠습니까? 붉은 얼굴과 예쁜 웃음도 풀 위의 이슬이요, 지초(芝草)와 난초 같은 약속도 바람에 나부끼는 버들가지입니다. 이제 그대는 내가 있어서 누가 되고 나는 그대 때문에 더 근심이 됩니다. 가만히 옛날 기쁘던 일을 생각해 보니, 그것이 바로 근심의 시작이었습니다. 그대와 내가 어찌해서 이런 지경에 이르렀습니까? 뭇 새가 다 함께 굶어죽는 것보다는 차라리 짝 잃은 난조(鸞鳥)[7]가 거울을 향하여 짝을 부르는 것만 못할 것입니다. 추우면 버리고 더우면 친하는 것은 인정에 차마 할 수 없는 일입니다. 하지만 행하고 그치는 것은 사람의 힘으로 되는 것이 아니고, 헤어지고 만나는 것도 운수가 있는 것입니다. 원컨대 이 말을 따라 헤어지기로 합시다."

조신은 이 말을 듣고 크게 기뻐하여 각각 아이 둘씩 나누어 데리고 장차 떠나려 하니 여인이,

---

7 전설 속의 새. 봉황과 비슷하다고 함.

"나는 고향으로 갈 테니 그대는 남쪽으로 가십시오."

하였다. 이리하여 서로 작별하고 길을 떠나려 하는데 조신은 꿈에서 깨어났다.

타다 남은 등잔불은 깜박거리고 있었고, 밤도 막 새려고 하는 중이었다. 마침내 아침이 되었다. 조신은 수염과 머리털은 모두 희어졌고 망연히[8] 세상 일에 뜻이 없어졌다. 괴롭게 살아가는 것도 이미 싫어졌고 마치 한평생의 고생을 다 겪고 난 것과 같아 재물을 탐하는 마음도 얼음 녹듯이 깨끗이 없어졌다. 이에 관음보살의 모습을 대하기가 부끄러워지고 잘못을 뉘우치는 마음을 참아 낼 길이 없었다.

조신은 절을 나와 꿈속에 죽은 아이를 묻었던 해현으로 갔다. 꿈에 아이를 묻었던 바로 그 자리를 파보니 돌미륵[石彌勒]이 나왔다. 조신은 그것이 부처님의 뜻인 줄 알고 돌미륵을 물로 깨끗이 씻어서 근처에 있는 절에 봉안(奉安)[9]하였다. 그리고 조신은 서울로 돌아가 장원을 맡은 책임을 내놓고, 개인 재산을 들여 정토사(淨土寺)를 세워 부지런히 선행을 쌓았다. 그 후에 그의 종적은 알 수가 없다.

---

8 아무 생각이 없이 멍하니.

9 신주(神主), 또는 화상(畵像)을 받들어 모심.

■ **내용 정리**

이 설화는 환몽 설화의 전형적인 3단계 구성 방식으로 짜여져 있다. 즉, 「① 꿈꾸기 전의 절실한 소망 → ② 꿈속의 체험 → ③ 깨어난 뒤의 각성」이라는 액자(額子) 형태의 환몽 구조를 보여 준다. 이를 좀더 구체적으로 살펴보면, 「① 도입(인물, 배경 제시) → ② 문제 제기(사랑의 욕망) → ③ 소망 달성(꿈에서 사랑 성취) → ④ 고통의 삶(현실적 고난) → ⑤ 이별(절망적 삶) → ⑥ 각성 (세속적 욕망의 허무함) → ⑦ 귀의(불교 귀의)」의 순서로 전개되는데, ①, ②는 꿈꾸기 전의 단계이며, ③~⑤ 는 꿈속의 체험이며, 나머지는 꿈에서 깨어난 뒤의 단계이다.

■ **보충 정리**

1. 꿈의 상징성 : 신화에서 꿈은 신성한 출생의 징조, 신의 명령, 계시, 병의 원인이나 치유 등을 상징함. 우리 신화에서 꿈이 나타나는 것은 주몽 신화가 처음임. 신화나 그 외의 이야기에서 꿈이 중요한 소재가 되는 것은 동양이나 서양이 동일하며, 특히 불교나 도교에서는 제행무상(諸行無常)의 의미를 가짐.

2. 다른 작품과의 관련성 : 이 설화는 몽자류(夢字類) 소설의 효시임. 〈구운몽(九雲夢)〉이 대표적 몽자류 소설이며, 그 외에 〈옥루몽〉, 〈옥린몽〉, 〈옥련몽〉 등이 있음. 이광수는 〈꿈〉이라는 현대 소설을 쓴 바 있으며, 서양의 경우에는 졸라의 〈꿈〉, 맥도날드의 〈꿈 꾸는 사람〉 등이 있고, 그 외에 〈천로역정〉, 〈파랑새〉 등도 모두 꿈과 관련된 작품들임.

깊이 생각 해보기

1. 이 글에서 꿈속의 삶을 고통스러운 것으로 꾸민 이유가 무엇인지 생각해 보자.
2. 이 글의 내용을 바탕으로 하여 어떻게 사는 것이 행복한 삶인지 생각해 보자.

▶ 예시 답은 [부록] 참고

1. 이 글의 주제와 관계 <u>없는</u> 한자 성어는?( )

    ① 일장춘몽(一場春夢)

    ② 한단지몽(邯鄲之夢)

    ③ 인생무상(人生無常)

    ④ 남가일몽(南柯一夢)

    ⑤ 입신양명(立身揚名)

2. 이 글의 주제와 가장 유사한 내용을 담고 있는 시조는? ( )

    ① 반중(盤中) 조홍(早紅)감이 고와도 보이나다.

      유자(柚子) 아니라도 품엄즉도 하다마난

      품어 가 반길 이 업슬새 글노 설워하나이다.

    ② 호화도 거짓 것이오 부귀도 꿈이온대

      북망산 언덕에 요령(搖鈴) 소리 그쳐지면

      아무리 뉘우치고 애다라도 미칠 길이 없나니.

    ③ 간밤의 부던 바람에 눈서리 치단 말가.

      낙락장송이 다 기울어 가노매라.

      하물며 못 다 핀 꽃이야 닐러 무엇 하리오.

    ④ 청산리(靑山裏) 벽계수(碧溪水) | 야 수이 감을 자랑마라.

      일도창해(一到滄海)하면 다시 오기가 어려오니

      명월이 만공산(滿空山)하니 쉬여간들 엇더리.

    ⑤ 마을 사람들아 옳은 일 하자스라.

      사람이 되어나서 옳지옷 못하면

      마소를 갓 곳갈 씌워 밥 먹이나 다르랴.

▶ 모범 답은 [부록] 참고

온달 설화 溫達說話

설화

- □ **갈래** 설화(전설)
- □ **시대** 고구려
- □ **성격** 역사적, 영웅적
- □ **구성** 전(傳) 형식으로 구성
- □ **제재** 온달과 평강 공주의 사랑
- □ **주제** 자아실현과 입신출세. 주체적 삶을 통한 현실 개척
- □ **의의** ① 전(傳) 형식의 설화 ② 역사적 사실과 전래 설화의 결합
- □ **출전** 〈삼국사기(三國史記)〉

감상의 주안점

여성의 주체적인 삶은 어떤 것인지 생각하며 감상해 보자.

도움말

　　온달 설화는 평민의 신분으로 공주를 아내로 맞이하여 부마에 오르고 무장으로 이름을 떨친 온달 장군의 이야기를 그린 인물 설화이다. 역사상 실존 인물을 다루었기 때문에 역사 설화라고도 할 수 있다. 영웅 전설의 일반적인 구조와 마찬가지로 이 설화도 주인공 온달의 죽음으로써 이야기의 결말을 맺고 있다.

온달 설화溫達說話

    온달(溫達)은 고구려 평강왕(平岡王)**1** 때 사람이다. 얼굴은 못났으나 마음씨는 고왔다. 집이 매우 가난하였으므로 항상 남의 집에서 밥을 빌어다 모친을 봉양하였다. 해진 적삼에 헐어빠진 신발로 시정(市井)**2**을 돌아다니므로, 사람들은 그를 가리켜 바보 온달[愚溫達]이라고 하였다.

    평강왕에게는 어린 딸이 있었는데, 너무 잘 울기 때문에 왕은 딸을 놀리며 농담으로,

    "네가 항상 울어서 내 귀를 시끄럽게 하니 자란 다음에도 사대부(士大夫)의 아내 노릇은 결코 못할 것이 틀림없다. 그러니 바보 온달에게 시집 보내야겠다."

하며 늘 말했다.

    그녀의 나이 16세가 되자, 왕은 상부(上部)**3**의 고씨에게 공주를 출가시키려고 했다. 이에 공주는 말하였다.

---

1 고구려 제25대 왕인 평원왕(平原王, 재위559~590)의 별칭임.

2 인가가 많이 모인 곳.

3 고구려 형성에 주축이 된 씨족 집단 5부 중의 하나인 순노부(順奴部).

"대왕께서는 항상 말씀하시기를, '너는 반드시 온달의 아내가 될 것이다.'고 하셨는데 이제 와서 무슨 까닭으로 말씀을 고치십니까? 필부(匹夫)[4]도 식언(食言)[5]하지 않는데 하물며 지존(至尊)이시옵니까? 그러므로 왕이 된 자는 허튼 소리를 하지 않는다 하였습니다. 지금 대왕의 명령은 그릇된 것이니 소녀는 감히 받들지 못하겠습니다."

공주의 말을 듣고 왕은 크게 화를 내며,

"네가 나의 명령에 복종하지 않으면 단연코 내 딸이 될 수 없다. 같이 살아서 무엇 하느냐. 네 갈 데로 가라."
고 하였다.

이에 공주는 값진 패물 수십 개를 팔목에 차고 궁중을 나왔다. 혼자 길을 가던 공주는 지나가는 사람에게 온달의 집이 어딘가를 물어 바로 그 집에 당도하였다. 공주는 앞 못 보는 늙은 어머니를 보고 앞에 가까이 가서 절하며 그 아들의 행방을 물으니 노모는,

"우리 아들이 가난하고 또 배운 것이 없어 귀인(貴人)과 가까이 할 자격이 못 되는데, 지금 그대의 냄새를 맡아 보니 향취가 이상하고 그대의 손목을 잡아보니 부드럽기가 솜과 같소. 반드시 천하의 귀인일 터인데 누구의 꼬임을 입어 여기에 왔소? 우리 아들은 굶주림을 참지 못하고 산으로 느티나무 껍질을 벗기러 가서 오래도록 돌아오지 아니하오."
라고 말하였다.

공주는 밖으로 나가 산 아래에 당도하였다. 그리고는 온달이 느티

---

4 평범한 남자.
5 약속한 말을 지키지 아니함.

나무 껍질을 지고 오는 것을 보고 그에게 자기의 속사정을 말하니 온달은 믿지 않고 화를 내며,

"이는 어린 여자의 행동이 아니다. 반드시 사람이 아니고 여우나 귀신일 것이니 나를 박해하지 말라."

하고는 드디어 돌아보지도 않고 바로 집으로 가 버렸다. 공주는 홀로 돌아와 그 집 사립문 밖에서 자고 다음날 아침에 다시 들어가 온달과 그 모친에게 자세히 말을 하니 온달은 의아하여 결정을 못했다. 그 모친이 말하기를,

"우리 아들이 지극히 천하여 귀인의 배필이 될 수 없고 우리 집이 지극히 가난하여 귀인의 살 곳이 못 되오."

라고 하며 거절하였다. 공주는 대답하기를,

"옛 사람의 말에, '한 말 곡식도 방아 찧을 수 있고 한 자의 베도 재봉할 수 있다.'고 하였는데 어찌 반드시 부귀한 뒤에만 같이 살 수 있겠습니까."

하였다. 그리고 자신이 가지고 간 패물을 팔아 전택(田宅)[6]·노비(奴婢)·우마(牛馬)·기물(器物)[7]을 사들여 살림을 두루 갖췄다. 처음 말을 사들일 적에 공주는 온달에게 이렇게 부탁하였다.

"아무쪼록 상인의 말은 사지 말고 국마(國馬)[8]가 병들고 여위어 버림을 당한 것만을 가려서 사오세요."

온달이 부탁대로 그러한 말을 사 오니 공주는 착실히 사육하여 그 말이 날로 살찌고 장대하여졌다.

고구려에서는 항상 봄 3월 3일 낙랑벌에 모여 사냥하고 잡은 돼지

---

6 논밭과 집.
7 살림살이에 쓰는 온갖 그릇.
8 나라에서 기르는 말.

와 사슴 등으로 천신과 산천의 여러 신에게 제사하는 풍습이 있었다. 그 날이 되면 왕이 사냥을 나오고 여러 신하와 5부의 병정이 다 따르게 된다. 이 날이 되어 온달은 사냥에 참가하였다. 온달은 자기가 기른 말을 타고 수행하였는데, 그 말은 항상 다른 말보다 앞서 달렸으며 온달이 사냥한 짐승도 다른 사람보다 많아 대적할 자가 없었다. 이에 왕은 온달을 불러 그의 성명을 묻고는 매우 놀라고, 또한 특이하게 여겼다.

때마침 후주 무제(後周武帝)가 군사를 출동하여 요동(妖東)을 치니 왕은 군사를 거느리고 배산(拜山)의 들에서 맞서 싸웠다. 온달이 선봉이 되어 나아가 날랜 격투로 적군 수십 여 명을 베니 모든 군사가 승세를 타서 분발하여 크게 이겼다. 승리의 공을 의논할 적에 온달을 제일이라 하지 않는 자 없으므로 왕은 감탄하며,

"너는 내 사위다."

하고 예를 갖추어 맞아들인 다음 벼슬을 내려 대형(大兄)[9]으로 삼으니, 이로 인해 은총과 영화가 더욱 거룩하고 위엄과 권세가 날로 성하였다.

양강왕(陽岡王)이 즉위하자 온달은 아뢰기를,

"신라가 우리 한북(漢北)의 땅을 쪼개어 저희들의 군·현을 만들었습니다. 이에 백성들이 원통히 여겨 항상 조국을 잊지 않고 있으니, 원컨대 대왕은 저더러 어리석다 마시고 군사를 내주시면 한번 걸음에 반드시 우리 땅을 되찾겠습니다."

고 하니 왕은 허락하였다. 온달은 출전할 적에 맹세하되,

"계립현(鷄立峴)[10]과 죽령(竹嶺)의 서편 땅을 찾지 못하면 돌아오

---

9 고구려의 벼슬 이름.

지 않겠다."

하고 드디어 길을 떠나 신라군과 아단성(阿旦城)[11] 아래서 싸우다가 유시(流矢)[12]에 맞아 길에서 전사하였다.

그를 장사 지내려 하는데 관이 움직이지 않았다. 이를 알고 달려 온 공주가 관을 어루만지며,

"죽고 사는 것이 이미 결정되었습니다. 아, 어서 돌아가소서!"

하고 애절하게 하소연하니 드디어 관이 들려서 무사히 장사를 지낼 수 있었다. 대왕은 이 사실을 듣고 몹시 슬퍼하였다.

---

10 문경새재 동북쪽의 고개.

11 서울 동쪽의 아차산성(阿且山城).

12 누가 쏘았는지 모르는 화살.

■ 내용 정리

온달 설화를 통하여 고구려 사회의 변화를 엿볼 수 있다. 우선, 평강 공주가 부왕의 명을 거역하고 스스로 미천한 온달을 찾아가 혼인하는 것은 전통적인 여성관을 탈피하여 자신의 삶을 스스로 개척해 나가는 주체적 여성의 모습을 보여 준 것이라 할 수 있다. 또한, 무명의 온달이 부마가 되어 신분 상승이 이루어진 것은 고구려 지배 질서의 변동을 암시하고 있는 것으로 볼 수 있다. 그리고, 이러한 사회 변동 과정에서 여성이 중요한 역할을 하고 있음을 알 수 있다. 만약 온달이 평강 공주와 혼인을 하지 않았다면 미천한 신분으로 그 생애를 마감했을 것이다. 그러나, 평강 공주를 만남으로써 생활이 안정되었고, 신분의 상승도 이루어질 수 있었던 것이다. 이처럼 이 설화는 여성에 의해 집안의 행운과 불행이 결정된다는 생각, 즉 여성은 풍요의 상징이라는 고대로부터 내려온 전통적인 관념을 반영하고 있다고 할 수 있다.

■ 보충 정리

1. 온달 이야기 비교
   ① 《삼국사기》 열전의 온달조는 민간 전승을 통해서 형성된 설화가 편찬자에 의하여 다듬어진 것으로 볼 수 있음.
   ② 구전되는 '바보 온달 설화'는 문헌에서 전하는 것과 거의 같으나, 공주가 온달에게 글과 무예를 가르쳤다는 내용이 강조되어 나타남.
   ③ 고소설 《온달전》의 줄거리도 이와 같으나 문학성이 높은 것으로 평가되고 있으며 열전에서보다 민중의식이 한층 두드러져 있음.
2. 온달 설화와 역사적 사실 비교
   ① 양강왕은 평강왕의 아버지로 제 24대 양원왕의 별칭임. 따라서, 설화 속의 양강왕은 평강왕의 아들인 영양왕으로 서술되어야 함.
   ② 온달이 양강왕이 왕위에 오르던 해에 신라에 빼앗긴 땅을 되찾기 위해 출정한 것으로 되어 있지만, 실제 역사는 제 26대 임금인 영양왕이 즉위하던 해(서기 590년)에 출정하여 아차산성에서 전사한 것으로 되어 있음.

1. 이 글에서 평강 공주의 주체적 삶은 어떤 점에서 한계가 있는지 비판적으로 생각해 보자.
2. 이 글에서 평강 공주의 어떤 점이 본받을 만한지 생각해 보자.

▶ 예시 답은 [부록] 참고

1. 이 글에 나타난 평강 공주의 행동에 대한 설명으로 바르지 <u>않은</u> 것은?(　)

① 신분보다도 인간적인 유대 관계를 더 중시한다.

② 부녀간의 인륜보다 자신의 삶을 더 중요하게 생각한다.

③ 사치스런 삶에 대한 반성을 통하여 미래를 준비한다.

④ 가정보다 나라의 안위를 더 걱정한다.

⑤ 신분 상승의 욕구를 배우자를 통해 성취하고자 한다.

2. 이 글에서 평강 공주의 비범성을 나타내는 행동으로 보기 <u>어려운</u> 것은? (　)

① 어릴 때 심하게 울었다.

② 궁궐을 버리고 바보 온달을 찾아갔다.

③ 온달로 하여금 명마를 고르게 하였다.

④ 부왕의 명령을 거역하였다.

⑤ 움직이지 않던 온달의 관을 움직이게 했다.

▶ 모범 답은 [부록] 참고

I can do it.

도미 설화 都彌說話

설화

읽기 전에 알아두기

- □ **갈래** 설화(민담)
- □ **시대** 백제
- □ **성격** 교훈적인 열녀(烈女) 설화
- □ **제재** 도미 아내의 절개
- □ **주제** 여인의 정절(貞節). 지배층의 횡포 폭로
- □ **의의** ① 열녀 설화의 원형을 보여줌. ② 고전 소설 〈춘향전〉의 근원 설화
- □ **출전** 〈삼국사기(三國史記)〉

감상의 주안점

민중에 대한 지배 계층의 횡포를 비판하면서 감상해 보자.

도움말

이 설화는 보통 관탈 민녀(官奪民女) 설화, 또는 열녀(烈女) 설화로 분류된다. 관탈 민녀 설화란 지배 계층의 관리가 민간 여자의 정절을 빼앗으려는 이야기를 말한다. 이 설화를 관탈 민녀 설화로 보는 것은 주인공인 도미 부부는 신분이 낮은 백성이고, 반동 인물인 개루왕은 권력의 최상층 신분이라는 점 때문이다. 백제왕으로 대표되는 관(官)과 도미 부부로 대표되는 민(民)과의 대립상이 이 민담의 핵심적 구조라고 볼 수 있다.

도미 설화 都彌說話

도미(都彌)는 백제 사람이다. 그는 비록 신분이 낮은 백성이었으나, 자못 의리를 아는 사람이었다. 그의 아내 역시 용모가 아름답고 절개를 지켜 사람들의 칭찬을 받고 있었다.

이러한 이야기를 전해 들은 개루왕(蓋婁王)[1]이 도미를 불러 말하기를,

"무릇 부인의 덕이란 깨끗한 절개를 앞세우는 것이나, 만일 사람이 없는 깊숙한 곳에서 그럴 듯한 말로 꾀면, 마음이 움직이지 않는 자가 없을 것이다."

하였다. 그러자, 도미는 이렇게 대답했다.

"사람의 마음은 가히 헤아릴 수 없는 것이기는 하오나, 저의 아내만은 비록 죽는 한이 있더라도 변함이 없을 것입니다."

이에 왕은 도미 아내의 마음을 시험해 보고 싶어서, 할 일이 있다

---

1 백제의 제 4대 왕. 재위 기간 서기 128–165년.

는 핑계로 도미를 궁궐에 붙잡아 두었다. 그리고는 측근 신하 한 사람을 왕처럼 꾸며 왕의 의복을 입혀서, 말을 태워 도미의 집으로 보냈다.

그 신하는 밤에 도미의 집에 도착하여, 거짓으로 왕의 행차를 알린 뒤 도미의 아내를 불러,

"내 너의 용모가 어여쁘다는 말을 듣고 너를 좋아한 지 오래다. 이제 도미와 내기하여 이겼으므로, 너를 차지하게 되었다. 내 너를 맞이하여 궁인(宮人)으로 삼겠으니, 너는 나의 것이 되었느니라."

하고는 도미의 아내를 범하려 하였다. 이에 도미 아내는,

"국왕께서는 거짓말을 하지 않으시는 줄 압니다. 그러니 어찌 제가 감히 순종치 않겠습니까? 대왕께서 먼저 방으로 들어가 계시오면, 옷을 갈아입고 들어가 모시겠사옵니다."

하고 말한 뒤에 그 자리를 물러나와, 한 계집종을 자기처럼 꾸며 방으로 들여보냈다.

그런데 뒤에 개루왕은 자기가 속은 것을 알고 크게 노했다. 왕은 도미에게 일부러 죄를 내려, 도미의 두 눈동자를 빼 버렸다. 그리고는 사람을 시켜 그를 끌어내다가 작은 배에 실어 강물 위에 띄워 버렸다. 그리고 마침내 왕은 도미의 아내를 궁궐로 끌어다가 강제로 간음(姦淫)하려 하니, 도미의 아내는 말했다.

"남편을 잃고 혼자 몸이 되고 보니, 능히 혼자서 살아갈 수 없을 듯하옵니다. 하물며 왕을 모시게 되었는데, 어찌 감히 명을 어기겠습니까? 그러하오나 지금은 온몸이 더러우니 다른 날을 기다려 깨끗하게 목욕을 한 다음 오겠나이다."

왕은 그 말을 믿고 허락하였다.

도미의 아내는 그 즉시 도망하여 강가에 이르렀다. 그러나 강을 건널 수가 없어서 하늘을 우러러 통곡하노라니, 갑자기 조각배 한 척이 나타나 물결을 따라 오고 있었다. 그녀는 그 배를 타고 천성도(泉城島)에 이르러 도미를 만났다. 도미는 아직 죽지 않고 풀뿌리를 캐서 먹고 있었다. 그들은 드디어 함께 배를 타고 고구려의 산산(蒜山)² 아래에 당도하였다. 고구려 사람들이 그들을 불쌍히 여겨 옷과 밥을 주니, 그곳에서 일생을 마쳤다.

---

2 함경남도에 있던 지명.

■ **내용 정리**

　이 설화는 권력자인 개루왕이 여성에 대한 불신(不信)을 근거로 하여 미모의 유부녀를 겁탈하려다가 실패한 관탈 민녀의 대표적 이야기이다. 음탕한 개루왕의 불의에 맞서 이를 극복해 나가는 도미 아내의 재치와 도미의 눈 뽑힘, 도미 부부의 기적적인 만남 등 극적인 사건의 연속으로 이루어져 있다. 따라서 이 설화는 매우 극적인 구성을 가진 단단한 이야기라 할 수 있다. 주제는 물론 '정절'이요, '열(烈)'이다. 내용의 사실 여부를 떠나 이 설화에는 지배층의 횡포에 대한 하층민의 저항 의지가 드러나 있다고 하겠다. 이 설화는 후대 열녀(烈女) 이야기의 근원이 되었다.

■ **보충 정리**

1. 〈춘향전〉의 근원 설화가 되는 근거 : 〈춘향전〉의 핵심 줄거리가 '도미 설화'와 같다는 점 때문임. 즉, 지배 권력을 가진 관리가 민간의 여인을 탈취하려는 행위와 그에 맞서 고통을 당하면서도 정절을 지키는 열녀의 의지가 갈등을 이루는 구조이기 때문임.

2. '도미 설화'와 관련된 작품들

　① 지리산녀(智異山女) : 자태가 고운 여자가 지리산 아래에 살았는데, 집안이 가난해도 부인으로서의 도리를 다 지켰다. 백제왕이 그 아름답다는 소문을 듣고 후궁으로 들이려고 하였으나 죽음으로 맹세하고 따르지 않았다.(《신증 동국여지승람》 권4)

　② 지리산가(智異山歌) : 구례현 사람의 여자가 자태가 고왔는데 지리산 밑에 살았다. 그녀는 집안이 가난한 가운데서도 부인으로서의 도리를 다했다. 백제왕이 그 아름답다는 소문을 듣고 후궁으로 들이고자 하였으나 그녀는 노래를 지어 부르며 죽음으로써 맹세하고 따르지 않았다.(《고려사》 악지)

1. 개루왕과 도미의 여성에 대한 생각은 어떻게 다른지 생각해 보자.
2. 이 글의 개루왕은 〈춘향전〉의 어떤 인물과 유사한지 생각해 보자.

▶ 예시 답은 [부록] 참고

1. 이 글을 통하여 유추할 수 있는 백제 시대의 현실로 거리가 먼 것은?(   )

① 왕이 민간의 부녀자를 강탈하려 한 내용으로 보아 권력의 횡포가 심하였을 것이다.

② 도미의 아내가 왕명을 거역한 것으로 보아 포악한 권력에 대하여 무조건 복종하지 않으려는 평민 계층의 의식이 있었을 것이다.

③ 도미 부부가 신분이 낮은 백성이라는 점으로 보아 의리와 정절이라는 윤리 의식이 평민 계층에도 확산되어 있었을 것이다.

④ 도미 부부가 고구려에 가서 살았다는 것으로 보아 고구려와 백제와의 관계가 비우호적이었을 것이다.

⑤ 도미의 아내가 왕을 속인 것으로 보아 백제의 윤리 도덕이 매우 타락했을 것이다.

2. 이 글을 통해 알 수 있는 사실이 아닌 것은? (   )

① 절대 권력의 횡포가 잘 묘사되어 있다.

② 백제의 사회상이 잘 반영되어 있다.

③ 백성들의 의지적인 삶의 모습이 나타나 있다.

④ 일반 백성들은 거의 낙천적인 생활 태도를 가지고 있다.

⑤ 설화의 특징인 우연적인 요소가 나타나 있다.

▶ 모범 답은 [부록] 참고

I can do it.

서동 설화 薯童說話

설화

- **갈래** 설화(전설)
- **시대** 신라 진평왕
- **성격** 주술적, 예언적, 신화적
- **주제** 서동과 선화공주의 사랑. 왕으로 등극을 통한 민중적 욕구의 실현
- **의의** ① 향가 '서동요'의 배경 설화 ② 영웅 설화의 원형 ③ 현전하는 가장 오래된 향가(노래)
- **출전** 〈삼국유사(三國遺事)〉

영웅들의 이야기가 가지는 공통점이 무엇인지 생각하며 감상해 보자.

서동은 그의 어머니와 연못의 용(龍)이 정을 통하여 태어난 인물이다. 여기에서 용과 인간의 사이에서 낳았다고 한 것은 비범한 영웅의 탄생을 위한 설화적 윤색이라고 할 수 있다. 즉, 영웅은 평범한 인물처럼 인간들 사이에서 태어날 수 없다는 인식이 이러한 설화적 구성을 만들어 낸 것이다. 이러한 설화를 흔히 '이물 교접 설화(異物交接說話)'라고 한다.

서동 설화 薯童說話

　제30대 무왕(武王)의 이름은 장(璋)이다.

　옛날 그의 모친이 과부가 되어 서울 남쪽의 못가에 집을 짓고 살
고 있었는데, 그곳에 살던 용(龍)[1]과 교통(交通)[2]하여 아들을 낳았
다. 그 아이의 이름을 서동(薯童)[3]이라 하였는데, 그는 어렸을 때부
터 도량(度量)[4]이 커서 헤아리기가 어려웠다. 항상 마를 캐어 팔아서
생활을 하였으므로, 사람들이 이를 보고 이름을 서동이라 지어준 것
이다.

　신라 진평왕(眞平王)의 셋째 공주 선화(善化)가 매우 아름답다는 말
을 전해 들은 서동은 머리를 깎고 서울로 갔다. 동네 아이들을 모아
놓고 가져간 마를 먹이니 아이들이 그를 좋아했다. 그리고 나중에는
친해져서 아이들이 서동을 따르게 되었다. 이에 서동은 동요를 지어

---

1 원문에 '지룡(池龍)'이라 되어 있음. '지렁이'를 가리킬 수도 있음.

2 남녀의 성 관계를 말함.

3 '薯'는 '마'임. 따라서, '마동' 또는 '마퉁'이라고 읽음.

4 품성. 아량.

여러 아이들을 꾀어서 부르게 하였는데, 그 노랫말은 이러하다.

선화 공주님은
남몰래 얼어 두고[5]
서동방(薯童房)을
밤에 몰래 안고 가다

아이들이 부르는 이 동요가 서울에 퍼져 결국 대궐에까지 알려지니, 백관[6]이 임금에게 극간[7]하여, 공주를 먼 곳으로 귀양 보내게 하였다.

선화 공주가 장차 귀향을 떠나려 할 때, 이를 불쌍히 여긴 왕후가 순금 한 말을 노자로 주었다. 공주가 귀양처로 가는데, 서동이 도중에서 나와 맞이하여 시위[8]하여 가고자 하였다. 공주는 그가 어디서 온 누구인지는 몰랐으나, 믿고 기뻐하여 그를 따르게 되었다.

그 후에야 서동의 이름을 알고 동요의 내용이 그대로 맞은 것을 알게 되었다.

백제로 온 선화 공주는 어머니가 준 금을 내어 생계를 꾀하려 하니, 서동이 크게 웃으며,

"이것이 무엇이오?"

하고 물었다. 공주가 대답하기를,

5 시집가고
6 百官. 모든 관리.
7 極諫. 간곡히 간함.
8 侍衛. 모시어 호위함.

"이것은 황금이니 가히 백 년의 부를 이룰 수 있을 것입니다."

하니, 서동은,

"내가 어려서부터 마를 파던 곳에 흙더미처럼 많이 쌓아 놓았소."

하였다. 이 말에 공주는 크게 놀라며,

"그것은 천하의 지보(至寶)⁹이니, 지금 그 소재를 알거든 그 보물을 가져다 부모님 궁전에 보내는 것이 어떠합니까?"

하고 제안하였다. 이에 서동이 좋다 하여 금을 모아 구릉(丘陵)¹⁰과 같이 쌓아 놓고 용화산(龍華山) 사자사(獅子寺)의 지명 법사(知命法師)에게 가서 금 수송의 방책을 물었다. 법사는,

"내가 신력(神力)으로써 보낼 터이니 금을 가져오라."

하였다. 공주가 편지를 써서 금과 함께 사자사 앞에 갖다 놓으니, 법사가 신력으로 하룻밤 사이에 신라 궁중에 갖다 두었다. 진평왕은 그 신비한 변화를 이상히 여겨 더욱 존경하며 항상 서동에게 편지를 보내어 안부를 물었다.

서동이 이로부터 나라 사람들에게 인심을 얻어 드디어 왕위에 올랐다. 이가 백제 무왕(武王)¹¹이다.

하루는 왕이 부인과 함께 사자사에 가다가 용화산 아래의 큰 못가에 이르자, 못 가운데서 미륵 삼존(彌勒三尊)이 나타나므로 수레를 멈추고 경례하였다. 이를 보고 부인은 그곳에 큰 절을 세우면 좋겠다고 하였다. 왕이 허락하고 지명(知命)에게 가서 못을 메울 것을 물

9 지극히 귀중한 보물.

10 언덕.

11 백제 제30대 임금. 당나라와 교류하여 당고조부터 대방국 백제왕에 책봉됨. 신라에 잃었던 옛 땅을 탈환함. 사비성을 중수하고, 왕흥사를 창건함.

었더니, 신력으로 하룻밤에 산을 무너뜨려 평지를 만들었다. 미륵 삼상(彌勒三象)과 회전(會殿), 탑(塔), 낭무(廊廡)를 각각 세 곳에 세우고 액호(額號)를 미륵사(彌勒寺)라 하니, 진평왕은 백공(百工)을 보내서 도왔다. 지금까지 그 절이 남아 있다.

■ 내용 정리

　이 설화는, 한 미천한 소년이 일종의 참요(讖謠-예언 형식의 민요)를 사용하여 공주와 사랑을 이룬다는 동화적 내용이지만, 영웅 설화의 원형을 짐작할 수 있게 한다. 서동이 용(龍)의 아들로 태어나서 고난을 극복하고 왕위에 오른다는 영웅 설화의 공식적인 과정을 밟기 때문이다.

　이는 백제 설화와 신라의 노래가 합쳐진 것으로 보이는데, '서동요'라는 4구체 향가의 배경 설화로 더 잘 알려져 있다. 그러나 '서동요'의 유래담으로만 보기보다는, 완결되어 있는 노래와 설화가 결합된 것으로 보는 견해가 타당하다. 남녀 결합을 핵심으로 하는 민담이 점차 무왕, 선화공주 등 역사적 인물과 결부되고, 그러면서 미륵사 등 증거물을 확보해 가면서 전설화되었고, 이것이 사실화되어 기록으로 정착된 것으로 볼 수 있다. 이 설화는 '서동의 출생담', '서동의 결연담', '서동의 등극담', '사찰 연기담'의 네 부분으로 구성되어 있다.

■ 보충 정리

1. 이물 교혼담(異物交婚談) : 사람이 동·식물과 교통(交通)한다는 내용의 설화로 '이류(異類) 교혼담'이라고도 함. 식물이 남성 구실을 한 이야기로는 '동삼(東參)', '차천의 오이' 등이 있고, 동물이 여성 구실을 한 이야기로는 '곰나루 전설', '구렁이와 지네의 승천 다툼' 등이 있음. 이런 종류의 설화를 '야래자 설화'라고도 하는데, '서동 설화', '최치원 설화', '창녕 조씨 시조 신화' 등이 있음. 변한 남자의 정체는 용, 구렁이, 거북 등 물과 관련한 동물이 대부분이고 여자의 몸에서 태어난 아이는 성씨의 시조나 국조가 됨.

2. 금(金)의 상징성 : 이 설화의 소재인 금(金)은 비범한 인물을 나타내며, 신성한 지위나 왕권을 상징함. 또한 경제적인 부를 상징함. 동·서양을 통하여 금은 '태양, 불, 천국, 영원, 영생, 신성, 명예, 위엄, 횡재' 등을 의미함. 이 설화에서는 금의 획득이 인물의 현실적인 지위의 상승이나 명예의 획득과 결부되어 있음.

깊이
생각 해보기

1. 이 글을 영웅 설화로 볼 수 있는 근거는 무엇인지 생각해 보자.

2. 이 글에 신성성(神聖性)을 부여하는 내용은 무엇인지 생각해 보자.

▶ 　예시 답은 [부록] 참고

1. 이 글의 주인공인 서동의 성격으로 가장 바른 것은?( )

① 갈등을 이겨내지 못하고 패배하는 인물이다.

② 자신의 목표를 이루려고 하는 적극적인 인물이다.

③ 세상의 물정을 모르고 좌충우돌하는 인물이다.

④ 자신의 지혜로 남을 쓰러뜨리려는 부정적 인물이다.

⑤ 금력으로 왕위에 등극하는 기회주의적 인물이다.

2. 이 글에 대한 설명으로 바르지 <u>못한</u> 것은? ( )

① 시간적 · 공간적 배경이 중국으로 되어 있다.

② 향가 '서동요'의 배경 설화이다.

③ 사찰 연기 설화(寺刹緣起說話)라고도 할 수 있다.

④ 영웅 설화의 원형으로 볼 수 있다.

⑤ 주인공의 탄생은 이물 교혼담(異物交婚談)과 관련이 있다.

▶ 모범 답은 [부록] 참고

화왕계 花王戒

설화

설총(薛聰, ?~?)

- 신라 신문왕 때의 학자. 호(號)는 빙월당(氷月堂).
- 원효 대사의 아들로 경주 설씨(慶州薛氏)의 시조.
- 신라 십현(十賢)의 한 사람으로, 한림(翰林)을 지냈고 주로 왕의 자문역을 맡아 보았음. 이두(吏讀)를 집대성하였으며, 일찍이 국학(國學)에 들어가 학생들을 가르쳐 유학의 발전에 기여했음.
- 저서 : 〈화왕계(花王戒)〉

- □ **갈래** 설화(민담)
- □ **시대** 신라 신문왕
- □ **성격** 우화적, 교훈적
- □ **구성** '도입-전개-절정-결말'의 소설적 구성
- □ **표현** 의인법
- □ **제재** 꽃
- □ **주제** 임금에 대한 경계
- □ **의의** ① 우리 나라 최초의 창작 설화 ② 고려 시대 가전체 문학 형성에 영향을 줌. ③ '구토 설화'와 함께 의인화 설화의 효시가 됨.
- □ **출전** 〈삼국사기(三國史記)〉

참된 신하는 어떤 사람인지 생각하며 감상해 보자.

우리 나라 최초의 창작 설화로, 한문으로 지은 단편 산문이다. 어느 날 신기한 이야기를 하라는 신문왕의 명을 받고 들려 준 이야기라고 하는데, 꽃을 의인화하여 임금을 충고한 풍자적인 내용이다.

70

화왕계 花王戒

신문왕(神文王)[1]이 여름 5월에 높은 방에 앉아 설총(薛聰)을 돌아 보며 이르기를,

"오늘은 비도 오고 바람기도 신선하오. 비록 좋은 찬과 애절한 가락은 있지만, 고상한 이야기와 좋은 웃음거리로 우울한 가슴을 푸는 것만 같지 못하오. 그대는 반드시 야릇한 패설(悖說)[2]을 많이 들었을 터이니 나를 위하여 이야기해 주지 않겠소?"

하니, 설총은,

"예, 그렇게 하겠습니다."

라고 대답하고 이야기를 시작했다.

화왕(花王)[3]께서 처음 이 세상에 나왔을 때, 향기로운 동산에 심고, 푸른 휘장으로 둘러싸 보호하였는데, 삼춘가절(三春佳節)[4]을 맞

---

[1] 신라 제 31대 왕. 서기 681–692년 재위함.
[2] 민간에 이리 저리 전해지는 이야기.
[3] 꽃 중의 꽃으로 여기서는 '모란'을 말함.
[4] 봄철 석 달의 좋은 계절.

아 예쁜 꽃을 피우니, 온갖 꽃보다 빼어나게 아름다웠다. 그 아름다움으로 인하여 멀고 가까운 곳에서 여러 꽃들이 다투어 화왕을 뵈러 왔다. 깊고 그윽한 골짜기의 맑은 정기를 타고 난 탐스러운 꽃들이 다투어 화왕 앞으로 모여들었다.

문득 한 가인(佳人)이 앞으로 나왔다. 붉은 얼굴에 옥 같이 하얀 이와 신선하고 탐스러운 감색 나들이옷을 입고 아장거리는 무희처럼 얌전하게 화왕에게 아뢰었다.

"이 몸은 백설의 모래사장을 밟고, 거울같이 맑은 바다를 바라보며 자라났습니다. 봄비가 내릴 때는 목욕하여 몸의 먼지를 씻었고, 상쾌하고 맑은 바람 속에 유유자적(悠悠自適)[5]하면서 지냈습니다. 이름은 장미라 합니다. 임금님의 높으신 덕을 듣고, 꽃다운 침소에 그윽한 향기를 더하여 모시고자 찾아왔습니다. 임금님께서 이 몸을 받아 주실는지요?"

이 때 베옷을 입고, 허리에는 가죽띠를 두르고, 손에는 지팡이, 머리는 백발을 한 장부 하나가 둔중한 걸음으로 나와 공손히 허리를 굽히며 말했다.

"이 몸은 서울 밖 한길 옆에 사는 백두옹(白頭翁)[6]입니다. 아래로는 넓고 멀어서 아득한 들판을 내려다보고, 위로는 우뚝 솟은 산 경지에 의지하고 있습니다. 가만히 보옵건대, 좌우에서 보살피는 신하는 고량(膏粱)[7]과 향기로운 차와 술로 수라상을 받들어 임금님의 식성을 흡족하게 하고, 정신을 돕고, 금석의 극약(劇藥)[8]으로써 임금님

---

5 속세를 떠나 아무 것에도 속박됨이 없이 조용하고 편안하게 생활함.

6 머리가 센 노인. '할미꽃'을 가리킴.

7 기름진 고기와 맛있는 음식. 고량진미(膏粱珍味).

8 독약보다는 약하나 적은 분량을 쓰면 병을 다스릴 수 있는 약.

의 몸에 있는 독을 제거해 줄 것입니다. 그래서 이르기를, '비록 사마(絲麻)⁹가 있어도 군자 된 자는 관괴(菅蒯)¹⁰라고 해서 버리는 일이 없고, 부족에 대비하지 않음이 없다.'고 하였습니다. 임금님께서도 이러한 뜻을 가지고 계신지 모르겠습니다."

한 신하가 나서서 화왕께 아뢰었다.

"두 사람이 왔는데, 임금님께서는 누구를 취하고 누구를 버리시겠습니까?"

화왕은 이렇게 대답하였다.

"장부의 말도 도리가 있기는 하나, 그러나 가인을 얻기 어려우니 이를 어찌할꼬?"

그러자 장부가 앞으로 나와 말하였다.

"제가 온 것은 임금님의 총명이 모든 사리를 잘 판단한다고 들었기 때문입니다. 그러나 지금 뵈오니 그렇지 않으십니다. 무릇 임금된 자로서 간사하고 아첨하는 자를 가까이 하지 않고, 정직한 자를 멀리 하지 않는 이는 드뭅니다. 그래서 맹자(孟子)는 불우한 가운데 일생을 마쳤고, 풍당(馮唐)¹¹은 낭관¹²으로 파묻혀 머리가 백발이 되었습니다. 예로부터 이러하오니 저인들 어찌하겠습니까?"

이 말을 들은 화왕은 마침내 다음의 말을 되풀이하였다.

"내가 잘못했도다. 잘못했도다."

---

9 명주실과 삼실. '좋은 것'을 말함.
10 관은 도롱이와 삿갓을, 괴는 돗자리를 짜는 원료가 되는 풀. 여기서는 '하찮은 것'을 말함.
11 중국 한(漢)나라 안릉 사람으로 어진 인재였으나 낮은 벼슬에 머뭄.
12 郎官. 각 관아의 당하관을 이르던 말.

■ **내용 정리**

　이 작품의 내용은 지극히 단순한 일화로, 왕에게 신하를 가려 뽑는 슬기를 기대하는 것으로 되어 있다. 어진 임금 밑에 어진 신하가 모이고 폭군 밑에 간신들이 모인다는 역사적 교훈을 꽃에 비겨서 상기시키는 이 작품은 반드시 왕에게만 교훈을 주는 것은 아니다. 세상의 모든 사람에게 해당하는 것으로, '좋은 약은 입에 쓰다.'라는 평범한 속담과도 상통한다. 이러한 교훈은 군신 관계뿐만 아니라 교우 관계, 사제 관계 등 모든 인간 관계에 적용되는 것이며, 개인의 마음에서 일어나는 가치 판단이나 도덕적 책임에도 관련된다고 하겠다.

■ **보충 정리**

□ 의인화 소설의 흐름

　① 삼국 : 〈화왕계〉, 〈구토지설〉 – 한국 의인화 문학의 효시

　② 고려 : 가전체 소설 등장. 〈국순전〉(임춘), 〈공방전〉(임춘), 〈국선생전〉(이규보), 〈청강사자현부전〉(이규보), 〈죽부인전〉(이곡), 〈저생전〉(이첨), 〈정시자전〉(석식영암)

　③ 조선 초기 : 허구성과 창의성이 가미되고 현실을 반영한 의인화 소설이 나옴.

　　• 식물을 의인화 – 〈화사〉(남성중), 〈화왕전〉(이이순) 등

　　• 마음을 의인화 – 〈천군전〉(김우옹), 〈수성지〉(임제) 등

　　• 동물을 의인화 – 〈장끼전〉, 〈별주부전〉, 〈서동지전〉 등

　　• 그 외 – 〈규중 칠우 쟁론기〉, 〈꼭두각시 실기〉 등

1. 이 글에서 임금의 어떤 점을 비판하고 있는지 생각해 보자.

2. 이 글을 통하여 참된 신하는 어떠해야 하는지 생각해 보자.

▶ 예시 답은 [부록] 참고

1. 이 글에 나타난 백두옹(白頭翁)을 묘사한 것들이 의미하는 바로 알맞지 <u>않은</u> 것은?(　)

① 베옷 – 벼슬을 하지 않은 사람

② 가죽띠 – 서민이 아닌 선비 계층

③ 지팡이 – 깊은 연륜

④ 백발 – 원숙한 경지

⑤ 둔중한 걸음 – 병약한 신체

2. 다음과 같이 밑줄 친 부분을 인용하여 말하고 있는 궁극적인 의도로 바른 것은? (　)

> 〈보기〉
>
> 　그래서 이르기를, '비록 사마(絲摩)가 있어도 군자 된 자는 관괴(菅蒯)라고 해서 버리는 일이 없고, 부족에 대비하지 않음이 없다.'고 하였습니다. 임금님께서도 이러한 뜻을 가지고 계신지 모르겠습니다.

① 신하도 신하 나름이므로 우선 건강한 사람을 골라 써야 한다.

② 국난에 대비하여 많은 군자들이 모여들어야 한다.

③ 잘못된 것을 바르게 간언할 수 있는 신하가 필요하다.

④ 임금과 신하의 관계를 더욱 엄격히 해야 한다.

⑤ 임금은 아무리 나쁜 신하라도 버려서는 안 된다.

▶ 모범 답은 [부록] 참고

 I can do it.

연오랑 세오녀 延烏郎 細烏女

설화

□ **갈래** 설화(신화)

□ **성격** 전설적, 신화적

□ **주제** 일월신(日月神)의 도일(渡日). 새로운 세계의 개척

□ **의의** 우리 나라에 문헌으로 전하는 유일한 일월(日月) 신화

□ **출전** 〈삼국유사(三國遺事)〉

감상의
주안점

옛날 우리 나라가 일본에 어떤 영향을 주었을지 상상하며 감상해 보자.

도움말

이 설화는 해와 달의 생성에 관한 내용을 담고 있으며, 일월 신화(日月神話)의 흔적을 간직하고 있
다. 일본 측의 자료를 보면 이 설화가 일본의 건국 신화와 관계 있음을 알 수 있다고 한다. 또 우
리 나라 동해안의 '영일(迎日)'이란 지명도 이 이야기와 관계 있다고 볼 수 있다.

연오랑 세오녀 延烏郎細烏女

신라 제8대 임금 아달라왕(阿達羅王) 때의 일이다.

아달라왕 즉위 4년 정유(丁酉)년에 동해 바닷가에 연오랑(延烏郎)[1]
과 세오녀(細烏女) 부부가 살고 있었다.

어느 날 연오랑이 바닷가에서 해조(海藻)[2]를 따고 있는데, 홀연히
바위 하나가 나타나더니, 연오랑을 싣고 일본으로 건너가 버렸다.

일본에서는 바위를 타고 온 연오랑을 보고,

"이 사람은 범상한 인물이 아니다."

하고 연오랑을 존귀한 인물로 여기어 그들의 왕으로 추대하였다.

한편 아내인 세오녀는 아무리 기다려도 남편이 집으로 돌아오지
않자 궁금하여 바닷가에 나가 보았는데, 바위 위에서 남편이 벗어놓
은 신발을 발견하였다. 그 바위는 연오랑처럼 세오녀를 싣고 일본
으로 건너갔다.

---

1 이름 속의 '烏'(까마귀)는 이 설화에서는 '태양'을 상징함.
2 바다에서 나는 식물의 총칭.

그 나라 사람들은 세오녀를 보고 놀라서 왕에게 그 사실을 아뢰었다. 마침내 세오녀는 남편을 만나게 되었고, 그 나라의 왕비가 되었다.

그런데 연오랑과 세오녀 부부가 신라 땅을 떠난 뒤부터 해와 달이 빛을 잃고 말았다. 왕은 천문을 맡은 일관[3]에게 그 연유를 물었다. 그러자 일관이 왕께 아뢰기를,

"해와 달의 정기(精氣)가 우리 나라에 있다가 이제 일본으로 갔기 때문에 이런 변괴가 생기는 것입니다."
라고 하였다.

왕은 곧 연오랑 부부를 귀국시키기 위해서 사신(使臣)을 일본에 파견하였다. 그러나 연오랑은,

"우리가 여기에 온 것은 하늘의 뜻이니, 어찌 홀홀히 돌아갈 수 있겠소. 그러나 나의 아내가 짠, 고운 비단이 있으니 이것을 가지고 가서 하늘에 제사하면 해와 달이 다시 빛을 발할 것이요."
라고 말하며 사신에게 비단을 주었다.

사신이 그 비단을 가지고 오자, 임금이 그 말대로 하늘에 제사를 지냈다. 과연 해와 달이 정기가 되살아나 옛날같이 빛났다. 그래서 그 비단을 국보로 삼고, 어고(御庫)에 보관하였다. 그 창고를 귀비고(貴妃庫)라 하고, 하늘에 제사 지낸 곳을 영일현(迎日縣)[4], 또는 도기야(都祁野)[5]라 하였다.

---

3 日官. 천문을 관장하는 벼슬.
4 지금의 경상북도 영일만.
5 '도지들'을 향찰로 표기한 것으로, '해돋이'를 말함.

■ **내용 정리**

이 설화는 박인량의 〈수이전〉에 실려 있었는데, 〈삼국유사〉에 전재되어 전해오고 있다. 이 설화는 우리 나라에서 문헌에 전하는 거의 유일한 천체 신화(天體神話), 일월 신화(日月神話)라는 점에 그 의의가 있다. 태양이 광명의 신으로서 신앙의 대상으로 자리 잡은 것은 전 세계가 공통적이다. 어느 민족이나 해와 달에 관한 이야기는 풍부히 가지고 있는데, 우리 나라의 경우 구비 전승에는 이런 종류의 이야기가 많이 전하고 있으나 문헌에선 거의 이 설화가 유일하다. 태양 신화가 우리 나라에서 일본으로 이동했음을 말해 주는 이 설화는 세오녀가 태양과 관련되어 있음을 알 수 있다. 세오녀가 일본으로 건너가자 태양이 빛을 잃고, 세오녀가 짠 비단으로 빛을 찾는 내용은 태양의 여신 설화를 말해 주는 증거로 볼 수 있다.

■ **보충 정리**

□ 소재의 상징성 – 주인공의 이름

이 설화에서는 주인공의 이름 속에 들어 있는 공통된 글자 '오(烏)'가 특별한 의미를 가진다. 왜냐하면, 그것은 '까마귀'이기 때문이다. 까마귀는 일반적으로 우리 나라에서는 흉조(兇鳥)로 알려져 있고, '죽음, 저승 사자, 간신, 나쁜 무리' 등을 상징하며, 서양에서는 '탐욕, 죽음, 지혜, 풍요, 창조자, 길조, 흉조' 등 다양한 상징성을 가지고 있다.

그런데 이 설화에서 까마귀는 '태양'을 상징하게 된다. 이것은 고대 중국의 신화나 고구려 고분 벽화에서도 나타나는 현상인데, 까마귀는 태양 속에 사는 새로 알려져 있기도 하기 때문이다. 한편 까마귀는 '반포조(反哺鳥)'라 하여 부모를 봉양하는 효성의 대명사로도 알려져 있다.

깊이
생각 해보기

1. 이 글에 나타나는 전설적인 요소는 무엇인지 생각해 보자.
2. 이 글을 통해 우리 나라가 일본에 어떤 영향을 주었을지 생각해 보자.

▶ 예시 답은 [부록] 참고

1. 이 글의 내용 중 신화적인 요소로 보기 <u>어려운</u> 것은?(　　)

① 세오녀가 일본으로 가자 하늘의 해가 빛을 잃었다.

② 연오랑과 세오녀는 바닷가에서 살았다.

③ 연오랑이 바위를 타고 일본으로 건너갔다.

④ 세오녀의 비단으로 하늘에 제사 지내고 빛을 찾았다.

⑤ 연오랑은 하늘의 뜻으로 일본에 왔다고 말했다.

2. 이 글에 나타나는 세오녀의 '비단'에 대한 설명으로 바르지 <u>않은</u> 것은? (　　)

① 약속이나 의식을 신성하게 만들어 주는 것

② 가장 소중한 성물(聖物)

③ 태양 숭배에 필요한 제물

④ 일본인들의 생계 수단

⑤ 세오녀의 임무를 상징하는 것

▶ 모범 답은 [부록] 참고

점몽 占夢

설화

성현(成俔, 1439~1504) 채록

- 조선 전기의 학자. 호(號)는 용재(慵齋).
- 1475년 한명회(韓明澮)를 따라 명나라에 다녀와서 1476년 문과중시(文科重試)에 급제, 대사간 등을 지냄. 유자광(柳子光) 등과 〈악학궤범(樂學軌範)〉을 편찬함.
- 문집 〈용재총화(慵齋叢話)〉는 조선 전기의 정치 ·사회 ·제도 ·문화를 살피는 데 중요한 자료가 됨.
- 저서 : 〈허백당집(虛白堂集)〉, 〈풍아록(風雅錄)〉, 〈부휴자담론(浮休子談論)〉, 〈주의패설(奏議稗說)〉 등.

□ **갈래** 설화(민담)
□ **시대** 조선 성종
□ **구성** 3단 구성(기-서-결)
□ **표현** 열거법, 설의법
□ **제재** 꿈 풀이
□ **주제** 꿈속의 가능성을 발견하여 용기를 줌.
□ **의의** 〈춘향전〉의 옥중 꿈 풀이에 영향을 준 것으로 봄.
□ **출전** 〈용재총화(慵齋叢話)〉

감상의
주안점

자신의 꿈에 대한 경험을 바탕으로 감상해 보자.

도움말

이 글은 〈용재총화〉에서 발췌한, 꿈을 소재로 한 설화이다. 같은 문제를 앞에 놓고 그것을 풀이할 때, 그 방법과 결과가 다를 수 있듯 점술가와 그 아들의 해석 결과가 다르다.

점몽占夢

옛날에 유생(儒生)[1] 세 사람이 있었다. 장차 과거 시험을 보러 가고자 하는데, 한 사람은 꿈에 거울이 땅에 떨어졌고, 한 사람은 쑥으로 만든 사람[애부(艾夫)[2]]을 문 위에 달아 놓았으며, 또 한 사람은 바람이 불어 꽃이 떨어지는 꿈을 꾸었다.

모두 함께 꿈을 점치는 사람의 집을 찾아갔다. 꿈점 치는 사람은 없고 그의 아들만이 있었다. 세 사람이 꿈의 길흉을 물으니 그 아들이 점을 치면서,

"세 가지 꿈이 다 상서롭지 않습니다. 소원을 성취하지 못하겠습니다."

라고 하였다.

조금 후에 꿈점 치는 사람이 와서 자기 아들을 꾸짖고는 시를 지어 주기를,

---

1 유학을 닦는 선비.
2 쑥으로 만든 인형. 단오 때 문 위에 걸어두면 사악한 기운을 물리친다 함.

艾夫人所望(애부인소망)
鏡落豈無聲(경락기무성)
花落應有實(화락응유실)
三子共成名(삼자공성명)

쑥 인형은 사람이 우러르는 것이요.
거울이 떨어지니 어찌 소리가 없을꼬.
꽃이 떨어지면 응당 열매가 있을 것이니,
세 분은 함께 이름을 이루리라.

라고 하였다.
　과연 그 세 사람은 모두 과거 시험에 급제하였다.

■ **내용 정리**

　이 이야기에서 부정적으로 풀이해 준 아들과는 달리 긍정적으로 풀이해 준 점술가 덕분에 꿈을 풀이하러 왔던 유생 3인은 과거 시험에 모두 급제하였다. 긍정적인 꿈 풀이 덕분에 용기를 얻었음이 분명하다. 매사를 긍정적으로 바라보고 가능성을 찾아 힘써야 한다는, 평범한 듯 보이는 깊은 교훈을 담고 있는 것이다. 이 글의 내용에서 '꿈보다 해몽이 좋다'는 속담을 떠올릴 수 있다. 한편, 고전 소설 〈춘향전〉의 옥중 꿈 풀이는 이 설화의 영향을 받은 것으로 보인다.

■ **보충 정리**

□ 점복(占卜)과 점몽(占夢)

1. 점복의 뜻 : 사람의 지능으로는 예측할 수 없는 미래의 일이나 알지 못하는 일을 점쳐서 길흉을 예견하는 일.

2. 점복의 역사 : 우리 나라는 상고 시대부터 복(卜)이 있었으며, 신라 이후에는 국가에서 기관을 설치해 전문적으로 점을 보도록 하였음.

3. 점복의 기록 : 서거정의 〈필원잡기〉, 성현의 〈용재총화〉 등에 점술에 대한 기록이 보임.

4. 점몽의 의미 : 꿈에 나타난 일로 미래를 예언하기도 하는데, 이를 점몽(占夢)이라고 함.

깊이
생각 해보기

1. 이 글이 주는 교훈은 무엇인지 생각해 보자.

2. 이 글의 내용과 어울리는 속담에 어떤 것이 있는지 생각해 보자.

▶ 예시 답은 [부록] 참고

1. 이 글에서 꿈을 해석하는 부자(父子)의 태도를 가리키는 속담으로 알맞은 것은?( )

① 백짓장도 맞들면 낫다.

② 마음에 있어야 꿈을 꾸지.

③ 닭 쫓던 개 지붕 쳐다보기.

④ 다 된 밥에 재 뿌리기.

⑤ 귀에 걸면 귀걸이, 코에 걸면 코걸이.

2. 다음 〈보기〉는 이 이야기의 영향을 받은 것으로 보이는 〈춘향전〉에 나오는 꿈 풀이 대목이다. ㉠~㉤을 바르게 풀이하지 <u>못한</u> 것은?( )

〈보기〉

화락(花落)하니 능성실(能成實)이요,

㉠ 파경(破鏡)하니 기무성(豈無聲)가.

㉡ 문상(門上)에 현우인(懸偶人)하니

㉢ 만인(萬人)이 개앙시(皆仰視)라.

㉣ 해갈(海渴)하니 용안견(龍顔見)이요,

㉤ 산붕(山崩)하니 지택평(地澤平)이라.

① ㉠ : 거울이 깨어지니 소리가 없겠는가.

② ㉡ : 문 위에 허수아비 달려 있으니

③ ㉢ : 사람마다 우러러볼 것이라.

④ ㉣ : 바다를 건너면 임금의 얼굴을 볼 것이요,

⑤ ㉤ : 산이 무너지면 평지가 될 것이라.

▶ 모범 답은 [부록] 참고

가전 假傳

가전(假傳)에 대하여

1. 개념 : 사물을 역사적 인물처럼 의인화하여 그 가계와 생애 및 개인적 성품, 공과(功過)를 기록하는 전기(傳記) 형식의 글. 허구적인 성격의 글이기 때문에 '假(거짓 가)'를 써서 '가전(假傳)', 또는 '가전체(假傳體)'라고 함.

2. 형성
   ① 고려 중기 이후 설화를 수집, 정리, 창작하는 과정에서 의인체(擬人體)의 가전이 출현함.
   ② 무신란 이후에 등장한 사대부(士大夫)들이 사물에 대한 관심과 인간 생활을 합리적으로 구성하려는 정신을 표현함.
   ③ 의인체의 서사 문학이라는 점에서 신라 때 설총이 지은 〈화왕계(花王戒)〉를 그 근원으로 하고 있음.

3. 목적 : 계세징인(戒世懲人, 세상 사람들에게 경계심을 일깨워 줌.)

4. 작가 : 임춘, 이규보, 이곡, 이첨, 석식영암 등

5. 의의 : 설화에서 소설로 발전하는 과정에서 교량적 구실을 함.

국순전 麴醇傳

가전

임춘(林椿, 1147~1197)

- 고려 중기의 문인. 호(號)는 서하(西河).
- 이인로(李仁老)·오세재(吳世才) 등과 함께 강좌칠현(江左七賢)의 한 사람으로 한문과 당시(唐詩)에 능함.
- 이인로가 그의 유고(遺稿)를 모아 〈서하선생집(西河先生集)〉 6권을 엮음.
- 저서 : 〈국순전(麴醇傳)〉, 〈공방전(孔方傳)〉 등.

- □ **갈래** 가전
- □ **시대** 고려 중엽
- □ **성격** 풍자적, 우의적, 교훈적
- □ **구성** 일대기를 중심으로 한 순차적 구성
- □ **표현** 의인법
- □ **제재** 누룩(술)
- □ **주제** 간사한 벼슬아치를 풍자함.
- □ **의의** ① 현전하는 가전체 문학의 효시 ② 〈국선생전〉(이규보)에 영향을 줌.
- □ **출전** 〈동문선(東文選)〉

주인공 '순(醇)'의 성격과 인간의 양면성에 대해 생각하면서 감상해 보자.

이 작품은 술을 의인화하여 세상을 경계하고 사람을 징계할 목적으로 창작된 것이다. 그러나, 단순히 술과 인간의 관계만 이야기한 것이 아니라 신하와 임금의 관계를 술과 인간의 관계에 빗대어 당대의 사회상을 비판한 것이다.

국순전 麴醇傳

국순(麴醇)[1]의 자는 자후(子厚)다. 그 조상은 농서(隴西)[2] 사람으로 90대 할아버지 모(牟)[3]가 순임금 시대에 농사에 대한 행정을 맡았던 후직(后稷)[4]이라는 현인을 도와서 만백성을 먹여 살리고 즐겁게 해 준 공로가 있었다.

옛적부터 인간을 먹여 살린 공로를 〈시경(詩經)〉에서는 이렇게 노래했다. '내게 그 보리를 물려주었다.' 한 것이 그것이다.

모는 처음에 나아가서 벼슬을 하지 않고 농토 속에 묻혀 숨어 살면서 말했다.

"나는 반드시 농사를 지어야 먹으리라."

이러한 모에게 자손이 있다는 말을 임금이 듣고, 조서[5]를 내려 수

---

1 술을 의인화한 말.
2 진 한 시대 군 이름.
3 보리를 의인화한 말.
4 이름은 기. 농사일을 잘 다스려 순 임금이 후직이란 벼슬을 줌.
5 임금의 명령을 쓴 문서.

레를 보내어 그를 불렀다. 그가 사는 근처의 고을에 명을 내려, 그의 집에 후하게 예물을 보내도록 했다. 그리고 임금은 신하에게 명하여 친히 그의 집에 가서 신분이 귀하고 천한 것을 잊고 교분을 맺어서 세속 사람과 사귀게 했다. 그리하여 점점 상대방을 감화하여 가까워지는 맛이 있게 되었다. 이에 모는 기뻐하여 말했다.

"내 일을 성사시켜 주는 것은 친구라고 하더니 그 말이 과연 옳구나."

이런 후로 차츰 그가 맑고 덕이 있다는 소문이 퍼져 임금의 귀에까지 들리게 되었다. 임금은 그에게 정문[6]을 내려 표창했다. 그리고 임금을 좇아 원구[7]에 제사 지내게 하고, 그의 공로로 해서 중산후를 봉하고, 식읍[8] 1만 호에 실지로 수입하는 것은 5천 호가 되게 하고 국씨 성을 하사했다.

그의 5대 손은 성왕을 도와서 사직 지키는 것을 자기의 책임으로 여겨 태평스러이 술에 취해 사는 좋은 세상을 이루었다. 그러나 강왕이 왕위에 오르면서부터 점점 대접이 시원찮아지더니 마침내는 금고[9]형을 내리고 심지어 국가의 명령으로 꼼짝 못하게 했다. 그래서 후세에 와서는 현저한 자가 없이 모두 민간에 숨어 지낼 뿐이었다.

위나라 초년이 되었다. 순의 아비 주[10]의 이름이 세상에 나기 시작했다. 그는 실상 소주다. 상서랑 서막(徐邈)[11]과 알게 되었다. 서

---

6 旌門. 충신, 효자, 열녀를 기리기 위해 나라에서 세워주던 붉은 문.

7 園丘. 천자가 동지에 하늘에 제사를 지내던 곳.

8 食邑. 공신에게 논공행상으로 주는 영지.

9 禁錮. 신분에 허물이 있어 벼슬에 쓰지 않는 죄과.

10 酎. 소주를 의인화한 말.

11 위나라 사람. 지독한 애주가로 국법으로 금지한 밀주를 만들어 마셨다 함.

막은 조정에 나아가서까지 주의 말을 하여 언제나 그의 말이 입에서 떠나지 않았다.

어느 날 임금에게 아뢰는 자가 있었다.

"서막이 국주와 사사로이 친하게 지내오니 이것을 그대로 두었다가는 장차 조정을 어지럽힐 것이옵니다."

이 말을 듣고 임금은 서막을 불러 그 내용을 물었다. 서막은 머리를 조아리면서 사과했다.

"신이 국주와 친하게 지내는 것은 그에게 성인의 덕이 있사옵기에 때때로 그 덕을 마셨을 뿐이옵니다."

임금은 서막을 책망해 내보내고 말았다.

진나라 세상이 되었다. 주는 세상이 장차 어지러워지리라는 것을 미리 알았다. 그는 항상 유령(劉伶), 완적(阮籍)[12]의 무리들과 죽림 속에서 놀다가 세상을 마치고 말았다.

주는 도량이 넓고 커서 마치 끝없는 만경의 바다 물결과도 같았다. 억지로 맑게 하려고 해도 더 맑아지지도 않고, 일부러 휘저어도 더 흐려지지도 않았다. 그 풍미는 한 세상을 뒤덮어 자못 그 기운을 사람에게 빌려주기도 했다.

어느 날 섭법사(葉法師)[13]에게 나아가 종일토록 함께 담론한 일이 있었다. 이때 온 좌중 사람들은 그의 말을 듣고 모두 허리를 잡아,

---

12 진나라 때 죽림칠현에 속한 사람들. 유령은 특히 술을 좋아함.

13 〈태평광기〉의 '섭법선' 설화에 나오는 인물.

14 조용히 은거하며 사는 선비.

15 높은 벼슬아치와 벼슬살이를 하는 선비.

16 신선의 술법을 닦는 사람.

이로부터 그의 이름이 세상에 알려지기 시작했다. 그를 국 처사[14]라고 불렀다. 이리하여 위로는 공경대부[15]와 신선, 방사[16]로부터 아래로는 남의 집 머슴, 나무꾼, 오랑캐나 외국 사람들까지 그의 향기나 이름만 들어도 이내 모두 부러워하고 사모했다.

이들은 여럿이 모였다가도 만일 국 처사가 오지 않으면 모두 쓸쓸한 표정으로 입을 모아 말하곤 했다.

"국 처사가 없으니 자리가 즐겁지 못하다."

그가 당시 사람들에게 소중히 여겨진 것은 대개 이러했다.

태위산도(太尉山濤)[17]는 감식이 있는 사람이었다. 어느 날 그를 보고 말했다.

"어느 놈의 늙은 할미가 이런 영악한 아이를 낳았단 말인가. 그러나 천하 사람들을 그르칠 사람은 반드시 이 사람일 것이다."

관청에서 그를 불러 청주종사[18]로 삼았다. 그러나 격의 위에 있는 것이 마땅한 벼슬자리가 아니라고 해서 다시 바꾸어 평원독우[19]를 시켰다. 그러나 얼마 되지 않아서 그는 탄식하며 말했다.

"내가 이까짓 쌀 닷 말 때문에 남 앞에 허리를 굽힌단 말이냐. 차라리 마을에 있는 아이들과 함께 술자리에 가서 이야기하면서 노는 게 낫겠다."

그는 이렇게 말하고 벼슬을 내놓고 돌아갔다. 이때 관상을 잘 보는 사람 하나가 말했다.

"그대는 붉은 기운이 얼굴에 떠오르고 있으니 뒤에 가서는 반드시 귀하게 되어 천종의 녹을 받게 될 것이오. 잠시 있으면 누군가가 비

---

17 죽림칠현 중의 한 사람.
18, 19 옛날 환온에 술을 잘 식별하는 사람이 있었는데, 그가 맛이 좋은 술은 '청주종사'라 하고 나쁜 것은 '평원독우'라 지칭했다 함.

싼 값을 내고 데려갈 것이니 그 때를 기다리시오."

진의 후주 때가 되었다. 양가의 아들로서 주객원외랑이 되었다. 임금은 그의 도량이 큰 것을 알아보고 보통 사람과 다르게 여겨 앞으로 높이 올려 쓸 마음을 가졌다. 이내 금구[20]로 덮어 뽑아서 벼슬을 올려 광록대부 예빈경[21]으로 삼고 작을 올려 공으로 삼았다.

이로부터 어느 때나 임금과 신하가 회의를 할 때에는 반드시 순을 시켜 잔을 채우게 했다. 순의 그 행동하고 수작하는 것이 임금과 신하들의 뜻에 아주 맞았다.

임금은 그를 몹시 칭찬하였다.

"경이야말로 이른바 곧고도 맑은 사람이다. 내 마음을 열어주고 일깨워 주는도다."

이리하여 순은 권리를 얻어 마음대로 일을 하게 하였다. 어진 사람을 사귀고 손님을 접대하는 것, 늙은이를 받들어 술과 고기를 주는 일, 귀신과 종묘에 제사 지내는 일들은 이로부터 모두 순이 맡아서 했다. 임금이 밤에 잔치를 벌일 때라도 오직 순과 궁인만이 곁에서 모실 수 있었고, 그 밖의 사람은 아무리 가까운 신하라도 옆에 가지 못했다.

이로부터 임금은 날마다 몹시 취해서 정사를 전폐하게 되었다. 순은 또 마치 입에 재갈을 물리듯이 해서 아무런 말도 못하게 했다. 이렇게 되고 보니 예법을 아는 선비들은 순을 마치 원수처럼 미워하게

---

20 쇠 항아리. 당나라 현종이 재상을 선정하여 그 이름을 책상 위에 써 놓고 금구로 가려 신하에게 맞히게 한 고사에서 유래하여, 재상을 뽑는 일을 말함.
21 예빈원(외국인을 접대하기 위하여 설치한 관아)의 대부 벼슬.

되었다. 하지만 임금은 항상 순을 보호해 주었다. 그런데 순은 또 재산 모으는 것을 몹시 좋아했다. 그래서 당시 여론은 그를 더욱 비루하게 여겼다.

어느 날 임금이 물었다.

"경이 무슨 버릇이 있는가?"

순이 대답했다.

"옛날에 두예는 〈좌전〉을 읽는 벽이 있었고, 왕제는 말 타는 벽이 있었습니다. 하온데 신은 돈 모으는 벽이 있습니다."

이 말을 듣고 임금은 한 번 크게 웃고는 더욱 그를 돌봐 주었다.

어느 날 순은 임금 앞에 나아가게 되었다. 순의 입에서는 냄새가 났다. 이것을 싫어해서 임금은 말했다.

"이제 경은 이미 늙어서 내 앞에서 일을 하지 못하겠는가?"

순은 말을 알아듣고 관을 벗고 사죄했다.

"신이 작을 받고도 사양하지 않으면 끝내는 몸을 망칠 염려가 있사옵니다. 바라옵건대 신을 사제에 돌아가게 해 주시면, 신은 그것으로 저의 분수를 알겠나이다."

이에 임금은 좌우 신하들에게 명하여 순을 부축하게 하여 집으로 돌려보냈다. 그러나 집에 돌아온 순은 갑자기 병이 들어 죽고 말았다.

순에게는 아들이 없다. 그 족제 청이 있는데 당나라에 벼슬하여 내공봉까지 지냈다. 이로부터 그의 자손이 온 중국에 퍼지게 되었다.

사신(史臣)은 말한다.[22]

---

22 '순'에 대한 사신의 평가는 비판적임.

국씨는 그 조상이 백성에게 공이 있었고, 청백한 것을 그 자손에게 물려주었다. 그것은 마치 창이 주에 있는 것과 같아서 향기로운 덕이 황천에까지 미쳤으니, 가위 그 할아비의 풍도가 있다 하겠다. 순은 들병의 지혜[23]로 항아리 창을 낸 가난한 집안에서 일어나, 일찍이 쇠로 만든 뚜껑을 덮은 금구에 선발되었다. 그리하여 술단지와 음식 만드는 도마 사이에 서서 담소하면서도 종시 옳은 것을 받아들이고 그른 것을 물리치지 못해서, 왕실이 어지러워 엎어지는데도 이를 붙들지 못해서 결국 천하 사람들의 치소거리[24]가 되었으니, 옛날 산도의 말이 믿을 만하도다.

---

23 들고 다닐만한 작은 병(들병)에 들어갈 정도의 작은 지혜.
24 빈정거리는 웃음거리.

■ **내용 정리**

이 작품은 사람들이 즐겨 마시는 술을 의인화함으로써 세상을 경계하고 사람을 징계할 목적으로 창작된 가전체 소설이다. 그러나, 단순히 술과 인간의 관계만을 이야기하는 것이 아니라, 신하와 임금의 관계를 술과 인간의 관계에 빗대어 당대의 사회상을 비판하고 있다. 여기에 등장하는 국순은 부정적 인물이다. 국순은 술을 의인화한 인물로서 당대의 간신배를 대표하는 인물이기도 하다. 지은이 임춘은 늙을 때까지 임금의 총애를 받으면서 물러나지 않다가 결국은 임금에게 버림받는 신하들과 무절제한 정객들을 동시에 비판하고 있는 것이다.

■ **보충 정리**

1. 국순(술)의 양면성

 ① 긍정적인 면 : 도량이 크고 남의 기운을 북돋워주는 재간이 있어 위 아래로 흠모를 받음.

 ② 부정적인 면 : 임금의 마음을 어지럽게 하고, 재산을 모으다가 결국 비참하게 죽음.

2. 교훈 – 신하된 자로서 자기의 분수를 지킬 때 왕의 신임을 얻어 훌륭한 인물이 되지만, 그렇지 못할 경우 백성들로부터 지탄을 받게 됨.

3. 송나라 〈태평광기〉에서 인물, 벼슬 이름 등을 취한 이유 – 고려 가전체의 일반적 형식으로, 직접 비판이 어려운 무단 정치 하에서 사회 문제를 다루기 위한 풍자 수단으로 이용됨. 고대 소설이나 박지원의 소설 〈허생전〉 등에서도 나타남.

깊이
생각 해보기

1. 이 글을 통해 고려 시대 당시의 조정이 어떠했는가를 추측해 보자.
2. 이 글에서 술은 무엇은 은유하고 있는지 생각해 보자.

▶ 예시 답은 [부록] 참고

1. 이 글에 나타난 순(醇)의 부정적인 성격을 나타내는 한자 성어로 가장 알맞은 것은?( )

　① 우왕좌왕(右往左往)

　② 좌충우돌(左衝右突)

　③ 혹세무민(惑世誣民)

　④ 부화뇌동(附和雷同)

　⑤ 허장성세(虛張聲勢)

2. 다음 〈보기〉의 밑줄 친 부분이 의미하는 것으로 바른 것은?( )

〈보기〉

　주는 도량이 넓고 커서 마치 끝없는 만경의 바다 물결과도 같았다. 억지로 맑게 하려고 해도 더 맑아지지도 않고, 일부러 휘저어도 더 흐려지지도 않았다. 그 풍미는 한 세상을 뒤덮어 자못 그 기운을 사람에게 빌려주기도 했다.

　① 본래부터 전혀 맑지 않았다.

　② 아무리 맑게 하려 해도 맑아지지 않았다.

　③ 흐리게 하려고 하면 할수록 오히려 더 맑아졌다.

　④ 맑게 하려고 하면 할수록 오히려 더 흐려졌다.

　⑤ 본래부터 아주 맑았다.

▶ 모범 답은 [부록] 참고

I can do it.

공방전 孔方傳

가전

임춘(林椿, 1147~1197)

- 고려 중기의 문인. 호(號)는 서하(西河).
- 이인로(李仁老) · 오세재(吳世才) 등과 함께 강좌칠현(江左七賢)의 한 사람으로 한문과 당시(唐詩)에 능함.
- 이인로가 그의 유고(遺稿)를 모아 〈서하선생집(西河先生集)〉 6권을 엮음.
- 저서 : 〈국순전(麴醉傳)〉, 〈공방전(孔方傳)〉 등.

□ **갈래** 가전

□ **시대** 고려 중엽

□ **성격** 풍자적, 우의적, 교훈적

□ **구성** 공방의 가계(家系)를 간략한 전기 형태로 구성함.

□ **표현** 의인법

□ **제재** 엽전(돈)

□ **주제** 돈의 폐해를 경계하고 재물을 탐하는 사회상을 풍자함.

□ **의의** 〈국순전(麴醉傳)〉과 함께 우리 나라 가전의 효시

□ **출전** 〈동문선(東文選)〉

고려 시대의 돈의 내력과 오늘날의 돈의 유통을 비교해 보고, 재물의 올바른 가치가 무엇인지 생각하며 감상해 보자.

이 작품은 엽전(돈)을 의인화하여 돈의 폐해를 비판하고 있다. 작품의 후반부에서 돈에 대한 매우 부정적인 태도가 나타나는 것으로 보아, 작가는 '공방'을 단순하게 돈을 드러내기 위해서가 아니라 잘못된 사회상을 비판하려는 사물로 여기고 있음을 알 수 있다.

공방전孔方傳

공방(孔方)[1]의 자는 관지(貫之)[2]다. 그 조상이 일찍이 수양산(首陽山)에 숨어 굴혈 속에서 살아, 아직 나와서 세상에 쓰여진 적이 없었다.

그는 처음 황제 때에 조금 조정에 등용되어 쓰였으나, 성질이 너무 굳세어 세상 일에는 그렇게 세련되지 못하였다.

어느 날 황제가 상공을 불러 그를 보이니, 상공이 한참 동안 들여다 보더니 말했다.

"이는 산과 들의 성질을 가져 쓸 만하지 못하오나, 만일 폐하께서 만물을 조화하는 풀무와 망치를 써서 때를 긁어 빛을 갈면, 그 본래의 자질이 점점 드러나게 될 것입니다. 원래 왕이 된 자는 모든 사람으로 하여금 올바른 그릇이 되게 해야 하는 것이오니, 원컨대 폐하는 저 쓸모 없는 구리와 함께 내버리지 마옵소서."

이로 말미암아 공방은 그의 이름이 세상에 나타나게 되었다.

뒤에 난리를 피하여 강가에 있는 숯 굽는 거리로 이사하여 거기

---

1 밖은 둥글고 안에는 네모난 구멍이 있는 엽전.
2 꿴다는 뜻으로, 돈을 꿰미로 만들기 때문에 자를 관지로 하였음.

에 눌러 살게 되었다. 그의 아버지 천(泉)은 주(周)나라의 대제(大帝)로 나라의 부세(賦稅)를 맡았었다.[3]

공방은 생김새가 밖은 둥글고 안은 모나며 때에 따라 변통을 잘하여 한(漢)나라에 벼슬하여 홍려경[4]이 되었다. 그때 오왕(吳王)의 왕비가 교만하고 분수에 넘치는 짓을 하여 나라의 권리를 혼자서 도맡아 부렸는데, 공방은 여기에 붙어서 많은 이익을 보았다. 무제 때에는 온 천하의 경제가 말이 아니어서 나라 안의 창고가 온통 비어 있었다. 임금은 이를 보고 몹시 걱정하고 공방을 불러 벼슬을 시켜 부민후(富民後)로 삼아, 그의 무리인 염철승(鹽鐵丞)[5] 근(僅)과 함께 조정에 있게 했다.[6] 이 때 근은 공방을 보고 항상 형님이라 하고 이름을 부르지 않았다.

공방은 성질이 욕심 많고 더러워 염치가 없었는데, 이제 재물과 씀씀이를 도맡게 되니 본전과 이자의 경중(輕重)을 다는 법을 좋아하고, 나라를 편하게 하는 것은 반드시 질그릇, 쇠그릇을 만드는 생산의 방법에만 있는 것이 아니라고 생각했다. 그는 백성과 더불어 한 푼 한 리의 이익이라도 다투고, 물건 값을 낮추어 곡식을 천하게 하고, 재물을 중하게 하여 백성으로 하여금 근본인 농업을 버리고 끝[7]을 쫓게 하여 농사에 방해를 끼쳤다.

---

3 주나라 때 세금을 천이라는 돈으로 받았음.
4 한의 관직 이름으로 외국 손님을 접대하는 벼슬.
5 전통적으로 소금과 철은 국가가 전매하는 사업이었으므로, 이것을 담당하는 승상이라는 뜻.
6 소금과 철을 국가가 전매하여 재정을 늘렸음.
7 사농공상(士農工商)의 끝인 상업에만 종사하게 만들었음.

이에 간관(諫官)들이 상소를 하여 이러한 일의 잘못됨을 간했으나, 임금은 듣지 않았다. 공방은 또 재치 있게 권세가 있거나 귀한 사람들을 잘 섬겨 그들의 집에 드나들며 권세를 부렸다. 그리고 한 편으로는 그 권세를 이용해 매관 매직을 일삼아, 벼슬을 올리고 내림이 다 그의 그 손안에 있게 되니, 공경(公卿)들까지 모두 절개를 굽혀 섬기게 되었다. 그래서 그는 창고에 곡식을 쌓고 뇌물을 거두어 문권(文券)[8]과 증서(證書)가 산처럼 쌓여 이루 헤아릴 수가 없었다.

그는 인물을 대함에 있어 못나고 어리석음을 묻지 않으며, 비록 시정 사람이라도 재물만 많이 가진 자면 다 함께 사귀고 통하였다. 때로는 거리의 불량스런 소년들과 어울려 바둑 두기와 투전하기로 일로 삼으며, 자못 누구한테나 쾌히 허락하는 것을 좋아하므로, 당시 사람들은 이것을 보고,

"공방의 말 한 마디는 그 무게가 황금 백 근만하다."

라고 말하였다.

원제(元帝)가 왕위에 오르자 공우(貢禹)[9]가 상서를 올려 다음과 같이 아뢰었다.

"공방이 오랫동안 나라의 어려운 직책을 맡아 보았으나, 그는 농사가 국가의 근본임을 알지 못하고 한갓 장사치의 이익만을 일으켜 나라를 좀먹고 백성을 해하여 공적인 일이나 사적인 일이 다 곤궁하게 되었습니다. 더구나 뇌물이 성행하고 청탁이 버젓이 행해지고 있습니다. 무릇 주역에서는 분명히 '짐을 지고 또 타게 되면 도둑이 온

---

8 뇌물의 목록을 적은 문서.
9 한나라의 유명한 관리로 청렴하고 정직함.

다.'고 경계하고 있습니다. 청컨대 그를 면직시켜 욕심 많고 더러운 자를 징계하옵소서."

그 때 집정자 중에는 한 장군이 있어 공방으로 하여금 변방을 막는 방책을 세우고자 했으나, 공방의 일을 미워하는 자들이 그를 위하여 그렇게 하지 말라고 조언했다. 임금이 신하들의 말을 듣게 되므로, 마침내 공방은 조정에서 쫓겨나는 몸이 되었다.

그가 자신의 문인들에게 말했다.

"내가 얼마 전에 임금님을 뵙고, 나 혼자서 온 천하의 정치를 도맡아 하면서, 장차 나라의 경제가 족하고 백성의 재물이 넉넉하게 하고자 하였다. 그런데 이제 하찮은 죄로 내버림을 당하게 되었지만, 나아가 조정에 쓰이거나 쫓겨나 버림을 받거나 나로서는 더하고 손해날 것이 없다. 다행히 나의 목숨이 실오라기처럼 끊어지지 않고, 진실로 주머니 속에 감추어져 아무 말도 없이 용납되고 있다. 이제 나는 부평과 같은 행색으로 곧장 장강과 회수에 있는 별장으로 돌아가련다.

맑은 시냇물에 낚싯줄을 드리우고 고기를 낚아 술을 마시며, 때로는 바다 위의 장사꾼들과 함께 배를 타고 떠돌면서 한 평생을 마치면 그만이다. 제 아무리 천 종의 녹[10]과 오정[11]의 많은 음식인들 내 어찌 그것을 부러워하여 이와 바꾸겠는가. 그러나 나의 심술이 오래되면 다시 발작할 것만 같다."

진(晉)나라에 화교(和嶠)[12]란 사람이 있었다. 공방의 풍도를 듣고 기뻐하여 사귀어 커다란 재산을 모았고, 드디어 그를 사랑하여 한 가지 버릇을 이루고 말았다. 이것을 본 남양 사람인 노포(魯褒)가 그

---

10 祿. 많은 양의 봉록을 뜻함.
11 五鼎. 소, 양, 돼지, 물고기, 순록을 담아 제사 지내는 다섯 개의 솥. 미식을 뜻함.
12 진나라 서평 사람. 그의 집은 부유했으나 성품이 지극히 인색하여 돈에 지독한 구두쇠였다고 함.

를 비판하는 글을 지어 화교를 비난하고 그릇된 풍속을 바로잡기에 애썼다.

화교의 무리 중에 오직 완적이란 사람만은 성품이 활달하여 속물을 즐기지 않았다. 그런데도 공방의 무리와 더불어 막대를 짚고 나가 놀면 목로 술집에 이르러 문득 취하도록 마셨다. 왕이보란 사람은 한 번도 입으로 공방의 이름을 부르는 일이 없었다. 방을 가리켜 말하려면 그저 '그것'이라고 했다.

당(唐)나라가 일어나자 유안(劉晏)이 탁지판관(度支判官)[13]이 되었는데, 나라의 씀씀이 넉넉하지 못하므로 임금께 청하여 다시 공방을 이용해서 나라의 씀씀이를 여유 있게 하려고 했다. 그러나 그 때 공방은 죽은 지가 이미 오래였고, 그 제자들이 사방에 흩어져 살고 있었다. 이들을 물색하여 나라에서 공방 대신에 쓰게 되었다. 그리하여 공방의 술책이 크게 쓰여졌고, 심지어는 국가에서 조서를 내려 공방에게 조의대부소부승(朝義大夫少府丞)의 벼슬까지 올려 주었다.

남송(南宋) 신종조(神宗朝) 때에는 왕안석(王安石)이 나라 일을 맡아 보면서 여혜경(呂蕙卿)을 불러와 함께 정사를 돕게 했다. 이들이 청묘법[14]을 세우니 그 때에 천하가 비로소 떠들썩하여 아주 못살게 되었다. 소식(蘇拭)이 그 폐단을 혹독하게 비난하여 그들을 모조리 배척하려다가 도리어 모함에 빠져 쫓겨나 귀양가게 되었다. 이로부터 조정의 인사들이 감히 그들을 비난하지 못하였다.

---

13 재산을 관리하는 벼슬.
14 靑苗法. 왕안석의 신법 가운데 한 가지로서, 싹이 파랄 때에 관에서 돈 백 문을 대여하고 추수한 뒤에 이자 이십 문을 붙여 상환하게 하던 법.

사마광(司馬光)이 정승으로 들어가자 그 법을 폐하기를 아뢰고, 소식(蘇軾)을 천거하여 높은 자리에 썼다. 이로부터 공방의 무리가 차츰 세력이 꺾이어 다시 강성하지 못하였다.

(중략)

사신(史臣)[15]은 말한다.

"남의 신하가 되어 두 마음을 품고 큰 이익를 쫓는 자를 어찌 충(忠)이라 이를 것인가. 공방은 올바른 법과 좋은 주인을 만나 나라의 은혜를 적지 않게 입었다. 그러면 마땅히 국가를 위하여 이익을 일으키고 해를 덜어 임금의 은혜로운 대우에 보답했어야 했다. 그런데도 도리어 비를 도와서 나라의 권세를 한 몸에 독차지해 가지고, 심지어 사사로이 당을 만들기까지 했으니, 이것은 충신이 경계 밖의 사귐이 없어야 한다는 말에 어긋나는 것이다."

공방이 죽자 그 무리가 다시 남송(南宋)에 쓰여져 집정(執政)한 권신들에게 아부하여 그들은 도리어 올바른 사람들을 모함하였다. 비록 길고 짧은 이치는 나타나지 않아 알 수 없지만, 만일 원제(元帝)가 진작 공우(貢遇)가 한 말을 받아들여서 이들을 하루아침에 다 죽여 버렸던들 이 같은 후환은 없었을 것이다. 그런데 다만 이들을 억제하기만 해서 마침내 후세에 폐단을 끼치게 하였으니, 무릇 실행보다 말이 앞서는 자는 늘 미덥지 못한 것을 걱정하지 않을 수가 없다.

---

15 인물에 대한 작가의 비평을 사관의 입을 빌려 표현하고 있음.

■ **내용 정리**

　이 작품은 엽전(돈)을 의인화하여 돈의 폐해를 비판하고 있다. 주인공인 '공방(孔方)'은 욕심이 많고 염치가 없는 부정적 성격의 소유자로 등장한다. 그는 백성들로 하여금 오직 물질적 이익을 얻는 일만 하게 만든다. 그리고 그는 일반 선비들과는 달리 천하게 여겼던 시정의 사람들과 사귀기도 하는데, 이는 '공방'을 단순히 탐욕스러운 인간을 내세우기 위한 것이라기보다는 잘못된 사회상을 비판하기 위한 작가의 의도가 반영된 사물로 여겨질 수 있음을 보여준다. 즉, 작가는 이 작품을 통하여 돈의 내력과 성쇠(盛衰)를 보여 줌으로써 잘못된 사회상을 풍자하는 경세(警世)의 효과를 나타내려 하고 있는 것이다.

■ **보충 정리**

1. 공방(孔方)의 이중성

　① 형태 : '공(孔)'은 엽전의 둥근 모양을, '방(方)'은 구멍의 네모난 모양을 가리킨다. 즉, 겉은
　　　둥글지만, 속은 모가 난 이중적 형태이다.

　② 의미 : 돈의 이중성을 말한다. 인간이 필요하여 만든 돈이 잘못하면 인간을 타락시킬 수 있
　　　다는 교훈을 주고 있다.

2. 엽전에 담긴 뜻－고려 숙종 때(1097년) 의천(義天)이 엽전을 만들어 쓰자고 왕에게 건의한 「화
　폐론」에서 엽전의 모양을 묘사한 것을 보면, 엽전이 밖은 둥글고 안은 모난 것을 일컬어 둥근
　것은 하늘을 본뜨고 모난 것은 땅을 본떴다 하고, 만물을 하늘이 덮고 땅이 실어 없어지지 않게
　하는 이치를 구현하고 있다고 하였다. 이에 우리 나라 최초의 엽전인 '해동통보'가 만들어졌다.

깊이
생각 해보기

1. 이 글에서 작가는 돈에 대해 어떻게 생각하고 있는지 정리해 보자.

2. 이 작품의 모순점을 지적해 보고 어떤 내용이 추가되었으면 좋겠는지 생각해 보자.

　예시 답은 [부록] 참고

1. 이 글에서 돈에 대한 지은이의 생각과 일치하는 것은?( )

① 돈을 잘 사용하면 조금 잘못 되어도 문제가 될 것은 없다.

② 타인의 주머니 속의 돈이 아무리 많다고 하여도 내 주머니 속의 적은 돈보다는 못하다.

③ 돈을 가지면 세상에 못할 것이 없으므로 가장 훌륭한 존재이다.

④ 돈을 얻기 위하여 수단과 방법을 가리지 않아도 된다.

⑤ 돈은 살아가는 문제를 그릇되게 하기 때문에 돈을 없애어 후환을 막아야 한다.

2. 다음 〈보기〉의 밑줄 친 부분이 의미하는 바와 유사한 한자 성어로 바른 것은? ( )

〈보기〉

공방은 또 재치 있게 권세가 있거나 귀한 사람들을 잘 섬겨 그들의 집에 드나들며 권세를 부렸다. 그리고 한편으로는 그 권세를 이용해 매관 매직을 일삼아, 벼슬을 올리고 내림이 다 그의 그 손안에 있게 되니, 공경(公卿)들까지 모두 절개를 굽혀 섬기게 되었다.

① 가렴주구(苛斂誅求)

② 권불십년(權不十年)

③ 호가호위(狐假虎威)

④ 곡학아세(曲學阿世)

⑤ 부화뇌동(附和雷同)

▶ 모범 답은 [부록] 참고

국선생전 麴先生傳

가전

이규보(李奎報, 1168~1241)

□ 고려 시대의 문신, 문인. 호(號)는 백운거사(白雲居士).

□ 몽골군의 침입을 진정표(陳情表)로써 격퇴한 명문장가.

□ 시·술·거문고를 즐겨 삼혹호(三酷好) 선생이라 자칭했으며, 만년에 불교에 귀의함.

□ 저서 : 〈동국이상국집(東國李相國集)〉, 〈백운소설(白雲小說)〉, 〈국선생전(麴先生傳)〉 등.

- □ **갈래** 가전
- □ **시대** 고려 중엽
- □ **성격** 교훈적, 전기적, 우의적
- □ **구성** 일대기를 중심으로 한 전기적 구성
- □ **표현** 의인법
- □ **제재** 누룩(술)
- □ **주제** 위국충절(爲國忠節)의 교훈. 군자(君子)의 처신에 대한 경계
- □ **의의** 임춘의 〈국순전〉에 영향을 받아 지어짐.
- □ **출전** 〈동문선(東文選)〉

나라의 관리는 어떻게 처신해야 하는지 생각하며 감상해 보자.

이 작품은 〈국순전〉의 영향을 받아 지어졌지만, 술을 긍정적으로 평가하고 있는 면이나, 주제 면에서 그와 다르다. 그리고, 이 작품에 나타나는 인물의 행동 양식도 〈국순전〉의 '국순'과는 다르다. 즉, '국선생'은 비천한 몸이었지만 성실한 행동으로 관직에 등용되었으며, 총애가 지나쳐 잘못을 저지르지만 물러난 후 후회할 줄 알며, 국난을 당해서는 백의 종군하였다.

국선생전 麴先生傳

　국성(麴聖)[1]의 자는 중지(中之)[2]라 하는데, 주천(酒泉)[3] 고을 사람이다. 어려서 서막(徐邈)[4]에게 사랑을 받았으므로, 그의 이름과 자를 서막이 지어 주었다.

　그의 먼 조상은 본래 온(溫)이라는 고장 사람으로 열심히 농사를 지으며 살고 있었으나, 정(鄭)나라가 주(周)나라를 칠 때에 포로로 잡혀 와, 그 자손들이 일부가 정나라에 살고 있다. 그의 증조부는 역사에 이름이 나타나지 않고, 조부인 모(牟)[5]가 주천(酒泉)으로 이사하여 거기서 눌러 살아 드디어 주천 고을 사람이 되었다. 그의 부친인 차(醝)[6]가 비로소 벼슬길에 올라 평원독우(平原督郵)[7]가 되었고, 그는 사농경(司農卿)[8] 곡(穀)씨의 딸과 결혼하여 성(聖)을 낳았다.

---

1 술을 의인화한 호칭. 누룩으로 술을 빚기 때문에 국성이라 함.

2 곤드레.

3 중국 춘추 전국 시대의 주나라에 있던 땅이름. 이 곳에서 나는 물로 술을 빚으면 술맛이 좋았다고 함.

4 중국 진나라 사람. 술을 좋아했음.

5 보리

6 흰 술을 의인화한 말.

7 맛이 좋지 않은 술.

8 제사에 쓰는 곡식 및 그 경작지의 일을 맡아보던 관아인 사농시의 벼슬아치.

국성은 어려서부터 이미 깊은 도량을 가지고 있었다. 한 손님이 그의 부친을 만나러 왔다가 성을 눈여겨 본 후 그를 사랑하게 되었는데, 이렇게 말하였다.

"이 애의 마음과 그릇이 출렁출렁 넘실넘실 만경(萬頃)의 물결과 같아서 맑게 해도 맑지 않고, 뒤흔들어도 흐리지 않으니, 그대와 이야기하는 것이 이 아이와 함께 하는 즐거움만 못하구만."

국성이 성장하자 중산의 유령(劉伶)[9]과 심양의 도잠(陶潛)[10]과 더불어 벗이 되었다. 두 사람은 일찍이 말하기를,

"하루라도 이 친구를 만나지 못하면 비루함과 인색함이 돌아난다."

하며, 서로 만날 때마다 며칠이 가도록 놀고[11] 서로 헤어질 때는 항상 섭섭해 하였다.

고을에서 국성에게 조구연(糟丘椽)[12]을 시켰으나 미처 나아가지 못하였다. 그런데 나라에서 청주종사(靑州從事)[13]로 불러 공경(公卿)이 번갈아가며 그를 조정에 천거하니[14], 임금께서 조서(詔書)를 내려 공거(公車)[15]를 보내어 그를 불러 보고는 말하기를,

"저 사람이 주천의 국생인가? 내가 오래 전에 벌써 그 향기로운 이름을 들었노라."

---

9 죽림 칠현의 한 사람으로 술을 무척 좋아한 것으로 유명함.
10 도연명. 술을 좋아했음.
11 하루 종일 술을 마셨다는 뜻.
12 조구라는 아전 직책. 원래는 술지게미가 처마까지 닿았다는 뜻.
13 질이 좋은 술.
14 임금에게 술을 권하였다는 뜻.
15 전쟁에 쓰이는 수레.
16 손님을 맞이하는 벼슬 이름.

하였다.

그리하여 국성에게 주객낭중(主客郞中)[16]이라는 벼슬을 시키고, 이윽고 국자제주(國子祭酒)[17]로 벼슬을 올려 예의사(禮儀司)[18]까지 겸하게 하였다. 무릇 조회(朝會)의 잔치와 역대 임금들의 제사, 그리고 천식(薦食)[19]과 진작(進酌)[20]의 예(禮)에 이르기까지 모든 것이 임금의 뜻에 맞았다.

위에서 국성의 도량과 재간이 듬직하다 하여 벼슬을 올려 후설(喉舌)[21]의 직에 두었으며, 항상 그를 두터운 예우로 대접하였다. 궁궐에 들어와 임금을 뵐 적에는 교자(轎子)[22]를 탄 채로 오르라[23] 명하였고, 임금의 마음이 비록 불쾌하여도 국성이 들어와 뵈면 임금이 비로소 크게 웃어 화를 푸니, 모든 사람이 국성을 사랑하게 되었다.

원래 국성은 성질이 구수하고 아량이 있었다. 그리하여 날이 갈수록 그는 사람들과 친근해졌고, 특히 임금과는 조금도 스스럼없이 가까워졌다. 그러다 보니 자연히 임금의 사랑을 받게 되어 항상 임금 곁을 따라다니면서 잔치 자리에서 함께 놀았다.

국성에게는 세 아들이 있었는데, 그 이름은 혹(독한 술)과 폭(진한 술)과 역(쓴 술)이었다. 이들은 그 아비가 임금의 사랑을 받는 것을

---

17 나라의 제사에 올리는 술. 여기서는 벼슬의 이름으로 쓰였음.
18 예의 범절을 관장하는 관리.
19 천신할 때 올리는 음식. 천신은 봄가을에 신에게 하는 굿.
20 임금께 나아가 술잔을 올림.
21 목구멍과 혀. 여기서는 벼슬 이름.
22 고관들이 타는 가마로 여기서는 술상임.
23 술상에 오른 채로 궁궐에 들어감.

믿고 방자하게 굴었다. 이에 중서령 모영이 임금에게 글을 올려 탄핵했다. 모영은 곧 붓이다. 그 글은 이러했다.

"천하 사람들은 성이 폐하의 사랑을 독차지하고 있는 것을 모두 병통으로 알고 있습니다. 이제 국성이 조그만 신임을 받고 조정에서 쓰인 후 벼슬 계급이 3품에 올라서, 많은 도둑을 궁중으로 끌어들이고 사람들을 휘감아서 해치기를 일삼고 있사옵니다. 이것을 보고 모든 사람들이 분하게 여겨, 소리치고 반대하며 머리를 앓고 가슴 아파합니다. 이런 자야말로 국가의 병통을 바로잡는 충신이 아니라 실상 만백성에게 해독을 주는 도둑이옵니다. 더구나 성의 자식 셋은 제 아비가 폐하로부터 총애 받는 것을 믿고, 제 마음대로 세상에 횡행하고 방자하게 굴어 모든 사람들이 다 괴로워하고 있사옵니다. 바라옵건대 이들에게 모두 사형을 내리셔서 모든 사람들의 입을 막으시옵소서."

일이 이렇게 되자 성의 아들 셋은 즉시 독약을 마시고 자살했다. 성도 죄인이 되어 서인으로 폐해졌다. 한편 치이자[24]도 국성과 친하게 지냈다 해서 수레에서 떨어져 자살했다. 처음에 치이자는 우스갯소리를 잘해서 임금의 사랑을 받았다. 그래서 자연스레 국성과 친하게 되어, 임금이 출입할 때에는 항상 수레에 실려 다녔다.

어느 날 치이자는 몸이 곤해서 누워 있었었는데, 성이 희롱하여 물었다.

"자네는 배는 크지만 속이 텅 비었으니 그 속에 무엇이 있는가?"

치이자가 대답했다.

---

[24] 말가죽으로 만든 주머니로 술을 담는 데 씀.

"자네들 수백 명은 넉넉히 용납할 수가 있지."

이들은 이렇게 항상 서로 우스갯소리를 하며 지내던 사이였던 것이다.

국성이 벼슬을 그만두자 제 고을과 격 마을 사이에는 도둑들이 떼지어 일어났다.[25] 이에 임금은 이 고을의 도둑들을 토벌하라는 명을 내렸다. 하지만 적임자가 쉽게 물색되지 않았다. 하는 수 없이 다시 국성을 기용해서 원수로 삼아 토벌하도록 했다. 성은 부하 군사를 몹시 엄하게 통솔했고, 또 모든 고생을 군사들과 같이 했다. 수성[26]에 물을 대어 한 번 싸움에 이를 함락시키고 나서 거기에 장락판[27]을 쌓고 회군하였다. 임금은 그 공로로 성을 상동후에 봉했다. 이에 국성은 임금께 아뢰었다.

"신은 본래 가난한 집 자식이옵니다. 어려서는 몸이 빈천해서 이곳 저 곳으로 남에게 팔려 다니는 신세였습니다. 그러다가 우연히 폐하를 뵙게 되자, 폐하께서는 마음을 놓으시고 신을 받아들이셔서 할 수 없는 몸을 건져 주시고 강호의 모든 사람들과 같이 용납해 주셨습니다. 하오나 신은 일을 크게 하시는 데 보탬이 못 되었고, 국가의 체면을 조금도 더 빛나게 하지 못했습니다. 저번에 제 몸을 삼가지 못한 탓으로 시골로 물러나 편안히 있었사온대, 비록 엷은 이슬은 거의 다 말랐사오나 그래도 요행히 남은 이슬방울이 있어,

---

25 배에 이상이 생겼음을 의미함.
26 근심을 말함.
27 '장락(長樂)'이란 길이 즐거워한다는 뜻.

감히 해와 달이 밝은 것을 기뻐하면서 다시금 찌꺼기와 티를 열어 젖힐 수가 있었나이다. 또한 물이 그릇에 차면 엎어진다는 것은 모든 물건의 올바른 이치옵니다. 이제 신은 몸이 마르고 소변이 통하지 않는 병으로 목숨이 경각에 달려 있사옵니다. 바라옵건대 폐하께서는 명령을 내리시어 신으로 하여금 물러가 여생을 보내게 해주옵소서."

그러나 임금은 이를 승낙하지 않고 중사를 보내어 송계, 창포 등의 약을 가지고 그 집에 가서 병을 돌봐 주게 했다. 성은 여러 번 글을 올려 이를 사양했다. 임금은 부득이 이를 허락하여 마침내 그를 고향으로 돌려보냈다. 그는 천수를 다하고 조용히 세상을 떠났다. 그의 아우는 현(賢)[28]이다. 그는 벼슬이 이천 석에 올랐다. 아들이 넷인데 익, 두, 앙, 남이다. 익은 색주, 두는 중양주, 앙은 막걸리, 남은 과주다. 이들은 도화즙을 마셔 신선이 되는 법을 배웠다. 또 성의 조카들에 주, 만, 염이 있었다. 이들은 모두 적을 평씨에게 소속시켰다.

사신(史臣)은 말한다.

"국씨 집안은 원래 대대로 내려오면서 농업에 종사하였다. 성이 유독 넉넉한 덕이 있고 맑은 재주가 있어서 당시 임금의 신임 받는 신하가 되어 국가의 정사에까지 참여하고 임금의 마음을 깨우쳐 태평성대를 이루게 하는 큰 공을 이루었으니, 그것은 참으로 장한 일이다. 그러나 임금의 사랑이 극도에 달하자 마침내 국가의 기강을 어지럽히고 화가 그 아들에게까지 미쳤다. 하지만 이런 일은 실상

---

28 탁주를 말함.

그에게는 유감이 될 것이 없다 하겠다. 그는 만절[29]이 넉넉한 것을 알고 자기 스스로 물러나 천수를 다하였다. 〈주역(周易)〉에 '기미(機微)를 보아서 일을 해나간다.'[見機而作][30]고 한 말이 있는데 성이야말로 거의 여기에 가깝다 하겠다."

---

29 나이가 들어 늙었을 때.

30 견기이작(見機而作) : 사태나 현상을 미리 짐작하여 파악한 뒤에 행동함.

■ **내용 정리**

　이 작품은 술과 인간과의 관계에서 빚어지는 덕과 패가망신의 인과 관계를 군신 사이의 인과 관계로 옮겨 놓고, 그 성패를 비유적으로 다루고 있다. 주인공 국성을 신하의 입장으로 설정하고 있는 것은 유생의 삶이란 근본적으로 신하로서 군왕을 보필하여 치국의 이상을 바르게 실현하는 데 있음을 드러내기 위한 의도라 하겠다. 신하는 국왕으로부터 총애를 받다보면 자칫 방자하여 신하의 도리를 잃게 되어, 한때 유능한 존재에서 국가에 해를 끼치는 존재로 전락하기 쉽고, 마침내 자신의 몰락까지 자초하는 경우가 많다. 따라서 신하는 신하의 도리를 굳게 지켜나감으로써 어진 신하가 될 수 있음을 보여 주면서, 동시에 때를 보아 물러날 줄도 알아야 함을 제시하고 있다. 작가는 국성의 공적을 통해 스스로가 그렇게 되기를 바라는 이상적인 인간상을 제시하고 있는 것이다.

■ **보충 정리**

　〈국순전〉과 〈국선생전〉의 비교

1. 공통점

　① 술을 의인화한 점.

　② 제목, 관련 인물과 지명, 서술 방식 등이 유사함.

2. 차이점

　① 〈국순전〉은 요사하고 아부하는 정객들을 꾸짖고 방탕한 군주를 풍자하는 것을 목적으로 함.

　② 〈국선생전〉은 미천한 몸으로 성실히 행동했기 때문에 등용되었고 총애가 지나쳐 잘못을 저질렀지만 물러난 후 반성하고 근신할 줄 아는 인간의 모습을 그림.

깊이
생각 해보기

1. 이 글에서 국 선생을 긍정적으로 보고 있는 두 가지 이유가 무엇인지 생각해 보자.

2. 이 글 끝 부분의 사신(史臣)의 말을 참고하여 지은이가 말하고자 한 바람직한 신하의 모습은 어떤 것인지 생각해 보자.

▶ 예시 답은 [부록] 참고

1. 이 글의 주인공의 성격으로 알맞은 것은?(   )

① 어리석다.

② 교만하다.

③ 맹목적이다.

④ 충직하다.

⑤ 진취적이다.

2. 이 글에 나타난 인물 중 의인화한 대상이 <u>잘못</u> 연결된 것은? (   )

① 국성(麴聖) – 맑은 술

② 모(牟) – 탁한 술

③ 차(醝) – 흰 술

④ 곡(穀)씨 – 곡물

⑤ 청주종사(靑州從事) – 질이 좋은 술

▶ 모범 답은 [부록] 참고

I can do it.

정시자전 丁侍者傳

가전

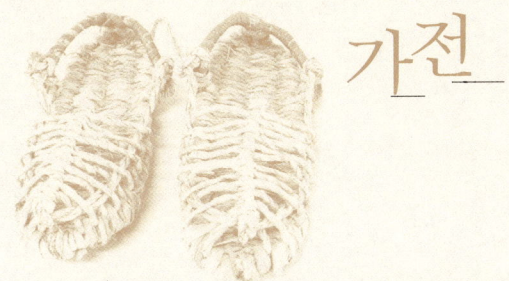

석식영암(釋息影庵, ?~?)

- □ 고려 말기의 승려
- □ 최씨 집권 시대에 생존했던 중으로 시문(詩文)에 조예가 깊었고, 사대 부들과 교류가 많았다고 함.
- □ 저서 : 〈정시자전(丁侍者傳)〉

- □ **갈래** 가전
- □ **시대** 고려 말엽
- □ **성격** 불교적, 풍자적, 우화적
- □ **구성** 도입, 전개의 2단 구성
- □ **표현** 의인법
- □ **제재** 지팡이
- □ **주제** 자신을 깨닫고 도(道)를 행할 것을 권유함.
- □ **특징** 가전체 작품의 전형적인 구성의 하나인 평론부가 없음.
- □ **출전** 〈동문선(東文選)〉

감상의
주안점

옛 선인들이 사물을 대하는 태도에 대해 생각하며 감상해 보자.

도움말

당시 사회를 직접 비판하거나 분석할 수 없었기 때문에 식영암은 의인화의 기법을 동원하여 당시의 사회상과 불교 배척 사상을 비판하였다고 할 수 있다. 사람을 의지하고 믿는 정시자(지팡이)를 내세움으로써, 중생을 인도하는 큰 사명감을 가진 승려를 효과적으로 비유하고 있다.

정시자전 丁侍者傳

　　입동날 새벽, 식영암(息影庵)은 암자 안에서 벽에 기대어 앉은 채 졸고 있었다. 이 때, 밖에서 누군가가 뜰에 대고 절을 하며 말했다.

　　"새로 온 정시자(丁侍者)[1]가 문안드립니다."

　　식영암은 이상히 여기고 밖을 내다보았다. 거기에 한 사람이 서 있는데, 그는 몸이 가늘고 키가 크며, 색이 검고 빛났다. 붉은 뿔은 우뚝하고 뾰족하여 마치 싸우는 소의 뿔과 같았다. 새까만 눈망울은 툭 튀어 나와서, 마치 부릅뜬 눈과 같았다. 그 사람은 기우뚱거리며 걸어오더니 우뚝 섰다.

　　식영암은 처음엔 놀랐으나 천천히 그를 불러 말했다.

　　"이리 가까이 오게. 물어 볼 것이 있네. 자네는 왜 이름을 정(丁)이라 하는가? 어디서 왔으며, 무엇하러 왔는가? 나는 평소 자네 얼굴도 모르는데 스스로 시자(侍者)[2]라고 하니, 그건 또 어찌해서인가?"

　　말이 끝나기도 전에 정(丁)은 깡충깡충 뛰어 앞으로 왔다. 그리고,

---

1 지팡이를 의인화한 말.

2 귀인을 가까이 모시고 시중 드는 사람.

공손한 태도로 다음과 같이 말하였다.

"옛날 성인 중 소의 머리를 한 분을 포희씨(包犧氏)[3]라 하였는데, 그 분이 바로 저의 아버지이십니다. 또, 뱀의 몸을 한 분을 여와(女媧)라고 하는데, 그 분은 곧 저의 어머니이십니다. 부모님은 저를 낳아서 숲 속에 버리고 기르지 않았습니다. 저는 서리와 우박을 맞을 때 마치 말라서 죽는 듯하였습니다. 그러나, 비바람을 만나면 다시 살아나는 듯하였습니다. 이처럼 한서(寒暑)[4]를 천백 번 겪은 뒤자서 성인(成人)이 되었습니다. 여러 대를 지나 진(晉)나라 세상에 이르러 범씨(范氏)의 가신(家臣)이 되었습니다. 이 때, 비로소 칠신지술(漆身之術)[5]을 배웠습니다.

당(唐)나라 시대에 와서는 조노(趙老)[6]의 문인이 되어 거기에서 철취(鐵嘴)라는 호를 받았습니다. 그 뒤 저는 정도(定陶) 땅에서 놀았습니다. 이 때, 정삼랑(丁三郞)을 길에서 만났습니다. 그는 저를 한참 보더니 이렇게 말했습니다. '자네 생김새를 보니 위로는 가로 그어져 있고, 아래로는 내리 그어져 있으니, 내 성(姓) 정(丁)자와 꼭 같이 생겼네, 내 성을 자네에게 주겠네.' 저는 이 말을 듣고 성을 정이라 하였는데, 앞으로도 고치지 않으려 합니다. 저의 직책은 남들을 모시고 도와 주는 데에 있습니다. 모든 사람들은 저를 부리기만 해서 항상 천하고 고달프기만 합니다. 그러나, 저를 나쁘다고 생각

---

3 복희씨. 삼황 중의 한 사람. 삼황은 천황씨(天皇氏), 지황씨(地皇氏), 인황씨(人皇氏)라고도 함.

4 추위와 더위. 여기서는 세월임.

5 진(晉)나라 예양(豫讓)이 자기가 섬기던 지백(智伯)을 조양자(趙襄子)가 죽이자, 그 원수를 갚기 위해 몸에 칠을 하여 문둥이 행세를 한 고사.

6 당나라 때의 조주(趙州). 말을 잘하여 그를 철취(鐵嘴—철로 된 입부리라는 뜻으로 화술이 능한 사람을 이름)라고도 함.

하는 사람은 감히 저를 부리지 못합니다. 그러므로, 제가 진심으로 붙들어 모시는 분은 얼마 되지 않습니다. 이렇게 되고 보니, 제가 원하는 사람을 만나지 못하여, 이제는 돌아가 의지할 곳도 없게 되었습니다. 나라 안을 돌아다니면서 토우(土偶)[7]에게 웃음거리가 된 지 오래 되었습니다. 어제, 하느님께서 저의 기구함을 불쌍히 여기시고 저에게 명하시되, '너를 화산(花山)의 시자로 삼을 것이니, 그 곳에 가서 직책을 받들고, 스승을 오직 공손히 섬기라.'고 하셨습니다. 저는 하느님의 명을 받들고 기뻐서 외다리로 뛰어 온 것입니다. 원컨대, 장로(長老)께서는 용납해 주십시오."

이 말을 듣고 식영암은 또 이렇게 말하였다.

"아, 후덕한 일이로구나. 정상좌(丁上座)[8]는 옛 성인의 몸을 그대로 타고 났구나. 정상좌는 옛 성인이 남겨준 사람이로다. 몸의 뿔이 허물어지지 않은 것은 씩씩함이요, 눈이 없어지지 않은 것은 용맹스러움이로다. 몸에 옻칠을 하고 은혜와 원수를 생각한 것은 믿음과 의리가 있는 것이로다. 쇠 주둥이를 가지고 재치 있게 묻고 대답하는 것은 지혜가 있는 것이요, 변론을 잘 하는 것이로다. 사람을 붙들어 모시는 것을 직책으로 삼는 것은 어진 것이요, 예의가 있는 것이며, 돌아가서 의지할 곳을 택하는 것은 바름이요, 밝은 것이로다. 이러한 여러 가지 아름다운 덕을 보아서 길이 오래 살고, 조금도 늙거나 또 죽지도 않으니, 이것은 성인이 아니면 신이로다. 그 중에 나는 하나도 가진 것이 없다. 그러니 너의 친구가 될 수 없는데 하물며 너의 스승이 될 수가 있겠느냐? 화도에 화라는 산이 하나 있다. 이 산

---

7 흙으로 만든 사람.
8 정시자를 높이는 말.

속에 각암이라는 늙은 화상이 지금 2년 동안 머물고 있다. 산 이름은 비록 같지만 사람의 덕은 같지 않으니, 하늘이 그대에게 명하여 가라고 한 곳은 여기가 아니고 바로 그곳일 것이다. 그대는 그곳으로 가도록 하라."

말을 마치고 식영암은 노래를 부르면서 그를 보냈다. 그 노래는 다음과 같다.

"정(丁)이여! 어서 빨리 각암이 있는 곳으로 가도록 하라. 나는 여기서 박과 외처럼 매여 사는 몸이니, 그대만 못한가 하노라."

■ **내용 정리**

이 작품은 지팡이를 의인화하여 그 가계(家系)와 살아온 내력, 정시자라고 부르게 된 연유, 직책 등을 전기체로 꾸민 가전 문학으로, 당시의 사회상을 풍자하고 있다. 입동 날 새벽에 식영암이 졸고 있는데 정시자가 찾아와 나가 보니 거무스레한 눈매를 하고 붉은 뿔이 돋은 인물이 버티고 서 있었다. 그는 복희씨(伏犧氏)가 자기 아버지이고, 여와(女媧—상고시대의 제왕)가 자기 어머니인데, 자신을 수풀 사이에 낳아 둔 채 돌보지 않았으나 풍우의 은혜로 자라나 중이 되었다고 말하고 석 식영암을 사사(師事)하러 왔노라고 하였다. 불교 포교와 지도층의 겸허를 권유한 내용으로, 일종의 선문답(禪問答) 같은 내용을 지닌 파격적인 작품이라고 할 수 있다.

■ **보충 정리**

1. 의인 대상에 대한 견해 : 이 작품의 의인 대상을 丁子[올챙이]와 侍子[승려]의 뜻으로 해석하기도 하고, 환각(幻覺)을 의인화했다고 보는 견해가 있으나 작품 내용에 있어 연결이 되지 않으므로, '지팡이'를 의인화했다고 보는 것이 일반적이다.

2. 작가의 종교관 : 이 작품은 부패한 불교 사회의 단면을 고발하고 승려와 지도층에 자각과 반성을 촉구하는 일종의 우화 문학적인 성격을 지녔다고 볼 수 있다. 무엇보다도 천하를 편력하면서 성인이 되어 인간에게 교훈을 주며, 더 나아가 종교적·사상적인 면에 있어서도 노장 사상을 배격하고 유불 사상의 장점을 혼용·완성하여 성불로 나아가려는 작자의 종교관이 잘 나타나 있음을 알 수 있다.

깊이
생각해보기

1. 이 글과 같은 가전체 작품이 본격적인 소설에 비해 그 수준이 현격히 떨어지고 있는 것은 어떤 이유 때문인지 생각해 보자.

▶ 예시 답은 [부록] 참고

1. 이 글의 내용으로 거리가 <u>먼</u> 것은?( )

① 식영암은 정시자를 제자로 삼기 위해 암자로 불러들였다.

② 정시자는 태어난 후 부모로부터 버림을 받았다.

③ 사람들은 정시자를 부려먹기만 하였다.

④ 정시자의 성 '정(丁)'은 당나라 때 얻은 것이다.

⑤ 식영암은 정시자의 후덕함을 칭찬하였다.

2. 식영암이 정시자의 덕을 예찬한 내용이 <u>아닌</u> 것은? ( )

① 씩씩하고 용맹스럽다.

② 믿음과 의리가 있다.

③ 지혜가 있고 변론을 잘 한다.

④ 어질고 예의가 있다.

⑤ 절개가 있고 안분지족할 줄 안다.

▶ 모범 답은 [부록] 참고

132

죽부인전 竹夫人傳

가전

이곡(李穀, 1298~1351)

- 고려 충렬왕에서 충정왕 때의 문인. 호(號)는 가정(稼亭).
- 이색(李穡)의 부친으로, 문장에 뛰어나 중국인들까지 그를 높이 받들었음.
- 백이정(白正), 우탁(禹倬), 정몽주(鄭夢周) 등과 함께 경학(經學)의 대가로 꼽힘.
- 저서 : 〈가정집(稼亭集)〉

- □ **갈래** 가전
- □ **시대** 고려 후기
- □ **성격** 풍자적, 교훈적, 유교적
- □ **구성** 3단 구성(도입, 전개, 결말)
- □ **표현** 의인법
- □ **제재** 대나무
- □ **주제** 여인의 절개를 칭송함.
- □ **출전** 〈동문선(東文選)〉

감상의 주안점

대나무의 어떤 특성이 절개를 상징하게 되었는지 생각하며 감상해 보자.

도움말

이 작품은 일종의 열녀전(烈女傳)으로, 남녀 관계가 문란하였던 당시의 사회상을 풍자하고 있다. 이러한 가전체가 조선조에 들어와 '춘향'과 같은 열녀의 모습을 낳게 하는 원류(源流)가 되었을 것이다.

죽부인전 竹夫人傳

　부인의 성은 죽(竹)이요, 이름은 빙(憑)으로, 위빈(渭濱)[1]사람 운(篔)[2]의 딸이다. 그의 가계는 창랑씨(蒼筤氏)[3]로부터 시작한다. 조상이 음률을 잘 해득하였으므로, 황제가 그를 뽑아서 음악의 일을 맡아 다스리게 했다. 우(虞)나라 때의 소(簫)[4] 역시 그 후손이다.

　처음 창랑은 곤륜산(崑崙山)[5] 남쪽으로부터 동쪽으로 옮겨 와서, 복희씨(伏犧氏)[6] 때에 위(韋)[7]씨와 함께 문적에 관한 일을 보아 큰 공을 세웠다. 그래서 자손 대대로 모두 사관의 자리를 맡아 왔다.

　진(秦)나라는 포악한 정사를 하였다. 이사(李斯)의 계략을 받아들여 모든 책들을 불사르며 선비들을 묻어 죽였다. 이렇게 되자 창랑의 자손들은 점점 살림이 구차해지고 지체가 미미해졌다. 한(漢)나

---

1 위수(渭水)의 물가.
2 왕대나무.
3 작은 대나무.
4 퉁소.
5 중국의 전설 속에 나오는 산.
6 중국 고대의 제왕. 팔괘(八卦)를 처음 만들고 그물을 만들어 어렵(漁獵)의 방법을 가르쳤다고 전함.
7 책을 맨 끈.

라 때는 채륜(蔡倫)[8]의 문객 저생(楮生)[9]이 글을 배워, 붓을 가지고 때때로 죽씨와 함께 놀았다. 그러나 그 위인은 경박해서 남 헐뜯기를 좋아했다. 그는 죽씨의 그 강직한 모습을 싫어하여 몰래 헐뜯다가 마침내 죽씨의 소임까지 빼앗아 갔다.

주(周)대에는 간(竿)[10]이 있었으니, 그도 또한 죽씨의 후손이다. 그는 어느 날 강태공과 더불어 위수(渭水)에서 낚시질을 하고 있는데, 태공이 갈퀴를 만들었다. 그것을 보고 간(竿)이 말했다.

"내가 들으니 훌륭한 낚시꾼은 갈퀴를 만들지 않는다고 합니다. 낚시꾼의 크고 작음은 곡직(曲直)에 있으니, 성품이 곧은 자는 나라를 낚을 것이나, 굽은 자는 겨우 고기를 얻는 데 불과할 것입니다."

감명을 받은 태공은 그의 말대로 했다. 그는 뒤에 과연 문왕의 스승이 되어 제(齊)에 봉해졌고, 간의 어진 성품을 왕에게 천거하여 위수 가에 식읍을 마련해 주니 이로부터 죽씨는 위수 가에 살게 되었다.

당이 익모(益母)[11]의 딸과 결혼하여 딸 하나를 낳으니 이가 곧 죽부인이다. 처녀 때에 죽부인의 자태는 항상 정숙하였다. 이웃에 사는 의남(宜男)이란 자가 음란한 노래를 지어 죽부인의 마음을 떠 보려 했지만, 부인은 도리어 화를 내며,

"남녀가 비록 다르지만 그 절개는 하나밖에 없다. 한 번 남에게 절개를 꺾이게 되면 어찌 다시 세상에 설 수가 있겠는가?"

---

8 후한(後漢) 때의 공예가로 종이를 만들었음.

9 종이.

10 대나무 장대.

11 익모초.

라고 말했다. 이 말을 듣고 의남은 부끄러워서 달아났으니, 소를 모는 사람들이 그의 깊은 사람됨을 결코 엿볼 수 없었다.

송대부(松大夫)[12]가 정중하게 예의를 갖추어 죽부인과 혼인하기를 청하자, 그의 부모가 말하였다.

"송공(松公)은 참으로 군자다. 그의 지조와 행동을 보니 우리 집과 인연을 맺을 만하구나."

마침내, 죽부인은 그와 결혼하였다. 이로부터 부인의 성품은 날로 곧고 더욱 두터워서, 어떤 일을 분별할 때는 그 민첩함이 마치 칼날로 무엇을 쪼개는 것과 같았다. 비록 매선(梅仙)[13]의 믿음이나 이씨(李氏)[14]의 말없음이 드높을지라도 돌아보지 않았다. 그러니, 죽부인의 이처럼 지고한 성품을 하물며 늙은 귤이나 살구 열매 따위에 비교할 수 있겠는가!

혹, 안개 낀 아침이나 달 밝은 저녁이면, 죽부인은 바람을 시로 읊고 비를 휘파람으로 즐겼으니, 그 깔끔한 모습을 무엇으로도 형용하기 어려웠다. 그래서 호사자(好事者)[15]들은 남몰래 죽부인의 얼굴을 그림으로 그려 은근히 전하고 감상하면서 보배로 삼았다. 그 중에서도 문여가(文與可)와 소자첨(蘇子瞻)이 더욱 이를 좋아했다.

송공(松公)은 부인보다 나이가 십팔 세나 위였다. 늦게 신선이 되어 곡성산(穀城山)에서 놀다가 돌이 되어 다시 집으로 돌아오지 못

---

12 소나무.
13 매화나무.
14 오얏나무.
15 일 벌이기 좋아하는 사람.

했다.

그 후, 부인은 혼자 살면서 이따금 시경(詩經)[16]의 위풍(衛風)을 노래하였다. 자연히 마음이 흔들려 혼자 지탱해 나갈 수 없었다. 게다가 부인의 성품은 술 마시기를 좋아하였다. 어느 해인가 오월 심삼일 청분산(靑盆山)으로 집을 옮겨 살다가 술에 취하여 고갈병(枯渴病)[17]에 걸려 끝내 고치지 못했다. 병을 얻은 후부터 항상 남에게 의지해 살았다. 부인은 만절(晩節)[18]이 더욱 굳었으므로 온 마을의 칭찬이 그치지 않았다. 삼방 절도사(三房節度使) 유균(惟菌)의 부인이 그와 성이 같다 하여 죽부인의 행장을 남겼다. 그리하여 그녀의 행실은 임금에게까지 알려지게 되었으며, 후에 절부(節婦)의 직함을 받게 되었다.

사씨(史氏)가 말한다.

"죽씨의 조상이 윗대에서 큰 공을 세웠고, 그 후예들은 다 재능이 있었으며, 절개로 세상에 맞서 세상 사람들이 칭송하였으니, 부인이 어진 것은 마땅한 일이다. 아아, 이미 군자와 인연을 맺어 그 사람에게 의탁하고서도 마침내 후사(後嗣)[19]가 없었으니 천도(天道)가 무지하다 함이 어찌 헛말이라 하겠는가?"

---

16 오경(五經) 중의 하나. 춘추 시대의 민요를 중심으로 한 중국 최고(最古)의 시집. 공자가 편찬했다 함.
17 물을 자주 마시는 병.
18 나이가 들어서 지키는 절개.
19 후대를 잇는 아들.

■ **내용 정리**

이 작품은 죽씨의 조상은 큰 공을 세웠고 후손들은 재주가 뛰어났으며 절개가 굳어 세상의 칭송을 받았는데, 죽부인 역시 그들의 대를 이어 어진 부인으로서 바르고 깨끗하게 어려움을 무릅쓰고 절개를 지키며 살아갔다는 내용의 이야기이다.

세상 사람들을 훈계할 목적으로, 대나무를 죽부인으로 의인화하여 굳은 절개를 지키며 살아가는 부인의 모습을 그려내고 있는 이 작품은 일종의 '열녀전(烈女傳)'이라 할 수 있다. 이를 통하여 작가는 당시 남녀 관계가 문란했던 사회상을 풍자하고 있는 것이다.

■ **보충 정리**

1. 영향 : 같은 죽제구(竹製具)를 의인화한 송(宋)나라 장뢰(張耒)의 〈죽부인전(竹夫人傳)〉의 영향을 받았으리라 본다.

2. 죽부인과 열녀 : 죽씨의 가계를 들어 조상의 훌륭함과 후손의 뛰어남을 말한 것은, 고대 소설의 수법인 '출생의 미화(美化)'와 성격이 같다. 이런 가정에서 태어난 죽부인은 유교 사회의 한 표상으로 내세워진 인물로 볼 수 있으며 후세의 많이 나타나게 되는 '열녀전(烈女傳)' 류의 원형이라 할 수 있을 것이다.

깊이
생각 해보기

1. 이 글을 통해 당시 고려 사회가 어떤 모습이었는지 생각해 보자.
2. 대나무는 이 글의 주제와 어떤 관련이 있는지 생각해 보자.

▶ 예시 답은 [부록] 참고

1. 이 글에 나타난 인물 중 의인화한 대상이 <u>잘못</u> 연결된 것은?(　)

　① 운(篔) – 왕대나무

　② 창랑씨(蒼莨氏) – 작은 대나무

　③ 저생(楮生) – 종이

　④ 익모(益母) – 익모초

　⑤ 송대부(松大夫) – 송이버섯

2. 이 글에 나타난 죽부인(竹夫人)의 성품과 관계가 <u>없는</u> 것은? (　)

　① 지조(志操)

　② 절개(節介)

　③ 선풍(仙風)

　④ 단심(丹心)

　⑤ 정절(貞節)

3. 다음 〈보기〉의 밑줄 친 부분은 어떤 사건을 말하는지 쓰시오.

(　　　　　　)

〈보기〉

　진(秦)나라는 포악한 정사를 하였다. <u>이사(李斯)의 계략을 받아들여 모든 책들을 불사르며 선비들을 묻어 죽였다.</u>

▶ 모범 답은 [부록] 참고

고전소설 古典小說

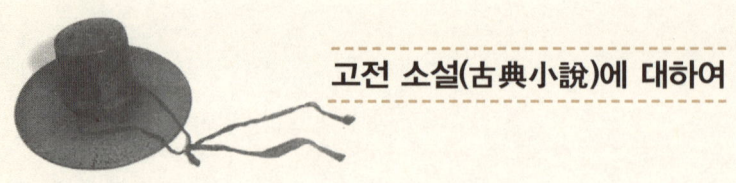

고전 소설(古典小說)에 대하여

1. 개념 : 옛날 설화를 바탕으로 중국 소설의 영향을 받아 생겨난 산문 문학의 한 종류로 갑오경장 이전까지 쓰여진 옛 소설을 말함.

2. 종류

① 한문 소설 : 김시습의 〈금오신화(金鰲新話)〉가 한국 고대 소설의 효시인데, 이 작품은 민중 사이에서 구전되던 설화, 고려의 패관 문학, 가전 등의 서사적 전통 위에 중국의 전기소설인 〈전등신화〉의 영향을 받아 이루어졌음. 전기적 요소를 간직한 한문 소설은 고전 소설의 출발을 보여주며 국문 소설이 나오기 전에, 임제의 〈원생몽유록〉, 〈수성지〉, 〈화사〉 등의 가전과 몽유록 양식의 전통 속에서 전개되었음.

② 국문 소설 : 광해군 때 허균이 지은 〈홍길동전〉에서 비롯됨. 임진왜란과 병자호란은 당시 신분 질서에 큰 동요를 가져와, 양반·평민 계층 모두에서 신분의 분화 현상이 나타나기 시작하였으며, 평민들의 자각 의식도 두드러지게 나타나기 시작하였음. 이러한 현상은 평민 계층의 문화적 참여와 함께 문학에서 산문의 발달을 촉진시키고, 이에 따라 소설의 융성기를 맞게 됨. 조선 후기에는 판소리 사설이 문자화되면서 판소리계 소설도 등장하게 됨.

3. 일반적 특징

① 평면적·전기적 구성, 행복한 결말

② 전형적·평면적 인물 설정

③ 우연적·비현실적 사건 전개

④ 운문체·문어체에 의한 서술

⑤ 도덕적·권선징악적 주제

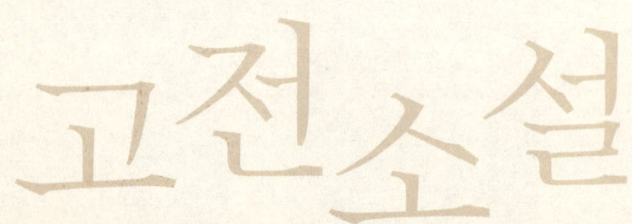

만복사저포기 萬福寺樗蒲記

고전소설

김시습(金時習, 1435~1493)

- 조선 초기의 문인. 호(號)는 매월당(梅月堂).
- 생육신(生六臣) 중의 한 사람. 수양대군이 단종을 내몰고 왕위에 올랐다는 소식을 듣고 통분하여, 책을 태워버리고 중이 되어 이름을 설잠이라 하고 전국으로 방랑의 길을 떠남.
- 금오산실에서 한국 최초의 한문 소설 〈금오신화(金鰲新話)〉를 지음.
- 저서 : 〈금오신화(金鰲新話)〉, 〈매월당집(梅月堂集)〉 등.

- **갈래** 고전 소설(한문 소설)
- **시대** 조선 세조
- **성격** 전기적(傳奇的), 환상적, 낭만적
- **제재** 남녀 간의 사랑
- **주제** 삶과 죽음을 초월한 사랑
- **의의** 한문으로 표기된 우리 나라 최초의 소설
- **출전** 〈금오신화(金鰲新話)〉

감상의
주안점

참된 사랑이란 무엇인지를 생각하며 감상해 보자.

도움말

이 작품은 〈금오신화(金鰲新話)〉에 실려 전하는 다섯 편 중의 하나로 이승의 사람과 저승의 영혼의 결합이라는 전기성(傳奇性)이 두드러진 일종의 전기 소설(傳奇小說)이다. 명나라의 구우(瞿佑)가 지은 〈전등신화(剪燈新話)〉의 영향을 받았다고 한다.

만복사저포기 萬福寺樗蒲記

전라도 남원(南原)에 살고 있는 양생(梁生)은 일찍이 어버이를 여 읜 뒤 여태껏 장가를 들지 못하고 만복사(萬福寺)[1] 동쪽 골방에서 홀 로 세월을 보내고 있었다. 고요한 그 골방 문 앞에는 배나무 한 그루 가 우뚝 서 있었는데, 바야흐로 봄을 맞이하여 꽃이 활짝 피어 온 뜰 안 가득 백옥의 세계를 환하게 밝혀 놓았다.

그는 달 밝은 밤이면 언제나 객회(客懷)[2]를 억누르지 못하여 나무 밑을 거닐곤 했는데, 어느 날 밤 그 꽃다운 정서를 걷잡지 못하고 문 득 시 두 수를 지어 읊었다.

한 그루의 배꽃나무 외로움을 벗삼으니
휘영청 달 밝은 밤 시름도 하도할샤.
푸른 꿈 홀로 누운 고요한 들창으로
들려오는 저 퉁소 소리 어느 님이 불고 있나.

---

1 남원 기린산에 있었던 절.
2 객지에서 느끼는 외롭고 쓸쓸한 심정.

외로운 저 비취(翡翠)는 짝을 잃고 날아가고
원앙도 저 혼자 맑은 물에 노니는데
어느 집 아가씨에게 이 마음 기약 두고
두둥실 하염없이 바둑이나 두려면
등불만 가물가물 이 내 신세 점치네.

양생이 시를 다 읊고 나자 별안간 공중에서 이상한 말소리가 들려왔다.

"진정으로 자네가 좋은 배필을 얻고자 하는데 어려울 게 무엇이 있겠는가."

이 소리를 듣고 난 양생은 속으로 매우 기뻐하였다.

그 이튿날은 마침 삼월 이십사일이었다. 해마다 이 날이 되면 마을의 많은 청춘 남녀들이 으레 만복사를 찾아가 향불을 피우고는 각기 제 소원을 비는 풍습이 있었다. 이 날 양생은 저녁에 기도가 끝나자 법당에 들어가서 소매 깊이 간직하고 갔던 저포(樗蒲)[3]를 꺼내어 부처님 앞에 던지기 전에 먼저 소원의 기도를 하였다.

"자비로운 부처님, 오늘 저녁 제가 부처님과 함께 저포 놀이를 하려고 합니다. 만약에 제가 지면 법연(法筵)[4]을 차려서 부처님께 갚아 드릴 것이고, 만일 부처님께서 지시면 반드시 제 소원인 어여쁜 아가씨를 얻게 해 주시옵소서."

축원을 마치고는 즉시 저포를 던지자, 과연 그는 자신의 소원대로 이기게 되었다. 그는 매우 기뻐하며 다시 불전에 꿇어 앉아 말씀을

---

3 중궁인들이 점칠 때 쓰던 윷과 같은 기구.
4 불도를 설법하는 자리.

드렸다.

"부처님이시여, 꽃다운 인연은 이미 정해졌으니 부디 소홀히 하지 마시옵소서."

그는 불좌(佛座) 뒤에 깊숙히 앉아서 동정을 엿보았다. 얼마 안 되어 과연 아가씨 하나가 들어오는데, 나이는 한 열대여섯 살쯤 되어 보이고, 새까만 머리에 화장을 곱게 한 얼굴이 마치 채운(彩雲)[5]을 타고 내려온 월궁의 선녀와 같고, 자세히 보면 볼수록 너무나 곱고 얌전하였다. 그녀는 백옥 같은 손으로 등잔에 기름을 부어 불을 켜고 향로에 향을 꽂은 뒤, 세 번 절을 하고는 꿇어앉아 슬피 탄식하였다.

"아아, 인생의 운명이 기구하다고는 하나 어찌 이와 같을 줄 알았겠는가?"

그녀는 품안에 간직하였던 축원문(祝願文)[6]을 꺼내어 정중히 탁자 위에 얹어놓고는 또 다시 흐느껴 울었다. 이 모습을 엿보고 있던 양생은 여인에 대한 마음을 걷잡지 못하여 갑자기 불좌 뒤에서 튀어나오며 말했다.

"아가씨, 당신은 도대체 누구며, 방금 불전에 바친 글월은 무엇이오?"

양생은 그녀의 대답을 기다리지도 않고 곧 불전에 바친 글월을 집어 들었다. 내용은 다음과 같았다.

○○고을 ○○동리에 사는 소녀 ○○는 외람됨을 무릅쓰고 부처님께 말씀드리옵니다. 국경 지방이 허물어져 표독한 왜구(倭寇)가

---

[5] 여러 가지 고운 빛깔이나 무늬를 띤 구름. 꽃구름.
[6] 잘 되게 하여 달라고 바라며 비는 글.

침입해 와, 전쟁이 계속되었습니다. 왜구가 건물을 파괴하고 백성들을 노략해 가자, 친척과 노복이 동서남북 사방으로 정처 없이 흩어졌습니다. 이제 저는 버드나무같이 가냘픈 소녀의 몸이라 먼 길 피난하기가 여의치 못하여 심규(深閨)[7]에 숨어들어 금석 같은 굳센 정절 더럽힘이 없었건만, 야속한 우리 부모 이 여식의 수절을 과히 그르지 않다 여겼기에 벽지(僻地)에 옮겨 두어 초야에 묻혀 살기를 속절없이 삼 년이 되었습니다. 달 밝은 가을밤과 꽃 피는 봄 동산이 아름답고 흰 구름 흩날려도, 흐르는 물소리 처량하였고, 그윽한 골짜기에 평생 기구한 운명 한탄하는 한숨에 겨워 때때로 님을 그려 채란(彩鸞)[8]의 외로운 춤을 슬퍼하였는데, 세월이 흘러흘러 계절이 바뀌니 서러운 간장 다 녹이고 혼백마저 흩어졌나이다. 자비하신 부처님이시여, 이 소녀를 불쌍히 여기시어 각별히 돌보아주시옵소서. 인간의 한평생은 수명이 정해져 있고, 부부의 백년가약을 어길 수 없사오니, 아무쪼록 아름다운 배필을 점지해 주시기를 간절히 바라옵니다.

양생은 이 글월을 다 읽고는 얼굴 가득 기쁨을 감추지 못하며 말했다.

"아가씨, 당신은 도대체 어떤 사람이기에 이 밤에 여기까지 오셨소?"

그녀는 대답했다.

"저도 역시 사람입니다. 저를 의아한 눈으로 쳐다보지 마십시오.

7 여자가 기거하는, 깊숙이 들어앉은 방이나 집.
8 아름다운 빛깔의 난새.

148

당신도 다만 좋은 배필을 얻으려는 것뿐이시겠지요?"

이 때 만복사는 이미 퇴락하여 승려들은 한쪽 구석진 골방으로 옮겨가 있었고, 법당 앞에는 행랑만이 쓸쓸히 남아 있었으며, 행랑이 끝난 곳에 좁다란 판자방이 하나 있었다.

양생은 그녀에게 그곳으로 들어가자고 눈짓을 하였다. 그녀도 별로 어렵지 않게 생각하고는 그의 뒤를 따라 들어가, 문득 운우(雲雨)[9]의 즐거움을 누렸다.

바야흐로 밤은 깊어가고 달이 동산에 떠올라 그림자가 창을 비추는데, 갑자기 창 밖으로부터 발걸음 소리가 들려왔다. 그녀가 문을 열고 내다보니, 그녀의 수발을 드는 시녀였다. 그녀는 반가워서 물었다.

"애야, 어떻게 여기를 찾아왔느냐?"

아이가 말했다.

"예, 평소에는 문 밖에도 나가시지 않던 아가씨가 없어져 가신 곳을 몰라 허둥지둥 찾아 이곳까지 오게 되었습니다."

그녀는 말했다.

"응, 오늘 일은 결코 우연이 아닌 것 같구나. 높으신 하느님과 자비하신 부처님께서 점지해 주신 덕에 고운 님을 맞이하여 백년해로의 가약을 맺게 되었다. 미처 알리지 못한 것은 예법에 어긋나지만 꽃다운 인연을 맺게 된 것은 평생의 기쁨이니, 의아하게 생각지 말고 빨리 돌아가 주연(酒宴)[10]을 갖추어 오너라."

시녀가 지시를 받고 물러간 지 얼마 안 되어 돌아와 뜰에서 잔치

---

9 남녀 간의 육체적인 어울림을 비유하여 이르는 말.
10 술잔치.

를 베푸니, 밤은 벌써 사경(四更)[11]이 가까웠다.

양생이 가만히 살펴보니 탁상에 놓인 기명(器皿)[12]은 희맑고 무늬가 없으며 술잔에서는 이상한 향기가 풍기는데, 아무리 생각해도 인간의 솜씨가 아니었다. 그는 속으로 이상하게 여겼으나, 그녀의 말씨와 웃음이 맑고 얼굴과 몸가짐이 매우 얌전하므로, '이는 아마도 어느 귀족집 아가씨가 한때의 마음을 걷잡지 못하여 황혼의 가약을 찾아온 것이겠지.'라고 생각하고는 마음을 진정하였다.

그녀는 양생에게 술잔을 올리면서 시녀에게 권주가 한 가락을 부르도록 명한 뒤 다시 말했다.

"이 아이는 옛날 곡조밖에 부를 줄 모른답니다. 당신이 저를 위하여 노래를 하나 지어 이 아이에게 부르게 하시면 대단히 감사하겠습니다."

이에 양생은 흔쾌히 응낙하고는 곧 만강홍(滿江紅) 가락으로 한 곡조를 지어 시녀에게 부르게 하였다.

쌀쌀한 찬 바람에 명주 적삼 흩날리고
애달프다 몇 번이나 향로의 불이 꺼졌더냐
늦은 산 눈썹처럼 가물고 저문 구름 일산(日傘)처럼 퍼졌을 때
비단 장 속의 원앙 이불 누가 와서 노닐꼬
금비녀 반 꽂은 채 퉁소나 불어보세
(중략)

노래를 부르고 나자 그녀는 애조를 띠면서 말했다.

"당신을 좀더 일찍 만나지 못한 것이 못내 한스럽지만, 그래도 오늘 여기에서 이렇게 만나게 되었으니 어찌 천행이 아니겠습니까? 당신이 저를 진정으로 사랑해주신다면 비록 미약한 몸이오나 당신과 함께 백년 고락(百年苦樂)[13]을 누려볼까 합니다. 그러나 당신이 저를 버리신다면 저는 이 날 이후로 영원히 자취를 감추겠나이다."

양생은 이 말을 듣고 한편으론 놀랍고, 다른 한편으론 고맙게 생각되어 대답했다.

"당신의 진지한 마음에 어찌 공명하지 않겠소?"

그러고는 그녀의 태도가 범상치 않으므로 그는 유심히 동정을 살폈다. 마침 서쪽 산봉우리에 달이 걸쳐 있고, 먼 마을에서 닭 우는 소리가 들려왔다. 이윽고 절에서 들려오는 새벽 종소리에 날이 새려고 하였다. 그녀가 시녀에게 지시하였다.

"애야, 주연을 거두어서 집으로 돌아가거라."

시녀가 곧 어디론가 사라지자, 그녀는 양생에게 말했다.

"꽃다운 인연을 이미 이루었으니 저는 당신을 모시고 집으로 돌아갈까 합니다."

양생은 쾌히 승낙하고는 그녀의 손을 잡고 앞을 향하여 걸었다. 둘이 저자 복판을 지날 때에는 벌써 울타리 밑에서 개가 짖고 사람들이 길에 나다녔다. 그러나 이상하게도 양생이 그녀와 함께 거니는 것을 보았다는 이가 한 사람도 없었다. 사람들은 다만,

"총각, 새벽에 혼자서 어딜 다녀오시오?"

---

13 한평생의 괴로움과 즐거움.

하고 물을 뿐이었다.

"예, 어젯밤에 만복사에 갔다가 취하여 누웠다가 방금 동무를 찾아가는 길입니다."

하고 양생이 그녀의 뒤를 따라 깊은 숲을 헤치고 가는데, 이슬이 길을 흠뻑 덮어 갈 길이 아득하였다. 양생은 의아하게 생각되어 물었다.

"당신이 거처하는 곳이 어찌하여 이렇게 쓸쓸하오?"

"예, 노처녀의 살림살이가 으레 그렇죠."

하고는 문득 옛 시 한 장을 외워 농담을 붙였다.

이슬 함초롬한 저 길가를
초저녁에 내 가고 싶지만
그 어인 이슬이 이다지 많아
그 소원조차 아니 되는가.

양생도 옛 시 한 장을 읊어 화답하였다.

느릿느릿 저 여우는
다리 위를 거닐며
정든 아가씨 노리려고
미친 녀석 멋모르고 설렁이네.

두 사람은 서로 웃으며 함께 개녕동(開寧洞)으로 향하였다. 어느 한 곳에 이르니 다북쑥이 들을 덮고 하늘을 찌를 듯 높은 고목 속에 아주 깨끗하고 맑은 숲 사이 초당이 나타났다. 양생은 아가씨가 이

끄는 대로 따라 들어갔다.

방 안에는 침구와 휘장이 잘 정리되어 있고, 밥상을 올리는데 모든 음식이 어젯밤 만복사의 차림과 차이가 없었다. 양생은 퍽이나 기쁜 마음으로 이틀 동안을 유유히 보냈다.

시녀는 얼굴이 매우 아름답고 조금도 교활한 면이 없었다. 좌우에 진열되어 있는 그릇들은 너무도 깨끗하고 품위가 있어 그는 간혹 의아한 마음을 금하지 못하였다. 그러나 그녀의 은근한 정에 마음이 끌려 다시금 그런 생각을 되풀이하지 않았다.

그런데 어느 날 갑자기 그녀가 양생에게 말했다.

"당신은 잘 모르시겠지만 이곳의 사흘은 인간의 삼 년과 같습니다. 가연을 맺은 지가 잠깐인 듯하오나 오래 되었사오니, 너무 서운하긴 하나 당신은 다시 인간으로 돌아가셔서 옛날의 살림을 돌보심이 어떻겠습니까?"

"여보시오, 이별이라니 갑작스레 그게 웬 말이오?"

"오늘 못다 이룬 소원은 내세에 다시 만나 다 이룰 수 있을 것입니다. 그리고 이곳의 예절도 인간과 다름이 없사오니 저의 친척과 이웃 동무들을 만나보고 떠나심이 어떻겠습니까?"

"그렇게 합시다."

대화가 끝나자 그녀는 시녀를 시켜 친척과 이웃 동무들을 초대하였다.

이날 초대를 받아 온 정씨(鄭氏), 오씨(吳氏), 김씨(金氏), 유씨(柳氏) 네 아가씨는 모두 귀족의 따님들이라 성품이 온유하며 풍류가 소쇄(瀟灑)[14]하고 시문에 능통하였다. 아가씨들은 각각 시 네 수씩을 지어서 그를 전송하게 되었다.

(중략)

술을 다 마시고 나서 서로 헤어질 때가 되었다. 그녀는 은잔 하나를 꺼내어 양생에게 주면서 말했다.

"내일 제 부모님께서 저를 위하여 보련사(寶蓮寺)[15]에서 음식을 베푸실 것입니다. 당신이 저를 진정으로 버리지 않으신다면 도중에 기다렸다가 함께 부모님을 뵙는 것이 어떻겠습니까?"

양생은 대답했다.

"예, 그렇게 하겠소."

양생은 이튿날 그녀의 말대로 은잔을 가지고 보련사로 가는 길가에서 기다렸다. 과연 어떤 귀족 양반 한 분이 딸의 대상(大祥)[16]을 치르려고 수레와 말이 길에 잇달리게 보련사를 향하여 가는 것이었다.

그 양반을 따르는 마부는 뜻밖에 한 서생이 은잔을 갖고 서 있는 것을 보고는 주인에게 여쭈었다.

"우리 아가씨 장례 때 광중(壙中)[17]에 같이 묻었던 은잔을 벌써 어떤 사람이 훔쳐서 인간 세상에 나타나게 되었나이다."

주인 양반은 의아하여 마부에게 물었다.

"그게 무슨 말이냐?"

마부가 대답했다.

"예, 저 서생이 가진 것을 보십시오."

양반은 타고 가던 말을 즉시 멈추고 양생에게로 가까이 다가가 은

---

14 산뜻하고 깨끗함.

15 남원의 보련산에 있음.

16 죽은 지 두 돌 만에 지내는 제사.

17 시체를 묻는 구덩이.

잔을 갖게 된 경위를 물었다. 양생은 그 전날 여인과 약속한 일을 빠짐없이 그대로 이야기하였다. 그 양반은 놀랍고 의아하여 한참을 멍하니 서 있다가 이윽고 입을 열었다.

"내 팔자가 불행하여 슬하에 오직 여식 하나밖에 없었는데, 왜구의 난에 그마저 빼앗기고는 미처 정식으로 장례를 치르지 못하고, 개녕사(開寧寺)[18] 곁에 묻어두고는 머뭇거리다가 지금에까지 이르렀네. 그러다 보니 오늘이 벌써 대상인지라 부모된 도리로 보련사에서 재나 베풀어 볼까 해서 가는 길이네. 자네가 정말 그 약속대로 하려면 조금도 의아하게 생각지 말고 여식을 기다려서 함께 오게."

말을 마치고 양반은 먼저 보련사로 향하였다. 양생은 혼자 서서 그녀를 기다렸다. 과연 약속했던 시간이 되자 그녀는 시녀를 데리고 도착하였다. 두 사람은 서로 만나 반갑게 손을 잡고 절로 향하였다.

그녀는 먼저 절 문을 지나 법당에 올라 부처님께 예를 드리고는 곧 흰 휘장 안으로 들어갔다. 그러나 그녀의 친척들과 승려들 중 그녀를 본 사람은 하나도 없었고, 다만 양생이 그 뒤를 따를 뿐이었다.

그녀가 양생에게 말했다.

"저녁밥이나 잡수어 보렵니까?"

양생은 대답했다.

"그러죠."

양생은 그 부모님께 이 이야기를 전달하였다. 그들은 양생의 말이 믿기지 않았으므로 시험해 볼까 하고 휘장 속을 엿보았다. 그러나 딸의 얼굴은 보이지 않고 다만 수저 소리만 쟁쟁하게 들릴 뿐이었다.

그들은 경탄하여 휘장 속에 침구를 마련하고 양생에게 딸과 동침

---

18 남원의 대수산에 있음.

할 것을 권하였다. 밤중이 되자 과연 말소리가 맑고 고요하게 흘러 나왔다. 그러나 가만히 엿들으려고 귀를 기울이면 소리가 갑자기 끊어지곤 하였다. 그녀가 말했다.

"이제 당신께 차근차근 말씀드려야겠습니다. 제 행동이 예법에 위배된 것은 저 스스로도 잘 알고 있습니다. 저도 어렸을 적에 시서(詩書)를 읽었으므로 대략 예의는 아옵니다. 〈시경(詩經)〉에서 말한 건상(蹇裳)[19]과 상서(祥鼠)[20] 두 장의 뜻을 모르는 것은 아니지만, 너무 오랫동안 들판 다북쑥 속에 묻혀 있어서 정회 한번 나매 걷잡지 못하여 박명을 자탄하였더니, 뜻밖에도 삼세(三世)의 인연을 만나매 당신의 동정을 알고 백 년의 높은 절개를 바쳐 술을 빚고 옷을 기워 평생 지어미의 길을 닦으려 하였습니다. 하오나 애달프게도 숙명적인 이별을 저버릴 수 없사옵기에 한시 바삐 저승길을 떠나야겠습니다. 운우는 양대(陽臺)에서 개고 오작(烏鵲)은 은하에 흩어지매 이제 한번 하직하면 훗날을 기약할 수 없사오니, 헤어짐에 임하여 아득한 정회 무어라 말씀드리겠나이까?"

말을 마치고 그녀는 소리를 내어 흐느꼈다.

이윽고 사람들이 그녀의 영혼을 전송하였다. 혼은 문 밖으로 나갔는지 얼굴은 보이지 않고 슬픈 소리만이 은은히 들려왔다.

저승길이 바쁘도다 이별이란 웬일이오
비나이다 님이시여 저버리진 마옵소서.
애달퍼라, 어머니여! 슬프도다, 아버지여

---

[19] 청춘 남녀의 음탕함을 풍자한 장.
[20] 사람의 무례함을 풍자한 장.

나의 신세 어이할꼬 고운 님을 여의도다.
아득한 구천 밑에 원한만이 맺히리다.

얼마 있지 않아 남은 소리는 가늘어져서 종말에는 분별할 수 없게 되었다. 그녀의 부모는 그제야 이것이 사실임을 알았고, 양생도 그녀가 확실히 이 세상 사람이 아님을 알자, 더욱더 슬픈 마음을 이기지 못하고 그녀의 부모와 함께 머리를 맞대고 통곡할 뿐이었다. 그녀의 부모는 양생에게 말했다.

"그 은잔은 자네에게 맡길 것이고, 또한 내 여식이 소유하고 있던 밭 두어 이랑과 노비 몇 놈이 있으니, 자네는 이 일을 믿고 내 여식을 잊지 말아 주게나."

이튿날 양생은 주육(酒肉)을 갖추어 개녕동 옛 자취를 찾으니, 과연 새 무덤이 하나 있었다. 양생은 제전(祭奠)[21]을 차려 슬피 울면서 종이돈을 불사르고 정식으로 장례를 치른 뒤, 조문을 지어 읽었다.

아아, 님이시여. 당신은 어려서부터 성품이 온순하였고, 자라서는 얼굴이 예뻐서 자태는 서시(西施)[22]같고, 문장은 숙진(淑眞)[23]을 능가하여, 방문 밖에 나가지 않고 가정 모훈을 항상 받았었소. 난리를 겪었어도 정조를 지켰는데 왜구를 만나 생명을 잃었소. 황량한 다북쑥에 몸을 의탁하여 밝은 달 피는 꽃에 마음이 슬펐소. 봄바람에 접동새는 슬피 울고, 가을철 비단 부채 무정도 하였소. 어젯밤엔 님을

---

21 임의 무덤을 찾아가 제사를 드리면서 인생의 무상함을 읊은 노래.
22 중국 월나라의 미인.
23 중국 송나라의 여류시인.

만나 기쁨을 얻어, 비록 유명을 달리했을지라도 실상 운우의 즐거움을 같이하였소. 장차 백년해로하려 하였는데 별안간 이 웬 이별이란 말이오. 사랑하는 님이시여, 당신은 응당 달나라에서 난조(鸞鳥)를 타고 무산(巫山)의 비가 되오리다. 땅이 어두워 돌아온다는 희망은 없고, 하늘은 막막하여 바라기도 어렵구려. 집에 들어오면 어이없어 말 못하고 밖에 나오면 아득하여 갈 데가 없구려. 휘장을 헤칠 때마다 눈물겹고, 술을 부을 땐 더욱 마음이 아프다오. 얼굴이 보이는 듯하고, 목소리가 들리는 듯하니, 아아, 슬프도다. 총명한 님이시여. 육체는 헤어졌을망정 혼령은 계실지니, 마땅히 이곳에 나타나서 이 슬픔을 거두어주시오. 비록 삶과 죽음이 다를지라도 아마 님은 이 글월에 감동할 것이라 믿소.

그 뒤 양생은 결국 슬픔을 견디지 못하고, 가산과 농토를 모두 팔아 저녁마다 재를 드렸는데, 하루는 그녀가 공중에서 그를 불러 말했다.

"당신의 은덕으로 저는 이미 다른 나라에서 남자의 몸으로 태어나게 되었습니다. 유명(幽明)[24]의 한계는 더욱더 멀어졌사오나, 당신의 두터운 은정에 깊이 감사를 드리옵니다. 당신은 다시 길을 깨끗이 닦아 저와 같이 속세의 누를 벗어나시옵소서."

양생은 그 뒤로 다시 장가를 들지 않고 지리산(智異山)에 들어가 약초를 캐고 살았다 하나, 그 뒤로는 어찌 되었는지 소식을 아는 이가 하나도 없었다 한다.

---

24 저승과 이승.

■ 줄거리 정리

남원에 사는 노총각 양생(梁生)은 어느 날 만복사의 불당에서 부처님께 저포 놀이를 청했다. 그가 이기면 아름다운 배필을 중매해 달라고 부탁하는 내기였다. 서생은 두 번 저포를 던져 이기게 되어, 불좌 밑에 숨어서 배필이 될 여인이 나타나기를 기다렸는데, 문득 아름다운 아가씨가 나타나 부처님 앞에 자신의 외로운 신세를 하소연하면서 좋은 배필을 점지해 달라고 기원하였다. 이를 본 서생이 그 여인 앞으로 나가 회포를 말하니 두 사람은 정이 통하여 하룻밤을 함께 지내게 되었다. 이 여인은 인간이 아니라 왜구가 침범한 난리 통에 죽은 처녀의 환신이었다. 이튿날 여인은 서생에게 자기가 사는 동네로 가기를 권했고, 서생은 거기서 융숭한 대접으로 받았다. 사흘 뒤 그가 돌아가게 되었을 때 여인이 서생에게 신표로서 은잔 한 개를 선사하였는데 그것은 그 여인의 무덤에 매장한 부장품이었다. 다음 날 그들은 보련사에서 만나게 되었다. 그러나 재가 끝난 뒤 여인은 인연이 끝나 마침내 혼자서 저승으로 떠나 버렸다. 서생은 끝내 그 여인을 잊지 못하여 장가도 들지 않고 지리산에 들어가서 약초를 깨면서 평생을 마쳤다.

■ 보충 정리

1. 소설적 특징 : 〈금오신화〉에 실려 있는 다른 작품과 동일함.
   ① 주인공이 재자가인(才子佳人)임.
   ② 한문 문어체로서 사물을 극히 미화시켜 표현하고 있음.
   ③ 작품 안의 운문(시)은 상황에 따른 정감을 집약시켜 주인공의 심리를 자세히 묘사하는 구실을 하고 있음.
   ④ 불교의 연(緣) 사상이 바탕이 되고 있음.

2. 관련 설화
   ① 인귀교환설화(人鬼交驩說話) : 사람과 귀신이 결합하는 이야기
   ② 시애설화(屍愛說話) : 죽은 연인이 산 사람과 동거하는 이야기
   ③ 명혼설화(冥婚說話) : 산 자와 죽은 자의 결혼 이야기

깊이 생각 해보기

1. 이 글에서 주인공의 진실한 사랑을 알 수 있는 내용은 무엇인지 생각해 보자.
2. 〈금오신화〉에 나오는 다른 작품도 찾아서 읽어 보도록 하자.

▶ 예시 답은 [부록] 참고

1. 이 글을 현대 소설의 관점에서 비평했을 때 지적할 수 있는 소설 구성상의 결함으로 알맞은 것은?( )

① 내용 전개가 매우 신비롭게 이루어져 있다.

② 소설이 가지고 있는 극적인 긴장감이 없다.

③ 결말이 너무 비극적이다.

④ 평면적 구성으로 되어 있으며 인물의 현실성이 없다.

⑤ 사건 전개가 우연적으로 구성되어 있다.

2. 이 글의 주인공 양생이 처한 다음과 같은 처지를 나타내기에 알맞지 <u>않은</u> 것은? ( )

〈보기〉

전라도 남원(南原)에 살고 있는 양생(梁生)은 일찍이 어버이를 여읜 뒤 여태껏 장가를 들지 못하고 만복사(萬福寺) 동쪽 골방에서 홀로 세월을 보내고 있었다.

① 사고무인(四顧無人)

② 사고무친(四顧無親)

③ 혈혈단신(孑孑單身)

④ 사생결단(死生決斷)

⑤ 고립무원(孤立無援)

▶ 모범 답은 [부록] 참고

홍길동전 洪吉童傳

고전소설

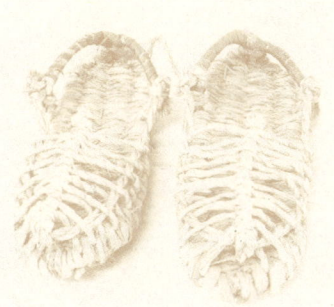

허균(許筠, 1569~1618)

- 조선 중기 문신, 소설가. 호(號)는 교산(蛟山). 시문(詩文)에 뛰어난 천재로 여류시인 허난설헌(許蘭雪軒)의 동생임.
- 1597년 문과중시에 장원 급제한 이후, 춘추관기주관·형조정랑·예조참의·호조참의 등의 벼슬에 오름.
- 광해군 폭정에 항거하여 하인준(河仁俊)·김우성(金宇成) 등과 반란을 계획하다 탄로되어 1618년 가산이 적몰(籍沒)되고 참형되었음.
- 저서 : 〈홍길동전〉, 〈한정록(閑情錄)〉, 〈교산시화(蛟山詩話)〉 등.

- □ **갈래** 고전 소설(한글 소설, 사회 소설, 영웅 소설)
- □ **시대** 조선 광해군
- □ **성격** 현실 비판적
- □ **구성** 5단 구성, 추보식 구성
- □ **제재** 홍길동의 영웅적 행위
- □ **주제** 봉건적 계급제도 타파. 탐관오리 응징과 빈민 구제. 해외 진출과 이상국 건설
- □ **의의** ① 본격 소설의 면모를 갖춤. ② 〈구운몽〉, 〈사씨남정기〉 등 후대 소설의 창작에 영향을
  줌. ③ 중국 소설 〈수호지〉, 〈삼국지연의〉 등의 영향을 받음.
- □ **출전** 경판본 〈홍길동전〉

홍길동의 행동을 현대의 가치관에서 비판하며 감상해 보자.

이 작품은 홍길동이 적서 차별과 같은 봉건 시대의 여러 모순에 저항하며 활빈당을 이끌어 조정과 대결하고 율도국을 건설하는 내용의 영웅 소설로서, 임진왜란 이후 문란했던 정치와 사회상을 반영하고 서민의 고발 의식을 수용한 점과 영웅의 일생이 전형적으로 그려져 있다는 점에서 우리 문학사에서 매우 중요한 의의를 갖는다.

홍길동전 洪吉童傳

조선조 세종 때에 한 재상이 있었으니, 성은 홍씨요 이름은 아무였다. 대대 명문거족(名門巨族)[1]의 후예로서 어린 나이에 급제해 벼슬이 이조판서에까지 이르렀다. 물망[2]이 조야[3]에 으뜸인데다 충효까지 갖추어 그 이름을 온 나라에 떨쳤다. 일찍 두 아들을 두었는데, 하나는 이름이 인형으로 본처 유씨가 낳은 아들이고, 다른 하나는 이름이 길동으로 시비[4] 춘섬이 낳은 아들이었다.

홍 판서는 길동을 낳기 전에 한 꿈을 꾸었다. 갑자기 우레와 벽력이 진동하며 청룡이 수염을 거꾸로 하고 공(公)[5]을 향하여 달려들기에, 놀라 깨니 한바탕 꿈이었다. 마음 속으로 크게 기뻐하여 생각하기를, '내 이제 용꿈을 꾸었으니 반드시 귀한 자식을 낳으리라.' 하

---

1 이름난 집안과 크게 번창한 집안.
2 物望. 여러 사람이 인정하거나 우러러보는 명망(名望).
3 朝野. 조정과 재야.
4 侍婢. 곁에서 시중드는 여자 종.
5 홍 판서를 말함.

고, 즉시 내당으로 들어가니, 부인 유씨가 일어나 맞이하였다. 공은 기꺼이 그 고운 손을 잡고 바로 관계하고자 하였으나, 부인은 정색을 하고 말했다.

"상공께서는 위신을 돌아보지도 않은 채 어리고 경박한 사람의 비루한 행위를 하고자 하시니, 첩은 따르지 않겠습니다."

하며 말을 마치고는 손을 떨치고 나가 버렸다. 공은 몹시 무안하여 화를 참지 못하고 외당으로 나와 부인의 지혜롭지 못함을 한탄하였다.

그때 마침 시비 춘섬이 차를 올리기에, 그 고요한 분위기를 틈타 춘섬을 이끌고 곁방에 들어가 바로 관계하였다. 그 무렵 춘섬의 나이는 열여덟이었는데, 한번 몸을 허락한 후에는 문 밖에 나가지 아니하고 타인과 접촉할 마음도 먹지 않기에, 공이 기특하게 여겨 애첩으로 삼았다.

과연 그 달부터 태기가 있더니 열 달만에 옥동자 하나를 낳았는데, 생김새가 비범하여 실로 영웅호걸의 기상이었다. 공은 한편으로 기뻐하면서도 부인의 몸에서 태어나지 못한 것을 안타깝게 여겼다.

길동이 점점 자라 여덟 살이 되자, 총명하기가 보통이 넘어 하나를 들으면 백 가지를 알 정도였다. 그래서 공은 더욱 귀여워하면서도 출생이 천해, 길동이 늘 아버지니 형이니 하고 부르면, 즉시 꾸짖어 그렇게 부르지 못하게 하였다. 길동은 열 살이 넘도록 감히 부형을 부르지 못하고, 종들로부터 천대받는 것을 뼈에 사무치게 한탄하면서 마음 둘 바를 몰랐다.

"대장부가 세상에 나서 공맹[6]을 본받지 못할 바에야, 차라리 병법이라도 익혀 대장인[7]을 허리춤에 비스듬히 차고 동정서벌[8]하여 나라에 큰 공을 세우고 이름을 만대에 빛내는 것이 장부의 통쾌한 일이 아니겠는가. 어찌하여 내 한 몸이 적막하고, 부형이 있는데도 아버지를 아버지라 부르지 못하고 형을 형이라 부르지 못하니 심장이 터질 것만 같구나. 이 어찌 통탄할 일이 아니겠는가!"

하고, 말을 마치며 뜰에 내려와 검술을 익히고 있었다.

그때 마침 공이 또한 달빛을 구경하다가, 길동이 서성거리는 것을 보고 즉시 불러 물었다.

"너는 무슨 흥이 있어서 밤이 깊도록 잠을 자지 않느냐?"

길동은 공경하는 자세로 대답했다.

"소인은 마침 달빛을 즐기는 중입니다. 그런데, 만물이 생겨날 때부터 오직 사람이 귀한 존재인 줄 아옵니다만, 소인에게는 귀함이 없사오니, 어찌 사람이라 하겠습니까?"

공은 그 말의 뜻을 짐작은 했지만, 일부러 책망하는 체하며,

"네 무슨 말이냐?"

했다. 길동이 절하고 말씀드리기를,

"소인이 평생 설워하는 바는, 소인이 대감 정기를 받아 당당한 남자로 태어났고, 또 낳아 길러 주신 부모님의 은혜를 입었음에도 불구하고, 아버지를 아버지라 못하옵고, 형을 형이라 못하오니, 어찌 사람이라 하겠습니까?"

하고, 눈물을 흘리며 적삼을 적셨다. 공이 듣고 나자 비록 불쌍하다는 생각은 들었으나, 그 마음을 위로하면 마음이 방자해질까 염려되

---

6 孔孟. 공자와 맹자.

7 大將印. 장수가 차던 병부의 신표.

8 東征西伐. 여러 나라를 이리저리 정벌함.

어, 크게 꾸짖어 말했다.

"재상 집안에 천한 종의 몸에서 태어난 자식이 너뿐이 아닌데, 네가 어찌 이다지 방자하냐? 앞으로 다시 이런 말을 하면 내 눈앞에 서지도 못하게 하겠다."

이렇게 꾸짖으니 길동은 감히 한 마디도 더 하지 못하고, 다만 엎드려 눈물을 흘릴 뿐이었다. 공이 물러가라 하자, 그제서야 길동은 침소로 돌아와 슬퍼해마지 않았다. 길동이 본래 재주가 뛰어나고 도량이 활달한지라 마음을 가라앉히지 못해 밤이면 잠을 이루지 못하곤 했다.

하루는 길동이 어미 침소에 가 울면서 아뢰었다.

"소자가 모친과 더불어 전생 연분이 중하여, 금세에 모자가 되었으니, 그 은혜가 지극하옵니다. 그러나 소자의 팔자가 기박하여 천한 몸이 되었으니 품은 한이 깊사옵니다. 장부가 세상에 살면서 남의 천대를 받음이 불가한지라, 소자는 자연히 설움을 억제하지 못하여 모친 슬하를 떠나려 하오니, 엎드려 바라건대 모친께서는 소자를 염려하지 마시고 귀체를 잘 돌보십시오."

그 어미가 듣고 나서 크게 놀라 말했다.

"재상가의 천생이 너뿐이 아닌데, 어찌 마음을 좁게 먹어 어미 간장을 태우느냐?"

길동이 대답했다.

"옛날, 장충의 아들 길산[9]은 천생이지만 열세 살에 그 어미와 이별하고 운봉산에 들어가 도를 닦아 아름다운 이름을 후세에 전하였

---

9 조선 숙종 때 해서(海西)지방의 구월산(九月山)을 중심으로 전국적으로 활동한 도둑의 우두머리.

습니다. 소자도 그를 본받아 세상을 벗어나려 하오니, 모친은 안심하고 후일을 기다리십시오. 근간에 곡산댁의 눈치를 보니 상공의 사랑을 잃을까 하여 우리 모자를 원수같이 알고 있습니다. 큰 화를 입을까 하오니 모친께서는 소자가 나감을 염려하지 마십시오."

하니, 그 어머니 또한 슬퍼하였다.

원래 곡산댁은 곡산 지방의 기생으로 상공의 첩이 되었던 것인데, 이름은 초란이었다. 아주 교만하고 자기 마음에 맞지 않으면 공에게 고자질을 하기에, 집안에 폐단이 무수하였다. 자신은 아들이 없는데, 춘섬은 길동을 낳아 상공으로부터 늘 귀여움을 받게 되자, 속으로 불쾌하여 길동을 없애 버릴 마음만 먹고 있었다.

하루는 초란이 흉계를 꾸미고 무녀를 청하여 말하기를,

"내가 편안하게 살려면 길동을 없애는 방법밖에는 없다. 만일 나의 소원을 이루어 주면 그 은혜를 후하게 갚겠다."

고 하니, 무녀가 듣고 기뻐서 대답했다.

"지금 흥인문 밖에 일류 관상녀가 있는데, 사람의 상을 한번 보면 전후 길흉을 판단합니다. 그 사람을 청하여 소원을 자세하게 말하고, 공께 소개하여 그녀로 하여금 전후사를 자신이 본 듯이 이야기하게 하면, 공이 속아 넘어가 길동을 없애고자 할 것이니, 그때를 틈타 이리이리하면 어찌 묘한 방법이 아니겠습니까?"

이에 초란이 크게 기뻐서 먼저 은돈 오십 냥을 주고 관상녀를 청해 오도록 하자, 무녀가 하직하고 갔다.

이튿날 공이 내실에 들어와 부인과 더불어 길동이 비범함을 화제로 이야기하면서 다만 신분이 천함을 안타까워하고 있던 중, 문득 한 여자가 들어와 마루 아래서 인사를 하기에, 공이 이상하게 여겨 물었다.

"그대는 어떠한 여자인데 무슨 일로 왔소?"

그 여자가 말했다.

"소인은 관상 보는 사람이온데, 우연히 상공댁에 이르렀습니다."

공이 이 말을 듣고 길동의 장래를 알고 싶어 즉시 길동을 불러서 보이니, 관상녀가 이윽히 보다가 놀라 말하기를,

"이 공자의 상을 보니 천고 영웅이요 일대 호걸이지만, 지체가 부족하니 다른 염려는 없을 듯합니다."

하고는 말을 하고자 하다가 주저하기에, 공과 부인이 크게 의심이 나서 말했다.

"무슨 말인지 바른 대로 이르라."

관상녀가 마지 못하는 체하며 주위 사람들을 내보내고 말했다.

"공자의 상을 보니, 가슴 속에 조화가 무궁하고 미간에 산천 정기가 영롱하오니 실로 왕이 될 기상입니다. 장성하면 장차 온 집안이 멸망하는 화를 당할 것이오니, 상공께서는 유념하십시오."

공이 듣고 나서 놀란 나머지 한참 동안이나 묵묵히 있다가 마음을 진정시키고 이르기를,

"사람의 팔자는 피하기 어려운 것이니, 너는 이런 말을 누설하지 말라."

당부하고는, 돈푼이나 주어 보내었다.

그 후로는 공이 길동을 산에 있는 정자에 머물게 하고 행동 하나하나를 엄격하게 감시했다. 길동은 이런 일을 당하자 설움이 더욱 북받쳤지만 어쩔 수가 없어 육도삼략이라는 병법과 천문지리를 공부하고 있었다. 공이 이 사실을 알고는 크게 근심하여 말했다.

"이 놈이 본래 재주가 있으니, 만일 과분한 마음을 품게 되면 관상 녀의 말과 같을 것이니, 이를 장차 어찌하랴?"

이 때 초란이 무녀와 관상녀와 내통하여 공을 놀라게 하고는 길동 을 없애고자 거금을 들여 자객[10]을 매수했는데, 그 이름은 특재였 다. 초란은 특재에게 전후 내막을 자세히 일러 주고는 공에게 가서 아뢰었다.

"며칠 전 관상녀가 아는 일이 귀신 같으니, 길동의 앞일을 어떻게 처리하려 하십니까? 저도 놀랍고 두려우니 일찍 길동을 없애 버리 는 것이 나을듯하옵니다."

공은 이 말을 듣고 눈썹을 찡그리면서,

"이 일은 내 손바닥 안에 있으니, 너는 번거롭게 굴지 말라."

하고 물리치기는 했으나, 자연히 마음이 어지러워 밤이면 잠을 이루 지 못해 병이 나고 말았다. 부인과 좌랑 인형이 크게 근심이 되어 어 쩔 줄을 모르고 있는데, 초란이 곁에서 모시고 있다가 아뢰었다.

"상공의 병환이 위중하심은 길동으로 인한 것입니다. 저의 좁은 소견으로는 길동을 죽여 없애면 상공의 병환도 완쾌되실 뿐 아니라, 가문도 보존할 것이온데, 어찌 이 점을 생각하지 않으시는지요?"

부인이 이르기를,

"아무리 그렇다 한들 천륜이 지중한데 차마 어찌 그런 짓을 하겠 나."

고 하자, 초란이 말했다.

"들자오니 특재라는 자객이 있는데, 사람 죽이기를 주머니 속의 물건 잡듯이 한답니다. 그에게 거금을 주고 밤에 들어가 해치게 하

---

10 刺客. (어떤 음모에 가담하거나 남의 사주를 받고) 사람을 몰래 찔러 죽이는 사람.

면, 상공이 아셔도 어쩔 수 없을 것이오니, 부인은 재삼 생각하십시오."

부인과 좌랑이 눈물을 흘리면서 말했다.

"이는 차마 못할 바이로되, 첫째는 나라를 위함이요, 둘째는 상공을 위함이며, 셋째는 홍씨 가문을 보존하기 위함이니, 너의 생각대로 하려무나."

그러자 초란이 크게 기뻐하면서, 다시 특재를 불러 사정을 자세히 이야기하고, 오늘 밤에 급히 행하라 하니, 특재가 그렇게 하겠다 하고 밤이 되기를 기다렸다.

한편, 길동은 그 원통한 일을 생각하니 잠시를 머물지 못할 바이지만, 상공의 엄령[11]이 지중하므로 어쩔 수가 없어 밤마다 잠을 설치고 있었다. 그런데 그날 밤, 촛불을 밝혀 놓고 〈주역〉을 골똘히 읽고 있는데, 까마귀가 세 번 울고 갔다. 길동은 이상한 예감이 들어 혼잣말로,

"저 짐승은 본래 밤을 꺼리는데, 이제 울고 가니 매우 불길하구나."

하면서 잠시 〈주역〉의 팔괘로 점을 쳐보고는, 크게 놀라 책상을 밀치고 둔갑법[12]으로 몸을 숨긴 채 동정을 살피고 있었다. 사경쯤 되자 한 사람이 비수를 들고 천천히 방문으로 들어왔다. 길동이 급히 몸을 감추고 주문을 외니, 갑자기 한 줄기 음산한 바람이 일어나면서, 집은 간 데 없고 첩첩산중에 풍경이 굉장하였다. 크게 놀란 특재는 길

---

11 엄한 명령.
12 遁甲法. 술법을 써서 마음대로 자기 몸을 감추거나 다른 것으로 변하게 하는 법.

동의 조화가 무궁한 줄 알고 비수를 감추며 피하고자 했으나, 갑자기 길이 끊어지면서 층암절벽이 가로막자, 오도가도 못하는 처지가 되었다. 사방으로 방황하다가 피리 소리를 듣고서야 정신을 차리고 살펴보니, 한 소년이 나귀를 타고 오며 피리 불기를 그치고 꾸짖었다.

"너는 무엇 때문에 나를 죽이려 하는가? 무죄한 사람을 해치면 어찌 천벌이 없으랴?"

하고 주문을 외니, 홀연히 검은 구름이 일어나며 큰비가 물을 퍼붓듯이 쏟아지고 모래와 자갈이 날리었다. 특재가 정신을 가다듬고 살펴보니 길동이었다. 재주가 대단하다고는 여기면서도 '어찌 나를 대적하리오.'하고 달려들면서 소리쳤다.

"너는 죽어도 나를 원망하지 말라. 초란이 무녀와 상녀로 하여금 상공과 의논하게 하고, 너를 죽이려 한 것이니, 어찌 나를 원망하랴."

칼을 들고 달려드는 특재를 보자, 길동은 분함을 참지 못해 요술로 특재의 칼을 빼앗아 들고 호통을 쳤다.

"네가 재물을 탐내어 사람 죽이기를 좋아하니, 너같이 무도한 놈은 죽여서 후환을 없애겠다."

하고 칼을 드니, 특재의 머리가 방 가운데 떨어졌다. 길동은 분노를 이기지 못해 그 날 밤에 바로 관상녀를 잡아 와 특재가 죽어 있는 방에 들이쳐 박고 꾸짖기를,

"네가 나와 무슨 원수 졌다고 초란과 짜고 나를 죽이려 했느냐?"

하고 칼로 치니, 처참하기 그지없었다.

이 때 길동이 두 사람을 죽이고 하늘을 살펴보니, 은하수는 서쪽으로 기울어지고 달빛은 희미하여 마음은 더욱 울적해졌다. 분통이 터

져 초란마저 죽이고자 하다가, 상공이 사랑하는 여자라는 데 생각이 미치자, 칼을 던지고 달아나 목숨이나 건지기로 마음먹었다. 바로 상공 침소에 가 하직 인사를 올리고자 하는데, 마침 공도 창 밖의 인기척을 듣고서 창문을 열고 살폈다. 공은 길동임을 알고 불러 말했다.

"밤이 깊었거늘 네 어찌 자지 않고 이렇게 방황하느냐?"

길동은 땅에 엎드려 아뢰었다.

"소인이 일찍 부모님께서 낳아 길러 주신 은혜를 만분의 일이나마 갚을까 하였더니, 집안에 옳지 못한 사람이 있어 상공께 참소하고 소인을 죽이고자 하기에, 겨우 목숨은 건졌으나 상공을 모실 길이 없기로 오늘 상공께 하직을 고하옵니다."

하기에, 공이 크게 놀라 물었다.

"너는 무슨 일이 있어서 어린아이가 집을 버리고 어디로 가겠다는 거냐?"

길동이 대답했다.

"날이 밝으면 자연히 아시게 되려니와, 소인의 신세는 뜬구름과 같사옵니다. 상공의 버린 자식이 어찌 갈 곳이 있겠습니까?"

길동이 두 줄기의 눈물을 감당하지 못해 말을 이루지 못하자, 공은 그 모습을 보고 불쌍한 마음이 들어 타일렀다.

"내가 너의 품은 한을 짐작하겠으니, 오늘부터는 아버지를 아버지라 부르고 형을 형이라 불러도 좋다."

길동이 절하고 아뢰었다.

"소자의 한 가닥 지극한 한을 아버지께서 풀어 주시니 죽어도 한이 없습니다. 엎드려 바라옵건대, 아버지께서는 만수무강하십시오."

이렇게 말하고 하직하니, 공이 붙잡지 못하고 다만 무사하기만을

당부하였다. 길동이 또 어머니 침소에 가서,

"소자는 지금 슬하를 떠나려 하오나 다시 모실 날이 있을 것이니, 모친은 그 사이 귀체를 아끼십시오."

하고 작별 인사를 하였다. 춘섬이 이 말을 듣고 무슨 까닭이 있음을 짐작하나 굳이 묻지는 않고 하직하는 아들의 손을 잡고 통곡하면서 말했다.

"네 어디로 가려 하느냐? 한 집에 있어도 거처하는 곳이 멀어 늘 보고 싶었는데, 이제 너를 정처없이 보내고 어찌 잊으랴. 부디 쉬 돌아와 만나기를 바란다."

길동이 절하고 문을 나와 멀리 바라보니 첩첩한 산중에 구름만 자욱한데 정처없이 길을 가니 어찌 가련치 않으랴.

한편, 초란은 특재의 소식이 없자 이상하다 싶어 사정을 알아 보라 했더니, 길동은 간 데가 없고 특재와 관상녀의 시신만 방 안에 있더라고 했다. 이에 혼비백산[13]하여 급히 부인에게 알리니, 부인은 크게 놀라 좌랑을 불러 이 일을 이야기하고 상공에게도 알렸다. 이 소식에 접한 상공은 대경실색[14]하며 말했다.

"길동이 밤에 와 슬피 하직하기에 이상하다 여겼더니, 결국 이런 일이 벌어졌구나."

이에 좌랑이 감히 숨기지 못하여 초란이 그 동안에 한 일을 아뢰었더니, 공은 더욱 분노하여 초란을 내쫓고 슬그머니 그들의 시체를 없앤 후, 종들을 불러 이런 말을 입 밖에 내지 말라고 당부하였다.

---

13 魂飛魄散. (혼백이 날아 흩어진다는 뜻으로) 몹시 놀라 어찌할 바를 모름.

14 大驚失色. 몹시 놀라 얼굴빛이 하얗게 변함.

그 무렵, 길동은 부모와 이별하고 정처없이 떠돌다가, 어떤 경치 좋은 곳에 이르렀다. 인가를 찾아 점점 들어가니 큰 바위 밑에 돌문이 닫혀 있었다. 가만히 그 문을 열고 들어가자 평원 광야가 나타나는데, 거기에는 수백 호의 인가가 즐비하고, 여러 사람이 모여 잔치를 하며 즐기고 있었다.

알고 보니 그곳은 도적의 소굴이었다. 한 사람이 길동을 보고 예사롭지 않다는 듯 반겨 말했다.

"그대는 어떤 사람이기에 이곳에 찾아 왔소? 이곳에는 영웅이 모여 있으나, 아직 우두머리를 정하지 못하고 있으니, 그대가 만일 용력[15]이 있어 참여할 마음이 나면 저 돌을 들어 보시오."

길동이 이 말을 듣고 다행히 여겨 절하고 말했다.

"나는 경성 홍 판서의 서자[16] 길동인데, 집에서 천대받기가 싫어서 아무 데나 정처없이 다니다가, 우연히 이곳에 들어왔소. 마침 모든 호걸들이 동료 되기를 바라니 대단히 감사하거니와, 장부가 어찌 저만한 돌 들기를 근심하리오."

하고, 그 돌을 들어 수십 보를 걷다가 던졌는데, 그 돌 무게는 천 근이었다. 여러 도적들이 일시에 칭찬하기를,

"과연 장사로다. 우리 수천 명 중에 이 돌 드는 자가 없더니, 오늘 하늘이 도와 장군을 내려 주셨도다."

하고, 길동을 윗자리에 앉힌 뒤, 차례로 술을 권하며 옛날 의례대로 흰 말을 잡아 맹서하면서 언약을 굳게 맺었다. 이에 많은 사람들이 일시에 응락하고 온 종일 즐기며 놀았다. 그 후 길동은 여러 사람과

---

[15] 勇力. 용맹스러운 힘.
[16] 庶子. 첩에게서 태어난 아들.

더불어 무예를 연습해 수개월 안에 군법을 엄히 세웠다.

  하루는 여러 사람들이 하나의 제의를 했다.
  "우리가 벌써부터 합천 해인사[17]를 쳐 그 재물을 빼앗고자 하였으나, 지략이 부족하여 실천에 옮기지 못했는데, 이제 장군님 의견은 어떠하신지요?"
  길동은 웃으며,
  "내가 장차 출동할 터이니, 그대들은 내 지휘대로만 하라."
하고는, 푸른 도포에 검은 띠를 두르고 나귀 등에 올랐다. 부하 몇 명도 데리고 갔다.
  "내가 그 절에 가서 동정을 살펴보고 오겠다."
하며 가는 뒷모습이 완연한[18] 재상가 자제였다.
  길동이 그 절에 들어가 주지에게 먼저 말했다.
  "나는 경성 홍 판서댁 자제다. 이 절에 공부를 하려고 왔는데, 내일 백미 이십 석을 보낼 것이니, 음식을 깨끗이 장만하라. 너희들과 함께 먹겠다."
하고는, 절 안을 두루 살펴보며 뒷날을 기약하고 동구를 나오니 모든 중들이 기뻐하였다.
  길동이 돌아와 백미 수십 석을 보내고 부하들을 불러 놓고 말했다.
  "내가 아무 날 그 절에 가 이리이리 할 것이니, 그대들은 뒤를 따라와 이리이리 하라."

---

17 합천군 가야면 가야산 남서쪽에 있는 사찰로 신라 애장왕 때 세워짐.
18 분명한.

그 날이 다가와 부하 수십 명을 데리고 해인사에 이르렀더니, 중들이 맞이해 들어갔다. 길동이 노승을 불러,

"내가 보낸 쌀로 음식이 부족하지 않던가?"

하니 노승이,

"어찌 부족하겠습니까. 너무 황감[19]하였습니다."

고 하였다. 길동이 맨 윗자리에 앉아, 모든 중을 일제히 청해 각기 상을 받게 하고는, 먼저 술을 마시며 차례로 권하니, 모든 중이 황감해하였다. 길동이 상을 받고 먹다가 모래를 슬그머니 입에 넣고 깨무니, 소리가 크게 났다. 중들이 듣고 놀라 사과를 했지만, 길동은 일부러 화를 내어 꾸짖었다.

"너희들이 음식을 어찌 이다지 깨끗하지 않게 했느냐? 이는 반드시 나를 깔보고 업신여기는 짓이다."

하고, 부하들을 시켜 모든 중을 한 줄에 결박하여 앉히니, 모두가 겁이 나서 어쩔 줄을 몰랐다. 이윽고 수백 명이 일시에 달려들어 모든 재물을 제 것 가져가듯 하니, 중들이 보고 다만 입으로 소리만 지를 따름이었다. 외출했던 불목한[20]이 마침 그때 돌아오다가 이 일을 보고 관가에 알리니, 합천 원[21]이 관군을 뽑아 그 도적을 잡게 했다. 장교[22] 수백 명이 도적을 쫓다가 문득 보니 송낙[23]을 쓰고 장삼을 입은 중이 산에 올라가 외쳤다.

"도적이 저 북쪽의 작은 길로 가니 빨리 가 잡으시오."

---

19 惶感. 황송하고 감격스러움.

20 불목하니. 절에서 밥 짓고 물 긷는 일을 맡아서 하는 사람.

21 員. 조선 시대에, 고을을 다스리는 부윤·목사·부사·군수·현감·현령 등 관원을 두루 일컫던 말. 수령(守令).

22 將校. 각 군영과 지방 관아의 군무에 종사하던 낮은 벼슬아치를 통틀어 이르던 말.

23 松蘿. 소나무겨우살이로 짚주저리 비슷하게 엮은, 여승(女僧)이 쓰던 모자.

관군들은 그 절 중이 가르치는 줄 알고, 풍우같이 북쪽의 작은 길로 찾아 가다가 잡지도 못하고 날이 저문 후에 돌아갔다. 길동은 부하들을 남쪽의 큰길로 보내고 홀로 중의 차림으로 관군을 속여 무사히 소굴로 돌아오니, 모든 부하들이 이미 재물을 가져다 놓고 있었다. 그들이 함께 사례하기에 길동은 웃으며,

　"장부가 이만한 재주 없대서야 어찌 여러 사람의 우두머리가 되리오."

했다.

　그 후, 길동은 스스로 호를 활빈당이라고 하면서 조선 팔도로 다니며 각읍 수령이 불의로 모은 재물이 있으면 탈취하고, 혹시 가난하고 의지할 데 없는 사람이 있으면 구제하되, 백성은 침범하지 않고 나라의 재산에는 추호도 손을 대지 않았다. 그래서 부하들은 그 뜻에 감복하였다.

　(중략)

　하루는 천문(天文)[24]을 보다가 놀라 눈물을 흘리기에, 주위에서 무슨 까닭으로 슬퍼하느냐고 물으니, 길동이 탄식하면서 말하기를,

　"내가 부모의 안부를 하늘의 별을 보고 짐작해 보려고, 지금 하늘을 본즉 부친의 병세가 위증(危症)[25]하신지라. 그러나 나의 몸이 먼 곳에 있어 거기에 이르지 못하는구나."

하니 모든 사람들이 슬퍼하였다.

　이튿날 길동은 월봉산에 들어가 훌륭한 묘 자리를 구한 후, 묘 닦

---

24 천체의 운행에 따라 역법(曆法)을 연구하거나, 길흉을 예언하는 일.
25 위중한 병세.

는 일을 시작하여 석물(石物)[26]을 국릉(國陵)[27]과 같이 하였다. 그러고는 한 척의 큰 배를 준비하여 부하들에게 조선국 서강 강변으로 몰고 가서 기다리라 하였다. 자신은 즉시 머리를 깎고 중의 모습을 갖춘 뒤, 작은 배 한 척을 타고 조선을 향하였다.

이 무렵, 홍 판서는 홀연히 병을 얻어 위중해지자, 부인과 인형을 불러 말하기를,

"내가 죽어도 다른 한이 없으나, 길동의 생사를 알지 못하는 것이 한스럽구나. 제가 살아 있으면 찾아올 것이니, 적서(嫡庶)[28]를 구분하지 말고 제 어미를 잘 대접해라."

하고, 숨이 끊어지니, 온 집안이 슬픔에 잠겨 장사를 치르고자 하나, 묘터를 구하지 못해 난처하였다.

하루는 문지기가 알리기를,

"어떤 중이 와서 영위(靈位)[29]에 조문(弔問)하려 합니다."

고 했다. 이상하게 여겨 들어오라 했더니, 그 중이 들어와 목을 놓아 크게 우니, 모든 사람이 곡절을 몰라 서로 얼굴만 돌아보았다. 그 중이 상주에게 한 번 통곡한 뒤 말하기를,

"형님께서 어찌 아우를 몰라보십니까?"

고 했다. 상주가 자세히 보니, 그 중은 바로 아우 길동이었으므로, 붙잡고 통곡하며 말하였다.

"아우야, 그 사이 어디 갔더냐? 아버지께서 평소에 유언이 간절하셨는데, 이제사 오니 어찌 자식의 도리가 이러한가?"

---

26 무덤 앞에 돌로 만들어 놓은 물건.
27 임금의 무덤.
28 적자(嫡子)와 서자(庶子).
29 죽은 이의 영혼을 모신 자리. 신위(神位)

상주는 길동의 손을 이끌고 내당에 들어가 모부인을 뵈옵고 춘섬을 상면케 하였다. 한바탕 통곡한 뒤 춘섬이 물었다

"네가 어찌 중이 되어 다니느냐?"

이에 길동이 대답했다.

"소자가 조선을 떠나 머리 깎고 중이 되어 지술(地術)[30]을 배웠지요. 이제 부친을 위하여 좋은 터를 구했으니, 모친은 염려 마십시오."

인형이 크게 기뻐하면서 말했다.

"너의 재주 기이하여 좋은 터를 구했다고 하니 무슨 염려가 있겠느냐."

다음날 길동이 운구(運柩)[31]하여 제 모친을 모시고 서강 강변에 이르니, 지휘해 놓은 배가 기다리고 있었다. 배에 올라 화살같이 빨리 저어 한 곳에 다다르니, 여러 사람이 수십 척의 배를 대기시켜 놓고 있었다. 서로 반기며 호위하여 가니 그 광경이 대단하였다. 어언간 산 위에 다다르자, 인형이 자세히 보니 산세가 웅장하였다. 이에 길동의 지식을 못내 탄복하였다.

일을 마치고 함께 길동의 처소로 돌아오니, 백씨와 조씨가 시어머니와 시숙을 맞아 뵈옵는 한편, 인형과 춘랑은 못내 길동의 지식을 탄복하고, 또한 춘섬은 길동이 장성하였음을 칭찬하였다.

그 후 여러 날이 지나자, 인형은 길동과 춘섬을 이별하면서 아버님 산소를 극진히 모실 것을 당부한 후, 산소에 하직하고 길동의 처소를 떠났다.

---

30 풍수설에 따라 지리를 살펴서 묏자리나 집터 따위의 좋고 나쁨을 점치는 술법.
31 관을 운반함.

본국에 이르러, 모부인을 뵈옵고 전후 사실을 말씀 드리니, 부인이 신기하게 여겼다.

한편, 길동은 아버님 제사를 극진히 받들어 삼년상을 마치고 난 후, 모든 영웅을 모아 무예를 익히며 농업에 힘을 쓰니, 병사는 잘 조련되고 양식도 풍족했다. 남쪽에 율도국이라는 나라가 있었는데, 기름진 평야가 수천 리나 되어 실로 살기 좋은 나라였으므로, 길동이 늘 마음 속으로 그 나라를 차지하려고 생각해 오던 바였다. 모든 사람을 불러 말하기를,

"내가 이제 율도국을 치고자 하니 그대들은 최선을 다하라."

하고는 그날 진군을 하였다. 길동은 스스로 선봉장이 되고, 마숙을 후군장으로 삼아, 잘 훈련된 병사 오만을 거느리고 율도국 철봉산을 다다라 싸움을 걸었다.

율도국 태수 김현충이 난데없는 군사가 싸움을 걸어오는 것을 보고 크게 놀라 왕에게 보고하는 한편, 한 부대의 군사를 거느리고 내달아 싸웠다. 길동이 이를 맞아 싸워 한 번의 접전에 김현충을 베고 철봉을 얻어 백성을 달래어 위로하였다. 그리고 정철로 하여금 철봉을 지키게 하고, 대군을 지휘해 움직여 바로 도성을 치는데, 먼저 격서(檄書)[32]를 율도국에 보냈다. 그 글의 내용은 이러하였다.

"의병장 홍길동은 글을 율도왕에게 부치나니, 대저[33] 임금은 한 사람의 임금이 아니요, 천하 사람의 임금이다. 내 하늘의 명을 받아 병사를 일으켜 먼저 철봉을 파하고 물밀 듯 들어오고 있으니, 왕은

---

32 급히 여러 사람에게 알리려고 여러 곳에 보내는 글.
33 대체로 보아서. 무릇.

싸우고자 하거든 싸우고, 그렇지 않으면 일찍 항복하여 살기를 도모
하라."

왕이 다 보고 나서 소리쳐 말하기를,

"우리 나라가 철봉을 굳게 믿거늘, 이제 잃었으니 어찌 대항하
랴."

하고는, 모든 신하를 거느리고 항복했다.

길동이 성중에 들어가 백성을 달래어 안심시키고 왕위에 오른 후,
전의 율도왕을 의령군에 봉했다.

또한 마숙과 최철을 각각 좌의정과 우의정으로 삼고, 나머지 여러
장수에게도 각각 벼슬을 내리니, 조정에 가득 찬 신하들이 만세를
불러 하례하였다.

왕이 나라를 다스린 지 삼년만에 산에는 도적이 없고, 길에서는
떨어진 물건을 주워 가지 않으니, 태평세계라고 할 만하였다. 왕
이 백룡을 불러,

"내가 조선 성상께 표문(表文)[34]을 올리려 하니, 경은 수고를 아끼
지 말라."

하고 당부를 했다. 그 후 길동은 표문과 편지를 홍씨 집안으로 부쳤
다. 백룡이 조선에 도착하여 먼저 표문을 올리니, 임금이 표문을 보
고 크게 칭찬하였다.

"홍길동은 진실로 기이한 인재로다."

그리고 홍인형을 위로 사신으로 삼아 유서(諭書)[35]를 내렸다. 인

---

34 임금에게 표(表)로 올리던 글.
35 관찰사나 절도사·방어사 등이 부임할 때 왕이 내리던 명령서.

형이 임금의 은혜에 감사한 후 돌아와 모부인에게 임금과 이야기한 내용을 말씀 드리니, 부인이 또한 길동에게 가고자 하였다.

인형이 마지 못해 부인을 모시고 출발하여 여러 날만에 율도국에 이르렀다. 왕은 그들을 맞이하여 향안(香案)³⁶을 차려놓고 유서를 받은 후, 모부인과 인형을 환대하였다. 산소를 찾아 본 후 큰 잔치를 베풀어 즐겼다. 그런데 여러 날이 지난 후 유씨가 갑자기 병을 얻어 죽으니, 선능에 쌍장(雙葬)³⁷하였다. 인형이 왕을 하직하고 본국에 돌아와 임금에게까지 보고하니, 임금이 모친상 당했음을 위로하였다.

율도왕이 삼년상을 마치니, 대비도 이어 세상을 떠나 선능에 안장하고, 삼년상을 마쳤다. 왕이 삼남이녀를 낳으니, 장자와 차자는 백씨 소생이고, 삼자와 차녀는 조씨 소생이었다. 장자 현을 세자로 봉하고 그 나머지는 모두 군(君)³⁸으로 봉하였다.

왕이 나라를 다스린 지 삼십 년에 갑자기 병이 들어 별세하니 나이 칠십이 세였다. 왕비도 이어 죽으니 선능에 안장한 후, 세자가 즉위하여 대대로 이으면서 태평스럽게 살아갔다.

---

36 향로나 향합 따위를 올려놓는 상.
37 둘의 시체를 한 무덤에 묻음.
38 왕의 서자(庶子)를 비롯한 가까운 종친(宗親)이나 공이 있는 신하에게 내리던 존호(尊號).

■ **줄거리 정리**

　홍 판서의 서자로 태어난 길동은 매우 영특하고 재기가 뛰어났지만, 천비 소생이라는 신분적 제약 때문에 세상에 뜻을 펼 수 없음을 안타까워한다. 자라나면서 신분적 차별 대우를 견딜 수 없게 되자, 화를 피하기 위해 집을 떠난다. 정처 없이 길을 떠나 산중에서 도적의 무리를 만난 길동은 그들의 우두머리가 되어 활빈당을 조직하고 팔도 수령들을 습격하여 재물을 빼앗아 가난한 백성들에게 나누어주는 의적 활동을 한다. 나라에서 길동을 잡으려 하나 길동의 도술을 당해내지 못하고 조정에서는 사회적 물의를 일으키는 길동을 회유하려고 병조 판서를 제수한다. 길동이 궁궐에 가 왕을 알현하고 벼 천 석을 요구하여 배에 싣고 섬나라 율도국에 들어가 그곳을 정벌한 후 왕이 되어 이상적인 정치를 하며 세월을 보내다가 죽는다.

■ **보충 정리**

1. 〈홍길동전〉의 영웅 소설적 구조

　① 고귀한 혈통의 인물 : 홍 판서의 아들

　② 비정상적인 태생 : 시비 춘섬에게서 서자로 태어남.

　③ 비범한 지혜와 능력 : 특별히 총명하고 도술에 능함.

　④ 어려서 위기를 겪고 죽을 고비에 이름 : 음모에 의해 생명의 위기를 겪음.

　⑤ 위기를 벗어남(구출, 양육자의 도움) : 자객을 죽이고 위기를 벗어남.

　⑥ 자라서 다시 위기에 부딪힘 : 나라에서 길동을 잡아들이려 함.

　⑦ 투쟁으로 위기를 극복하고 승리자가 됨 : 부정한 권력과의 싸움에서 이기며, 마침내 율도국의 왕이 됨.

2. 〈홍길동전〉의 창작 동기 : 임진왜란 이후 사회가 극도로 문란해지고 양반 토호들의 횡포가 극에 이르자, 이를 개혁하려는 의지(意志)가 나타나게 되었으며, 특히 적서 차별에 의해 서류(庶類) 출신의 천대가 심하므로 이와 같은 사회 제도의 모순을 개혁하고자 했던 것.

깊이
생각해보기

1. 홍길동이 행한 의적 활동의 모순점은 무엇인지 생각해 보자.

2. 이 글을 통해 작가가 궁극적으로 말하려고 한 것은 무엇인지 생각해 보자.

▶ 예시 답은 [부록] 참고

1. 길동이 도적들의 소굴에 들어간 후 해인사의 재물을 탈취한 목적으로 가장 알맞은 것은?(   )

① 부패한 승려들에게 경각심을 일깨우기 위하여

② 자신의 뛰어난 능력을 입증해 보이기 위하여

③ 자신이 재상가의 자제임을 증명해 보이기 위하여

④ 도적들의 의식을 깨우쳐 착한 백성들로 만들기 위하여

⑤ 탐관오리들에게 자신의 존재를 알려 주기 위하여

2. 이 글에서 영웅 소설의 요소로 보기에 어려운 내용은? (   )

① 길동이 율도국을 정벌하여 왕이 되었다.

② 자객이 침입했을 때 길동은 도술을 사용하여 위기를 벗어났다.

③ 길동은 어머니에게 지극히 효성스러웠다.

④ 길동은 홍 판서와 시비 춘섬의 사이에서 태어났다.

⑤ 조정에서는 신출귀몰하는 길동을 잡아들이려고 하였다.

▶ 모범 답은 [부록] 참고

춘향전 _{春香傳}

고전소설

- □ **갈래** 고전 소설(판소리계 소설)
- □ **시대** 조선 후기(영·정조 때로 추정)
- □ **성격** 해학적, 풍자적, 비판적, 사실적
- □ **표현** 직유법, 과장법
- □ **사상** 인간 평등, 사회 개혁, 자유 연애, 열녀불경이부(烈女不更二夫)
- □ **배경** 조선 숙종조, 전라도 남원과 한양
- □ **제재** 춘향과 이몽룡의 사랑
- □ **주제** 신분을 초월한 남녀의 사랑. 유교적 정절. 탐관오리에 대한 서민의 저항과 신분 상승의
  의지
- □ **의의** ① 실학 사상과 근대 정신의 영향으로 성장하던 서민 의식을 표현함. ② 소재를 당대의
  사회 현실에서 취재하여 사실성을 높임.
- □ **출전** 〈열녀춘향슈절가(烈女春香守節歌)〉(완판본)

춘향전이 현대에도 높은 문학적 가치를 지니는 이유가 무엇인지 생각하며 감상해 보자.

이 소설은 신분을 초월한 자유 연애와 평등 사상을 고취한 반봉건적 문학으로서, 고전 소설 중 최대 걸작으로 평가되고 있다. 이 작품에 나타난 문학성은 해학과 풍자에 그 근원을 두고 있다. 조선 말엽의 부패상을 보여 주는 동시에, 가렴주구(苛斂誅求)의 극성으로 몰락되는 관료 봉건 제도에 대한 반항이 미천한 신분인 성춘향의 수절(守節)을 통하여 갈채를 받게 되는 것이다. 또한, 변 사또에 대한 춘향의 반항은 일종의 유교적 정조 관념으로서, 불의에 대항한 사람에게 반드시 보상이 주어진다는 고전 소설의 전형적 요소를 반영한 것이라고 볼 수 있다.

춘향전 春香傳

(전략)

이 때는 삼월이라 일렀으나, 실은 오월 단오일이었다. 천중지가절[1]이라고 하는 이때를 맞아, 월매(月梅) 딸 춘향(春香)도 또한 시와 글, 음악에 능통하니 이 좋은 절기를 모를 리 없었다.

추천[2]을 하려고 향단이를 앞세우고 내려오는 춘향이의 자태는 이루 말할 수 없이 고왔다. 난초같이 고운 머리는 두 귀를 눌러 곱게 땋아 금봉채[3]를 가지런히 꽂고, 비단치마를 두른 허리는 가는 버들처럼 힘없이 드리운 듯하였다.

아름답고 고운 태도로 아장거리며 흐늘거리며 가만가만 밖으로 나와 우거진 수풀 속으로 들어가니, 녹음방초가 우거져 금잔디 좌르륵 깔린 곳에 황금 같은 꾀꼬리는 쌍쌍이 오고 가며 날아들 때, 무성한 버드나무에 백척장고[4] 높이 매고 그네를 타려고 한다. 수화유문[5]

---

1 天中之佳節. 일년 중 가장 양기가 왕성한 때.
2 鞦韆. 그네 타기.
3 金鳳釵. 봉황을 새긴 금비녀.
4 百尺丈高. 백 자나 되는 매우 높은 높이.

초록 장옷 남방사[6] 홑단 치마 훨훨 벗어 걸어두고, 자주빛 비단 가죽신을 썩썩 벗어 던져두고, 흰 비단 속치마를 턱 밑까지 훨씬 추켜 올리고, 연숙마[7] 그네 줄을 섬섬옥수[8] 넌지시 들어 양 손에 갈라 잡고, 흰 비단 버선 신은 두 발길로 살짝 올라 발을 구르며 가는 버들 같은 고운 몸을 단정히 노니는데, 뒷단장 옥비녀 은죽절[9]과 앞치레 볼 것 같으면 밀화장도[10]와 옥장도며 광원사[11] 겹저고리 제색 고름 에 태가 난다.

"향단아, 밀어라."

한 번 굴러 힘을 주며 두 번 굴러 힘을 주니, 발 밑에 가는 티끌 바람 좇아 펄펄 앞뒤로 점점 멀어간다.

머리 위에 나뭇잎은 몸을 따라 흐늘흐늘 오고 갈 때, 춘향이 그네 타는 모습을 살펴보니, 녹음 속에 붉은 치마 자락이 바람결에 내비치니 구만장천백운간[12]에 번갯불이 쏘는 듯 첨지재전홀언후[13]이다. 앞으로 얼른 하는 모습은 가벼운 제비가 떨어지는 복숭아꽃잎 하나 채려고 좇아가는 듯하고, 뒤로 번듯 하는 모습은 센 바람에 놀란 나비가 짝을 잃고 날아가다 돌아서는 듯하고, 무산 선녀(巫山仙女)[14] 가 구름 타고 양대 위에 내리는 듯하였다.

---

5 水禾有紋. 품질 좋은 비단.
6 藍紡紗. 비단의 일종.
7 軟熟麻. 잿물에 담갔다 솥에 찐 삼껍질.
8 纖纖玉手. 가냘프고 고운 여자의 손.
9 銀竹節. 대마디 모양으로 만들어 여자의 쪽에 꽂는 은장식품.
10 평복에 차는 작은 칼.
11 윤기 나는 가공하지 않은 실.
12 九萬長天白雲間. 한없이 높고 넓은 하늘에 떠있는 흰구름 사이.
13 瞻之在前忽焉後. 바라보니 앞에 있다가 갑자기 뒤에 가 있다는 뜻.
14 무산지몽(巫山之夢)의 고사에서 유래함. 초(楚)나라의 양(襄)왕이 꿈에 만난 선녀.

춘향이 그네를 타며 나뭇잎도 물어보고 꽃도 질끈 꺾어 머리에다 살짝 꽂으며,

"애, 향단아. 그네 바람이 사나워서 정신이 아찔하구나. 그넷줄을 붙들어라."

하니, 향단이 그네를 붙들려고 무수히 왔다갔다하며 한창 이리 노닐 적에 시냇가 너른 바위 위에 옥비녀가 떨어져 쟁쟁하고 소리를 낸다.

"비녀, 비녀."

하는 소리는 산호채[15]를 들어 옥쟁반을 깨치는 듯, 춘향이의 그 태도와 그 모습은 세상 인물 아닌 것 같다.

제비도 봄 한 철을 날아 오고가는데, 이도령(李道令)은 마음이 울적하고 정신이 어찔하여 별 생각이 다 나는 것이었다. 혼잣말로 헛소리처럼 중얼거리기를,

"오호(五湖)[16]에 작은 배를 타고 범소백(范少伯)[17]을 좇았으니 서시(西施)[18]도 올 리 없고, 해성(垓城)[19]의 달밤에 슬픈 노래로 초패왕(楚覇王)[20]과 이별하던 우미인(虞美人)[21]도 올 리 없고, 천자의 대궐을 하직하고 백용퇴[22]로 시집간 후에 홀로 푸른 무덤에 머물렀으니 왕소군(王昭君)[23]도 올 리 없고, 장신궁[24]을 깊이 닫고 백두음[25]을

---

15 珊瑚釵. 산호로 만든 비녀.

16 호주(湖洲) 동편에 있는 호수.

17 춘추시대의 초(楚)나라 사람. 월(越)왕 구천(勾踐)을 도와 오(吳)나라를 멸망시킴.

18 오(吳)나라 임금 부차(夫差)의 총애를 받던 월(越)나라의 미녀.

19 한(漢)나라 유방(劉邦)과 항적(項籍)이 싸우던 곳.

20 항적(項籍). 자(字)는 우(羽). 기원전 209년 군사를 일으켜 진(秦)나라를 쳐서 멸한 다음 스스로 서초(西楚)의 패왕(覇王)이라 함.

21 항우의 총애를 받던 여인.

읊었으니 반첩여(班婕妤)[26]도 올 리 없고, 소양궁[27] 아침 날에 시측[28]하고 돌아오니 조비연[29]도 올 리 없고, 낙포 선녀인가, 무산선녀인가."

하는데, 이도령은 정신이 공중에 날아다니는 것처럼 제 정신을 차리지 못하니, 과연 결혼 안한 숫총각이 분명하였다.

"통인(通引)[30]아."

"예."

"저 건너 꽃과 버들 사이에 오막가락 희뜩희뜩 얼른얼른하는 게 무엇인지 자세히 보아라."

통인이 살펴보고 여쭈었다.

"다른 무엇이 아니오라, 이 고을 기생 월매의 딸 춘향이란 계집아이입니다."

이도령이 엉겁결에,

"매우 좋다. 훌륭하다."

하고 말하니 통인이 다시 아뢰었다.

"제 어미는 기생이오나 춘향이는 도도하여 기생 구실을 마다하고 백화초엽[31]의 글자도 배우고 여인이 갖추어야 할 재질과 문장을 다

---

22 지명.

23 전한(前漢) 효원제(孝元帝)의 궁녀.

24 궁전의 이름. 한(漢)의 태후(太后)가 거처하던 곳.

25 白頭吟. 악부(樂俯)의 곡(曲) 이름.

26 한대(漢代)의 여류시인. 장신궁에서 태후를 모시며 시부(詩賦)를 지음.

27 궁전의 이름.

28 侍厠. 측간에 모시고 감.

29 한나라 성제의 황후(皇后).

30 지방의 관장(官長) 밑에서 잔심부름을 하던 사람.

갖추어 여염집 처자[32]와 다름이 없습니다."

이도령이 허허 웃고 방자를 불러 분부하였다.

"들은즉 기생의 딸이라니 급히 가 불러 오라."

방자가 여쭈오되,

"춘향이는 설부 화용[33]이 남방에 유명하여, 방(方)[34], 첨사, 병부사, 군수, 현감, 관장님네 엄지발가락이 두 뺨가웃[35]씩 되는 양반 오입장이들도 무수히 보려 하였으나, 장강(莊姜)[36]의 색과 임사(姙姒)[37]의 덕행이며 이두(李杜)[38]의 문필이며, 태사의 조화롭고 순한 마음과 이비[39]의 정절을 품었으니, 춘향이는 오늘날 천하의 절색이요, 덕기 높은 여인이옵니다. 황공하온 말씀이지만 불러오기 어렵습니다."

하니, 이도령이 크게 웃으며 말하였다.

"방자야, 물건에는 각자 임자가 있음을 네가 모르는구나. 형산의 백옥과 여수의 황금에도 임자가 각각 있느니라. 잔말 말고 불러 오라."

방자가 이도령의 분부 듣고 춘향을 불러오려고 건너가는데, 맵시 있는 방자라 요지연[40]에서 서왕모[41]의 편지 전하던 청조[42]같이 이

---

31 온갖 종류의 풀과 꽃잎.

32 예사 살림하는 집의 처녀.

33 雪膚花容. 눈처럼 흰 살갗과 꽃처럼 아름다운 얼굴.

34 관찰사.

35 가웃 : 그 단위의 절반가량에 해당하는, 남는 분량을 이르는 말.

36 춘추시대 위장공(衛莊公)의 부인.

37 주(周)나라 문왕(文王)의 모친인 태임과 무왕(武王)의 모친인 태사..

38 이백(李白)과 두보(杜甫).

39 二妃. 우순(虞舜)의 두 비(妃)인 아황과 여영.

40 瑤池宴. 요지에서 벌이던 잔치. 요지는 주(周)나라 목왕(穆王)이 서왕모와 만났다는 선경(仙境).

리저리 건너가서 말하였다.

"여봐라. 애, 춘향아."

갑자기 부르는 소리에 춘향이는 깜짝 놀라서 대답했다.

"무슨 소리를 그 따위로 질러 사람의 정신을 놀래느냐?"

"이 애야, 말 마라. 일이 났다."

"일이라니. 무슨 일?"

"사또 자제 도령님이 광한루에 오셨다가 너 노는 모양 보고 불러 오란 영이 났다."

춘향이 화를 내어 말했다.

"네가 미친 자식이로구나. 도령님이 어찌 나를 알아서 부른단 말이냐. 이 자식, 네가 내 말을 종달새 열씨[43] 까듯 일러바쳤지?"

"아니다. 내가 네 말을 할 리가 없으니, 네 잘못이지, 내 잘못이냐? 네가 잘못한 이유를 들어 보아라. 계집아이 행실로 추천을 하려면, 제 집 후원 단장 안에 줄을 매고 남이 알까 모를까 은근히 매고 추천하는 게 도리에 당연한 것이야. 그런데, 광한루가 멀지 않은데다가, 또한 이곳은 한창 녹음이 우거져 꽃들은 만발하고, 풀들은 푸르고, 앞내 버들은 초록빛 장막을 두르고, 뒷내 버들은 유록장[44]을 둘러 한 가지는 늘어지고 또 한 가지는 펑퍼져 봄바람을 이기지 못하여 흐늘흐늘 춤을 추는데, 광한루 구경처에 그네를 매고 네가 뛸 때 외씨 같은 두 발길로 백운간에 노닐 적에 홍상 자락이 펄펄 날리

---

41 西王母. 여성의 신선 이름.

42 靑鳥. 푸른 빛깔의 새 혹은 파랑새. 동방삭(東方朔)이 푸른 새가 온 것을 보고 서왕모의 사자(使者)라고 한 고사에서 사자 혹은, 편지를 일컬음.

43 삼씨.

44 柳綠帳. 유록색의 휘장. 유록색은 푸른색과 누른색의 중간색.

고, 백방사 속곳 가랑이가 동남풍에 펄렁펄렁하고, 박속같은 네 살결이 백운간에 희뜩희뜩하니, 도령님이 보시고 너를 부르신 것이지 내가 무슨 말을 했단 말이냐? 잔말 말고 건너가자."

춘향이 대답하였다.

"네 말이 당연하나 오늘이 단오일인데, 비단 나뿐이겠느냐? 다른 집 처자들도 여기 와 함께 추천하였으되 그럴 뿐 아니라, 설혹 내 말을 할지라도 내가 지금 시사[45]가 아니므로 여염 사람을 호래척거[46]로 부를 리도 없고 부른다 해도 갈 까닭이 없다. 당초에 네가 말을 잘못 들은 게로구나."

방자 마음이 속상하고 볶이어 광한루로 돌아와 이도령에게 춘향이가 한 말을 전하니, 이도령이 그 말 듣고 방자에게 다시 일렀다.

"기특한 사람이로구나. 언즉시야[47]로되, 다시 가 말을 하되 이리 이리 하여라."

(후략)

---

45 時仕. 아전이나 기생 등이 그 매인 관아에서 맡은 일을 치르는 것.
46 呼來斥去. 사람을 오라고 불러놓고 다시 곧 쫓아 버리는 것.
47 言則是也. 말인즉 바른 말이다.

■ **줄거리 정리**

숙종 때 전라도 남원의 퇴기 월매의 딸 춘향은 서울서 내려온 남원 부사의 아들 이몽룡과 광한루에서 만나 백년 가약을 맺은 후 행복한 나날을 보내게 된다. 그러다가 이몽룡이 영전하여 가는 아버지를 따라 한양으로 가게 되자, 두 사람은 애틋한 이별을 한다. 그 후 새로 남원 부사에 부임한 변학도는 춘향의 미모에 반해 수청을 강요하고, 춘향은 이를 거역한 죄로 옥에 갇혀 갖은 악형을 당한다. 한편 서울에 올라간 이도령은 과거에 급제하여 삼남 암행어사로 내려온다. 거지로 가장한 어사는 변 사또의 생일 잔치로 각 고을 수령들이 모여 취흥이 무르익은 자리에 나타나, 변 사또의 가렴주구(苛斂誅求)를 풍자하는 시를 지어 놓고 사라진다. 시 내용이 심상치 않음을 깨달은 좌중은 흥이 깨어지고, 변 사또는 춘향을 처형하려 한다. 이 때 암행어사 출도가 이루어지고 각 고을 수령들은 혼비백산하고 변 사또는 어사 앞에 복죄한다. 어사는 변 사또를 봉고 파직하고, 춘향을 구출하여 서울로 데려가 정실부인을 삼는다.

■ **보충 정리**

1. 〈춘향전〉의 근원 설화

　① 열녀 설화 : 도미녀 설화, 지리산녀 설화

　② 신원 설화 : 남원추녀 설화, 박색터 설화, 아랑녀 설화

　③ 염정 설화 : 성세창 설화

　④ 암행어사 설화 : 박문수 설화, 성이성 설화

　⑤ 관탈 민녀 설화 : 도미녀 설화, 도화녀 설화, 지리산녀 설화

2. 〈춘향전〉의 발달 과정

　① 근원 설화 → ② 판소리 〈춘향가〉 → ③ 고전 소설 〈춘향전〉 → ④ 신소설 〈옥중화(獄中花)〉
　　(이해조 지음)

깊이
생각 해보기

1. 춘향전의 표면 주제와 이면 주제에 대해 생각해 보자.

2. 춘향의 성격이 어떤 점에서 현대적인 가치가 있는지 생각해 보자.

▶ 예시 답은 [부록] 참고

1. 이 글의 내용과 일치하지 <u>않는</u> 것은?( )

① 춘향은 은근히 이도령이 자기를 불러주기를 기다리고 있다.

② 이도령은 춘향이 그네 타는 모습을 보고 제 정신이 아니었다.

③ 이도령은 통인과 방자를 데리고 광한루에 나와 있다.

④ 춘향이 모친인 월매는 기생 노릇을 하고 있는 중이다.

⑤ 이도령은 춘향을 함부로 대해도 된다는 생각을 가지고 있다.

2. 〈춘향전〉의 등장 인물에 대한 설명으로 바르지 <u>않은</u> 것은? ( )

① 이도령 – 당시의 사회적인 규제나 법규에 제약되기보다는 스스로의 의지로 춘향을 배필로 맞이하기 위해 노력한다.

② 월매 – 현실성 없는 양반의 부인보다는 현실적인 안위를 택하는 현실적인 사고방식의 소유자이다.

③ 변학도 – 의식이 각성되지 못한 깨이지 않은 양반으로 대표적인 지배 계층이다.

④ 방자 – 상전에게 거리낌 없는 말투를 하는 하인으로 춘향에게 적대적이며 갈등을 일으킨다.

⑤ 춘향 – 신분 상승을 꿈꾸지만 현실적 장벽에 가로막혀 고통을 당하게 된다.

▶ 모범 답은 [부록] 참고

I can do it.

심청전 沈淸傳

고전소설

- **갈래** 고전 소설(판소리계 소설)
- **시대** 조선 후기
- **성격** 교훈적, 비현실적
- **사상** 유교 · 불교 · 도교 사상
- **주제** 인과응보. 부모에 대한 지극한 효성
- **의의** 현실적 가난을 유교적 가치를 통해 극복하고자 하는 도덕 소설의 백미로 손꼽힘.
- **출전** 완판본 〈심청전〉

효도의 현대적 의미에 대해 생각하며 감상해 보자.

이 작품의 주제는 유교의 근본 사상인 효(孝)라 할 수 있는데, 효행 설화를 기본으로 사람의 몸을 제물로 바치는 이른바 인신공희(人身供犧) 설화를 보탬으로써 효의 극치를 이루고 있다. 그만큼 이 작품에서는 비장미(悲壯美)가 잘 구현되어 나타나고 있다. 자신의 모든 것을 희생하면서까지 아버지의 행복을 추구하는 심청이의 아름답고도 슬픈 모습을 생생하게 표현하고 있다.

심청전 沈淸傳

(전략)

하루는 월명 무릉촌 장승상 댁 시비[1]가 들어와서, 부인이 심 소저
(沈小姐)[2]를 부른다 하기에 심청(沈淸)이 아버지께 여쭈었다.

"어른이 부르시니 시비를 따라 다녀오겠습니다. 제가 가서 더디더
라도 잡수실 진지상을 보아 두었으니 시장하시거든 잡수셔요. 부디
저 오기를 기다려 조심하셔요."

시비를 따라가며 손을 들어 가리키는 데를 바라보니, 문 앞에 심
은 버들 아늑한 마을을 둘러 있고, 대문 안에 들어서니 왼편에 벽오
동은 맑은 이슬이 뚝뚝 떨어져 학의 꿈을 놀래 깨우고, 오른편에 선
늙은 소나무는 청풍이 건듯 부니 늙은 용이 꿈틀거리는 듯하고, 중
문 안에 들어서니 창 앞에 심은 화초 일년초 봉미장은 속잎이 빼어
나게 아름다웠다. 높은 누각 앞 부용당 위로 갈매기가 날고 있는데
연잎은 물 위에 높이 떠서 둥실넙적하고, 징경이[3]는 쌍쌍이 놀고,

---

1 侍婢. 곁에서 시중드는 여자 종.
2 소저 : 아가씨를 한문투로 이르는 말.

금붕어 둥둥 떠다니고 있었다. 안중문 들어서니 규모가 굉장하여 대문과 창문에는 무늬가 찬란하였다.

그 때 머리가 반쯤 센 부인이 나오는데, 옷매무새가 단정하고 살결이 깨끗하여 복스럽게 보였다. 부인은 심 소저를 보고 반겨하여 손을 쥐며,

"네가 과연 심청이냐? 듣던 말과 같구나."

하며 자리에 앉게 한 뒤에 가련한 처지를 위로하였다. 심청이 자세히 살펴보니, 부인은 타고난 미인이었다.

옷깃을 여미고 앉은 모습은 비 갠 맑은 시냇가에 목욕하고 앉은 제비가 사람보고 놀라는 듯하고, 황홀한 얼굴은 하늘 가운데 돋은 달이 수면에 비치는 듯하고, 바라보는 눈길은 새벽빛 맑은 하늘에 빛나는 샛별 같고, 두 뺨에 고운 빛은 늦은 봄 산자락에 부용[4]이 새로 핀 듯하고, 두 눈의 눈썹은 초생달 정신이요, 흐트러진 머리털은 새로 자란 난초 같고, 가지런한 귀밑머리는 매미의 날개와 같았다. 입을 벌려 웃는 모습은 모란화 한 송이가 하룻밤 비 기운에 피고자 벌어지는 듯하였으며, 하얀 이를 드러내어 말을 하니 농산의 앵무와도 같았다.

부인이 심청을 칭찬하며 말하였다.

"전생의 일을 네가 모를 테지만 분명히 선녀로다. 도화동에 내려오니 월궁[5]에 놀던 선녀가 벗 하나를 잃었구나. 오늘 너를 보니 우연한 일 아니로다. 무릉촌에 내가 있고 도화동에 네가 나니, 무릉촌

---

3 물수리.

4 芙蓉. 연꽃.

5 月宮. 달 속에 있다는 전설 속의 궁전.

에 봄이 들고 도화동에 꽃이 핀다. 천지의 정기를 빼앗으니 비범한 너로구나. 내 말을 들어라. 승상이 일찍 세상을 버리시고, 두셋 있는 아들이 서울에 가 벼슬하니 다른 자식 손자 없고, 슬하에 재미 없고 눈앞에 말벗 없구나. 각 방의 며느리는 아침 저녁 문안한 후 다 각기 제 일 하니, 적적한 빈 방에 대하는 것이 촛불이요 보는 것이 책밖에 없다. 너의 신세 생각하니 양반의 후예로 저렇듯 어려우니 어찌 아니 불쌍하랴. 내 수양딸이 되면 살림도 가르치고 글공부도 시켜 친딸같이 길러 내어 말년 재미 보려 하니, 네 뜻이 어떠하냐?"

심 소저가 일어나 두 번 절하고 여쭈었다.

"팔자가 기구하여 태어난 지 이레만에 어머니가 세상을 버리셔서, 눈 어두운 아버지가 동냥젖 얻어 먹여 겨우 살았습니다. 어머니의 얼굴도 모르는 더할 수 없는 슬픔이 끊일 날이 없기로, 저의 부모 생각하여 남의 부모도 공경해 왔습니다. 오늘 승상 부인께서 저의 미천함을 헤아리지 않으시고 딸을 삼으려 하시니, 어머니를 다시 뵈온 듯 황송 감격하여 마음을 둘 곳이 전혀 없습니다. 부인의 말씀을 따르면 몸은 영화롭고 부귀하겠지만, 눈 어두우신 우리 아버지 음식 공양과 사철 의복 누가 돌보아 드리겠습니까? 낳아서 길러 주신 부모님 은혜는 누구에게나 있지마는 저에게는 더욱 남다른 데가 있습니다. 제가 아버지 모시기를 어머니 겸 모시고, 아버지는 저를 믿기를 아들 겸 믿사오니, 아버지가 아니었다면 제가 이제까지 살았겠습니까? 제가 만일 없게 되면 저의 아버지 남은 수명을 마칠 길이 없을 테니 애틋한 정으로 서로 의지하여 제 몸이 다하도록 길이 모시려 하옵니다."

말을 마치며 눈물이 얼굴에 젖는 심청의 모습은 봄바람에 가는 빗방울이 복사꽃에 맺혔다가 점점이 떨어지는 듯하니, 부인도 또한 가련하여 심청이 등을 어루만지며 위로하였다.

"효녀로다, 네 말이여. 마땅히 그래야 하는 법이다. 늙고 정신없는 내가 미처 생각지 못했구나."

그러는 가운데 날이 저무니 심청이 여쭙기를,

"부인의 크신 덕을 입어 종일토록 모셨으니, 이제 날이 저물었기로 급히 돌아가 아버지의 기다리시는 마음을 위로코자 합니다."

부인이 말리지 못하고 아쉬운 마음을 달래며 옷감과 양식을 후히 주어 시비와 함께 보내면서,

"너는 부디 나를 잊지 말고 모녀간의 의를 두면 이 늙은이의 다행이 되리라."

하고 청하니 심청이 대답하기를,

"부인의 고마우신 뜻이 이러하시니 삼가 그 말씀을 따르도록 하겠습니다."

하고 절하며 하직하고 급히 집으로 돌아왔다.

이 때에 심 봉사는 홀로 앉아 심청을 기다리고 있었다. 배는 고파 등에 붙고 방은 추워 턱이 떨어질 지경인데, 잘 새는 날아들고 먼 절에서 쇠북 소리 들리니 날 저문 줄 짐작하고 혼자 중얼거렸다.

'내 딸 청이는 무슨 일에 빠져서 날이 저문 줄 모르는고. 주인에게 잡히어 못 오는가, 저물게 오는 길에 동무에게 붙잡혀 있는가?'

눈바람에 길가는 사람 보고 짖는 개 소리에도,

"청이 오느냐?"

하면서 반기기도 하고, 괜히 눈보라가 떨어진 창가에 부딪치기만 해도 행여 심청이 오는 소리인가 하여 반겨 나서면서,

"청이 너 오느냐?"

하고 나가 봐도 적막한 빈 뜰에 인적이 없으니 공연히 속기만 하였다.

그러다 심 봉사는 지팡막대 찾아 짚고 사립 밖에 나가다가 한 길 넘은 개천에 밀친 듯이 떨어지니, 얼굴에 흙빛이요, 의복은 얼음투성이가 되었다. 뒤뚱거리다 도로 더 빠지며 나오자니 미끄러져 하릴없이 죽게 되었으니, 아무리 소리친들 해는 저물고 행인은 끊겼으니 뉘라서 건져주겠는가. 그래도 죽을 사람 구해주는 부처님은 곳곳마다 있는 법이어서, 마침 이 때 몽운사 화주승[6]이 절을 새로 지으려고 시주책을 둘러메고 내려왔다가, 청산은 어둑어둑하고 눈 덮인 들판에 달이 돋아올 때, 돌밭 비탈길로 절을 찾아가는데 바람결에 애처로운 소리가 들렸다.

"사람 살려!"

화주승은 자비한 마음에 소리 나는 곳을 찾아가니, 어떤 사람이 개천에 빠져서 거의 죽게 되었다. 급한 마음에 구절죽장[7]과 바랑을 바위 위에 휙 던져두고, 굴갓[8]과 먹물장삼 실띠 달린 채로 벗어놓고, 육날 미투리[9] 행전 대님 버선도 훨훨 벗어 놓고, 고두 누비 바지 저고리 거듬거듬 훨씬 추켜 올려, 급히 뛰어들어 심봉사 고추상투를 덥벅 잡아 들어올려 건져놓으니, 전에 보던 심 봉사였다. 심 봉사가 정신차려 묻기를,

"게 뉘시오?"

하니, 화주승이 대답하였다.

6 化主僧. 시물(施物)을 얻어 절의 양식을 대는 중.
7 九節竹杖. 아홉 마디의 대나무 지팡이.
8 벼슬한 중이 쓰던 대갓.
9 삼이나 노 따위로 짚신처럼 삼은 신.

"몽운사 화주승이오."

"그렇지, 사람을 살리는 부처로군요. 죽을 사람을 살려 주시니 은혜 백골난망[10]이오."

화주승이 심 봉사를 업어다 방안에 앉히고 빠진 까닭을 물었다. 심 봉사는 신세를 한탄하다가 전후 사정을 말하니, 그 중이 봉사에게 말하기를,

"딱하시군요. 우리 절 부처님은 영험이 많으셔서 빌어서 아니 되는 일이 없고 구하면 응답을 주신답니다. 공양미 삼백 석을 부처님께 올리고 지성으로 불공을 드리면 반드시 눈을 떠서 성한 사람이 되어 천지 만물을 보게 될 것입니다."

하는 것이었다. 심 봉사가 집안 형편은 생각지 않고 눈 뜬단 말에 혹하여,

"그러면 삼백 석을 적어 가시오."

하였다. 화주승이 허허 웃으며,

"이보시오. 댁의 집안 형편을 살펴보니 삼백 석을 무슨 수로 장만하겠소?"

하니 심 봉사는 홧김에,

"여보시오 어느 쇠아들놈이 부처님께 적어놓고 빈말하겠소? 눈 뜨려다가 앉은뱅이 되게요. 사람을 업신여겨 그런 걱정일랑 말고 적으시오."

하니, 화주승은 바랑을 펼쳐 놓고 제일 윗줄 붉은 칸에, '심학규 쌀 삼백 석.'이라 적어 가지고 인사한 후 돌아갔다.

그런 뒤에 심 봉사는 화주승을 보내고 다시금 생각해 보니 시주쌀

---

10 白骨難忘. 죽어 백골이 된다 하여도 은혜를 잊을 수 없음.

삼백 석을 도저히 장만할 길이 없었다. 복을 빌려다가 도리어 죄를 얻게 되었느니 이 일을 어찌할 것인가. 이 설움 저 설움, 묵은 설움 햇설움이 동무 지어 일어나니 심 봉사가 견디지 못하여 울음을 운다.

"애고 애고, 내 팔자야. 망녕할사 내 일이야. 하느님이 공평하사 후하고 박함이 없건마는, 무슨 일로 맹인 되어 형세조차 가난하고, 일월같이 밝은 것을 분별할 길 전혀 없고, 처자 같은 친한 사람 대하여도 못 보겠네. 우리 아내 살았다면 끼니 근심 없을 것을, 다 커가는 딸자식을 온 동네에 내놓아서 품을 팔고 밥을 빌어 근근히 살아가는 형편에 공양미 삼백 석을 호기 있게 적어 놓고 백 가지로 생각한들 방법이 없구나. 빈 단지를 기울인들 한 되 곡식 되지 않고, 장농을 뒤져 본들 한 푼 돈이 어디 있나. 오두막 집 팔자 한들 비바람 못 피하니 살 사람이 뉘 있으리. 내 몸을 팔 자 하니 한 푼 돈도 싸지 않아 내라도 안 사겠네. 어떤 사람 팔자 좋아 눈과 귀가 완전하고 손발이 다 성하며, 부부가 해로하고 자손이 그득하며 곡식이 그득하고 재물이 쌓여 있어 써도 써도 못다 쓰고 아쉬운 것 없건마는, 애고 애고, 내 팔자야. 나 같은 이 또 있는가? 앉은뱅이 곱사등이는 서럽다 하더라도 부모 처자 바로 보고, 말 못 하는 벙어리가 서럽다 하더라도 천지 만물 볼 수 있네."

한창 이렇게 탄식할 때, 심청이 바삐 돌아와서 아버지 모습 보고 깜짝 놀라 발을 구르면서 온 몸을 두루 만지며,

"아버지 이게 웬일이어요? 나를 찾아 나오시다가 이런 욕을 보셨나요, 이웃집에 가셨다가 이런 봉변 당하셨나요? 춥긴들 오죽하며 분함인들 오죽하겠어요. 승상댁 노부인이 굳이 잡고 만류하여 하다 보니 늦었어요."

승상댁 시비 불러 부엌에 있는 나무로 불 좀 지펴 달라 부탁하고,

치마폭을 거듬거듬 걷어잡고 눈물 흔적 씻으면서,

"진지를 잡수셔요, 더운 진지 가져왔으니. 국을 먼저 잡수셔요."
하며 아버지 손을 끌어 가리킨다.

"이것은 김치고, 이것은 자반[11]이어요."

그러나 심 봉사는 얼굴 가득 근심 띤 빛으로 밥 먹을 뜻이 조금도
없었다. 심청이 걱정되어 물었다.

"아버지, 웬일이어요? 어디 아파 그러신가요, 더디 왔다고 화가
나서 그러신가요?"

"아니다. 너 알아 쓸데없다."

"아버지, 그게 무슨 말씀이어요? 부자간 천륜이야 무슨 허물 있겠
어요? 아버지는 저만 믿고 저는 아버지만 믿어 크고 작은 일을 의논
해 왔는데 오늘날 말씀이, '너 알아 쓸데없다.' 하시니, 부모 근심은
곧 자식의 근심인데. 제 아무리 불효한들 말씀을 아니 하시니 제 마
음에 섭섭하네요."

심봉사가 그제야 말하기를,

"내가 무슨 일로 너를 속이랴만, 네가 알게 되면 지극한 너의 마음
걱정만 되겠기로 말하지 못하였다. 아아, 너를 기다리다 저물도록
안 오기에 하도 갑갑하여 너를 찾아 나가다가 한 길이 넘는 개천에
빠쳐서 거의 죽게 되었는데, 뜻밖에 몽운사 화주승이 나를 건져 살
려 놓고 하는 말이, '공양미 삼백 석을 진심으로 시주하면 생전에 눈
을 떠서 천지 만물 보리라.'하더구나. 나를 무시하기에 홧김에 약속
했으나, 중을 보내고 생각하니, 한 푼 돈 한 톨 쌀이 없는 터에 삼백
석이 어디서 난단 말이냐? 도리어 후회로구나."

---

11 물고기를 소금에 절인 반찬.

심청이 그 말을 반갑게 듣고 아버지를 위로한다.

"아버지 걱정 마시고 진지나 잡수셔요. 후회하면 진심이 못 되옵니다. 아버지 눈을 떠서 천지 만물 보신다면 공양미 삼백 석을 어떻게 해서든지 준비하여 몽운사로 올리지요."

"네가 아무리 애를 쓴들 이런 어려운 형편에 어찌 할 수 있겠느냐?"

심청이 여쭙기를,

"옛날 왕상[12]이란 사람은 얼음 깨서 잉어를 얻었고, 곽거라 하는 사람은 부모 반찬 해 놓으면 제 자식이 상머리에 앉아 집어먹는다고 그 자식을 산 채로 묻으려 하다가 금항아리를 얻어 부모를 봉양했다 합니다. 제 효성이 비록 옛 사람만 못하지만 지성이면 감천이라 하니, 공양미는 얻을 길이 있을 테니 깊이 근심 마셔요."

하며 여러 가지 말로 위로하고, 그 날부터 목욕재계하여 몸을 깨끗이 하며, 집을 청소하고 뒷곁에 단을 쌓아, 밤이 깊어 사방이 고요할 때 등불을 밝혀 놓고 정화수[13] 한 그릇을 떠 좋고 북쪽을 향하여 빌었다.

"아무 달 아무 날에 심청은 삼가 두 번 절하고 비옵나이다. 천지 일월성신이며 하지후토 산영성황 오방강신 하백이며, 제일에 석가여래 삼금강 칠보살 팔부신장 십왕성군 강림도령 차례로 굽어보옵소서. 하느님이 만드신 해와 달은 사람에게는 눈과 같사옵니다. 해와 달이 없사오면 무슨 분별하겠습니까? 저의 아비 무자생[14]으로 삼십 안에 눈이 어두워 사물을 못 보오니 아비 허물을 제 몸으로 대

---

12 중국 진(晉)나라 효자. 계모가 겨울에 생선을 먹고자 하니 구할 길이 없어 강에 나가 얼음을 깨니 잉어 두 마리가 뛰어나와 잡혔다고 함.

13 井華水. 이른 새벽에 길은 우물물. 정성을 빌거나 약을 달이는 데 씀.

신하옵고 아비 눈을 밝혀 주옵소서."

심청이 이렇게 빌기를 계속하던 중에, 하루는 남경 장사 뱃사람들이 열다섯 살 난 처녀를 사려 한다는 말을 들었다. 심청이 그 말을 반겨 듣고 귀덕어미를 사이에 넣어 사람 사려 하는 까닭을 물으니,

"우리는 남경 뱃사람으로 인당수(印塘水)[15]를 지나갈 제 제물로 제사하면 끝없는 너른 바다를 무사히 건너고 수만 금 이익을 얻을 수 있다 하기로, 몸을 팔려 하는 처녀가 있으면 값을 아끼지 않겠습니다."

하기에 심청이 반겨 듣고 뱃사람들에게 말하였다.

"나는 이 동네 사람인데, 우리 아버지가 앞을 못 보셔서 공양미 삼백 석을 지성으로 불공하면 눈을 뜰 수 있다 하나, 집안 형편이 어려워 장만할 길이 전혀 없어 내 몸을 팔려 하니 나를 사 가는 것이 어떠하실는지요?"

뱃사람들이 이 말을 듣고,

"효성이 지극하나 가련하군요."

하며 허락한 후, 즉시 쌀 삼백 석을 몽운사로 날라다 주면서,

"오는 삼월 보름날에 배가 떠나기로 되어 있습니다."

하고 갔다. 심청이 집에 돌아와 아버지께 여쭙기를,

"공양미 삼백 석을 이미 실어다 주었으니, 이제는 근심치 마셔요."

하니 심 봉사는 깜작 놀라면서 물었다.

"너, 그 말이 웬 말이냐?"

---

14 무자년(戊子年)에 태어남.

15 서해 바다를 건너다니며 중국과 교역하던 장사치들로 미루어 서해의 어느 한 곳으로 추정됨.

심청이는 타고난 효녀라 어찌 아버지를 속이랴마는, 어찌할 수 없는 형편이라 잠깐 거짓말로 속여 대답했다.

"장승상댁 노부인이 달포 전에 저를 수양딸로 삼으려 하셨는데 차마 허락지 않았습니다. 그러나 지금 형편으로는 공양미 삼백 석을 장만할 길이 전혀 없기로 이 사연을 노부인께 말씀드렸더니, 쌀 삼백 석을 내어주시기에 수양딸로 팔리기로 했습니다."

심 봉사는 물색[16]도 모르면서 이 말만 반겨 듣고 좋아하였다.

"그렇다면 고맙구나. 그 부인은 한 나라 재상의 부인이라 아마도 다르리라. 복을 많이 받겠구나. 저러하기에 그 아들 삼 형제가 벼슬길에 나아갔나 보구나. 그나저나 양반의 자식으로 몸을 팔았단 말이 듣기에 이상하다마는 장승상댁 수양딸로 팔린 거야 어떻겠느냐. 언제 가느냐?"

"다음 달 보름날에 데려간다 합디다."

"어허, 그 일 매우 잘 되었다."

심청이 그 날부터 곰곰 생각하니, 눈 어두운 백발 아비 영원히 이별하고 죽을 일과 사람이 세상에 나서 열다섯 살에 죽을 일이 정신이 아득하고 일에도 뜻이 없어 식음을 전폐하고 근심으로 지내다가, 다시금 '엎지러진 물이요, 쏘아 논 화살이다.'라고 생각하였다.

그리고 떠나는 날이 점점 가까워오니, '이러다간 안 되겠다. 내가 살았을 때 아버지 의복 빨래나 해 두리라.' 마음먹고, 춘추 의복 상침 겹것, 하절 의복 한삼 고의 박아 지어 들여놓고, 동절 의복 솜을 넣어 보에 싸서 농에 넣고, 청목으로 갓끈 접어 갓에 달아 벽에 걸

---

16 物色. 일의 까닭이나 형편.

고, 망건 꾸며 당줄 달아 걸어 두고, 배 떠날 날을 헤아리니 겨우 하룻밤이 남아 있었다.

밤은 깊어 삼경[17]인데 은하수는 기울어졌는데, 촛불을 대하여 두 무릎을 마주 꿇고 머리를 숙이고 한숨을 길게 쉬니, 아무리 효녀라도 마음이 온전할 리 없었다. '아버지 버선이나 마지막으로 지으리라.' 하고 바늘에 실을 꿰어 들었으나, 가슴이 답답하고 두 눈이 침침하고, 정신이 아득하여 하염없는 울음이 가슴 속에서 솟아나니, 아버지가 깰까 하여 크게 울지도 못하고 흐느끼며 아버지의 얼굴도 대어보고 손발도 만져보는 것이었다.

"날 볼 날이 몇 밤인가? 내가 한번 죽어지면 누굴 믿고 사실까? 애닯다, 우리 아버지. 내가 철을 알고 나서 밥 빌기를 놓으시더니, 내 일부터라도 동네 거지 되겠으니 눈치인들 오죽하며 멸시인들 오죽할까. 무슨 험한 팔자로서 초칠일 안에 어머니 죽고 아버지조차 이별하니 이런 일도 또 있을까? 저문 날에 구름 일 때 소통국[18]의 모자 이별, 수유꽃 꽃놀이에 근심하던 용산[19]의 형제 이별, 타향살이 설워하던 위성[20]의 친구 이별, 전쟁터에 님을 보낸 오희월녀[21] 부부 이별, 이런 이별 많건마는, 살아서 당한 이별이야 소식 들을 날이 있고 만날 날이 있건마는, 우리 부녀 이별이야 어느 날에 소식 알며 어느 때에 또 만날까. 돌아가신 어머니는 황천으로 가 계시고 나는 이제 죽게 되면 수궁으로 갈 것이니, 수궁에서 황천 가기 몇만 리, 몇

---

17 三更. 오후 11시부터 오전 1시 사이.

18 蘇通國. 중국 한나라 소무의 아들. 흉노족 출신의 모친과 헤어짐.

19 龍山. 산 이름.

20 渭城. 당나라 사람들이 송별(送別)하던 곳.

21 吳姬越女. 오나라, 월나라의 미인.

천 리나 되는고? 모녀 상면하려 한들 어머니가 나를 어찌 알며, 내가 어찌 어머니를 알리오. 묻고 물어 찾아가서 모녀 상면하는 날에 응당 아버지 소식을 물으실 테니 무슨 말씀으로 대답하리. 오늘밤 새벽 때를 함지[22]에다 머물게 하고, 내일 아침 돋는 해를 부상[23]에다 매어두면 가련하신 우리 아버지 좀더 모셔 보련마는, 날이 가고 달이 가니 뉘라서 막을쏘냐. 애고 애고, 설운지고."

하늘과 땅이 사람의 사정을 봐 줄 리 없어 이윽고 새벽닭이 우니 심청이 어찌할 수 없어 슬피 운다.

"닭아 닭아, 우지 마라. 제발 덕분에 우지 마라. 반야 진관에서 닭 울음 기다리던 맹상군(孟嘗君)[24]이 아니로다. 네가 울면 날이 새고, 날이 새면 나 죽는다. 나 죽기는 서럽지 않아도 의지할 데 없는 우리 아버지 어찌 잊고 가잔 말이냐?"

(후략)

〈직지프로젝트, '심청전(완판본), 상권' 참조〉

---

22 咸池. 해가 지는 곳이라고 믿었던 서쪽의 큰 못.

23 扶桑. 동쪽 바다의 해 뜨는 곳에 있다는 신령스러운 나무.

24 중국 제(齊)나라의 재상. 진(秦)나라에 사신으로 가서 옥에 갇혔다가 함께 간 식객 중 하나가 닭 우는 소리를 내니, 모든 닭이 따라 울어 감옥을 빠져나갔다고 함.

■ **줄거리 정리**

　　주인공 심청은 생후 칠일 만에 어머니를 잃고 눈 먼 심 봉사 밑에서 동냥젖을 먹어가며 자랐으며, 철이 들자 아버지에 대한 효성이 지극했다. 열다섯에 아버지의 눈을 뜨게 하기 위하여 절에 시주할 공양미 삼백 석에 뱃사람들에게 몸이 팔려 인당수에 제물로 바쳐진다. 그 후, 심 봉사는 뺑덕어미란 음란한 여자와 살며 세속적인 인간으로 변모되고 만다.

　　한편, 물에 빠진 심청은 죽지 않고 수정궁에서 지내다가 연꽃이 되어 인당수에서 선원에게 발견된다. 선원은 이 꽃을 황제에게 바치고 청이는 연꽃에서 환생하여 황후가 된다. 심청은 아버지를 못 잊어 맹인 잔치를 베풀고, 그 자리에서 아버지를 만난다. 딸을 만난 심 봉사는 반가움에 눈을 뜨게 된다.

■ **보충 정리**

1. 〈심청전〉의 근원 설화

　　① 인신 공희 설화(人身供犧說話) : 사람을 제물로 바치는 이야기

　　② 효자 불공 구친 설화(孝子佛供救親說話) : 효자가 불공으로 부모를 구하는 이야기

　　③ 맹인 득안 설화(盲人得眼說話) : 장님이 눈을 뜨는 이야기

　　④ 〈삼국사기〉의 '효녀 지은(孝女知恩)'(일명 '연권녀(連權女)설화')

　　⑤ 〈삼국유사〉의 '빈녀 양모(貧女良母)'와 '거타지(居陀知)설화'

　　⑥ 전남 성덕산 관음사 연기문(觀音寺緣起文)에 나오는 '홍장(洪莊)처녀 이야기' 등

2. 〈심청전〉의 발달 과정

　　① 근원 설화 → ② 판소리 〈수궁가〉, 〈심청가〉 → ③ 고전 소설 〈심청전〉 → ④ 신소설 〈강상련(江上蓮)〉(이해조 지음)

**깊이
생각 해보기**

1. 이 글에 나타난 고유의 민간 신앙은 무엇인지 생각해 보자.

2. 이 글에서 가장 중요시되고 있는 가치는 무엇인지 생각해 보자.

▶ 예시 답은 [부록] 참고

1. 이 글을 읽은 감상으로 바르지 못한 것은?( )

① 부모님에 대한 효도는 시대를 초월하는 것이야.

② 심 봉사는 생각이 깊지 못한 인물이라고 생각해.

③ 늙은 부모 때문에 자신을 희생하는 건 어리석어.

④ 화주승은 너무 자신의 욕심만 생각한 것 같아.

⑤ 오늘날엔 개인의 가난도 사회적 문제로 풀어야 해.

2. 이 글의 주제와 가장 거리가 먼 시조는? ( )

① 아버님 날 낳으시고 어머님 날 기르시니 / 두분곳 아니시면 이 몸이 살았으랴 / 하늘같은 은덕을 어디에다 갚을가

② 어버이 살아실 제 섬기기를 다하여라 / 지나간 후면 애닯다 어이하리 / 평생에 고쳐 못할 일은 이뿐인가 하노라

③ 반중 조홍감이 고와도 보이나다. / 유자ㅣ 아니라도 품엄즉도 하다마난 / 품어 가 반길 이 없을새 글로 설워하나이다.

④ 왕상의 잉어 잡고 맹종의 죽순 꺾어 / 검던 머리 희도록 노래자의 옷을 입고 / 일생에 양지성효를 증자같이 하리라

⑤ 천만 리 머나먼 길에 고운 님 여희옵고 / 내 마음 둘 듸 없어 냇가의 안자시니 / 저 물도 내 안 같아여 우러 밤길 예놋다

▶ 모범 답은 [부록] 참고

I can do it.

흥부전 興夫傳

고전소설

□ **갈래** 고전 소설(판소리계 소설, 한글 소설)
□ **시대** 조선 후기
□ **성격** 해학적, 풍자적, 교훈적
□ **배경** 시간–조선 후기, 공간–충청도, 전라도, 경상도 경계
□ **주제** 형제간의 우애. 권선징악.
□ **의의** ① 평민 문학의 대표작 ② 〈춘향전〉, 〈심청전〉과 더불어 3대 판소리계 소설
□ **출전** 〈흥부전(興夫傳)〉 경판 25장본

흥부가 가난한 원인이 무엇인지 생각하며 감상해 보자.

이 작품은 판소리계 소설로, 형제의 이야기를 바탕으로 한 현실적 가치와 평범한 사람들의 삶이
지닌 여러 문제를 다루고 있다. 특히 서로 대조적인 인물인 형 놀부와 동생 흥부의 심성과 행위를
극명하게 대조, 과장하는 수법을 통해 희극적인 골계미를 풍부하게 해 주고 있다.

흥부전 興夫傳

화설[1], 경상, 전라 양도 지경[2]에서 사는 사람이 있으니, 놀부는 형이요, 흥부는 아우였다. 놀부 심사 무거하여[3] 부모가 생전에 나누어 준 전답을 홀로 차지하고, 흥부 같은 어진 동생을 구박하여 건넛산 언덕 밑에 내떨고, 나가며 조롱하고 들어가며 비양하니 무지하기 이를 데 없었다.

놀부 심사를 볼 것 같으면 이러하였다.

초상난 데 춤추기, 불붙는 데 부채질하기, 애 낳는 데 개 잡기, 장에 가면 억지로 팔라 흥정하기, 집에서 몹쓸 노릇하기, 우는 아이 볼기 치기, 갓난 아이 똥 먹이기, 무죄한 놈 뺨치기, 빚값에 계집 빼앗기, 늙은 영감 덜미 잡기, 애 밴 계집 배 차기, 우물 밑에 똥 누기, 오려논[4]에 물 터놓기, 잦힌[5] 밥에 돌 퍼붓기, 패는 곡식 이삭 자르기,

---

1 話說. (옛 소설에서) 이야기의 첫머리, 또는 말머리를 돌릴 때 쓰던 말. 각설(却說).
2 地境. 땅과 땅의 경계.
3 無據. 근거가 없다. 터무니가 없다.
4 올벼를 심은 논.
5 밥물이 잦아진.

논두렁에 구멍 뚫기, 호박에 말뚝 박기, 곱사장이 엎어 놓고 발꿈치로 탕탕 치기.

이처럼 심사가 모과나무의 아들처럼 뒤틀려 있었다. 이 놈의 심술은 이러하나, 집은 부자여서 호의호식하였다. 흥부는 집도 없어 집을 지으려고 집 재목을 내려갈 것 같으면, 만첩청산 들어가서 소부등 대부등[6]을 와드렁 퉁탕 베어다가 안방, 대청, 행랑, 몸채, 내외 분합[7], 물림[8] 툇마루에 살미살창[9] 가로닫이 입 구자[口]로 지은 것이 아니라, 이 놈은 집 재목을 내려하고 수수밭 틈으로 들어가서 수수깡 한 단을 베어다가 안방, 대청, 행랑, 몸채 두루 짚어 말집[10]을 꽉 짓고 돌아보니, 수숫대 반 단이 그저 남아 있을 지경이었다.

방안이 넓든지 말든지 양주[11] 드러누워 기지개 켜면 발은 마당으로 가고, 대가리는 뒤꼍으로, 맹자 아래 대문하고[12], 엉덩이는 울타리 밖으로 나가니, 동리 사람이 출입하다가, '이 엉덩이 불러들이소.' 하는 소리, 흥부 듣고 깜짝 놀라 대성통곡하며 우는 소리는 이와 같았다.

"애고답답 서러운지고. 어떤 사람은 팔자 좋아 대광보국숭록대부 (大匡輔國崇祿大夫)[13] 삼태육경(三台六卿)[14] 되어 나서, 고대광실 좋

---

6 집을 짓기 위한 아름드리 나무.
7 分閤. 대청 앞쪽으로 한 칸에 네 짝씩 드리는 긴 창살문.
8 집채의 앞뒤나 좌우에 달아 낸 반 칸 폭의 칸살.
9 촛가지를 짜서 살을 박아 만든 창문.
10 말[斗]만큼 작은 집.
11 兩主. '부부(夫婦)'를 남이 대접하여 일컫는 말.
12 앞 못 보는 소경[맹자(盲者)]이 곧바로 대문을 찾는다는 뜻.
13 조선시대 정일품의 품계.
14 삼정승과 육조판서.

은 집에 부귀공명 누리면서 호의호식 지내는고. 내 팔자 무슨 일로 말만한 오두막집 빈 뜰에 별빛은 성글게 비추어 지붕 아래 별이 뵈고, 맑은 하늘에 구름 끼어 가랑비가 내리는데 방안에는 많은 비가 내리듯 새고, 풀 덩굴 찬 방 안 헌 자리에선 벼룩 빈대 등이 피를 빨아먹고, 앞문은 살만 남고 뒷벽에는 외[15]만 남아 동지섣달 찬 바람이 살 쏘듯 들어오고, 어린 자식 젖 달라 하고 자란 자식 밥 달라 하니 차마 설워 못살겠네."

    가난한 중에 웬 자식은 풀마다 낳아서 한 서른 남짓 되니, 입힐 길이 전혀 없어 한 방안에 몰아넣고 멍석으로 쓰이고 대강이[16]만 내어 놓으니, 한 녀석이 똥이 마려우면 뭇 녀석이 시배[17]로 따라간다. 그 중에도 값진 것은 다 찾는다. 한 녀석이 나오면서,
    "애고, 어머니. 우리 열구자탕[18]에 국수 말아 먹었으면."
하면, 또 한 녀석이 나앉으며,
    "애고, 어머니. 우리 벙거지[19]를 먹었으면."
하고, 또 한 녀석이 내달으며,
    "애고, 어머니. 우리 개장국에 흰밥 조금 먹었으면."
하고, 또 한 녀석이 나오며,
    "애고, 어머니. 대추찰떡 먹었으면."

---

15 흙벽을 만들 때 댓가지나 싸리로 얽어 세워 흙을 받는 벽체.
16 '머리'의 속된 말.
17 侍陪. 시중 드는 하인.
18 신선로에 여러 가지 고기와 생선·채소를 넣고, 그 위에 여러 가지 과일과 갖은 양념을 넣어 끓인 음식.
19 벙거지골. 벙거지골(전골을 지지는 그릇)에 지진 음식을 말함.

하니, 흥부 마누라는 자식들 달래기에 정신이 없다.

"애고, 이 녀석들아. 호박국도 못 얻어먹는데, 보채지나 말려무나."

이 때, 또 한 녀석이 나오며 장가 보내 달라 보챈다.

"애고, 어머니. 우에 올부터 불두덩이 가려우니 날 장가 들여 주오."

이렇듯 보챈들 무엇을 먹여 살려낼 것인가. 집안에 먹을 것이 있든지 없든지 소반이 네 발로 하늘께 축수하고, 솥이 목을 매어 달렸고, 조리가 턱걸이를 하고, 밥을 지어먹으려면 책력[20]을 보아 갑자일이면 한 때씩 먹는 형편이니, 생쥐가 쌀알을 얻으려고 밤낮 보름을 다니다가 다리에 가래톳이 서서 파종[21]하고 앓는 소리에 동리 사람이 잠을 못 자니 어찌 아니 서럽겠는가.

"아가 아가, 우지 마라. 아무리 젖 달란들 무엇 먹고 젖이 나며, 아무리 밥 달란들 어디서 밥이 나랴."

이렇게 마누라가 아이를 달래고 있을 때도 흥부는 마음이 인후[22]하여 청산유수 같고 곤륜옥결[23]과 같았다. 성덕을 본받고 악인을 저어하며[24] 물욕에 탐이 없고 주색에 무심하니, 마음이 이러하므로 부귀를 바랄 리가 없었다.

참다 못해 흥부 아내 하는 말이,

---

20 册曆. 천체를 측정하여 해와 달의 움직임과 절기를 적어 놓은 책.
21 破腫. 종기가 터짐.
22 仁厚. 마음이 어질고 무던하다.
23 崑崙玉潔. 곤륜산 옥과 같이 결백함.
24 두려워하며.
25 顔子簞瓢. 공자의 제자인 안자가 가난을 견디며 도를 즐긴 일.

"애고, 여봅소. 부질없는 청렴 맙소. 안자 단표[25] 주린 염치 삼십 세에 죽었고, 백이 숙제[26] 주린 염치 청루[27] 소년 웃었으니, 부질없는 청렴 말고 저 자식들 굶겨 죽이겠으니, 아주버니네 집에 가서 쌀이 되나 벼가 되나 얻어 옵소."

흥부가 하는 말이,

"낯을 쇠우에 슬훈고. 형님이 음식 끝을 보면 사촌을 몰라보고 똥 싸도록 치옵나니, 그 매를 뉘 아들놈이 맞는단 말이요."

"애고. 동냥은 못 준들 쪽박조차 깨칠쏜가. 맞으나 아니 맞으나 쏘아나 본다고, 건너가 봅소."

흥부 마누라의 이 말을 듣고 형의 집에 건너갈 때, 치장을 볼 것 같으면 이러하였다.

편자[28] 없는 헌 망건에 박 쪼가리 관자[29] 달고, 물렛줄로 당끈 달아 대고리 터지게 동이고, 깃만 남은 중치막[30] 동강 이은 헌 술띠를 흉복통에 눌러 띠고, 떨어진 헌 고의[31]에 청올치[32]로 대님 매고, 헌 짚신 감발[33]하고 세살부채 손에 쥐고, 서 홉들이 오망자루 꽁무니에 비스듬히 차고, 바람 맞은 병인같이 잘 쓰는 쇄소[34]같이 어슬비슬 건너 달아, 형의 집에 들어가는 것이었다.

---

26 白夷淑濟. 백이와 숙제가 수양산에서 굶주린 일.
27 靑樓. 기생 집.
28 망건을 졸라매기 위하여 말총으로 띠처럼 좁고 두껍게 짠, 망건의 아랫부분.
29 망건당줄을 꿰는 고리.
30 벼슬하지 아니한 선비가 입던 웃옷의 한 가지.
31 남자의 여름 홑바지.
32 칡덩굴의 속껍질, 또는 그 속껍질로 꼰 노.
33 발감개.
34 灑掃. 물뿌리고 비로 쓰는 일.

전후좌우 바라보니, 앞노적[35], 뒷노적, 멍에노적, 담불담불 쌓여 있었다. 이를 보고 흥부는 마음이 즐거우나 놀부는 심사가 무거하여, 형제끼리 내외하여 구박이 태심하니, 흥부 하릴 없이 뜰 아래서 문안을 올릴 수밖에 없었다. 이에 놀부가 물었다.

"네가 뉜고?"

"내가 흥부요."

"흥부가 뉘 아들인가?"

"애고, 형님. 이것이 웬 말이요? 비나이다. 형님 전에 비나이다. 세 끼 굶어 누운 자식 살려낼 길 전혀 없으니 쌀이 되나 벼가 되나 양단간에 주시면 품을 판들 못 갚으며, 일을 한들 공할쏜가. 부디 옛일을 생각하여 사람을 살려 주오."

흥부가 이렇듯 애걸하나, 놀부는 성낸 눈을 부릅뜨고 볼을 올려 호령하였다.

"너도 염치없다. 내 말 들어 보아라. 천불생무록지인(天不生無祿之人)[36]이요, 지불생무명지초(地不生無名之草)[37]라. 네 복을 누구에게 주고 나를 이리 보채느냐? 쌀이 많이 있다 한들 너 주자고 노적 헐며, 벼가 많이 있다고 너 주자고 섬을 헐며, 돈이 많이 있다 한들 괴목궤[38]에 가득 든 것을 문을 열며, 가루를 뒷박이나 주자 한들 복고왕 염소독에 가득 넣은 것을 독을 열며, 의복이나 주자 한들 집안이 다 벗었으니 너를 어찌 주며, 찬밥이나 주자 한들 새끼 낳은 검은

---

35 (곡식 등을) 한데에 쌓아 둠, 또는 그 물건.
36 하늘은 녹이 없는 사람을 내지 않는다.
37 땅은 이름 없는 풀을 기르지 않는다.
38 회화나무로 만든 상자.

암캐 부엌에 누웠으니 너 주자고 개를 굶기며, 지게미[39]나 주자 한들 깊은 방 우리 안에 새끼 낳은 돝[40]이 누웠으니 너 주자고 돝을 굶기며, 겻섬[41]이나 주자 한들 큰 소가 네 필이니 너 주자고 소를 굶기랴. 염치없다, 흥부 놈아!"

하고, 놀부가 주먹을 불끈 쥐어 흥부의 뒤꼭지를 꽉 잡으며, 몽둥이를 지끈 꺾어 손재승[42]의 매질하듯 원화상의 법고 치듯 아주 쾅쾅 두드리니, 흥부 울면서 말하기를,

"애고, 형님. 이것이 웬 일이요? 오만방자한 도척[43]이도 이보다 성현이요, 무식하기 짝이 없는 관숙[44]이도 이보다 군자로다. 우리 형제 어찌하여 이다지 극악한고."

하며 탄식하였다.

이때 흥부 아내는 흥부 오기를 기다리다 우는 아기 달래며 물레질하고 있었다.

"아가 아가, 우지마라. 어제 저녁 김동지 집 용정방아[45] 찧어 주고 쌀 한 되 얻어다가 너희들만 끓여 주고 우리 양주 어제 저녁 이 때까지 그저 있다. 너 아버지 저 건너 아주버니 집에 가서 돈이 되든 쌀이 되든 양단간에 얻어 오면, 밥을 짓고 국을 끓여 너도 먹고 나도 먹자. 우지 마라."

잉잉잉. 아무리 달래어도 아기는 악을 쓰듯 보채었다. 흥부 아내

---

39 술을 거르고 난 찌끼.

40 돼지.

41 겨를 담은 섬.

42 재앙을 쫓아내는 중.

43 옛날 중국의 큰 도둑. 구천 명의 부하를 거느림.

44 주나라 문왕의 셋째 아들.

45 곡식 찧는 방아.

어쩔 수 없이 흥부 오기만 기다리는데, 의복 치장 볼 것 같으면, 깃만 남은 저고리에 다 떨어진 누비바지와 몽당치마⁴⁶ 떨쳐입고, 목만 남은 헌 버선에 뒤축 없는 짚신 신고 있어 보기가 딱하였다.

그래도 문 밖에 썩 나서며 머리 위에 손을 얹고 흥부를 기다리는데, 칠년대한 가문 날에 비 오기 기다리듯, 독수공방에 낭군 기다리듯, 춘향이 죽게 되어 이도령 기다리듯, 과년한 노처녀 시집 가기 기다리듯, 삼십 넘은 노도령 장가 가기 기다리듯, 시험장에 들어가서 과거하기 기다리듯, 세 끼를 굶어 누운 자식들과 흥부 오기만 기다리는 것이었다.

"애고애고, 설운지고."

흥부가 울면서 건너오는 것을 보고 흥부 아내 내달아 두 손목을 덥석 잡고 위로한다.

"울지 마오. 어찌하여 우시오? 형님 전에 말하다가 매를 맞고 건너오시오? 문 밖에서 기다리는데 허위허위 오는 사람 몇몇이 날 속였는가. 어찌하여 이제 오시오?"

흥부는 어진 사람이라 형한테 맞았다는 말 못한다.

"형님이 서울 가고 아니 계시기에 그저 왔습네."

"그러하면 저를 어찌하잔 말이오. 짚신이나 삼아 팔아 자식들을 살려 내옵소. 짚이 있습나? 저 건너 장자 집에 가서 얻어 보옵소."

흥부가 곧 장자 집에 가서 말한다.

"장자님 계시오?"

"게 누군고?"

---

46 몹시 모지라져서 짧아진 치마.

"흥부요."

"흥부 어찌 왔노?"

"장자님, 편히 계시오니이까?"

"자네는 어찌나 지내노?"

"지내노라니 오죽하오. 짚 한 단만 주시면 짚신을 삼아 팔아 자식들을 살리겠소."

"그리하소. 불쌍하이."

장자가 얼른 종을 불러 좋은 짚으로 서너 단 갖다가 주니, 흥부 짚을 가지고 건너와서 짚신을 삼아 한 죽[47]에 서 돈 받고 팔고, 양식을 팔아 밥을 지어 처자식과 먹었다.

이리 하여도 살 길 없어 흥부 아내가 말하였다.

"우리 품이나 팔아 봅세."

흥부 아내 품을 파는데 이렇게 파는 것이었다.

용정방아 키질하기, 술집에서 술 거르기, 초상집에 제복 짓기, 제삿집에 그릇 닦기, 사당에서 떡 만들기, 언 손 불며 오줌 치우기, 얼음 녹으면 나물 뜯기, 봄밭 갈아 보리 놓기, 온갖 품을 팔고 다녔다.

흥부도 품을 파는데, 정이월에 가래질하기, 이삼월에 붙임하기, 일등 전답 못논 갈기, 입하 전에 면화 갈기, 이집 저집 이엉 엮기, 더운 날에 보리 치기, 비 오는 날 멍석 걷기, 원산 근산 시초[48] 베기, 쌀집 주인 허드렛일하기, 각읍 주인 삿길 가기, 술만 먹고 말짐 싣기, 오 푼 받고 말편자 박기, 두 푼 받고 똥 재치기, 한 푼 받고 비 매기, 식전에 마당 쓸기, 저녁에 아해 만들기, 온 가지로 다하여도 끼

---

47 옷이나 그릇 따위의 열 벌을 한 단위로 이르는 말.
48 柴草. 땔나무로 쓰는 풀.

니가 간 데 없었다.

이 때 본읍 김 좌수가 흥부를 불러 하는 말이,
"돈 삼십 냥을 줄 것이니 내 대신으로 감영[49]에 가 매를 맞고 오라."
하였다. 이에 흥부가, 삼십 냥을 받아 열 냥어치 양식 팔고, 닷 냥어치 반찬 사고, 닷 냥어치 나무 사고, 열 냥이 남으면 매 맞고 와서 몸조리를 하리라 생각하고 감영으로 가려 할 때, 흥부 아내가 말하였다.
"가지 마오. 부모 혈육을 가지고 매삯이란 말이 웬 말이요?"
하고 아무리 만류하여도 종시 듣지 아니하고 흥부는 감영으로 내려갔다. 아니 되는 놈은 자빠져도 코가 깨진다고, 마침 나라에서 사면령이 내려 죄인을 방송[50]하니, 흥부 매품도 못 팔고 그저 올 수밖에 없었다.
흥부 아내 내달으며 말하였다.
"매를 맞고 왔습나?"
"아니 맞고 왔습네."
"애고, 좋쇠. 부모님 주신 몸에 매품이 무슨 일꼬?"
흥부 울며 말하였다.
"애고애고, 설운지고. 매품 팔아 여차여차하자 하였더니 이를 어찌하잔 말꼬?"
흥부 아내 위로하며 말하였다.

---

49 監營. 조선 시대에, 각 도(道)의 감사가 직무를 보던 관아.
50 放送. 석방.

"울지 마오, 제발 덕분 울지 마오. 봉제사[51] 자손 되어 나서 금화 금벌[52] 뉘라 하며, 집안 어미 되어 나서 낭군을 못살리니 여자 행실 참혹하고, 어린 자식 못 차려주니 어미 도리 다 못하네. 이를 어찌할 꼬. 애고애고, 설운지고. 피눈물이 반죽 되던 아황(蛾黃) 여영(女英)[53]의 설움이요, 조작가 지어내던 우마시의 설움이요, 반야산 바위 틈에 숙낭자의 설움을 적자 한들 어느 책에 다 적으며, 만경창파 구곡수[54]를 말말이 두량[55]할 양이면 어느 말로 다 되며, 구만 리 장천을 자자이 재련들 어느 자로 다 잴꼬. 이런 설움 저런 설움 다 후리쳐 버려두고, 이제 나만 죽고지고."

흥부 아내 통곡하며 두 주먹을 불끈 쥐어 가슴을 쾅쾅 두드리니, 흥부 역시 슬픔에 잠겨 말을 하는 것이었다.

"울지 마오. 안연(顏淵)[56] 같은 성인도 안빈낙도하였고, 부암에 담 쌓던 부열(傅說)[57]이도 무정(武丁)을 만나 재상이 되었고, 신야에 밭 갈던 이윤(伊尹)[58]이도 은탕(殷湯)을 만나 귀하게 되었고, 한신(韓信) 같은 영웅도 초년 곤궁하다가 한나라 원융[59]이 되었으니, 어찌 아니 거룩한가. 우리도 마음만 옳게 먹고 되는 때를 기다려 봅세."

(후략)

---

51 제사를 모심.
52 禁火禁伐. 불을 때지 않고 나무를 베지 않음.
53 순 임금의 두 딸. 순 임금이 죽자 소상강에 빠져 죽음.
54 굽이굽이 흐르는 물.
55 한 되 두 되 양을 잼.
56 공자의 수제자.
57 은나라를 중흥시킨 정치가.
58 탕왕의 세 번째 초빙으로 재상이 되어 천하를 통일시킴.
59 元戎. 원사(元師)를 가리킴.

■ **줄거리 정리**

옛날 경상도와 전라도 경계에 놀부라는 욕심 많은 형과 흥부라는 마음씨 착한 아우가 살았다. 착한 흥부는 형에게서 쫓겨나 온갖 고생을 하며 살았다. 어느 날 흥부는 다리 다친 제비를 구해 주었는데, 이듬해 이 제비가 박씨 하나를 갖다 주었다. 흥부는 그 박씨가 자라서 얻은 박에서 금은 보화를 얻어 큰 부자가 되었다. 이에 심술이 난 놀부는 일부러 제비 다리를 부러뜨려 날려 보내서 같은 식으로 박을 얻었다. 그러나 그 속에는 똥이니 귀신이니 하는 것이 나와서 집안을 망쳐 버렸다. 이 때 아우 흥부는 형이 패가망신했다는 소문을 듣고 형 내외를 자기 집으로 모시고 와서 지성으로 섬기며, 자기 집과 똑같은 형의 집을 지어 주어 살게 했다. 그리하여 그렇게 악독한 놀부도 회개하고 선인이 되어 형제가 화목하게 살았다.

■ **보충 정리**

1. 〈흥부전〉의 근원 설화
  ① 방이 설화 : 일명 금추설화(金錐說話). 신라 사람 방이에 대한 설화로 형과 동생 사이의 갈등을 통하여 권선징악(勸善懲惡)을 보여 줌.
  ② '매품팔이'설화 : 매를 맞아 품 파는 일을 생업으로 삼아 살아가는 하층민의 이색적이고 슬픈 삶을 그린 이야기.

2. 〈흥부전〉의 발달 과정
  ① 근원 설화 → ② 판소리 〈박타령〉, 〈흥보가〉 → ③ 고전 소설 〈흥부전〉 → ④ 신소설 〈연(燕)의 각(脚)〉(이해조 지음)

깊이
생각 해보기

1. 흥부와 놀부의 가치관이 어떻게 다른지 생각해 보자.
2. 이 글의 이면적 주제가 무엇인지 생각해 보자.

▶ 예시 답은 [부록] 참고

1. 이 작품에 등장하는 인물들의 성격으로 바르지 <u>않은</u> 것은?(   )

① 흥부 : 토지가 없는 농촌 빈민으로 선량하고 정직하며 우애와 신의가 있는 인물

② 흥부 처 : 선량하나 현실 인식이 빠르고 고난을 이겨내고자 하는 현실적 인물

③ 놀부 : 토지를 많이 모은 대지주로 서민층의 경제적 지위 상승과 이를 토대로 한 신분 상
승의 예를 극명히 보여 주는 인물

④ 놀부 처 : 놀부와 같은 성격의 인물

⑤ 째보 : 마을의 서민들을 대표하는 인물로 소박하고 욕심이 없으며 작가가 추구하는 이상
적인 인물

2. 이 글은 작품의 발단 부분이다. 이 글 다음에 바로 이어질 내용으로 가장 적당한 것은? (   )

① 삼월 삼일 다다르니 소상강 떼기러기 가노라 하직하고 강남서 나온 제비 왔노라 현신할
제, 오대양에 앉았다가 비래비거 넘놀면서 흥부가 보고 반겨라고 좋을 호자(好字) 지저
귀니,

② 슬근슬근 톱질이야, 우리 가난하기 일읍에 유명하매 주야 설워하더니, 부지허명(不知許
名) 고대 천냥 일조에 얻었으니 어찌 아니 좋을소냐.

③ 삼사일에 순이 나서 마디마디 잎이요, 줄기줄기 꽃이 피어 박 네 통이 열렸으되, 고마수
영 전설같이 대동강상의 당두리같이 덩그렇게 달렸구나.

④ 놀부 짊어지고 가며 화초장을 생각하며 화초장 화초장 하며 가더니, 개천 건너뛰다가 잊
어버리고 생각하되, 간장인가 초장인가 하며 집으로 오니,

⑤ 놀부를 잡아들여 찢고 차고 굴리며, 주무르고 잡아 뜯고 사주뢰(私周牢)를 하며, 회초리
로 후리며 다리사북을 도지게 틀며,

▶ 모범 답은 [부록] 참고

I can do it.

토끼전

고전소설

- □ **갈래** 고전 소설(판소리계 소설)
- □ **성격** 풍자적, 해학적, 교훈적
- □ **표현** 의인법
- □ **배경** 시간 – 옛날, 공간 – 용궁, 산속
- □ **제재** 용왕의 병과 토끼의 간
- □ **주제** 고난 극복의 지혜. 허욕에 대한 경계. 우직한 충성심
- □ **의의** 동물을 의인화하여 속고 속이는 인간 세태의 모순을 풍자한 소설
- □ **출전** 완판본 〈토끼전〉

우화 소설이 만들어지게 된 사회적 배경을 생각하며 감상해 보자.

이 작품에는 용왕에 대해 충성을 다하는 별주부와, 이에 대립하는 문어, 위기를 지혜롭게 극복하는 토끼, 무능한 용왕의 모습이 드러나 있는데, 단순한 동물을 등장시킨 소설이 아니라, 집권층의 무능함과 권력 계층의 상호 대립, 투쟁, 그리고 지배 계층에 대한 비판적인 서민들의 의식이 반영된 우의적 작품이다.

토끼전

   천하의 모든 물 중에 동해와 서해와 남해와 북해 네 바닷물이 제일 컸다. 그 네 바다 가운데에 각각 용왕이 있었으니, 동은 광연왕(廣淵王)이요, 남은 광리왕(廣利王)이요, 서는 광덕왕(廣德王)이요, 북은 광택왕(廣澤王)이라 하였다. 남과 서와 북의 세 왕은 무사태평하였으나, 오직 동해 광연왕이 우연히 병이 들어 천만 가지 약으로도 도무지 효험을 보지 못하였다.

   하루는 왕이 모든 신하를 모으고 의논하였다.
   "가련하도다. 과인의 한 몸이 죽어지면 북망산 깊은 곳에 백골이 진토에 묻혀 세상의 영화며 부귀가 다 허사로구나. 이전에 여섯 나라를 통일하여 다스리던 진시황(秦始皇)도 삼신산에 불사약을 구하려고 어린 남녀 오백 인을 보내었고, 위엄이 사해에 떨치던 한무제도 백대를 높이 짓고 승로반[1]에 신선의 손을 만들어 이슬을 받았으되 하늘 명이 떳떳치 아니하여 필경은 여산(廬山)의 무덤과 무릉침

---

1 承露盤. 한무제가 불사약인 이슬을 받기 위해 구리로 만든 그릇.

을 면치 못하였거늘, 하물며 나같은 한쪽 조그마한 나라 임금이야 일러 무엇하리. 대대로 전해오던 왕의 기업²을 영원히 이별하고 죽을 일이 망연하도다. 고명한 의원을 널리 구하여 자세히 진찰한 후에 약으로 치료함이 마땅하도다."

하교³하여 왕이 계속 말을 하였다.

"과인의 병세가 심히 위중하니 경들은 아무쪼록 충성을 다하여 명의를 널리 구하여 과인을 살려서 군신이 더욱 서로 함께 즐겁게 지내도록 하라."

이에 한 신하가 여러 사람이 모인 반열로 나와 아뢰었다.

"신은 듣자오니, 오나라 범상국(范相國)이며 당나라 장정군이며 초나라 육처사(陸處士)는 오나라와 초나라 지경에 제일가는 세 호걸이라 하오니, 세 사람을 찾아 문의하옵소서."

모두 보니 선조 적부터 정성을 극진히 하던 공신인데, 수천 년 묵은 잉어였다. 왕이 들으시고 옳게 여기시어 가까운 신하를 보내어 그 세 사람을 청하니 수일 만에 다 왔다. 이에 왕이 전좌⁴하고 세 사람을 인도하여 본 후 고마운 뜻을 나타내어 말했다.

"선생들이 과인의 청함으로 인하여 천 리를 멀리 여기지 아니하시고, 누추한 곳에 왕림하시니 불안하고 감사하여 하노라."

세 사람이 왕을 공경하며 대답하여 말했다.

"생의 무리가 세상에 덧없는 인생으로 청운⁵과 홍진⁶을 하직하고,

---

2 基業. 선대로부터 이어오는 재산과 사업..
3 下敎. 아랫사람에게 가르침을 줌.
4 殿坐. 임금이 옥좌에 나와 앉음.
5 靑雲. 벼슬.
6 紅塵. 속세.

강산 풍경을 사랑하와 오초강산 궁벽한 곳에 임의로 왕래하며 무정한 세월을 헛되이 보내옵더니 천만 뜻밖에 대왕의 명을 받자오니 황송하옵기 가이 없사이다."

왕이 말하기를,

"과인이 신수가 불길하여 우연히 병든 지 지금 수년이나 되도록 약 신세도 많이 하였건마는, 범상한 의술이라 그러한지 종시 효험을 조금도 보지 못하오니, 선생은 죽게 된 목숨을 살려 주시기를 하늘같이 바라노라."

한즉, 세 사람이 말을 하였다.

"술은 사람을 미치게 하는 약이오, 색은 사람의 수명을 줄이는 근본이로소이다. 대왕이 술과 색을 과도히 하시어 이 지경에 이르심이니 스스로 지으신 죄악이라 수원수구[7]하시오리까마는, 혹은 이르되 사람의 소년 한 때 예사라 하오니 저렇듯이 중한 병이 한 번 들면 회춘하기 어려운 병이로소이다. 푸른 산에 안개 걷히듯 봄바람에 눈 슬듯[8] 오장육부가 마디마디 녹아지니, 화타(華陀)[9]와 편작(扁鵲)[10]이 다시 살아나도 손쓸 수 없사옵고, 금강초와 불사약이 산더미같이 쌓였어도 즉시 효력을 볼 수 없사옵고, 인삼과 녹용을 장복하여도 재물이 쌓였어도 대속[11]할 수 없고, 용맹한 힘이 남보다 뛰어나도 제어할 수 없나이다. 이리저리 아무리 생각하여도 국운이 불행하고 천명이 다하여 없어지심인지, 대왕의 병환이 회복되시기가 과연 어

---

7 誰怨誰咎. 남을 원망하고 탓할 것이 없다는 뜻.
8 스러지듯. 없어지듯.
9 중국 후한(後漢) 때의 명의.
10 중국 전국시대(戰國時代)의 명의.
11 代贖. 남의 죄를 대신하여 당하거나 속죄하는 것.

렵도소이다."

왕이 다 들으시고 정신이 산란하여 말하였다.

"그러면 어찌할꼬? 죽을 자는 다시 살지 못하리로다. 이 세상 일
년에 한 번 저같이 좋은 이삼월 도리화[12]와 사오월에 녹음방초와 팔
구월에 황국단풍과 동지섣달 설중매화며, 저렇듯이 아리따운 삼천
궁녀의 아미분대[13]를 헌 신짝같이 버리고 속절없이 황천객이 되리
니, 그 아니 가련하오? 설혹 효험이 없을지라도 선생은 묘한 술법을
다하여 약방문[14]이나 하나 내어 주시면 죽어도 한이 없겠노라."

이에 세 사람이 웃으며 말하였다.

"생의 말을 들으신다면, 약방문이나 하여 올리리다. 상한 병에는
시호탕(柴胡湯)[15]이요, 음기가 허하여 나는 병에는 보음익기전(補陰
益氣煎)[16]이요, 열병에는 승마갈근탕(升麻葛根湯)[17]이요, 원기부족
증에는 육미지탕(六味之湯)[18]이요, 체증에는 양위탕(養胃湯)[19]이요,
다리 통증에는 우슬탕(牛膝湯)[20]이요, 눈병에는 청간명목탕(淸肝明
目湯)[21]이요, 풍증에는 방풍통성산(防風通聖散)[22]이라. 천병만약에
증세 따라 약을 지어줌이 다 당치 아니하옵고, 신통한 효험이 있는

---

12 桃李花. 복숭아꽃과 배꽃.
13 미인의 화장한 교태.
14 藥方文. 약을 짓기 위하여 약 이름과 분량을 적은 종이.
15 감기나 말라리아의 치료에 쓰이는 탕약.
16 보혈이 되면서 외감(外感)을 푸는 탕약.
17 주독(酒毒)을 푸는 약.
18 숙지황 등으로 짓는 가장 흔히 쓰는 보약.
19 인삼을 주제(主劑)로 하여 달인 탕약.
20 도가니탕.
21 간화(肝火)를 다스리는 탕약.
22 몸에 열이 많아서 부스럼이 나고 얼굴빛이 붉어지며, 배설이 잘 안될 때 쓰는 약.

것 한 가지가 있사오니, 바로 토끼의 생간이라, 그 간을 얻어 더운 김에 진어23하시면 즉시 병환이 나아 회복되시오리이다."

왕이 말하기를,

"어찌하여 그 간이 좋다 하느냐?"

하니 대답하여 여쭈었다.

"토끼란 것은 천지 개벽한 후 음양과 오행24으로 된 짐승이라. 병을 음양오행의 상극으로도 고치고 상생으로도 고치는 법이라. 토끼간이 두루 제일 좋은 것이온데, 더구나 대왕은 물 속 용신이시오, 토끼는 산 속 영물이라. 산은 양이요, 물은 음이올뿐더러, 그 중에 간이라 하는 것은 더욱 목기25로 된 것이온즉, 만일 대왕이 토끼의 생간을 얻어 쓰시면 음양이 서로 화합하는 것이므로 신효하시리라 하옵나이다."

이에 하직하여 말하기를,

"녹수청산 벗님네와 무릉도원 화류촌에서 만나기로 금석같이 언약하고 왔삽기로, 무궁한 회포를 다 못 펴 드리옵고 총총히 하직하니, 바라건대 대왕은 옥체를 천만 보중하옵소서."

하고 섬에 내려 백운산으로 표연히 향하였다.

왕이 그 세 사람을 보내고 즉시 만조백관을 모아 놓고 하교하여 말하였다.

"과인의 병에는 토끼 생간이 제일 신효한 약이요, 그 외에는 천만

---

23 進御. 임금이 먹고 입는 일을 높여 이르는 말.

24 우주에 운행하는 金·木·水·火·土의 다섯 가지 원기(元氣).

25 木氣. 나무의 기운.

가지 약이 다 쓸데없다 하니 나를 위하여 뉘 능히 토끼를 산 채 잡아 올꼬?"

문득 일원대장이 출반주[26]하여 말하기를,

"신이 비록 재주 없사오나 한 번 인간에 나아가 토끼를 산 채 잡아 오리이다."

하니, 모두 보니 머리는 두루주머니[27] 같고 꼬리는 여덟 갈래로 돋힌 수천 년 묵고 묵은 문어였다.

왕이 크게 기뻐하여 말하기를,

"경의 용맹은 과인이 아는 바라. 급히 인간에 나아가 토끼를 산 채 잡아오면 그 공이 적지 아니하리라."

하고, 장차 문성장군(文盛將軍)으로 봉하려 할 즈음에, 문득 한 장수가 뛰어 내달아 크게 외쳐 말한다.

"문어야. 네 아무리 기골이 장대하고 위풍이 약간 있다한들, 언변도 제일 넉넉지 못하고 생각도 부족한 네가 무슨 공을 이루겠다 하며, 또한 세상 사람들이 너를 보면 영락없이 잡아다가 요리조리 오려내어 국화송이며 매화송이처럼 형형색색으로 갖추갖추 아로새겨, 혼인 잔치 환갑 잔치에 크고 큰 상 어물접시 웃기거리[28]로 긴요하고, 재자가인[29]의 놀음상과, 공문거족[30]의 식물상과, 어린아이의 거둘상과, 오입장이 남 술안주에 구하느니 네 고기라. 무섭고 두렵지

---

26 出班奏. 여러 사람이 모인 반열에서 나옴.

27 허리에 차는 주머니의 하나.

28 음식의 모양을 돋보이게 하고자 위에 꾸미는 재료.

29 才子佳人. 재주 있는 젊은 남자와 아름다운 여자.

30 公門巨族. 출세한 명문집안.

도 아니하냐? 이 어림 반푼어치 없는 것아. 나는 세상에 나아가면 칠종칠금[31]하던 제갈량(諸葛亮)과 같이 신출귀몰한 꾀로 토끼를 산 채 잡아오기 용이하다."

모두 보니 그는 수천 년 묵은 자라이니, 별호는 별주부였다.

문어가 그 말을 듣고 분기가 크게 일어나, 긴 꼬리 여덟 갈래를 살 살이 엉벌리고 검붉은 대가리를 설설이 흔들면서 소리를 지르니, 물 결이 뛰노는 듯 웅어눈[32]을 부릅뜨고 크게 꾸짖어 말한다.

"요마[33]한 별주부야, 내 말 잠깐 들어 보아라,

포대기 속에 있는 어린아이가 장부를 저희[34]할 줄 뉘 알았으리오. 정말 그야말로 범 모르는 하룻강아지요, 수레 막는 쇠똥벌레로구나. 네 죄를 의논하고 보면 태산도 오히려 가볍고 황하수가 도리어 얕다 하겠으니, 그것은 다 그만 덮어두고 첫 문제로 네 모양을 볼 것 같으 면, 사면이 넓적하여 나무접시 모양이라. 작고 못 생기기로 둘째 가 라면 대단 싫어할 터이지. 요따위 자격에 무슨 생각이 들어 있으리 오. 그뿐만 아니라 세상 사람들이 너를 보면 잡아다가 끓는 물에 솟 구쳐서 자라탕을 만들어 양반들과 세도 가문의 자제들이 구하는 것 이 네 고기라. 무슨 수로 살아오랴?"

이에 자라가 반박을 한다.

"너는 우물 안 개구리라. 한 가지만 알고 두 가지는 알지 못하는도

---

31 七縱七擒. 마음대로 잡았다 놓아 주었다 함.
32 웅어(熊魚)처럼 가늘고 길게 찢어진 눈.
33 妖魔. 요사스러운 마귀.
34 沮戲. 훼방 놓아 해롭게 함.
35 支那. 중국을 가리킴.
36 중국 진시황의 뒤에 일어난 유명한 장수 항우(項羽)의 높인 이름.

다. 지나[35]에서 세상을 주름잡던 초패왕(楚覇王)[36]도 해하성에서 패하였고, 유럽에서 각국을 응시하던 나파륜(拿破崙)[37]도 바다의 섬 중에 갇혔는데, 요마한 네 용맹을 뉘 앞에서 번쩍이며, 또는 무슨 지식이 있노라고 내 지혜를 헤아리느냐? 참으로 내 재주를 들어보아라. 만경창파[38] 깊은 물에 기엄둥실 사족을 바투 끼고 긴 목을 움치며 넓적이 엎드리면, 둥글둥글 수박이오, 편편납작 솥뚜껑이라. 나무 베는 목동이며 고기 잡는 어부들이 무엇인지 모를 터이니, 장구[39]하기는 태산이오, 평안하기는 반석이라. 남 모르게 다니다가 토끼를 만나 보면 어린아이 젖국 먹이듯, 뚜장이 과부 호리듯, 이 패 저 패 두루 써서 간사한 저 토끼를 두 눈이 멀겋게 잡아올 것이요, 만일 시운이 불행하여 못 잡아 오는 경우이면 수궁에 돌아와서 내 목을 대신하리라."

문어 할 수 없이 주먹 맞은 감투가 되어 슬쩍 웃으며 뒤통수를 툭툭 치고 흔들흔들 달아나니, 만조백관이 주부의 생각과 언변을 한없이 칭찬하였다. 자라가 다시 엎드려 왕께 아뢰어 말하였다.

"소신은 물 속에 있는 물건이옵고, 토끼는 산 속에 있는 짐승이온즉 그 형용을 자세히 알 수 없사오니 화공을 패초[40]하시와 토끼 형용을 그려 주옵소서."

이에 용왕이 옳게 여기어 화공을 패초하니, 지나로 이르면 인물

---

37 나폴레옹을 가리킴.
38 萬頃蒼波. 끝없이 너른 바다.
39 매우 길고 오래다.
40 牌招. 왕명으로 신하를 부름.
41 한나라 때의 화가.
42 송나라 때의 화가로 대와 산수를 잘 그림.

그리던 모연수(毛延壽)[41]와 대 잘 그리던 문여가(文與可)[42]며, 조선으로 이르면 산수 그리던 겸재(謙齋)[43]와 나비 잘 그리던 남나비[44]며, 그 외에 오도자(吳道子)[45], 김홍도(金弘道)[46]와 같이 유명한 여러 화공들이 많이 준비하고 기다리는데, 왕이 명하여 토끼의 화상을 그려 들이라 하시니, 화공들이 전교를 듣고 한 처소로 나와 보니, 여러 가지 그림 도구 찬란하다. 고려자기 연적이며, 남포청석 용연[47]이며, 한림풍월 해묵[48]이며, 중산 황모 무심필[49]과 눈같이 하얀 종이며, 백녹자주홍 여러 가지 물감이 전후좌우에 벌여 있었다.

이에 화공들이 둘러 앉아서 토끼 화상을 그리는데, 각기 한 가지씩 맡아 그려 토끼 한 마리를 만들어 냈다. 하나는 천하명산 좋은 경치 구경하던 저 눈 그리고, 또 하나는 두견 앵무 지저귈 때 소리 듣던 저 귀 그리고, 또 하나는 난초지초 등 온갖 향초 꽃 따먹는 입 그리고, 또 하나는 방장 봉래[50] 운무 중에 냄새 맡던 코 그리고, 또 하나는 동지섣달 설한풍에 방풍하던 털 그리고, 또 하나는 만학천봉[51] 구름 깊은 곳에 펄펄 뛰던 발 그리니, 두 눈은 도리도리, 앞다리는 짤막, 뒷다리는 길쭉, 두 귀는 쫑긋, 뛸 듯 뛸 듯 천연한 토끼 모습 그대로였다.

---

43 조선 중기의 산수화가 정선(鄭敾). 겸재는 그의 호.
44 남구만의 5대손인 남계우(南啓宇). 나비와 화초를 잘 그려 남나비라 불림.
45 중국 당나라 때의 화가 오도현(吳道玄).
46 조선 영조 대의 서화가(書畵家). 호는 단원(檀園).
47 龍硯. 용이 새겨진 벼루.
48 황해도 해주에서 나던 먹 이름.
49 황모(족제비의 꼬리털)로 만든 붓.
50 중국의 삼신산.(방장산, 봉래산, 영주산)
51 萬壑千峰. 첩첩이 겹쳐진 깊고 큰 골짜기와 많은 봉우리.

왕이 보시고 크게 기뻐하여 모든 화공에게 각기 천 금씩 상급하고, 그 화본을 자라를 주며 말하였다.

"어서 길을 떠나라."

이에 자라 재배하고 화본을 받아 들고 이리 접고 저리 접쳐 등에다 지자 하니 물에 가라앉을 것이었다. 이윽히 생각하다 움친 목을 길게 늘려 한 편에 집어 넣고 도로 움츠리니 전후가 도무지 염려 없게 되었다.

용왕이 신기하게 여기어 친히 잔을 들어 권하여 말하였다.

"경은 정성을 다하여 큰 공을 이루어 수이 돌아오면 부귀를 한가지로 하리라."

그리고, 즉시 호혜청(互惠廳)에 전교하여 전곡[52]의 다소를 생각하지 아니하고 별주부에게 사송[53]하시니, 별주부 천은에 대단히 감격하여 사은숙배[54]하고 만조백관을 작별한 후, 집에 돌아왔다.

처자를 이별할 때, 그 아내가 당부하여 말하였다.

"인간 세상은 위험한 곳이니 부디 조심하여 큰 공을 세워 가지고 수이 돌아오시기를 천만 축수하옵나이다."

자라가 대답하기를,

"수요장단[55]이 하늘에 달렸으니 무슨 염려가 있으리오. 돌아올 동안 늙으신 부모와 어린 자식들을 잘 보호하라."

하고 행장을 수습하여 소상강과 동정호 깊은 물에 허위둥실 떠올라서 푸른 시내 흐르는 산속으로 들어가니, 이 때는 꽃과 버들이 피는

---

52 錢穀. 돈과 곡식.
53 賜送. 임금이 신하에게 물건을 내리어 보냄
54 謝恩肅拜. 임금의 은혜를 사례하여 공손하게 절함.
55 壽夭長短. 오래 삶과 일찍 죽음.

좋은 시절이었다.

초목군생 온갖 물건들이 다 스스로 즐거움을 가지고 있으니, 작작한[56] 두견화는 향기를 띠었는데 얼숭얼숭 호랑나비는 춘흥을 못 이기어서 이리저리 흩날리고, 청청한 수양버들 늘어진 시냇가에 날아드는 황금같은 꾀꼬리는 벗 부르는 소리로 구십춘광[57]을 희롱하고, 꽃 사이에 잠든 학은 자취 소리에 자주 날고, 가지 위에 두견새는 불여귀를 화답하니, 그야말로 별유천지비인간(別有天地非人間)[58]이었다. 소상강 기러기는 가노라 하직하고, 강남서 오는 제비는 왔노라 모습을 나타나고, 조팝나무에 비쭉새 울고, 함박꽃에 뒤웅벌이오, 방울새 떨렁, 물떼새 찍걱, 접동새 접둥, 뻐꾹새 벅, 까마귀 골각, 비둘기 국국 슬피 우니, 그것인들 좋은 경치가 아니겠는가. 천산과 만산에 홍장[59] 찬란하고 앞 시내와 뒤 시내에 흰 깁[60]을 펼친 듯, 푸른 대나무와 소나무는 천고의 절개요, 복숭아꽃과 살구꽃은 순식간의 봄이니, 기괴한 바윗돌은 좌우에 층층한데 절벽 사이 폭포수는 이 골 물 저 골 물 한 데 합쳐져 와당탕퉁텅 흘러가는 저 경개 무진 좋을시고.

(후략)

---

56 꽃이 핀 모양이 화려하고 찬란한.
57 九十春光. 봄의 석달 90일 동안.
58 별세계를 가리킴. 이백(李白)의 〈산중문답(山中問答)〉에 나옴.
59 紅粧. 붉은 꽃을 비유함.
60 실로 바탕을 좀 거칠게 짠 비단.

■ **줄거리 정리**

동해 용왕이 우연히 병이 들었는데, 어떤 약도 소용이 없었다. 그 때, 세 명의 도사가 왕의 병은 주색(酒色)이 원인이라고 하며, 토끼의 생간을 먹어야 병이 나을 것이라고 처방했다. 문어와 자라 (별주부)가 서로 토끼를 잡아 오겠다고 다툰 끝에 별주부가 토끼를 잡아오기로 한다. 별주부가 토끼의 그림을 가지고 육지로 나와 토끼를 찾고는, 토끼에게 육지 생활이 위험하다고 강조하고, 용궁에 가면 행복하게 살 수 있다며 감언이설로 토끼를 유혹한다. 토끼는 별주부의 유혹에 넘어가 별주부 등에 업혀서 수궁으로 들어간다. 용왕이 토끼를 잡아서 간을 내오라고 하니 토끼가 놀라 간을 육지에 두고 왔다고 거짓말을 한다. 용왕은 토끼의 말을 믿고는 별주부에게 토끼를 육지에 데려다 주라고 한다. 육지에 도달하자 토끼는 간을 빼어놓고 다니는 짐승이 어디 있느냐며 별주부를 놀리고는 달아난다. 자라는 허탈한 마음으로 돌아가고 이후 용왕은 어찌 되었는지 아무도 모른다. 수궁에서 겨우 살아온 토끼는 경망스럽게 행동하다가 독수리에게 잡혔으나 또다시 꾀를 내어 위기를 모면한다.

■ **보충 정리**

1. 〈토끼전〉 형성의 4단계
   ① 1단계 : 인도의 본생담(本生譚, Jataka). 인도 설화문학으로 탄생
   ② 2단계 : 인도의 불경에 흡수되어 불교와 함께 중국 불교문헌에 편입
   ③ 3단계 : 한반도 들어와 문헌설화로 정착되거나 구비설화로 구전
   ④ 4단계 : 조선 후기에 판소리화하여 그 대본으로 정립. 또는 설화에서 곧바로 소설화함.
   [인도본생설화 → 중국불전설화 → 한국구토설화 → 수궁가 → 토끼전]

2. 〈토끼전〉의 등장 인물 성격
   ① 토끼 : 명예욕이 강하고, 꾀가 많으며 말주변이 좋음. 서민의 상징.
   ② 자라 : 충성심이 강하나, 사물의 이치를 살펴 판단하기보다 자기의 목적 달성에 급급하여 토끼의 속임수에 빠지고 마는 우직한 인물.
   ③ 용왕 : 병을 치료하기 위해 수단을 가리지 않으며, 지혜도 없는 데다 탐욕이 지나쳐 토끼의 꾀에 넘어가는 부당한 권력의 상징.

깊이
생각 해보기

1. 이 글에 나오는 용왕의 행동을 지도자라는 관점에서 간단히 비판해 보자.
2. 이 글이 나오게 된 사회적 배경은 어떠했을지 생각해 보자.

▶ 예시 답은 [부록] 참고

1. 이 작품 전체에 대한 설명으로 알맞지 <u>않은</u> 것은?(   )

① 현실에 대한 서민의 저항 의식이 드러난다.

② 한문학의 영향을 받았음을 알 수 있다.

③ 유교적 이념이 무너지고 있다.

④ 동물을 의인화하여 시대를 풍자하고 있다.

⑤ 우화 소설의 형식을 취하고 있다.

2. 이 글의 내용으로 바른 것은?(   )

① 용왕은 신하들의 충성심을 시험하려고 아픈 척하고 있다.

② 잉어는 용왕의 병이 절대 나을 수 없다고 충고한다.

③ 문어는 자라한테 자기가 가지 않겠다고 양보한다.

④ 용왕은 토끼를 죽여서라도 잡아 오라고 명령한다.

⑤ 자라가 산 속에 들어간 때는 봄이다.

▶ 모범 답은 [부록] 참고

I can do it.

박씨전朴氏傳

고전소설

- □ **갈래** 고전 소설(군담 소설)
- □ **시대** 조선 후기
- □ **성격** 역사적, 전기적
- □ **표현** 변신 모티프
- □ **제재** 병자호란
- □ **주제** 박씨 부인의 영웅적 기상과 재주. 청나라에 대한 적개심과 복수심
- □ **의의** ① 병자호란의 치욕에 대한 보복적 성격, 자주 의식 고취 ② 여성에게 영웅적 기상 부여
- □ **출전** 구활자본 〈박씨전(朴氏傳)〉

주인공을 여걸로 등장시킨 이유에 대해 생각하며 감상해 보자.

이 작품은 현실적인 패배와 고통을 상상 속에서 복수하고자 하는 민중들의 심리적 욕구를 표현한 소설이다. 특히 남성보다는 여성인 박씨를 주인공으로 하고, 박씨가 초인간적인 능력을 가진 비범한 인물인 데 비하여 남성인 시백은 평범한 인물로 표현하여, 여성이 남성보다 우위에 있다는 점이 특징이다.

박씨전 朴氏傳

인조대왕 때 이득춘이라는 사람이 있어 벼슬이 이조참판 홍문관[1]
부제학에 이르렀는데 그는 부인 강씨와의 사이에 남매를 두었으니
아들의 이름은 시백이요, 딸의 이름은 시화였다. 시백의 나이 십육
세요, 시화의 나이 십삼 세가 되었을 때 왕이 이 참판에게 강원 감찰
사를 제수하시니, 공이 부인과 시화는 집에 두고 시백만 데리고 임
지로 부임하여 시백에게 시서를 강론하고 학문을 지도하였다.

이 때 금강산에 박현옥이라는 선비가 있었으니, 별호를 유점대사
라 하여 도학에 능했다. 그는 유점사 근처에 비취정을 짓고 세월을
보내고 있었으므로 세상 사람들은 그를 비취선생이라 하고 혹은 유
점처사라 불렀는데, 그에게는 시집 가지 않은 딸이 있었다. 이 참판
이 유점처사의 딸을 시백의 배필로 삼기로 했다.

세월이 흘러서 이듬해 봄철이 되자 왕께서 이공에게 벼슬을 돋우
어 이조참판 겸 세자빈객을 제수하고 조정으로 불러 '짐을 도우라'
는 분부를 하셨다.

---

1 弘文館. 조선시대에 궁중의 경서·사적의 관리와 왕의 자문에 응하는 일을 맡아보던 기관.

이럭저럭 박 처사와 상약[2]한 일이 다가왔으므로 시백을 데리고 금강산에 이르러 박 처사 집을 찾아 아들의 혼례를 올리고, 박 처사와 함께 술잔을 나누며 즐거워하는데 신랑 시백이 신방에서 뛰어나왔다.

"아니, 너는 왜 신방에서 뛰어나왔느냐? 그런 경거망동으로 나를 욕되게 하려느냐?"

"소자가 들어갔을 때는 신부가 없더니, 나중에 들어왔는데 마치 무서운 천신의 끔찍한 괴물 같은 여자라 경악하였습니다. 그런데 몸에서 더러운 냄새까지 진동하여 토할 것만 같아서 급히 나왔습니다."

이 판서는 깜짝 놀랐으나 아들의 경솔하고 무례함을 책망했다. 시백은 부친의 명이 엄격한지라 다시 신방으로 들어갔다. 그러나 신부를 다시 보기가 싫어서 닭 울기가 무섭게 외당[3]으로 달려 나와서 우울하게 날을 보내었다.

하루는 박 소저가 시부모께 문안하고 절한 뒤에 엎드려서 이 판서에게 아뢰었다.

"내일 아침에 노복을 종로 여각[4]에 보내어, 거기서 매매되는 수십 필의 말 중에서 제일 못난 비루먹은[5] 말의 값을 물으면 일곱 냥을 달라고 할 것이니 못 들은 체하고 삼백 냥을 주고 사오라 하십시오."

"아니, 네 말이 이상하지 않느냐?"

---

2 相約. 서로 약속함.
3 外堂. 사랑(舍廊).
4 旅閣. 객줏집.
5 비루 : 짐승의 피부가 헐고 털이 빠지는 병.

"그 곡절은 후일에 알게 되실 것입니다."

이 판서는 자부[6]의 비범한 재주를 믿기 때문에 응낙하였다. 노복이 일곱 냥에 정해 놓고 말 거간꾼과 남은 돈을 나누어 먹기로 하고 비루먹은 말을 끌고 돌아왔다.

박 소저가 한참 보다가 말했다.

"저 말을 도로 갖다 주라고 하십시오."

"네 말대로 삼백 냥을 주고 사온 말인데 왜 다시 퇴하라는 거냐?"

"이 말은 삼백 냥 가치의 말인데 그 값을 덜 주고 사왔으니 무슨 쓸모가 있겠습니까?"

이 판서가 놀라서 노복을 족치니 노복이 빌면서 사죄하고 다시 말 여각으로 가서 삼백 냥을 다 주고 말을 끌고 돌아왔다. 박 소저는 이 판서에게 말 기르는 법을 아뢰었다.

"이 말은 하루에 깨 한 되와 백미 오홉씩 죽으로 쑤어서 삼 년 동안 먹이되, 이 초당 뜰에 풀어놓고 밤에도 찬 이슬을 맞게 하십시오. 그러면 삼 년 후에 긴하게 쓸 일이 있습니다."

박 소저 계획대로 후원에서 삼 년 동안 놓아 먹였다.

하루는 박 소저가 이 판서에게 여쭈었다.

"내일 명나라 칙사[7]가 남대문으로 들어올 것입니다. 믿을 만한 노자에게 분부하여 우리 말을 끌고 가서 기다렸다가 칙사가 값을 묻거든 삼만팔천 냥에 팔아 오라 하십시오."

과연 명나라 칙사 장수는 말을 삼만팔천 냥에 사갔다. 이 말은 천

---

6 子婦. 며느리.
7 勅使. 칙명을 받든 사신.

리마[8]였던 것이다.

　이 무렵에 나라에서는 과거를 시행하여 인재를 전국에서 뽑게 되니, 이시백이 과거에 응할 준비를 하고 내일이면 대궐 안 과장으로 들어가게 되었다.

　그 날 이시백은 박 소저의 시녀 계화가 전해 주는 박 소저의 연적을 받아 가지고 들어가서 장원급제하니, 그 표연한[9] 풍채는 만인 가운데 뛰어났으며 그 거동은 진세의 선랑[10]이었다.

　모든 재상이 이득춘을 향하여 분분히 치하하므로 공이 여러 손을 이끌어 술을 내어 즐기다, 날이 저물어 파연곡[11]을 아뢰매 모든 손이 각각 집으로 돌아갔다. 이공은 아들을 거느려 내당으로 들어와 석반을 마치고 촛불을 밝히어 낮을 이어 즐기나, 박 소저가 외모 불미하므로 손을 보기 부끄러워하여 깊이 들어 있음을 서운히 여겨 심히 즐거워하지 아니하였다.

　이에, 부인이 말하였다.

　"오늘 아들의 과거 본 경사는 평생에 두 번 보지 못할 경사이거늘 상공의 낯빛이 좋지 아니하심은 필연 추악한 박씨, 좌석에 없음을 서운히 여기심이니, 어찌 우습지 않으리까?"

　이 말에 노한 이 판서는 정색하고 말했다.

　"부인은 아무리 지식이 없다 한들, 다만 용모만 보고 속에 품은 재주를 생각지 아니하느뇨? 자부의 도학은 그 신통함이 옛날 제갈무

---

8 千里馬. (하루에 천 리를 달릴 수 있) 아주 뛰어난 말.
9 거침없는.
10 세상의 뛰어난 인재.
11 罷宴曲. 잔치를 마칠 때 부르는 노래.

후[12]의 부인 황씨를 누를 것이요, 덕행의 뛰어남은 태사에 비할 것이니, 우리 가문에 과분한 며느리거늘, 부인 말이 우습지 않으리요?"

말을 마치니 부인의 안색이 심히 좋지 않았다.

이 때 계화는 이시백의 장원 급제함을 듣고, 소저를 향하여 기쁨을 치하하고 또 탄식하여 말했다.

"소저께서 시댁에 오신 후로 상공의 자취 이곳에 한 번도 보이지 아니하고, 우리 소저의 어진 덕이 대부인의 박대하심을 당하사, 적막한 후원에 홀로 주야 거처하사, 집안의 크고 작은 일에 참여하지 못하시고, 잔치에도 나가시지 못하시며 수심으로 세월을 보내시니, 소비 같은 소견으로도 신세를 위하여 슬픔을 이기지 못하리로소이다."

그러나 소저는 태연히 웃고 대답했다.

"사람의 팔자는 다 하늘이 정하신 바라, 인력으로 고치지 못하거니와, 자고로 박명한 사람이 한둘이 아니니, 어찌 홀로 나뿐이리요? 분수를 지켜 천명을 기다림이 옳으니, 아녀자 되어 어찌 가부의 정을 생각하리요? 너는 괴이한[13] 말을 다시 말라. 바깥 사람들이 들으면 나의 행실을 천히 여기리라."

계화는 소저의 넓은 마음과 어진 말에 못내 탄복하였다.

이 때 박 소저가 시가에 온 지 이미 삼 년이 되었다. 하루는 시부모께 문안 올리고 다시 옷깃을 여미고 여쭈었다.

"소부, 존문에 온 지 삼 년으로, 본가 소식이 묘연하매 부모의 안

---

12 제갈공명의 시호(諡號).

13 이상하고 야릇한.

부를 알고자 잠깐 다녀오려 하오니, 대인은 허락하심을 바라나이다.

공이 이 말을 듣고 크게 놀라 말했다.

"이곳에서 금강산이 오백 여 리요, 길 또한 험하거늘, 네 어찌 가려 하느냐? 장성한 남자도 출입하기 어렵거든 하물며 여자의 몸으로랴! 이런 망령된 생각은 행여 하지 말라."

"소부도 그러한 줄 아오나 이번에는 꼭 다녀오고자 하오니, 과히 염려하지 마소서."

공이 소저의 남다른 점을 아는지라 이에 허락하며 말했다.

"부득불 한 번 다녀오고자 하거든 내일 근친[14]할 제구와 인마[15]를 차려 줄 것이니 속히 다녀오라."

"소부, 수삼 일 동안에 다녀올 도리가 있사오니, 인마와 제구가 쓸 데가 없나이다."

공이 소저의 재주를 짐작하나 이렇듯 신속히 다녀올 도리가 있음은 몰랐는지라, 이 말을 듣고 더욱 신기하게 생각하여 흔연히 허락하였다. 소저는 시부모께 재배 하직하고 후당에 돌아와 계화를 불러 조용히 분부하였다.

"내 친가에 잠깐 다녀오리니, 너는 내 행색을 바깥 사람들에게 말하지 말라."

그리고는 뜰에 내려 두어 걸음 걷다가 몸을 날려 구름에 올라 삽시간에 금강산 비취동에 다다라 부모께 재배하고 문안을 드리니, 박 처사는 이에 딸의 손을 잡고 말했다.

"너를 시가에 보낸 지 삼 년에 너의 박명을 슬퍼하였으나, 이는 하

---

14 覲親. 시집간 딸이 친정에 와서 친정 어버이를 뵘.
15 여러 도구와 사람과 말.

늘에 매인 바로 인력으로 움직이지 못할 바이어니와, 이제는 너의 액운이 다하고 복록이 무한할지라. 이 달 십오일에 내 올라가리니, 너는 잠깐 머무르다 먼저 가라."

소저는 부모 슬하에서 몇 해의 회포를 풀며 며칠 동안 머무르더니, 처사 부부 재촉이 성화같았다.

"너의 시댁에서 기다리실 테니, 빨리 돌아가 시부모께 뵈어라."

소저는 마지못하여 부모를 하직하고 다시 구름에 올라 잠깐에 후당에 돌아오니, 계화, 바삐 소저를 맞아, 신속히 다녀옴을 반가워했다.

소저는 곧 의복을 갖추고 시부모께 나아가 문안드리고, 다시 꿇어 공께 여쭈었다.

"소부 올 때에 가친의 말씀이, 이 달 십오일에 갈 것이니 너의 시부께 아뢰라 하더이다."

공이 흔연히 고개를 끄덕이고, 사람을 시켜 술과 안주를 갖추고 처사 오기를 기다렸다.

과연 십오일에 이르러 달빛 맑고 바람 맑은데, 홀연 반공[16]으로부터 학의 소리 나며, 처사가 구름을 타고 내려오므로, 공히 황급히 뜰에 내려 처사를 맞아 방에 들어와 예를 마치고 좌정하였다. 공자 또한 의관을 갖추고 처사를 향하여 절을 하고 문안을 드리니 공자의 뛰어난 풍채는 일대의 영웅호걸이라, 처사는 황홀하고 귀중히 여겨, 공자의 손을 잡고 이 판서를 향하여 말했다.

"영랑[17]이 거룩한 재주로 높은 벼슬에 올라 장원 급제하여 옥앙에

참여하니 이런 경사가 또 없음을 아오나, 이 시골 사람의 천성이 졸렬하여 공께 치하를 드리지 못하였더니, 금년은 여아의 액운이 다하여 지금 저의 흉한 용모와 누추한 바탕을 벗을 때가 되었으므로, 존문에 나와 사위의 과거한 경사를 치하하고, 아울러 여아를 보고자 왔나이다."

공이 처사의 말에 무슨 뜻인가 들어 있음을 짐작하고 기쁨을 이기지 못하여, 주객이 술을 나누며 밤이 깊음을 깨닫지 못하였다.

문득 닭의 소리 요란하여 처사가 비로소 소저의 침소에 들어가니, 소저가 급히 마루에서 내려 부친을 맞아 절을 올리고 문안하였다. 처사는 흔연히 딸의 손을 잡고 마루로 올라 남향하여 소저를 앉히고 웃으며 말했다.

"금년으로 너의 액운이 다 하였도다."

주문을 외며 소매를 들어 소저의 얼굴을 가리키니, 그 흉하던 얼굴의 허물이 일시에 벗어지고 옥같이 고운 얼굴이 드러나거늘, 처사는 쾌히 웃고 말했다.

"내 이 허물을 가져가고자 하나, 남의 의혹을 없앨 길이 없으리니 시부께 말씀하여 궤를 얻어다 이를 넣어 시모와 가장에게 보여 의심을 풀게 하라. 오늘 이별하면 이후 칠십 년이 지나야 부녀가 다시 만나리라."

이에 밖으로 나가 이 판서에게 이별을 고하며 당부했다.

"이후 혹 어려운 일이 있거든 자부에게 물으소서."

뜰에 내려 두어 걸음 걷더니, 간 곳이 없었다.

이튿날 계화가 이 판서 앞으로 와서 소저의 신기한 소식을 전했다.

"어제 처사께서 다녀가신 후로 우리 소저께서 얼굴의 허물을 벗고 절색의 부인이 되었기에 이런 신기한 술법에 놀라서 대감께 아뢰옵니다."

이 판서가 기뻐하면서 후원의 초당으로 달려가 보니 그처럼 흉하던 며느리가 과연 절세의 미소저로 변하여 있었다.

"제가 전생의 죄가 크므로 얼굴에 흉한 허물을 쓰고 세상에 태어나서 수십 년의 액운을 채웠기로 하늘이 가친께 명하여 본형을 회복하여 주셨으니 의심치 마십시오."

시부모는 반신반의하며 벗은 허물을 본 다음 확신하며 신기하게 여겼다.

이 때 왕은 이시백의 재덕을 사랑하고 벼슬을 돋우어 병조판서를 제수하시니 시백이 천은을 사례하고 집으로 돌아와서 부친을 뵈옵자 부친이 꾸짖었다.

"너는 지난 일을 생각지 못하느냐? 지금 무슨 면목으로 아내를 보겠느냐? 네 위인이 그렇게 어리석으니 국가의 중임을 어떻게 감당하겠느냐?"

이시백과 박 소저가 부부 화동한 지 수삭이 못 되어 몸에 태기가 있더니 마침내 십 삭이 되어 소저가 쌍둥이 아들 형제를 순산하였다.

이 때 왕은 병조 판서 이시백에게 평안감사를 제수하셨다가 또다시 조정으로 불러서 곧 상경 벼슬을 내리셨다.

그런데 명나라의 조정이 요란하여 가달 등의 외적이 변경을 침노하므로, 왕이 심려하시고 이시백으로 하여금 상사를 삼으시고 적당한 인물을 군관으로 삼아서 원군발정을 하라고 분부하시었다.

시백은 여러 장수 가운데서 임경업[18]을 정하여 왕께 추천하였다. 북방의 호국에 이르니 호왕이 보고 임경업을 사위 삼기를 원하며 은

---

18 林慶業(1594~1646) 조선 중기의 명장(名將).

근히 탄식하였다.

"내가 조선을 쳐 항복받고자 하던 차, 뜻밖에 가달의 침범으로 조선의 임경업의 덕을 봄으로써 조선에 뛰어난 명장이 있음을 보고 그만큼 조선의 위세가 장엄함을 알았으니, 앞으로 조선을 깔보고 범하지 못하겠도다."

옆에서 이런 호왕의 말을 들은 공주가 뜻밖의 말을 했다.

"부왕마마는 염려 마십시오. 제가 조선에 나아가서 이시백과 임경업을 없애 버리고 오겠습니다."

호왕이 기뻐하면서 공주로 하여금 자기의 조선 침략의 숙원이 이루어지기를 은근히 바랐다. 공주는 장담하고 조선을 향하여 길을 떠나 조선 남자의 행색으로 한성에 잠입하였다.

박 소저가 하루는 시부모께 저녁 문안을 드리고 침실에 들었는데, 시백이 밤이 깊어 들어왔다. 소저는 판서 이시백을 맞아 좌정하였다. 판서가 아들을 무릎에 앉히고 소저와 더불어 이야기를 하였다. 드디어 밤이 이슥하자 소저가 정색을 하고 말했다.

"내일 날이 어둑하여, 강원도 원주 기생 설중매라 일컬으며 상공의 서헌으로 올 이 있으니 그 아름다움을 탐내어 가까이하시면 큰 화를 당하실 것인즉, 그 계집더러 여차여차 이르시고 내실로 들여보내시면, 첩이 마땅히 여차하리니, 상공은 첩의 말을 허수히 듣지 마소서."

시백이 웃으며 말했다.

"부인의 말씀이 우습도다. 장부가 어찌 한 조그만 계집의 손에 몸을 바치리요?"

"상공이 첩의 말을 믿지 아니하거든, 그 계집을 후원으로 들여보내시고 상공이 그 뒤를 쫓아 들어와, 그 계집이 말하는 것을 살펴보면 사실을 아시리다."

판서 시백이 응낙하고 다음 날, 부모께 문안하고 조정에 들어가 공사를 보고 날이 늦은 후에 돌아오니 손들이 모였 있었다. 이에 술을 내어 즐기다가 날이 저물어 손이 각각 돌아가니, 판서는 저녁을 마치고 서헌에 한가로이 앉아 있었다.

과연 밤이 깊은 후에 한 여자가 문을 열고 들어와 재배하는데, 판서가 눈을 들어 보니 나이 이십 세쯤 되었는데 그 얼굴이 백옥 같아 천하의 미인이라 놀라 물었다.

"너는 누구인가?"

그 여자가 대답했다.

"소녀는 원주 사는 설중매이온데, 상공의 위풍이 시골에까지 유명하기고 한번 뵙고자 하여 험한 길을 왔사오니, 어여삐 여기심를 바라나이다."

판서가 말하기를,

"너의 말이 기특하나, 여기는 손들의 출입이 잦으니, 후원 부인 있는 곳에 들어가 있으면, 손들이 다 흩어진 후에 너를 부르리라."

하고, 시녀를 불러 후원으로 인도하게 하였다. 설중매가 부인 처소에 들어가 박씨께 뵈니, 박씨가,

"너는 바삐 올라오라."

하니, 설중매 사양하지 아니하고 들어왔다. 소저는 자리를 주고 계화로 하여금 술과 안주를 가져오게 하여 부어 주었다. 설중매가,

"첩은 본디 술을 먹지 못하오나, 부인이 주심을 어찌 사양하리까?"

하고 받아 마시기를 이어 사오 배 하니, 두 눈이 어지러워 술기운을 이기지 못하고 자리에 쓰러져 잠들었다. 소저가 그 여자의 자는 모습

을 보니, 얼굴에 살기가 어려 그 흉독한 기운이 사람을 쏘는 것이었다. 가만히 행장을 뒤지니 삼척 비수가 들어 있었다. 소저가 그 칼을 집으려 하니 그 칼이 변화무쌍하여 사람에게 달려들었다. 소저가 놀라 급히 피하고 주문을 외어 그 칼을 제어하고, 잠 깨기를 기다렸다.

날이 밝은 후 정신을 차리고 설중매가 일어나 앉으니, 박씨가 말했다.

"너는 바삐 너의 나라로 돌아가라."

"첩은 강원도 원주 사는 계집으로서, 부모를 모두 여의어 의지할 곳이 없사와 가무를 배웠삽거늘, 어찌 본국으로 가라 하시나이까? 소저의 높은 이름을 듣고 왔나이다."

박씨, 소리를 높여 꾸짖었다.

"네 끝까지 나를 업신여기어 이렇듯 속이니 어찌 통분하지 않으리요? 네 호왕의 공주 기룡대가 아니냐?"

기룡대는 혼비백산하여 사죄했다.

"부인이 밝으사 첩의 행색을 아시니 어찌 조금이나마 속이리까? 첩은 과연 호왕의 공주로, 부왕의 명을 받아 귀댁에 들어왔사오니, 부인의 너그러우신 덕으로 용서하시면 본국에 돌아가 조용히 지낼까 하나이다."

"네 본색을 바로 고하기로 용서하나니, 이 길로 곧 떠나 너의 나라로 가 너의 국왕더러 이르라. 이 판서의 부인 박씨에게 행색이 드러나 성사를 못한 바, 박씨의 말이 네 잠시라도 지체하면 큰 화를 만나리니 빨리 돌아가 화를 면하라 하더이다 하라."

기룡대는 정신이 어지러워 엎드려 사죄했다.

"바라옵건대, 부인은 첩의 죄를 용서하소서. 무사히 고국으로 돌아가게 하옵심을 비나이다."

"너의 국왕이 분에 넘치는 뜻을 두어 우리 나라를 침범하고자 하니, 이니 우리 나라의 운수가 불길함이나, 너의 병력이 아무리 강하다 할지라도 마음대로 침범하지 못하리니, 너는 바삐 나가 자세히 이르라."

기룡대는 머리를 조아리고 사죄 후 하직하고 나왔으나, 길을 찾지 못하고 방황하여 사면으로 돌아다니기를 밤이 새도록 하여도, 나갈 길이 없었다. 기룡대는 하늘을 우러러 탄식했다.

"호국 공주 기룡대가 이시백의 집에 이르러 죽게 될 줄을 어찌 알았으리요?"

이 때 문득 박씨 나타나 말했다.

"네 어찌 가지 아니하고 날이 새도록 그저 있느뇨?"

기룡대는 땅에 엎드려 말했다.

"첩이 부인의 덕을 입어 돌아가려 하였사오나 사면이 층암절벽이라 갈 바를 모르오니, 바라건대 부인은 길을 인도하여 주옵소서."

소저가 말하기를,

"너는 그저 보내면, 필연 임경업 장군을 해하고 갈 듯한 고로, 너로 하여금 나의 수단을 알게 함이라."

하고 공중을 향하여 진언을 외니, 홀연히 뇌성벽력이 진동하며 폭풍우가 일어나 기룡대의 몸이 절로 날려 순식간에 호국 궁중에 가서 떨어졌다.

이것을 본 호왕은 경악했다. 공주 기룡대가 오랜 후에 정신을 차리고 일어나서 조선에 가서 겪은 자초지종의 일을 고하자 호왕은 경탄했다.

"허허, 이시백의 부부가 그런 기대한 영웅인 줄은 몰랐도다."

마침내 용골대, 용홀대의 두 형제가 왕명을 받들고 군사를 교련하여 조선으로 행군을 개시하였다.

이 때 이판서의 부인 박씨가 시백에게 심상치 않은 말을 했다.

"호국의 공주 기룡대가 쫓겨 돌아간 후에 호국의 병세가 점점 강성하여 조선 침범의 야망을 버리지 않고 군사를 내어 임경업을 죽이고 위로 상감의 항복을 받고자 금년 십이월 이십팔일에 동대문을 깨치고 물밀듯이 쳐들어올 것입니다. 부디 그 날을 어기지 마시고 상감을 모시고 광주산성으로 급히 피하소서. 그 뒷일은 제가 이곳에서 알아서 하겠습니다."

그러나 영의정 김자점과 좌의정 박운학의 반대에 부딪쳐 상감은 판단을 내리지 못하고 주저하고 있었다. 이 때 공중에서 홀연히 옆에 비수를 낀 선녀가 내려와서 뜰 아래 배알하고 상감에게 온 뜻을 아뢰었다.

"신은 도승지 이시백의 부인 박씨의 시비 계화입니다. 박 부인이 저에게 지금 성상이 간신 김자점의 참소를 들으시고 유예 미결하시니 네가 가서 아뢰어 곧 산성으로 동가하시게 하라 하더이다."

계화는 빼어들고 왔던 칼을 칼집에 꽂고 앞에 있던 큰 망두석[19]을 번쩍 들어서 피난을 반대하고 있는 재상 김자점과 박운학을 겨누고 큰소리로 꾸짖은 다음 다시 상감께 아뢰었다.

"만일 이 밤을 지체하시면 큰 화를 당할 것이니 저의 주인 박씨의 말을 범연히 듣지 마시고 곧 피난하소서."

상감은 이시백을 이조판서 겸 광주 유수로 명하시고 그의 호위 아래 산성으로 떠났다.

---

19 望頭石. 무덤 앞에 세우는, 여덟 모로 깎은 한 쌍의 돌기둥. 망주석(望柱石).

이 때 용골대가 한성에 침입하여 보니 국왕이 이미 피난하고 대궐에 없으므로 아우 용홀대에게 서울을 점령케 하고 스스로 기병 오천을 거느리고 광주산성으로 추격하여 성중을 향해 쏘니 화살이 비오듯 했다.

상감이 이런 혼란으로 어쩔 줄 모르고 망연실색하고 있을 때 공중에서 홀연히 큰 소리가 들려왔다.

"상감께서는 항서[20]를 써서 용골대에게 주소서. 용골대는 세자 대군 삼형제를 볼모로 잡아가고 난리는 일단 끝날 것입니다. 신첩은 다른 사람이 아니라 광주 유수 이시백의 처입니다. 신첩이 한 번 나아가 칼을 들면 용골대의 머리와 호병 삼만을 풀 베듯 할 것이나 천의를 어기지 못함이니, 신첩의 죄를 사하소서."

용골대는 항서를 받은 후에 세자 대군과 왕대비전을 데리고 광주를 떠나갔다.

한편 계화는 박씨 집의 후원에 용홀대의 머리를 베어 박 부인에게 드리니 부인은 그 놈의 머리를 높은 나뭇가지에 달아 매어 두었다가 그 놈의 형 용골대가 와서 보고 낙망케 하라고 일렀다.

그 후 용골대가 한성으로 들어와서 동대문으로 들어오다가 용홀대가 박씨의 시비 계화에게 죽었다는 소식을 듣고 노기충천하여 벽력같은 호통을 치자, 박 부인은 계화를 불러서 명했다.

"네가 저 놈을 죽이지는 말고 간담을 서늘케 해서 우리 도술의 솜씨를 보여라."

계화가 맞아 싸운 지 십여 합에 용골대는 계화의 무술 실력에 당

---

20 降書. 항복문서.

하지 못할 것을 알았으나 허세를 부리고 큰소리로 꾸짖으며 삼백 근 철퇴를 둘러메고 계화에게 달려들었다. 이 때 계화가 거짓 패하여 달아나자 용골대는 의기양양하게 쫓으며 호통을 쳤다.

"이 년, 네가 달아나면 안 잡힐 줄 아느냐?"

계화가 잡았던 칼을 공중에 휘저으며 진언을 외우니, 모래와 돌이 날리고 사방에서 어두귀면[21]의 병졸이 아우성을 치며 에워싸 들어오고, 눈과 비가 크게 퍼부어서 순식간에 물이 한 길도 넘으니, 용골대 수족을 놀리지 못하고 혼비백산하여 살려달라고 애걸했다.

"네가 그럴 뜻이라면 왕대비전하를 이리로 모셔 오라."

박 부인이 급히 뜰에 내려 왕대비전을 맞아 통곡하며 불행을 위로하고 계화에게 명하여 용골대를 석방시키니, 계화가 박씨의 명을 받고 나와서 용골대에게 말하기를,

"너를 여기서는 용서한다. 그러나 돌아가는 길에 의주에서 또 한 번 죽을 고비를 당할 것이니, 의주에 도달하는 즉시로 의주 부윤 임경업 장군에게 배례하고 이 글을 보여 드려라. 그러면 임 장군이 너를 용서하고 돌려보내리라."

용골대가 의주에 이르자 임경업이 비호같이 달려들며 벽력 같은 소리로 용골대를 질타했다.

"이 무도한 오랑캐 장수야. 어서 내 칼을 받아라!"

용골대는 황망히 말에서 내리며,

"장군은 노기를 풀고 잠깐 이 글을 보시오."

하고 이시백 부인 박씨의 편지를 올렸다.

'이번 우리 조국의 국운이 불길하여 이런 일을 당하였으나 하늘이

---

21 魚頭鬼面. (물고기 대가리에 귀신 낯짝이라는 뜻으로) '몹시 괴상하게 생긴 얼굴'을 이르는 말.

호국과 조선 두 나라가 종속 관계가 되라고 정하신 운수여서 용골대가 상감의 항서를 가지고 세자 대군 삼형제분을 모시고 귀국하는 것이니, 장군은 분한 마음을 진정하시고 이 일행을 무사히 가게 하여 삼 년 후에 세자를 무사히 환국하시게 함이 상책입니다. 장군은 부디 이 말씀을 믿고 들어 주시기 바랍니다.'

상감은 산성에서 항서와 함께 왕대비전하와 세자군은 호국에 보내시고 침식이 불안하던 중 하루는 공중에서 선녀 한 명이 내려왔다.
"신첩은 광주 유수 이시백의 처 박씨로소이다."
"경의 지략을 매양 탄복하던 중 이제 경의 모습을 보게 되니 과인의 마음이 매우 기쁘오."
임금은 이시백의 호위를 받으며 서울로 향발하여 환궁하셨다.
그 후에 상감은 이시백에게 의정부 우의정에 대광보국을 제수하시고, 부인 박씨도 충렬정경부인으로 봉하시고 부부의 충성을 항상 칭찬하여 마지않으셨다.
(후략)

■ **줄거리 정리**

조선 인조 때 서울에서 태어난 이시백은 어려서부터 매우 총명하고 문무를 겸비하여 명망이 조야에 떨쳤다. 아버지 이 상공과 주객으로 지내던 박 처사의 청혼을 받아들여 시백은 박 처사의 딸과 가연을 맺게 된다. 그러나 시백은 신부의 용모가 천하의 박색임을 알고 실망하여 박씨를 대면조차 하지 않는다. 박씨는 자신의 여러 가지 신이한 일을 드러내 보이지만 시백은 거들떠보지도 않는다. 박씨가 시기가 되어 허물을 벗고, 절대 가인이 되자, 시백은 크게 기뻐하여 박씨의 뜻을 그대로 따른다. 이 때 중국의 가달이 용골대 형제에게 삼만의 병사를 거느리고 조선을 침략하게 하였다. 그러나 박씨는 뛰어난 도술 능력을 발휘하여 오랑캐의 침략을 분쇄한다. 박씨와 이시백은 국난을 극복하고 행복한 여생을 보낸다.

■ **보충 정리**

1. 여성 영웅 소설의 등장 배경
   ① 조선 후기 일부 여성사회에서 일기 시작했던 여성들의 남성 사회에 대한 도전 의식의 반영
   ② 당대 한글 소설의 주된 독자층의 여성이었음.

2. 〈박씨전〉의 창작 배경
   ① 병자호란의 패전에 대한 민중의 정신적 설욕
   ② 외침에 속수무책인 무능한 위정자들에 대한 경계
   ③ 암담한 현실을 타개할 수 있는 영웅의 출현 기대
   ④ 능력보다 추한 외모만으로 인간 가치를 평가하는 세태 비판

깊이
생각 해보기

1. 이 작품이 현실감을 주는 것은 무엇 때문인지 생각해 보자.
2. 이 작품에 등장하는 환상적 요소들은 어떤 것인지 생각해 보자.

▶ 예시 답은 [부록] 참고

1. 이 글을 읽은 당시의 독자들이 느꼈을 감정으로 알맞은 것은?( )

① 통쾌감(痛快感)

② 자괴감(自愧感)

③ 허무감(虛無感)

④ 배반감(背反感)

⑤ 비애감(悲哀感)

2. 이 글의 창작 배경으로 알맞지 <u>않은</u> 것은? ( )

① 병자호란의 패전에 대한 민중의 정신적 설욕

② 외침에 속수무책인 무능한 위정자들에 대한 경계

③ 암담한 현실을 타개할 수 있는 영웅의 출현 기대

④ 능력보다 추한 외모만으로 인간 가치를 평가하는 세태 비판

⑤ 소설 창작을 통한 한글의 보급

▶ 모범 답은 [부록] 참고

I can do it.

장끼전

고전소설

- □ **갈래** 고전 소설(판소리계 소설)
- □ **시대** 조선 후기
- □ **성격** 풍자적, 우의적, 교훈적
- □ **표현** 의인법
- □ **제재** 장끼의 죽음과 까투리의 개가
- □ **주제** 남존여비 사상과 여성의 개가 금지 비판
- □ **의의** 유교 도덕을 비판·풍자한 의인체 소설
- □ **출전** 구활자본 〈장끼전〉

현대에도 남존여비 사상이 남아 있는지 생각하며 감상해 보자.

이 작품의 중요한 사건은 두 가지인데, 첫째 장끼가 여자의 말이라고 까투리의 만류를 듣지 않고 콩을 먹으려다 죽는 것이고, 둘째는 남편인 장끼가 죽자 개가한다는 점이다. 이는 바로 남존여비와 개가 금지라는 당시의 유교 도덕에 대한 비판과 풍자로 볼 수 있다. 양반 사회의 위선 풍자, 여권 신장, 인간의 본능적 욕구 중시라는 점을 통해 알 수 있듯이 이 작품은 조선 후기의 서민 의식을 잘 반영하고 있다.

장끼전

하늘과 땅이 비로소 열릴 때 만물이 번성하니, 그 가운데 귀한 것
은 인생이며 천한 것은 짐승이었다.

날짐승도 삼백이고 길짐승도 삼백인데 꿩의 모습을 볼라치면, 의
관은 오색이오, 별호는 화충이다. 산새와 들짐승의 천성으로 사람을
멀리하여 푸른 숲속 시냇가에 휘두러진 소나무를 정자 삼고, 상하로
펼쳐진 밭과 들 가운데 널려 있는 곡식을 주워 먹고 살아간다.

그러나 임자 없이 생긴 몸이라, 관청의 포수와 사냥개에게 툭하면
잡혀가서 삼태육경[1] 수령방백[2] 새와 들짐승과 다방골 제갈동지[3]들
이 싫도록 오래 먹고, 좋은 깃 골라내서 사령의 깃발에 살대 장식과
전방 먼지떨이며 여러 가지에 두루 쓰여지니 그 공적이 적다 하겠는
가?

평생을 두고 숨어 있는 자취와 좋은 경치를 보고자 하여, 구름 위

---

[1] 三台六卿. 삼정승과 육조 판서.

[2] 守令方伯. 지방 원의 관찰사.

[3] '나잇살이나 먹고 터수도 넉넉한데, 언행이 건방지고 지체가 낮은 사람'을 농으로 이르는 말.

로 우뚝 솟아오른 높은 봉에 허위허위 올라가니 몸 가벼운 보라매는 예서 떨렁 제서 떨렁하고, 몽치[4]를 든 몰이꾼은 예서 '우여!' 제서 '우여!' 하며, 냄새 잘 맡는 사냥개는 이리 컹컹 저리 컹컹 속잎포기 떡갈잎을 뒤적뒤적 찾아 드니 살아날 길 바이 없구나. 사잇길로 가려 하니 하도 많은 포수들이 총을 메고 들어섰으니 엄동설한 굶주린 몸이 이제 다시 어느 곳으로 가야 한단 말인가.

하루 종일 푸른 산 더운 볕에 뉘 아래로 펼쳐진 밭이며 너른 들에 혹시라도 콩알이 있을 법하니 한 번 주우러 가 볼거나.

이 때 장끼[5] 한 마리 당홍대단 두루마기에 초록궁초 깃을 달아 흰 동정 씻어 입고 주먹 같은 옥관자에 꽁지 깃털 만신풍채 장부 기상이 역연하구나[6]. 또 한 마리의 꿩 까투리[7]의 치장을 볼라치면, 잔누비 속저고리 폭폭이 잘게 누벼 위 아래로 고루 갖추어 입고, 아홉 아들과 열둘의 딸을 앞세우고 뒤세우며,

"어서 가자, 바삐 가자. 질펀한 너른 들에 줄줄이 퍼져서 너희는 저 골짜기 줍고 우리는 이 골짜기 줍자꾸나. 알알이 콩을 줍게 되면 사람의 공양을 부러워하여 무엇하랴. 하늘이 낸 만물이 모두 저 나름의 녹이 있으니 한 끼의 포식도 제 재수라."

하면서, 장끼와 까투리가 들판에 떨어져 있는 콩알을 주우러 들어가다가, 붉은 콩 한 알이 덩그렇게 놓여 있는 것을 장끼가 먼저 보고 눈을 크게 뜨며 말한다.

---

4 짤막한 몽둥이. 옛날에 무기로 썼음.

5 수꿩.

6 누가 보아도 분명구나.

7 암꿩.

"어허, 그 콩 먹음직스럽구나! 하늘이 주신 복을 내 어찌 마다 하랴? 내 복이니 어디 먹어 보자."

옆에서 이 모양을 지켜보고 있던 까투리는, 어떤 불길한 예감이 들어서,

"아직 그 콩 먹지 마오. 눈 위에 사람 자취가 수상하오. 자세히 살펴보니 입으로 훌훌 불고 비로 싹싹 쓴 흔적이 심히 괴이하니. 제발 덕분 그 콩일랑 먹지 마오."

하고 말리나, 장끼는 듣지 않는다.

"자네 말은 미련하기 그지없네. 이 때를 말하자면 동지섣달 눈 덮인 겨울이라. 첩첩이 쌓인 눈이 곳곳에 덮여 있어 천산에 나는 새 그쳐 있고, 만경에 사람의 발길이 끊겼는데 사람의 자취가 있을까 보냐?"

까투리도 지지 않고 입을 연다.

"사리는 그럴 듯 하오마는 지난 밤 꿈이 크게 불길하니 자량처사[8] 하오."

그러자 장끼가 또 말을 한다.

"내 간밤에 한 꿈을 얻으니 황학을 빗겨 타고, 하늘에 올라가 옥황상제께 문안드리니 상제께서 나를 보시고는 산림처사[9]를 봉하시고, 만석고[10]에서 콩 한 섬을 내주셨으니, 오늘 이 콩 하나 그 아니 반가운가? 옛 글에 이르기를 '주린 자 달게 먹고 목마른 자 쉬 마신다' 하였으니, 어디 한번 주린 배를 채워 봐야지."

---

8 自量處事. 스스로헤아려 일을 처리하다.
9 山林處士. 산골에 파묻혀 글이나 읽고 사는 선비.
10 萬石庫. 만 석의 곡식이 들어가는 창고.

그러나 지지 않고 까투리 또 말린다.

"당신의 꿈은 그러하나, 이내 꾼 꿈 해몽해 보면, 어젯밤 이경 초에 첫 잠이 들어 꿈을 꾸었는데, 북망산 음지 쪽에 궂은 비 흩뿌리며 맑은 하늘에 쌍무지개가 홀연히 칼이 되어 당신의 머리를 뎅겅 베어 내리쳤으니, 이것이야말로 당신이 죽을 흉몽임에 틀림없으니 제발 그 콩일랑은 먹지 마오."

장끼 또한 그대로 있을쏘냐.

"그 꿈 또한 염려 말게. 춘당대[11] 알성과[12]에 문관 장원으로 급제하여 어사화 두 가지를 머리 위에 숙여 꽂고 장안 큰 거리로 왔다갔다 할 꿈이로세. 어디 과거에나 한번 힘써 보세나."

까투리가 다시 또 말한다.

"야삼경에 또 한 번 꿈을 꾸니, 천 근들이 무쇠 가마를 그대 머리에 흠뻑 쓰고 만경창파 깊은 물에 아주 풍덩 빠졌기로, 나 홀로 그 물가에 앉아 대성통곡하였으니, 이거야말로 당신이 죽는 꿈이 아니겠소? 부디 그 콩일랑 먹지 마오."

장끼란 놈 또 지지 않고 말을 한다.

"그 꿈은 더욱 좋을시고! 명나라가 중흥할 때, 구원병을 청해 오면 이 몸이 대장이 되어 머리 위에 투구 쓰고 압록강 건너가서 중원을 평정하고 승전대장 될 꿈이로세."

그래도 까투리는 또 말한다.

"그것은 그렇다 하고라도, 사경에 또 한 꿈을 꾸니 노인은 당상에 있고 소년이 잔치를 하는데, 스물두 폭 구름 장막을 받쳤던 서 발 장

---

11 春塘臺. 창경궁 안에 있는 대.
12 謁聖科. 임금이 문묘에 참배한 뒤 보던 과거.

대가 갑자기 우지끈 뚝딱 부러지며 우리들의 머리를 흠뻑 덮어 버렸으니 어찌 답답한 일을 볼 꿈이 아니리요? 오경 초에 또 한 꿈을 얻었는데 낙락장송이 뜰 앞에 가득한데 삼태성 태을성[13]이 은하수를 둘렀는데, 그 가운데 별 하나가 뚝 떨어져 당신 앞에 걸려졌으니 당신 별이 그렇게 된 듯, 삼국 때의 제갈무후[14]가 오장원에서 운명할 때도 긴별이 떨어졌다 하옵디다."

장끼란 놈 더욱 신이 나서 지껄인다.

"그 꿈도 염려할 게 전혀 없네. 장막이 덮여 보인 것은, 푸른 산에 해가 저물어 밤이 되면 화초병풍 둘러치고, 잔디 장판에 등걸로 베개 삼아 칡잎으로 요를 깔고 갈잎으로 이불 삼아 자네와 나와 추켜 덮고 이리저리 뒹굴 꿈이요, 별이 길게 떨어져 보인 것은 옛날 중국 황제 헌원 씨 대부인이 북두칠성 정기를 받아 제일 생남하였고, 견우직녀성은 칠월 칠석 상봉이라, 자네 몸에 태기 있어 귀한 아들 낳을 꿈이로세. 그런 꿈이라면 제발 좀 많이 꾸게나."

까투리는 또 다른 꿈 이야기를 한다.

"새벽녘 닭 울 때 또 꿈을 꾸니, 색저고리 색치마를 이내 몸에 단장하고 푸른 산 맑은 물가에 노니는데, 난데없는 청삽사리 입술을 앙다물고 와락 뛰어 달려들어 발톱으로 허위치니 경황실색 갈 데 없이 삼밭으로 달아나는데, 긴 삼대 쓰러지고 굵은 삼대 춤을 추며 잘룩 허리 가는 몸에 휘휘청청 감겼으니 이내 몸 과부되어 상복 입을 꿈이오라, 제발 덕분 먹지 마오. 부디 그 콩 먹지 마오."

이 말 들은 장끼란 놈 매우 노해서 까투리 멱살 잡고 이리 치고 저

---

13 太乙星. 병란(兵亂) · 재화(災禍) · 생사를 맡아 다스린다고 하는 북쪽 하늘에 있는 별.
14 제갈공명.

리 차며 소리를 지른다.

"화용월태15 저 간나위년16 기둥서방 마다하고, 다른 남자 즐기다가 참바17, 올바18, 주황사로 뒷죽지 결박해서 이 거리 저 거리 종로 네거리를 북치며 조리 돌리고, 삼모장19과 치도곤20으로 난장 맞을 꿈이로세. 그 따위 꿈 얘기란 다시 말라! 앞정강이 꺾어 놓을 테다."

그래도 까투리는 장끼 아끼는 마음 풀풀 나는지라, 입을 다물지 않고 말을 계속한다.

"기러기 물가를 울며 갈 제 갈대를 물고 나는 것은 장부의 조심이요, 봉황이 천 길을 날을 수 있으되 주려도 좁쌀을 쪼아 먹지 아니함은 군자의 염치거늘, 당신이 비록 미물이라 하나 군자의 본을 받아 염치를 좀 알 것이며, 백이 숙제 주속21을 아니 먹고, 장자방의 지혜 염치 사병벽곡22하였으니 당신도 이런 것을 본을 받아 근신을 하시려거든 제발 그 콩 먹지 마오."

장끼 또한 그대로 있을쏘냐.

"자네 말 참으로 무식하네. 예절을 모르는데 염치를 내 알쏜가? 안자님 도학염치로도 삼십밖엔 더 못 살고, 백이 숙제의 충절염치로도 수양산에서 굶어 죽었으며, 장자방의 사병벽곡으로도 적송자를

---

15 花容月態. (꽃다운 얼굴과 달 같은 자태라는 뜻으로) '미인의 모습'을 말함.

16 매우 간사한 여자.

17 볏짚이나 삼 따위로, 세 가닥을 지어 굵다랗게 드린 줄.

18 가느다란 줄.

19 세 모가 난 방망이.

20 治盜棍. 범죄자의 볼기를 치던 곤장의 한 가지.

21 周粟. 주나라의 곡식. 무왕에 반대한 백이와 숙제가 주나라 곡식을 먹지 않았다 함.

22 謝病辟穀. 한고조 유방의 공신인 장자방이 한나라를 이룩해 놓고 병을 핑계삼아 벼슬을 사직하고 궁벽한 농촌으로 들어가 밭을 갈며 살다.

23 중국의 강 이름.

따라갔으니 염치도 부질없고 먹는 것이 으뜸이로세. 호타하[23] 보리 밥을 문숙[24]이 달게 먹고 중흥 천자가 되었고, 표모[25]의 식은 밥을 달게 먹은 한신도 한나라의 대장이 되었으니, 나도 이 콩 먹고 크게 될 줄 뉘 알 것인가?"

까투리는 그래도 가만히 있어선 안 되겠다 싶어서 다시 말한다.

"그 콩 먹고 잘 된단 말은 내가 먼저 말하오리다. 잔디 찰방[26] 수망[27]으로 황천부사 제수하여[28] 푸른 산을 생이별할 것이오니 내 원망은 부디 마오. 옛 글을 보면 고집 너무 피우다가 패가망신한 자 그 몇이요? 옛날 진시황의 몹쓸 고집 부소[29]의 말을 듣지 않고 민심 소동 사십 년에 이세[30]때 나라 잃고, 초패왕의 어리석은 고집 범증[31]의 말 듣지 않다가 팔천 명 제자 다 죽이고 면목없어 자살하고 말았으며, 굴삼려[32]의 옳은 말도 고집불통 듣지 않다가 진문관[33]에 굳게 갇혀 가련 공산에 넋이 되어 강 위에서 우는 새 어복충혼[34] 부끄럽다오. 당신 고집 너무 피우다가 목과 목숨을 그르칠 것이오리다."

---

24 후한(後漢)의 초대 황제(재위 25~57)인 광무제의 자.

25 漂母. 자기가 먹을 점심을 소년 한신에게 주었던 빨래하던 여인.

26 잔디로 덮인 무덤을 맡아 보는 사람.

27 首望. 관리 임용시 적어 올리는 후보자 3명(삼망) 중 첫째.

28 죽는다는 뜻.

29 扶蘇. 진시황제의 장자(長子).

30 二世.

31 范增. 초나라 항우 밑에서 뛰어난 지략을 보인 신하.

32 屈三閭. 중국 전국 시대 초의 문학가, 자는 평. 삼려는 벼슬 이름. 초회왕이 충간(忠諫)을 받아들이지 않아 멱라수에 몸을던져 죽음.

33 秦武關. 초회왕이 굴평의 충간(忠諫)을 받아들이지 않고 아들 자란의 권유로 진나라를방문하려다가 사로잡혀 죽은 곳.

34 魚腹忠魂. 굴삼려.

그렇지만 장끼란 놈 그 고집 버릴쏘냐.

"콩 먹고 다 죽을까? 옛 글 보면 콩탯자[太] 사람은 모두 귀하게 되었더라. 태고 적의 천황씨는 일만팔천 살을 살았고, 태호복희씨는 들리는 명성이 상승하여 십오 대를 전했으며, 한태조 당태종은 풍진 세상에서 창업 지주가 되었으니, 오곡 백곡 잡곡 가운데서 콩탯자가 제일일세. 강태공은 팔십에 달하도록 살았고, 시중천자 이태백은 고래를 타고 하늘에 올랐고[35], 북방의 태을성은 별 가운데 으뜸일세. 나도 이 콩 달게 먹고 태공같이 오래 살고 태백같이 하늘에 올라 태을선관 되리라."

장끼 고집 끝끝내 굽히지 아니하니 까투리 할 수 없이 물러났다. 그러자 장끼란 놈 얼룩 꽁지깃 펼쳐 들고 꾸벅꾸벅 고개짓하며 조츰조츰 콩을 먹으러 들어가는구나. 반달 같은 혓부리로 콩을 꽉 찍으니 두 고패[36] 둥그러지며 머리 위에 치는 소리 박랑사중[37]에 진시황 저격하다 버금수레 맞히는 듯 와지끈 뚝딱 푸드드득 푸드드득 변통 없이 치었구나.

이 꼴을 본 까투리 기가 막히고 앞이 아득하여,

"저런 광경 당할 줄 몰랐던가. 남자라고 여자 말 잘 들어도 패가하고 계집 말 안 들어도 망신하네."

하면서, 위 아래 넓은 자갈밭에 자락 머리 풀어 헤치고 당글당글 뒹굴면서 가슴 치고 일어나 앉아 잔디풀을 쥐어뜯어 가며 애통해 하고

---

35 태백이 채석강에서 놀다가 술이 취하여 강물에 비치는 달을 잡으려고 하다가 빠져 죽었는데, 뒷사람이 이를 미화하여 이태백은 강물의 고래를 타고 하늘에 올라갔다고 함.

36 꿩 잡는 틀에 목을 조르게 되어 있는 쇠.

37 搏浪沙中. 중국 하남성 양무현에 있는 땅 이름, 장량이 창해 역사(力士)로 하여금 한나라의 원수를 갚기 위하여 여기서 진시황을 죽이고자 저격했으나 맞지 않고 수레를 맞히어 실패함.

두 발을 땅땅 구르면서 성을 무너뜨릴 듯이 대단히 절통해 한다.

아홉 아들 열두 딸과 친구 벗님네들이 불쌍하다 탄식하며 조문 애곡하니 가련공산 낙목천[38]에 울음소리뿐이었다. 까투리는 그 슬픈 가운데서도,

"공산 야월 두견새 소리 슬픈 회포 더욱 섧구나. 통감에 이르기를, 좋은 약이 입에 쓰니 병에는 이롭고, 옳은 말은 귀에 거슬리나 행실에는 이롭다 하였으니 당신도 내 말 들었더라면 이런 변 당할 리 없지. 애고, 답답하고 불쌍하다. 우리 양주[39] 좋은 금실 누구에게 말할쏜가? 슬피 서서 통곡하니 눈물은 못이 되고 한숨은 비바람이 되는구나. 애고, 가슴에 불이 붙네. 이내 평생 어찌할꼬?"
하며 장끼의 죽음을 안타까워한다.

아직 숨이 끊어지지 않은 장끼는 그래도 뒷 밑에 엎디어서 말을 한다.

"에라, 이년. 요란하다! 호환[40]을 미리 알면 산에 갈 사람 어디 있겠나? 미련은 먼저 오고 지혜는 누구나 그 뒤의 일이니라. 죽는 놈이 탈 없이 죽을까? 그것은 그렇다 치고 사람도 죽고 삶을 맥으로 안다 하니 나도 죽지는 않겠나 어디 한번 맥이나 짚어 보소."

까투리는 장끼의 말을 듣고 그러려니 여겨 장끼의 맥을 짚어 보다가,

"비위맥은 끊어지고, 간맥은 서늘하고, 태충맥은 굳어져 가고 명맥은 떨어지오. 아이고, 이게 웬일이오? 웬수로다."

---

38 落木天. 나뭇잎 떨어진 빈 하늘.
39 兩主. 부부.
40 虎患. 범이 사람이나 가축에 끼치는 해(害).

하니, 장끼란 놈 몸을 한 번 푸드득 떨고 나서 또 하는 말을 한다.

"맥은 그러하나 눈청을 살펴보게. 동자[41] 부처 온전한가?"

까투리는 장끼의 눈청을 살펴보고 나서는 한숨을 쉬면서 탄식한다.

"이제는 속절없네. 저편 눈의 동자부처 첫새벽에 떠나가고, 이편 눈의 동자부처는 지금 막 떠나려고 파랑보에 봇짐 싸고 곰방대 붙여 물고 길목버선 감발하네. 애고애고, 이내 팔자 이다지도 기박한가. 상부[42]도 자주 하네. 첫째 낭군 얻었다가 보라매에 채여가고, 둘째 낭군 얻었다가 사냥개에 물려가고, 셋째 낭군 얻었다가 살림도 채 못 하고 포수에게 맞아 죽고, 이번 낭군 얻어서는 금실도 좋거니와 아홉 아들 열두 딸을 남겨 놓고 아들딸 혼사도 채 못해서 구복[43]이 원수로 콩 하나 먹으려다 덫에 덜컥 치였으니 속절없이 영 이별하겠구나. 도화살[44]을 가졌는가, 이내 팔자 험악하네. 불쌍하다, 우리 낭군. 나이 많아 죽었는가, 병이 들어 죽었는가. 망신살을 가졌는가, 고집살을 가졌는가. 어찌하면 살려낼꼬? 앞뒤에 섰는 자녀 뉘라서 혼취하며 뱃속에 든 유복자 해산구완 누가 할꼬? 운림초당 넓은 들에 백년초를 심어 두고 백년해로 하잤더니, 단 삼 년이 못 지나서 영결종천[45] 이별초가 되었구나. 저렇게도 좋은 풍신 언제 다시 만나 볼꼬? 명사십리 해당화야 꽃 진다고 한탄 마라. 너는 명년 봄이 되면 또다시 피려니와, 우리 낭군 이번 가면 다시 오기 어려워라. 미망

---

41 瞳子. 눈동자. 동공(瞳孔).
42 喪夫. 남편이 죽음.
43 口腹. (음식을 먹는) 입과 배.
44 난봉 나는 악기(惡氣).
45 永訣終天. 죽어서 영원히 이별함.

일세, 미망일세, 이내 몸이 미망일세."

한참 동안 통곡을 하니 장끼는 눈을 반쯤 뜨고,

"자네 너무 서러워 말게. 상부 잦은 자네 가문에 장가간 게 내 실수라. 이 말 저 말 잔말 말게. 죽은 자는 다시 살 수 없음이라, 다시 보기 어려울 테니 나를 굳이 보겠으면 내일 아침 일찍 먹고 뒷 임자 따라가면 김천장에 걸렸거나, 청주장에 걸렸거나, 그렇지 아니하면, 감령도[46]나 병영도[47]나 수령도[48]나 관청고[49]에 걸렸든지, 봉물짐에 얹혔든지, 사또 밥상에 오르든지, 그렇지도 아니하면 혼인 폐백 건치[50] 되리로다. 내 얼굴 못 보아 서러워 말고 자네 몸 수절하여 정렬부인 되어 주게. 불쌍하다, 불쌍하다, 이내 신세 불쌍하다. 우지 마라, 우지 마라, 내 까투리 우지마라. 장부 간장 다 녹는구나. 자네가 아무리 슬퍼해도 죽는 나만 불쌍하네."

그러면서 장끼는 기를 벅벅 쓴다. 아래 고패 벋드리고 윗고패 당기면서 버럭버럭 기를 쓰나 살 길은 전혀 없고 털만 쑥쑥 다 빠진다.

(후략)

---

46 감사 직무를 행하는 관아가 있는 곳.
47 병마절도사가 있는 영문이 있는 고을.
48 원이 직무를 행하는 관아가 있는 곳.
49 수령의 음식물을 넣어 두던 광.
50 乾雉. 말린 꿩.

■ **줄거리 정리**

　엄동설한에 장끼가 까투리와 함께 아홉 명의 아들과 열두 딸을 데리고 굶주리는 형편이 되어 밥을 찾아 큰 들을 지나게 되었는데, 땅에 떨어져 있는 붉은 콩 한 알을 발견했다. 까투리는 간밤의 불길한 꿈 이야기를 하며 먹지 말라고 간절히 만류하는데 장끼는 그 말을 무시하고 그 콩을 먹으려다가 그만 덫에 걸리고 만다. 장끼는 이제야 죽게 된 줄을 알고 까투리에게 유언하기를 절대로 개가하지 말고 수절하여 정렬 부인이 되라고 한다. 덫의 임자가 나타나 장끼를 빼어 들고 가 버린 뒤 까투리는 장끼의 깃털 하나를 주워다가 장례식을 치른다. 까투리가 남편을 잃었다는 말을 듣고 조문(弔問)온 갈가마귀, 부엉이, 물오리 등이 까투리에게 청혼하나 까투리는 이를 거절한다. 그러다가 조문 온 홀아비 장끼를 본 후 수절한 마음이 사라져서 재혼한다. 재혼한 이들 부부는 아들딸을 모두 혼인시키고 명산 대천을 구경하다가 큰 물에 들어가 조개가 된다.

■ **보충 정리**

1. 〈장끼전〉에 나타난 사상
　① 가부장적 권위에 대한 도전 – 콩을 먹을 것인지 여부를 놓고 벌이는 논쟁에서, 까투리는 장끼 앞에서 당당히 자기 의견을 피력함으로써 가부장의 권위에 도전한다.
　② 해방적 여성 윤리 추구 – 장끼는 죽으면서도 까투리에게 수절(守節)을 당부하지만, 까투리는 재혼을 한다.

2. 〈장끼전〉의 다른 이름
　① 웅치전(雄雉傳)　② 화충전(華蟲傳)　③ 자치가(雌雉歌) – 가사

깊이
생각 해보기

1. 까투리에 대한 장끼의 태도에서 어떤 점을 비판할 수 있는지 생각해 보자.
2. 오늘날 자기의 주변에서 볼 수 있는 남녀 차별의 예로 어떤 것이 있는지 생각해 보자.

▶ 예시 답은 [부록] 참고

1. 이 글을 통해 작가가 말하고자 하는 바로 거리가 <u>먼</u> 것은?(   )

① 가부장적(家父長的) 사회에서 가장의 권위주의 비판

② 부부유별(夫婦有別)이라는 유교적 가치의 강화

③ 개가(改嫁)를 금지하는 사회제도에 대한 저항

④ 유랑민(流浪民)의 고달픈 삶의 애환 제시

⑤ 남존여비(男尊女卑)의 봉건적 질서에 대한 도전

2. 이 글의 주제를 고려할 때 '후략'한 뒷부분의 이야기로 알맞지 <u>않은</u> 내용은? (   )

① 덫의 임자가 나타나 장끼를 빼어 들고 가버린다.

② 까투리는 장끼의 깃털 하나를 주워다가 장례를 치른다.

③ 장끼의 간절한 소원에 따라 까투리는 자식들과 헤어진다.

④ 문상 왔던 갈가마귀, 부엉이, 물오리 등이 청혼한다.

⑤ 까투리는 홀아비 장끼와 재혼하여 백년해로한다.

▶ 모범 답은 [부록] 참고

I can do it.

구운몽 九雲夢

고전소설

김만중(金萬重, 1637~1692)

- 조선 시대의 문신, 소설가. 호(號)는 서포(西浦).
- 1665년(현종6년) 정시문과에 장원. 벼슬이 공조판서, 대사헌까지 올랐
  으나, 당쟁으로 말년에 남해(南海)에 유배되어 여기서 〈구운몽(九雲夢)〉
  을 집필한 뒤 병사함.
- 저서 : 〈구운몽〉, 〈사씨남정기(謝氏南征記)〉, 〈서포만필(西浦漫筆)〉, 〈서
  포집(西浦集)〉 등

- □ **갈래** 고전 소설(몽자류 소설, 양반 소설)
- □ **시대** 조선 숙종
- □ **성격** 구도적, 불교적
- □ **사상** 유 · 불 · 선이 배합된 가운데 불교의 공(空) 사상이 중심
- □ **구성** 환몽(幻夢) 구조(선계와 인간계가 교차함.)
- □ **배경** 시간–당나라, 공간–중국 남악 형산의 연화봉
- □ **제재** 양소유의 일생
- □ **주제** 인생무상의 자각과 불법에의 귀의
- □ **의의** ① 귀족문학에서 평민문학으로 넘어가는 과도기적 구실을 함. ② 조선 중기 전형적 양반 사회의 이상을 반영한 양반 소설의 대표작임.
- □ **출전** 완판 〈구운몽(九雲夢)〉

감상의 주안점

이 소설의 제목이 무엇을 상징하는지 생각하며 감상해 보자.

도움말

이 작품은 우리말의 표현 능력을 잘 살려 생활이나 성격의 묘사에 있어서 높은 기교를 보여주고 있으며, 방대하면서도 짜임새 있는 구성을 통해 이야기를 흥미 있게 엮어나가고 있다. 이는 서포의 뛰어난 작가적 역량의 소산이며 17세기는 물론 이후의 많은 고전 소설의 발전에 영향을 끼치게 된다.

구운몽 九雲夢

천하에 명산이 다섯이 있으니 동쪽은 동악 태산이요, 서쪽은 서악 화산이요, 남쪽은 남악 형산이요, 북쪽은 북악 항산이요, 가운데는 중악 숭산이다. 오악 중에 오직 형산이 중국에서 가장 멀어 구의산이 그 남쪽에 있고, 동정강이 그 북쪽에 있고, 소상강 물이 그 삼면에 둘러 있으니, 제일 수려한 곳이다. 그 가운데 축융, 자개, 천주, 석름, 연화 다섯 봉우리가 가장 높으니, 수목이 울창하고 구름과 안개가 가리워 날씨가 아주 맑고 햇빛이 밝지 않으면 사람이 그 근사한 진면목을 쉽게 보지 못하였다.

진나라 때 선녀 위부인(衛夫人)이 옥황상제의 명을 받아 선동(仙童)과 옥녀(玉女)를 거느리고 이 산에 와 지키니, 신령한 일과 기이한 거동은 다 헤아리지 못할 정도였다.

당나라 시절에 한 노승이 있어 서역 천축국[1]에서 와 연화봉 경치를 사랑하여, 제자 오륙백 인을 데리고 연화봉 위에 법당을 크게 지

---

1 天竺國. 중국에서 인도를 가리키던 말.

었으니, 혹 육여화상이라 하기도 하고 혹 육관대사라 하기도 하였다.

그 대사가 대승법(大乘法)[2]으로 중생을 가르치고 귀신을 다스리니 사람이 다 공경하여 생불(生佛)이 세상에 나왔다 하였다. 무수한 제자 가운데 성진이라 하는 중이 삼장경문(三藏經文)을 모르는 것이 없고 총명한 지혜를 당할 사람이 없으니, 대사가 극히 사랑하여 입던 옷과 먹던 바리때를 성진에게 전하고자 하였다.

대사가 매일 모든 제자와 함께 불법을 강론하는데 동정(洞庭) 용왕이 백의(白衣) 노인으로 변하여 법석(法席)에 참예해[3] 경문을 들었다.

대사가 제자를 불러 말하였다.

"나는 늙고 병들어 산문(山門) 밖에 나가지 못한 지 십여 년이니 너의 제자 중에 누가 나를 위하여 수부[4]에 들어가 용왕께 보답하고 돌아오겠는가?"

성진이 두 번 절하며 말하였다.

"소자가 비록 불민[5]하오나 명을 받아 가겠습니다."

대사가 크게 기뻐 성진을 명하여 보내니 성진이 일곱 근이나 되는 가사[6]를 떨쳐 입고 육환장[7]을 둘러 짚고 표연히 동정을 향하여 갔다.

얼마 후에 문을 지키는 도인이 대사께 고하여 말하였다.

---

2 개인 구원이나 해탈보다는 중생 구제를 주로 하는 불교 교리.

3 참여하여.

4 水府. 용궁을 말함.

5 不敏. 머리나 행동이 빠르지 못하고 어리석음.

6 袈裟. 승려가 입는 법의(法衣).

7 六環杖. 승려가 짚는 지팡이.

"남악 위부인(衛夫人)이 여덟 선녀를 보내어 문 밖에 왔습니다."

대사가 명하여 부르시니 팔선녀가 차례로 들어와 인사하고 끓어 앉자 부인의 말씀을 여쭈어 말하였다.

"대사는 산 서편에 계시고 저는 산 동편에 있어 떨어진 거리가 멀지 아니하지만, 자연히 일이 많아 한번도 법석에 나아가 경문을 듣지 못하오니, 사람을 대하는 도리도 없고, 또한 이웃과 교제하는 뜻도 없기에 시비를 보내어 안부를 묻고, 하늘 꽃과 신선의 과일 그리고 칠보문금(七寶紋錦)으로 구구한 정성을 표합니다."

하고, 각각 선과(仙果)와 보배를 눈 위에 높이 들어 대사께 드리니, 대사가 친히 받아 시자(侍子)를 주어 불전에 공양하고, 또 합장하여 사례하며 말하였다.

"노승이 무슨 공덕이 있기에 이렇듯 상선(上仙)의 풍성한 선물을 받겠는가?"

하며, 이어서 큰 재(齋)[8]를 베풀어 팔선녀를 대접하여 보냈다.

팔선녀가 대사께 하직하고 산문 밖에 나와 서로 손을 잡고 말하였다.

"이 남악의 물 하나 산 하나가 다 우리 집 경계인데 육관대사가 거처 기거하신 후로는 동서로 분명히 나뉘게 되어 연화봉 아름다운 경치를 지척에 두고도 구경하지 못한 지 오래되었다. 이제 우리 부인의 명을 받아 이 땅에 왔으니 만나기 힘든 좋은 기회라, 또 봄빛이 좋고 해가 저물지 아니 하였으니 이 좋은 때를 맞아 저 높은 대에 올라 흥을 타며 시를 읊어 풍경을 구경하고 돌아가 궁중에 자랑하는 것이 어떠한가?"

---

8 불공을 드리는 일.

하고, 서로 손을 이끌고 천천히 걸어 올라 폭포에 나아가 흐름을 보고 물을 쫓아 내려가 돌다리 위에 쉬니 이때는 바로 춘삼월이었다.

화초는 만발하고 구름과 안개는 자욱한데 봄 새 소리에 춘흥이 호탕하고 물색이 사람을 붙잡는 듯하여, 팔선녀가 자연 몸과 마음이 산란하고 춘흥이 일어나 차마 떠나지 못하여 편안히 웃고 말하며 돌다리에 걸터 앉아 경치를 희롱하니, 낭랑한 웃음은 물소리에 어울리고 아름답고 고운 얼굴은 물 가운데 비치어 완전히 한 폭의 미인도라 하면 미인도를 잘 그린 주방(周昉)⁹의 손 아래에 갓 나온 듯하였다. 온갖 희롱하며 떠날 줄 몰랐다.

이 때 성진은 동정에 가 물결을 헤치고 수정궁(水晶宮)에 들어가니, 용왕이 크게 기뻐하여 몸소 문무 여러 신하들을 거느리고 궁문 밖에 나가 맞아 들어가 자리를 정한 후에 성진이 땅에 엎드려 대사의 말씀을 낱낱이 아뢰니, 용왕이 공경하여 사례하고 잔치를 크게 베풀어 성진을 대접할 때, 신선의 과일과 채소는 인간 세상의 음식과 같지 않았다.

용왕이 잔을 들어 성진에게 삼배를 권하여 말하였다.

"이 술이 좋지는 않으나 인간 세상의 술과는 다르니 과인의 권하는 정을 생각하라."

성진이 재배하여 말하였다.

"술은 사람의 정신을 해치는 것이라, 불가(佛家)에서 크게 경계하니 감히 먹지 못하겠습니다."

용왕이 지성으로 권하니 성진이 감히 사양치 못하여 석 잔 술을

---

9 중국 당나라 때 유명한 화가.

먹은 후에 용왕께 하직하고 수궁에서 떠나 연화봉을 향하였다. 연화산 아래에 당도하니 취기가 크게 일어나 갑자기 생각하여 혼자서 말하였다. '사부(師父)께서 만일 나의 취한 얼굴을 보면 반드시 무거운 벌을 내리실 것이다.'하고, 가사를 벗어 모래 위에 놓고 손으로 맑은 물을 쥐어 얼굴을 씻는데, 문득 기이한 향내가 바람결에 진동하니 마음이 자연 호탕하였다.

성진이 이상히 여겨 말하였다.

"이 향내는 예사로운 초목의 향내가 아니다. 이 산중에 무슨 기이한 것이 있는가?"

다시 의관을 정제하고 길을 찾아 올라가니, 이 때 팔선녀가 돌다리 위에 앉아 있었다. 성진이 육환장을 놓고 합장하여 재배하고 말하였다.

"모든 보살님은 잠깐 소승의 말씀을 들어주십시오. 천승(賤僧)[10]은 연화 도량 육관대사의 제자로서 사부의 명을 받아 용궁에 갔다 오는데, 이 좁은 다리 위에 모든 보살님이 앉아 계시니 천승이 갈 길이 없어 부탁합니다, 잠깐 옮겨 앉아서 길을 빌려 주십시오."

팔선녀가 대답하고 절하며 말하였다.

"첩 등은 남악 위부인의 시녀인데 부인의 명을 받아 연화 도량 육관대사께 문안하고 돌아오는 길에 이 다리 위에 잠깐 쉬고 있습니다. 〈예기(禮記)〉[11]에 '남자는 왼편으로 가고, 여자는 오른편으로 간다.' 하였습니다. 첩 등이 먼저 와 앉았으니, 원컨대 화상께서는 다른 길을 구하십시오."

---

10 천한 승려. 자신을 낮추는 말.
11 고대 중국 유가(儒家)의 경전.

성진이 답하여 말하였다.

"물은 깊고 다른 길이 없으니 어디로 가라 하십니까?"

선녀가 대답하여 말하였다.

"옛날 달마존자(達磨尊者)라 하는 대사는 연꽃잎을 타고도 큰 바다를 육지같이 왕래하였으니, 화상이 진실로 육관대사의 제자라면 반드시 신통한 도술이 있을 것이니, 어찌 이 같은 조그마한 물을 건너기를 염려하시며 아녀자와 길을 다투십니까?"

성진이 크게 웃으며 말하였다.

"모든 낭자의 뜻을 보니 이는 반드시 값을 받고 길을 빌려주시고자 하는 것이니, 본디 가난한 중이라 다른 보화는 없고 다만 행장에 지닌 백팔 염주가 있으니, 빌건대 이것으로 값을 드리겠습니다."

하고, 목의 염주를 벗어 손으로 만지더니 복숭아꽃 한 가지를 던지거늘, 팔선녀가 그 꽃을 구경하니 꽃이 변하여 네 쌍의 구슬이 되어 그 빛이 땅에 가득하고 상서로운 기운은 하늘에 사무치니 향내가 천지에 진동하였다.

팔선녀가 그제야 일어나 움직이며 말하였다.

"과연 육관대사의 제자구나."

하며, 각각 하나씩 손에 쥐고 성진을 서로 돌아보고 웃으며 바람을 타고 공중을 향해 갔다. 성진이 홀로 돌다리 위에서 눈을 들어보니 팔선녀는 간 곳이 없었다.

한참 후에 채색 구름이 흩어지고 향내가 사라지니 성진이 마음을 진정치 못하여 홀린 듯 취한 듯 돌아와 용왕의 말씀을 대사께 아뢰자, 대사가 말하였다.

"어찌 늦었는가?"

성진이 대답해 말하였다.

"용왕이 심히 만류하기에 차마 떨치지 못하여 지체하였습니다."

대사가 대답하지 아니하고,

"네 방으로 가라."

하였다. 성진이 돌아와 밤에 혼자 빈 방에 누우니, 팔선녀의 말소리가 귀에 쟁쟁하고, 얼굴빛은 눈에 아른거려 앞에 앉아 있는 듯 옆에서 당기는 듯 마음이 황홀하여 진정치 못하다가 문득 생각하였다.

'남자로 태어나서 어려서는 공자와 맹자의 글을 읽고, 자라서는 요순 같은 임금을 섬겨, 나가면 백만 대군을 거느려 적진에 횡행하고, 들어서는 백관(百官)을 장악하는 재상이 되어 몸에는 비단 두루마기를 입고, 허리에는 황금으로 만든 도장을 차고, 임금을 섬기고 백성을 달래며, 눈에는 아리따운 미색[12]을 희롱하고 귀에는 좋은 풍류 소리를 들으며, 영화를 당대에 자랑하고 공명을 후세에 전하면, 그것이야말로 진실로 대장부의 일일 텐데 슬프다, 우리 불가는 다만 한 바리때[13] 밥과 한 잔 정화수요, 수삼 권 경문과 백팔 염주일 따름이요, 그 도가 허무하고 그 덕이 사라져 없어지니, 가령 도통한들 넋이 한 번 불꽃 속에 흩어지면 뉘 한낱 성진이 세상에 났던 줄을 알리오.'

이럭저럭 잠을 이루지 못하여 밤이 이미 깊었다. 눈을 감으면 팔선녀가 앞에 앉았고 눈을 떠 보면 문득 간 데가 없었다. 성진이 크게 뉘우쳐 말하였다.

"불법(佛法) 공부는 마음을 정하는 것이 제일인데 이 사사로운 마음이 이렇듯 일어나니 어찌 앞날을 바라겠는가?"

하고, 즉시 염주를 굴리며 염불을 하는데 갑자기 창 밖에서 동자가

---

12 美色. 아름다운 여자의 얼굴. 또는 그런 여자.
13 절에서 쓰는 중의 밥그릇.

급히 말하였다.

"사형은 주무십니까? 사부께서 부르십니다."

성진이 크게 놀라 동자를 따라 바삐 들어가니 대사가 모든 제자를 거느려 있는데 촛불이 대낮 같았다. 대사가 크게 화를 내며 말하였다.

"성진아, 네 죄를 아느냐?"

성진이 크게 놀라 신을 벗고 뜰에 내려 엎드려 말하였다.

"소자가 사부를 섬긴 지 십 년이 넘었지만 조금도 불순불공한 일이 없었으니 죄를 알지 못하겠습니다."

대사가 크게 화를 내며 말하였다.

"네 용궁에 가 술을 먹었으니 그 죄도 있거니와, 오가다 돌다리 위에서 팔선녀와 함께 언어를 희롱하고 꽃 꺾어 주었으니 그 죄 어찌하며, 돌아온 후 선녀를 그리워하여 불가의 경계는 전혀 잊고 인간부귀를 생각하니 그러하고서 공부를 어찌 하겠느냐? 네 죄가 중하여 이곳에 있지 못할 것이니, 네 가고자 하는 데로 가거라."

성진이 머리를 두드리고 울며 말하였다.

"소자가 죄 있어 아뢸 말씀이 없지만, 용궁에서 술을 먹은 것은 주인이 힘써 권하였기 때문이요, 돌다리에서 수작한 것은 길을 빌리기위함이었고, 방에 들어가 망령된 생각이 있었지만 즉시 잘못인 줄을 알아 다시 마음을 정하였으니 무슨 죄가 있습니까? 설사 죄가 있다면 종아리나 때리셔 경계하실 것이지 박절하게 내치십니까? 소자가 십이 세에 부모를 버리고 친척을 떠나 사부님께 의탁하여 머리를 깎아 중이 되었으니, 그 뜻을 말한다면 부자의 은혜가 깊고 사제의 분별이 중하니, 사부를 떠나 연화도량을 버리고 어디로 가라 하십니까?"

대사가 말하였다.

"네 마음이 크게 변하여 산중에 있어도 공부를 이루지 못할 것이니 사양치 말고 가거라. 연화봉을 다시 생각한다면 찾을 날이 있을 것이다."

하고, 이어서 크게 소리쳐 황건역사(黃巾力士)를 불러 분부하여 말하였다.

"이 죄인을 압송하여 풍도[14]에 가 염라대왕께 부쳐라."

성진이 이 말씀을 듣고 간장이 떨어지는 듯하였다. 머리를 두드리며 눈물을 흘리고 사죄하여 말하였다.

"사부님은 들으십시오. 옛적 아란존자(阿難尊者)[15]는 창가[16]에 가 창녀와 동침하였지만 석가여래께서 오히려 죄하지 아니하였으니, 소자가 비록 근신하지 않은 죄가 있으나 아란존자에게 비하면 오히려 가벼운데, 어찌 연화봉을 버리고 풍도로 가라 하십니까?"

대사가 말하였다.

"아란존자는 비록 창녀와 동침하였으나 그 마음은 변치 아니하였지만, 너는 한번 요염한 여자를 보고 전혀 본심을 잃으니 어찌 아란존자와 비교하겠는가?"

성진이 눈물을 흘리고 마지못하여 부처와 대사께 하직하고 사형과 사제를 이별하고, 사자(使者)를 따라 수만 리를 행하여 음혼관(陰魂關) 망향대(望鄉臺)를 지나 풍도에 들어가니 문을 지키는 군졸이 말하였다.

"이 죄인은 어떤 죄인이요?"

---

14 豊都. 지옥의 하나.
15 석가모니의 수제자.
16 娼家. 몸 파는 여자가 있는 집.

황건역사가 대답하여 말하였다.

"육관대사의 명으로 이 죄인을 잡아왔노라."

귀졸[17]이 대문을 열자, 역사가 성진을 데리고 삼라전(森羅殿)[18]에 들어가 염라대왕께 뵈니 대왕이 말하였다.

"화상이 몸은 비록 연화봉에 매였으나, 화상 이름은 지장왕(地藏王) 향안(香案)[19]에 있어 신통한 도술로 천하 중생을 건질까 하였는데, 이제 무슨 일로 이곳에 왔느냐?"

성진이 크게 부끄러워하며 고하여 말하였다.

"소승이 사리가 밝지 못하여 사부께 죄를 짓고 왔으니, 원컨대 대왕은 처분하십시오."

한참 후에 또 황건역사가 여덟 죄인을 거느리고 들어오자, 성진이 잠깐 눈을 들어 보니 남악산 팔선녀였다.

염라대왕이 또 팔선녀에게 물었다.

"남악산 아름다운 경치가 어떠하기에 버리고 이런 데 왔느냐?"

선녀 등이 부끄러움을 머금고 대답해 말하였다.

"첩 등이 위부인 낭랑의 명을 받아 육관대사께 문안하고 돌아오는 길에 성진 화상을 만나 문답한 말씀이 있었는데 대사가, 첩 등이 좋은 경계를 더럽게 하였다 하여 위부인께 넘겨 첩 등을 잡아 보냈습니다. 첩 등의 괴로움과 즐거움이 다 대왕의 손에 매였으니, 원컨대 좋은 땅을 점지해 주십시오."

염라대왕이 즉시 지장왕께 보고하고 사자 아홉 사람을 명하여 성

---

17 鬼卒. 염라국의 병사.
18 염라대왕이 있는 궁전.
19 향로나 향합 따위를 얹는 상.

진과 팔선녀를 이끌고 인간 세상으로 보냈다.

성진이 사자를 따라가는데 문득 큰바람이 일어 공중에 떠 천지를 분간치 못하였다. 한 곳에 다다라 바람이 그치자 정신을 수습하여 눈을 떠보니 비로소 땅에 서 있었다.

한 곳에 이르니 푸른 산이 사면으로 둘러 있고 푸른 물이 잔잔한 곳에 마을이 있었다. 사자가 성진을 기다리게 하고 마을로 들어간 후, 성진이 한참 서서 들으니 서너 명의 여인이 서로 말하기를,

"양 처사 부인이 오십이 넘은 후에 태기가 있어 임신한 지 오래인데 지금 해산치 못하니 이상하다."

하였다.

한참 후에 사자가 성진의 손을 잡고 말하였다.

"이 땅은 곧 당나라 회남도(淮南道) 수주(秀州) 고을이요, 이 집은 양 처사의 집이다. 처사는 너의 부친이요, 부인 유씨는 네 모친이다. 네 전생의 연분으로 이 집 자식이 되었으니 너는 네 때를 잃지 말고 급히 들어가라."

성진이 들어가며 보니 처사는 갈건[20]을 쓰고 학창의[21]를 입고 화로에서 약을 다리고 있었다. 부인이 이제 막 신음하자, 사자가 성진을 재촉하여 뒤에서 밀쳤다. 성진이 땅에 엎어지니 정신이 아득하여 천지가 뒤집어지는 듯하였다. 급히 소리쳐 말하였다.

"나 살려! 나 살려!"

그러나, 소리가 목구멍 속에 있어 능히 말을 이루지 못하고 어린

---

20 葛巾. 칡으로 만든 모자.
21 鶴氅衣. 덕망 높은 선비의 웃옷.

아이의 울음 소리만 나왔다. 부인이 이에 아기를 낳으니 남자였다. 성진이 다만 오히려 연화봉에서 놀던 마음이 역력하더니 점점 자라 부모를 알아 본 후로 전생 일을 아득히 생각지 못하였다.

(후략)

〈직지프로젝트 참고〉

■ **줄거리 정리**

　중국 당나라 때 천축에서 온 육관대사의 가장 뛰어난 제자 성진은 대사의 심부름으로 용궁에 다녀오던 길에 팔선녀를 만나 서로 희롱하다 돌아온다. 선녀들을 그리워하며 속세의 부귀영화를 생각하던 그는 죄를 얻어 지옥에 떨어지고 다시 인간 세상에 환생하여 양소유로 태어나고, 팔선녀도 같은 죄로 인세에 환생한다. 양소유는 차례로 그들 여덟 여인과 인연을 맺게 되며 드디어 벼슬은 승상에 이르고 두 부인과 여섯 낭자를 거느리며 부귀영화를 누린다. 벼슬에서도 물러나 한가히 여생을 즐기던 양소유는 어느 가을날 문득 인생의 허무함을 느낀다. 때마침 찾아온 고승에게 불도에 귀의할 것을 말하자 그 도승은 쾌히 승낙하고 짚고 온 지팡이로 난간을 두드린다. 그러자 모든 것이 온 데 간 데 없이 사라지고 손에 본래의 성진으로 돌아온다. 부귀영화는 하룻밤 꿈이었다. 성진은 황망히 대사 앞에 뛰어가 엎드리며, 팔선녀도 이어 들어와 제자 되기를 청한다. 후에 대사는 천축으로 돌아가고 계속 불도를 닦은 후에 아홉 사람은 모두 극락 세계로 갔다.

■ **보충 정리**

1. 주요 인물의 성격

　① 성진 : 육관대사의 수제자로 비범한 인물. 속세에 환생하여 팔선녀와 더불어 온갖 부귀영화를 누리지만 그것이 한갓 허망한 꿈임을 깨닫고 본성을 발견하는 주동 인물.

　② 육관대사 : 세상의 모든 일을 관통할 수 있는 도통한 중. 성진의 스승으로서 성진으로 하여금 자신의 번뇌를 직접 벗도록 하며, 속세에 성진을 따라가 호승(胡僧)으로 나타나기도 함.

　③ 팔선녀 : 성진과 함께 남녀의 정욕을 탐하고 속세를 흠모하다 인생무상을 깨닫고 불도에 귀의함.

2. 구성의 특징 : 이원적(二元的) 구성으로 된 액자소설

　[현실 세계(이상) → 환몽 세계(현실) → 현실 복귀(이상)]

깊이
생각해보기

1. 이 글의 주제와 관련하여 제목이 무엇을 뜻하는지 생각해 보자.

2. 이 글이 도교의 영향을 받았다는 것은 무엇을 통해 알 수 있는지 생각해 보자.

▶ 예시 답은 [부록] 참고

1. 육관대사가 성진을 꾸짖은 이유로 가장 알맞은 것은?( )

① 용왕으로부터 술을 얻어 마셨으므로

② 팔선녀와 놀다가 주어진 시간 안에 돌아오지 못했으므로

③ 성진이 젊었기 때문에 속세에 한번 보내주기 위해서

④ 속세에 대한 욕망으로는 참된 불도를 깨달을 수 없으므로

⑤ 팔선녀 앞에서 함부로 신통한 도술을 보여주었으므로

2. 다음 〈보기〉에 나타난 내용과 관계 <u>없는</u> 것은?( )

〈보기〉

　　남자로 태어나서 어려서는 공자와 맹자의 글을 읽고, 자라서는 요순 같은 임금을 섬겨, 나가면 백만 대군을 거느려 적진에 횡행하고, 들어서는 백관(百官)을 장악하는 재상이 되어 몸에는 비단 두루마기를 입고, 허리에는 황금으로 만든 도장을 차고, 임금을 섬기고 백성을 달래며, 눈에는 아리따운 미색을 희롱하고 귀에는 좋은 풍류 소리를 들으며, 영화를 당대에 자랑하고 공명을 후세에 전하면, 그것이야말로 진실로 대장부의 일일 텐데 슬프다.

① 입신양명(立身揚名)

② 안빈낙도(安貧樂道)

③ 군신유의(君臣有義)

④ 영웅호걸(英雄豪傑)

⑤ 풍류생활(風流生活)

▶ 모범 답은 [부록] 참고

사씨남정기 謝氏南征記

고전소설

김만중(金萬重, 1637~1692)

- 조선 시대의 문신, 소설가. 호(號)는 서포(西浦).
- 1665년(현종6년) 정시문과에 장원. 벼슬이 공조판서, 대사헌까지 올랐으나, 당쟁으로 말년에 남해(南海)에 유배되어 여기서 〈구운몽(九雲夢)〉을 집필한 뒤 병사함.
- 저서 : 〈구운몽〉, 〈사씨남정기(謝氏南征記)〉, 〈서포만필(西浦漫筆)〉, 〈서포집(西浦集)〉 등

- □ **갈래** 고전 소설(한글 소설)
- □ **시대** 조선 숙종
- □ **성격** 윤리 비판적, 교훈적
- □ **구성** 일대기적 구성
- □ **배경** 시간 – 명나라 초기, 공간 – 중국 북경 금릉 순천부
- □ **제재** 처첩의 갈등
- □ **주제** 사씨의 높은 부덕(婦德), 사필귀정(事必歸正)
- □ **의의** ① 조선 시대 가부장적 사회에서 가정 문제를 다룬 대표작임. ② 처첩 간의 갈등을 소설
  화한 최초의 작품임.
- □ **출전** 경판본(목판본) 〈사씨남정기(謝氏南征記)〉

가정에서 부부의 역할은 어떠해야 하는지를 생각하며 감상해 보자.

이 작품은 숙종 임금과 인현왕후와 장희빈의 관계를 생각하고 지었다고 전해지는 한글 소설로, 후
처의 모략으로 전처를 내쫓으나 마침내 후처의 간계를 깨닫고 전처를 다시 맞아들인다는 이야기
이다. 가정 소설의 전형으로 후대 장편 소설의 전범(典範)이 되고 있다.

사씨남정기 謝氏南征記

　명나라 가정[1] 연간 금릉 순천부에 유현이란 명인이 있었다. 그는 현명 정직하고 문장과 풍채가 뛰어나 소년 시절에 과거 급제하여 벼슬이 이부시랑 참지정사에 이르러 명망이 조야에 진동했다.

　일찍이 시랑 최모의 딸을 아내로 삼았는데, 부인 최씨는 부덕이 있어 금슬은 좋았으나 슬하에 자녀가 없음을 근심하였다. 그러다가 늦게야 한 아들을 낳았으나 오래지 않아 부인은 세상을 떠났다.

　유현은 원래 공명에 뜻이 없는데다 소인배들이 조정에서 힘을 쓰므로 병을 핑계하고 벼슬을 사양하고 집에 돌아와 세월을 보내고 있었다. 그에게는 성품이 유순하고 얌전한 누이가 하나 있으나, 일찍이 선비 두홍의 아내 되었다가 과부가 되어 그가 한 집에 있게 하고 형제지간의 정으로 극진히 대했다.

　유현의 아들 이름은 연수였다. 연수는 차차 자라면서 얼굴이 관옥 같고, 재기 또한 숙성하여 문장 재주를 십여 세에 다 이루니, 공이 기특히 여겨 사랑하였는데, 다만 죽은 부인에게 보이지 못함을 한탄

---

1 명나라 세종 때의 연호.

했다.

연수가 열네 살에 초시에 장원으로 뽑히고 열다섯 살에 급제하니, 천자께서 그 문장과 위인을 보시고 한림학사를 제수하셨다. 그러나 유 한림이 스스로 자기는 나이가 어리니 십 년을 더 학문에 힘쓰다가 다시 출사하기를 청하니, 천자 그 뜻을 아름답게 여기어 특별히 본직을 두 개로 지니도록 하면서 오 년 말미를 주셨다.

한림이 급제한 후 구혼하는 이가 많아졌다. 그 중 주파라 하는 매파[2]가 권하여 말하였다.

"모든 소문과 말이 공평하지 아니하오니 진실로 바른 대로 고하오면, 노옹께서 만일 부귀를 탐하시면 엄 승상의 손녀만한 이가 없고, 반드시 요조한 숙녀를 구하시려면 신성현의 사 급사(謝給事) 댁 소저 외에 또다시 없사오니, 청컨대 이 두 곳 중에서 하나를 가리옵소서."

이 말을 듣고 공이 물었다.

"부귀는 본디 내가 원하는 바가 아니니, 어진 이를 택하려 하오. 사 급사는 본디 대간 벼슬을 하다가 적소에서 죽은, 진실로 강직한 선비나 그 댁의 소저는 어떠한가?."

주파가 대답하였다.

"소저의 용모와 덕행이 일세에 드뭅니다. 어찌 다 형언하오리까? 소인이 매파로 나선 지 삼십 여 년에 왕공, 재상의 모든 댁을 다니며 많은 신부를 보았으나, 이같이 요조 현철[3]한 소저는 처음이오니 두 번 묻지 마옵소서."

---

2 媒婆. 혼인을 중매하는 노파.
3 窈窕賢哲. 부녀자의 행실이 아리땁고 얌전하며 현명함.

매파가 돌아간 후, 공은 매파의 말을 모두 믿을 수 없어 사씨의 덕행을 알아보고자 두 부인과 상의하였다. 두 부인은 이렇게 말하였다.

"남녀의 덕행은 필법에 나타나는 것이니, 묘책을 내어 알아보도록 하지요. 집에 간수해 오고 있는 남해관음화상을 우화암에 시주코자 하였던 바, 이제 우화암 여승 묘혜를 사씨 댁에 보내, 화상에 처자의 친필로 관음찬[4]을 받아오도록 묘혜를 불러 사씨 댁에 가서 관음찬을 받아오기를 청하였다. 묘혜가 급사 댁에 가서 불사에 쓰고자 관음화상에 찬을 써 주기를 부탁하니, 사씨 부인이 말하기를,

"우리 아이가 비록 고금시문에 능통하다 하나 이만한 글을 지을 수 있을는지 그저 시험이나 해 보리라."

하고 시녀로 하여금 소저를 불렀다.

소저가 나와 모친께 뵈오니 용모가 빼어남이 짐짓 관음보살님이 강림하신 듯 출중하였다. 묘혜가 심중에 놀라, '세상에 어찌 이런 사람이 있으리오.' 생각하고 있을 때, 부인이 소저에게 능히 관음찬을 지을 수 있겠느냐고 물었다. 소저가 처음에는 노둔한[5] 재주를 들어 거절하였다.

그러자 부인이 웃으며 다시 지어 보라 하니, 소저 한동안 주저하며 망설이다 손을 씻고 족자를 받아 걸고 분향 배례한 후 공경 앞에 나아가 관음찬 수백 글자를 가늘게 족자 위에 쓰고, '모년모월모일에 사씨 정옥이 재배서'라 끝을 맺었다.

묘혜가 족자를 받아가지고 돌아와 공에게 드리니, 공이 사 소저의 용모와 재주가 어떠한가 물었다. 묘혜가,

---

4 관음보살을 예찬하는 글.
5 어리석고 둔한.

"족자 가운데 사람과 같더이다."

하고 대답하자, 공이 크게 기뻐하여 족자를 걸고 보니 필법이 정묘하여 한 곳도 구차함이 없고 온화 유순한 덕행이 글씨에 나타나 있었다. 공이 즉시 매파를 불러 사가에 청혼했다.

원래 사 소저는 사후영의 딸이었다. 후영은 청렴 강직하여 조정의 간신들이 작란[6]함을 분히 여겨 상소하다 도리어 간신의 모해를 입어 소주 땅에 귀양을 갔다. 그가 적소에서 죽으니, 부인은 천만 가지 설움을 참으며 소저를 데리고 고향 본댁에 돌아와 세월을 보내고 있었다.

소저가 모친을 지성으로 봉양하여 출가할 인연을 구하지 못하고 근심하던 차에, 매파가 들어와 소년 등과한 유 한림에게서 청혼이 온 것을 알렸다. 부인도 유 한림의 출중함을 익히 알고 있던 바라 혼인을 허락을 하였다. 이에 유공이 크게 기뻐하여 택일하였으나, 유공은 최 부인이 보지 못함을 못내 슬퍼했다.

사씨가 혼인한 이후, 효도를 다하여 존귀한 몸을 받들고, 공손함으로써 군자를 섬기고, 정성으로써 제사를 받들고 은혜로써 비복을 부리니, 규문[7]이 화락하고, 화기가 애애했다.

그러나 하루는 유공이 우연히 병을 얻어 날마다 병세가 악화되었다. 한림 부부가 밤낮으로 탕약을 올려도 백약이 효험이 없었다. 공이 일어나지 못하고 마침내 별세하니, 한림 부부 하늘에 통곡하고 애통함이 비할 데 없었으며, 두 부인도 못내 애통했다.

---

6 作亂. 난리를 일으킴.
7 閨門. 부녀자가 거처하는 방. 규중(閨中).

세월이 흘러 삼년상을 마친 후, 유 한림은 군명을 받아 조정에 나아가 소인을 배척하고 몸가짐을 강직하게 하였다. 이에 천자께서 그를 사랑하시어 벼슬을 올리고자 하시나 승상 엄승이 꺼리어 두려워하므로 여러 해가 지나도록 직품이 오르지 못했다.

　유 한림 부부가 혼인한 지 벌써 십 년이 넘고 나이가 삼십에 가까웠으나, 자녀 하나가 없었다. 부인이 이를 깊이 근심하여 한림을 대할 때마다 어진 여자를 택하여 아들 얻기를 누차 간청하였다. 유 한림은 매번 뿌리치다 마지못해 허락하였다. 그리고 매파를 통해 널리 첩을 구해 본래 벼슬하던 집 딸로 일찍 부모를 여의고 형의 집에 의탁하고 있는 열여섯 살의 교채란 여자를 첩으로 들여오게 되었다.

　세월이 흘러 열 달이 되니, 교씨 과연 순산하여 아들을 얻고 이름을 장주라 지었다. 한림과 사씨의 기쁨은 말할 것도 없고 비복들까지도 서로 치하했다. 교씨 아들을 낳았으므로 한림의 대접이 더욱 두터워져 사랑이 비할 데 없는데다, 노래와 탄금에 능해 한림은 교씨가 거처하는 백자당을 떠날 날이 없고 사씨 부인의 침소와는 날로 멀어지게 되었다.

　이 때 사 부인도 혼인한 후 십 년 지나자 비로소 태기가 있으니, 온 집안이 모두 기뻐하였다. 그러나 교씨는 홀로 시기하는 마음을 참지 못하여 앙앙불락[8]하며 남매와 짜고 낙태할 약을 여러 번 사 부인 먹는 약에 타서 드렸다. 하지만 어쩐 일인지 부인이 그 약만 마시면 구역이 나서 토해 버리니, 이는 천지신명의 도움이었다. 간악한 수단을 써 볼 도리가 없었다.

---

8 怏怏不樂. 항상 마음에 차지 않아 즐거워하지 아니함.

드디어 부인이 만삭이 되어 아들을 낳으니 골격이 비범하고 신체가 준일[9]하였다. 한림이 크게 기뻐하여 이름을 인아라 하였다. 인아가 차차 자라나 장주와 같이 한 곳에서 노는데, 비록 어리나 씩씩한 기상이 장주의 잔약함과는 현저히 달랐다. 이를 보고 교씨는 내심 애를 태우며, '내 용모와 자질이 모두 사씨에게 미치지 못하고 나는 아들이 있고 저는 아들이 없어 내가 상공의 은총을 받았으나 이제 저도 아들을 낳았으니 내 아들은 쓸데없는 군것에 불과하다. 부인이 좋은 낯으로 나를 대하나 속은 알 수 없으니, 상공의 마음이 변하면 나는 어찌될 지 알 수 없다.'고 생각하고 십랑과 의논하니 십랑은 교씨로부터 금은주옥을 많이 받은 터라, 심복이 되어 교씨의 못된 꾀를 내었다.

이 때 급사 댁에서 급사 부인의 병환이 위중하다는 편지가 왔다. 사부인이 크게 놀라 한림께 말하였다.

"모친의 병환이 위중하시다니 지금 뵈옵지 못하면 평생의 한이 될 것입니다. 상공의 허락하심을 바라나이다."

한림이 말하였다.

"장모님의 환후가 위중하시면 일찍 가서 뵈오심이 옳거늘 어찌 만류하리오. 나도 틈을 타서 한번 문안하리이다."

부인은 교씨를 불러 가사를 부탁하고 인아를 데리고 신성현 친정에 갔다. 부인이 모친의 환후가 위중하심을 보고 쉽게 돌아오지 못하고 수개월이 지났다. 이 때 흉년이 들어 백성의 질고를 살피라는 천자의 명을 받들어 한림이 산동지방으로 떠나느라 미처 부인을 보지 못하고 떠났다.

---

9 俊逸. 재능이 썩 뛰어남, 또는 그런 사람.

한림이 집을 떠나자 교씨는 집에 서사로 있던 동청과 눈이 맞아 사통[10]하면서 사 부인을 없앨 계교를 의논했다. 사씨의 시비 설매는 납매의 동생이라 그 년을 달래어 사씨가 아끼는 보물을 얻으면 일이 쉽게 이루어지리라 하고 계획대로 진행하였다. 설매가 납매의 설득에 넘어가 열쇠로 상자에서 옥지환을 도적하여 교씨에게 주면서 말했다.

"이 물건은 유씨 댁의 세전지물[11]로 가장 중히 여기는 것입니다."

교씨 크게 기뻐하여 설매에게 큰 상을 주고 동청과 함께 꾀를 행했다.

이 때 한림은 산동지방에 이르러 냉진이라는 풍채가 훌륭한 청년을 주점에서 만나 동행하게 되었다. 그런데 한림이 보니 냉진의 속옷 고름에 옥지환이 매어 있었다. 한림이 이상히 여겨 그것을 자세히 보기를 청하니 그 청년이 끌러주는데, 받아보니 완연히 사씨의 옥지환과 같았다. 한림이 냉진에게 어디서 구했느냐 물으니 그는 마지못해 대답했다.

"정든 사람의 정표로만 알고 비웃지 말아주게. 이것이 사랑하던 소저와의 정사이니 어찌 안타깝지 않겠는가."

하니, 한림이 옥지환을 한번 보고 온갖 상념으로 심사가 늘 어지러웠다.

반 년만에 서울로 돌아온 한림은 홀연히 냉진의 옥지환을 생각하고 사씨에게 물었다.

"부인은 전일 선인이 주신 옥지환을 어디 두었소?"

---

10 私通. 부부 아닌 남녀가 몰래 정을 통함.
11 世傳之物. 대대로 전하여 내려오는 물건.

사씨 부인 대답했다.

"저 상자 속에 있거니와 어이 물으십니까?"

부인이 괴이하여 상자를 가져와 열어보니 다른 것은 다 그대로 있는데, 옥지환만 없었다. 사씨 크게 놀라,

"분명히 여기 두었는데 어이 없는고? 옥지환 간 곳을 상공이 아시나이까?"

하고 물으니, 한림이 화를 내며 말했다.

"그대가 남에게 주고 나에게 물으니 이 어쩐 일이오?"

사씨 이 말을 듣고 부끄럽고 분하여 말문이 막히는데, 홀연히 시비가 들어와 두 부인이 오심을 아뢰었다. 한림이 옥지환 없어진 자초지종을 말하니 두 부인이 듣기를 다한 후 크게 성을 내어 말했다.

"선형이 본디 지감이 있고 세상일을 모를 것이 없이 지내었으나 매양 사씨를 칭찬하되 그의 선행 숙덕을 아심이라. 하물며 선형의 지감과 사씨의 절행으로 이같이 누명을 입게 하여 옥 같은 아내를 의심하느냐? 이는 반드시 집안에 악인이 있어 도적함이니 어찌 엄중히 조사하지 아니하고 이같이 말을 하느뇨?"

한림이 이를 듣고,

"고모의 말씀이 지당하여이다."

했다. 즉시 형장 기구를 갖추고 시비 등을 문초하니 애매한 시비는 죽어도 모르노라 하고 설매는 바로 고하면 죽을까 겁내어 한결같이 항복하지 아니하니, 마침내 종적을 알지 못했다.

이 때 교녀가 두 번째 아이를 낳으니 한림이 기뻐하여 이름을 봉추라 하고 두 아이를 사랑함이 장중보옥 같았다. 두 부인은 옥가락지의 출처를 캐고자 했으나 찾지 못하고, 심중에 교씨의 간계인 듯하나 증거를 잡지 못하고 마음이 답답히 지내고 있었다.

그러다가 아들 두억이 장사부 총관을 하게 되어, 두 부인은 아들을 따라 장사로 가게 되었다. 교녀 심중에 기뻐하며 동청을 청하여 사씨 없앨 꾀를 다시 의논하였다. 동청은 당나라 〈사기〉를 들어 측천무후[12]를 얘기하며 장주를 죽일 계획을 세웠다.

교녀가 사씨의 시비 춘방을 시켜 약을 달이게 한 후 몰래 독약을 섞었다. 아들 장주가 약을 먹고 즉사하자 교녀는 가슴을 치며 대성통곡하였다. 한림의 얼굴이 흙빛으로 변하여 사유를 물으니, 납매가 말했다.

"소비가 문 앞을 지나다 우연히 춘방과 설매가 손짓을 하더니만 돌아가는 것을 보았으니, 이 둘을 불러 물으면 짐작하실 듯하여이다."

한림이 두 사람을 잡아들여 설매를 문초하자, 매질하기 십 여 차에 설매가 고함질러 가로되,

"소비 죽으리로소이다. 죽을 바에야 무슨 말을 못하오리까. 부인이 소비에게 이르시기를, 인아와 장주 둘이 같이 있을 수 없으니 누구든지 장주를 해하는 자가 있으면 큰 상을 주리라 하시옵기로, 소비 등이 여러 날을 틈타던 차 마침 공이 마루에서 혼자 자고 있기에 소비는 간이 서늘하고 손이 떨려 앞장서지 못하고 실상 공자를 눌러 죽이기는 춘방이로소이다."

한림이 크게 노하여 춘방을 국문하니, 춘방이 설매를 꾸짖으며 매를 이기지 못하고 끝내 진실한 말은 하지 않고 죽어버렸다.

---

12 당나라의 제3대 고종(高宗)의 황후. 간계를 써서 황후 왕씨(王氏)를 모함하여 쫓아내고 655년 스스로 황후가 되었음.

이튿날 한림이 일가 친척을 청해 놓고 사씨의 전후 죄상을 이르고 쫓아내고 말았다. 사씨 영위[13]에 나아가 네 번 절하고 하직하는데, 눈물이 비 오듯 하니 일가들이 문 밖에서 절하고 이별하며 모두 눈물을 흘렸다.

쫓겨난 사씨는 시부모 묘 앞에 수간초옥[14]을 지어놓고 살고 있었다. 그런데 하루는 비몽사몽 간에 잠깐 졸고 있는데 문득 한 사람이 나타나 말을 하였다. 사씨가 눈을 들어보니 생시의 모습과 조금도 변함없는 시부모님이었다.

"부는 칠 년 재액이니 남방으로 빨리 떠나라. 다만 육 년 후의 사월 십오일 배를 백빈주에 매었다가 급한 사람을 구하라. 이것을 명심하여 잊지 마라."

사씨는 이것이 반드시 두 부인을 찾아가 의탁하라 하는 뜻이라 생각하고 묘에 나아가 재배 하직하고, 유모와 차환, 늙은 창두 한 사람을 데리고 남방으로 향하였다.

뱃길 오천 리 길이 하도 험하여 모두 죽기를 소원하나 참고 길을 가다 홀연히 보니 숲 속에 한 사당이 있었다. 그것은 '황릉묘'라 하였으니, 이는 곧 두 왕비의 사당이었다. 사씨가 절하고 축원하고 나왔으나, 달빛은 몽롱한데 의지할 바가 없게 되었으니 죽는 것이 상책일 뿐 다른 방도가 없었다.

이 때 뜻밖에 사당문 앞으로 두 사람이 들어오고 있었다. 놀라 눈을 들어보니 하나가 늙은 여승이요, 하나는 여동이었다. 여승이 황

---

13 靈位. 신위(神位)를 통틀어 이르는 말.
14 數間草屋. 두서너 칸밖에 안 되는 띳집.

망히 예를 갖추고 말했다.

"소승은 동정 군산사에 있었는데, 아까 비몽사몽 간에 관음보살님이 나타나시어 어진 여인이 환난을 만나 갈 바를 모르고 물에 빠지려 하니 빨리 황릉묘로 가서 구하라 하시므로 급히 배를 저어왔더니, 과연 부인을 만났으니, 부처님 영험하심이 신기하나이다."

"우리는 죽게 된 사람이었으나, 존자의 구원을 얻으니 실로 감격스럽지만, 존자의 암자가 멀고 또 귀 암자에 폐가 될까 걱정이옵니다."

"부처님의 지시로 모시러 왔는데 무슨 말씀이시오니까?"

세 사람은 여승을 따라 배를 타고 동정호 가운데 있는 군산사 암자 수월암에 이르렀다. 그리고는 종일 고통스러웠기 때문에 깊은 잠에 빠져 날이 밝아옴을 몰랐다.

여승이 불당을 깨끗이 씻고 향을 피워놓고 예불하라 하니, 사씨 등이 비로소 일어나 법당에 올라 분향 배례하는데, 사씨가 눈을 들어 부처를 보니, 십육 년 전 자기가 찬을 지어 썼던 백의관음화상이었다. 놀라고 슬픈 회포를 금할 수 없어 눈물을 흘리므로, 여승이 괴이히 여겨 물었다.

"화상 위에 쓴 것이 내가 아이 때 지은 찬이오. 여기 와 보니 자연 슬픔을 금치 못하겠소."

대답을 들은 여승이 크게 놀라며,

"그러시다면 분명히 신성현 땅의 사급사댁 소저가 아니십니까?"
하고 물었다.

"스님께서 어찌 내 신분을 아십니까?"

여승이 대답했다.

"소승은 저 관음화상의 찬을 받아간 우화암의 묘혜입니다. 헌데 부인은 어찌 이러한 고생을 하십니까?"

사씨는 유씨 집안의 부인이 된 이후의 전후 사정을 자세히 들려주었다. 이에 묘혜는 당부하기를 유 소사는 본디 공명정대하신 어른이니 그 때를 기다려 어기지 말고 구하라고 말했다.

이 때 교녀는 정당[15]을 차지하여 집안일을 총괄하고 있었으나, 악독함이 날마다 더하여 비복들이 그녀의 혹독한 형벌을 견디지 못하고 쫓겨난 사씨를 생각했다. 교녀가 이에 동청과 더불어 한림을 해할 궁리를 하다가 동청이 우연히 한림의 책상 위에서 한 글을 얻어내니, 두어 번 읽어보고 문득 기뻐 날뛰며 교녀에게 말했다.

"저적에[16] 천자 조서를 내리사 '나의 기도하는 것을 간하는 신하는 죽이리라' 하셨는데, 지금 이 글을 보매, 시적 두고 기롱[17]하여 엄 승상을 간악한 소인에 비하였으니, 이 글을 엄 승상께 뵈면 엄 승상이 천자께 아뢰어 법으로 다스리리니, 우리 두 사람이 어찌 백년해로를 못하리오."

동청이 유 한림의 글을 엄 승상에게 전하여 엄 승상은 황제께 보이니, 황제 크게 노하여 유 한림을 극형에 처하려고 하였다. 그러나 태우서세가 상소하여 귀양을 가게 되니, 교녀가 비복을 거느려 상 밖에 나아가 짐짓 슬피 통곡하는 체 이별하였다.

"첩이 어찌 혼자 있으리요. 상공을 쫓아 생사를 한 가지로 하려 하나이다."

하니 한림이 말하였다.

---

15 正堂. 몸채의 대청. 안당.

16 지난 번에.

17 譏弄. 남을 업신여기어 실없는 말로 놀림.

"그대는 집을 잘 지키고 제사를 받들고 아이들을 잘 길러주시오. 인아는 비록 사나운 어미의 소생이나 골격이 비범하니 거두어 잘 기르면 내 죽어도 눈을 감으리로다."

이에 교녀가 말하였다.

"상공의 자식이 곧 첩의 자식이라, 어찌 봉추와 달리하여 박대하오리까."

한림은 재삼 부탁하고 귀양길을 떠났다.

(후략)

■ **줄거리 정리**

    중국 명나라 때 유현의 아들 연수는 열다섯 살에 장원급제하여 한림학사가 된다. 유 한림은 그 후 숙덕(淑德)과 재학(才學)을 겸비한 사씨와 혼인하였으나, 십 년이 되도록 소생이 없자 교씨를 후실로 맞아들인다. 그러나 간악하고 시기심이 많은 교씨는 간계로써 사씨 부인을 모함하여 그녀를 폐출시키고 자기가 정실이 된다. 그 후 교씨는 간부와 밀통하며 남편인 유한림을 조정에 모함하여 유배 보내게 한 다음 재산을 가지고 간부와 도망치다가 도둑을 만나 재물을 모두 빼앗기고 궁지에 빠진다. 한편 유한림은 혐의가 풀려 배소에서 풀려나와 방황하는 사씨를 찾아 다시 맞아들이고 교씨와 간부를 잡아 처형한다.

■ **보충 정리**

1. 〈사씨남정기〉의 주요 인물

    ① 사씨 : 현모양처로서 성품이 곱고 착한 여인의 전형

    ② 교씨 : 위선적이며 교활하고 표독스런 악인의 전형

    ③ 유연수 : 본성은 착하나, 판단력이 없고, 양반사대부가의 가부장적 사회에서 봉건적 사고방식을 지닌 전형적 인물

    ④ 동청 : 교씨의 정부로 악인의 전형

    ⑤ 엄숭 : 유 한림을 제거하는 데 앞장을 서는 간신

2. 〈사씨남정기〉와 역사적 사실의 관계

    작중 인물 중의 사씨 부인은 인현왕후를, 유 한림은 숙종 임금을, 교씨는 장희빈을 각각 대비시킨 것으로, 궁녀가 이 작품을 숙종에게 읽도록 하여 뉘우치게 하고 인현왕후 민씨(閔氏)를 복위하게 했다는 일화가 전해진다.

깊이
생각해보기

1. 이 글에 나오는 사씨 부인의 어떤 행동이 유교적 여인상과 관련 있는지 생각해 보자.

2. 이 글에 나타나는 전근대적인 가족 제도는 무엇인지 생각해 보자.

▶ 예시 답은 [부록] 참고

1. 이 글의 내용과 일치하지 <u>않는</u> 것은?( )

① 사씨의 부친은 귀양지에서 죽었다.

② 유 한림은 우유부단한 면이 있다.

③ 유현은 매파의 말을 완전히 믿지 않았다.

④ 유 한림은 귀양갈 때까지도 사씨를 믿지 않았다.

⑤ 교씨는 처음부터 사씨를 죽이려고 하였다.

2. 다음 〈보기〉의 밑줄 친 부분과 관련 있는 한자성어는?( )

〈보기〉

그러나 태우서세가 상소하여 귀양을 가게 되니, 교녀가 비복을 거느려 <u>상 밖에 나아</u> <u>가 짐짓 슬피 통곡하는 체 이별하였다.</u>

"첩이 어찌 혼자 있으리요. 상공을 쫓아 생사를 한 가지로 하려 하나이다."

하니 한림이 말하였다.

① 동병상련(同病相憐)

② 생사고락(生死苦樂)

③ 회자정리(會者定離)

④ 마이동풍(馬耳東風)

⑤ 표리부동(表裏不同)

▶ 모범 답은 [부록] 참고

I can do it.

양반전 兩班傳

고전소설

박지원(朴趾源, 1737~1805)

- 조선 후기의 문신. 실학자. 호(號)는 연암(燕巖).
- 1765년 처음 과거에 응시했으나 낙방, 이후 과거 시험에 뜻을 두지 않고 오직 학문과 저술에만 전념함.
- 1780년(정조4) 북경·열하를 여행하고 돌아와 견문을 정리해 〈열하일기〉를 집필함.
- 말년에 한성부판관, 안의현감, 면천군수, 양양부사 등을 역임함.
- 저서 : 〈열하일기(熱河日記)〉, 〈연암집(燕巖集)〉

- □ **갈래** 고전 소설(한문 소설)
- □ **시대** 조선 후기
- □ **성격** 풍자적, 비판적
- □ **문체** 번역체, 문어체
- □ **배경** 시대 - 18세기, 공간 - 정선군, 사상 - 실학사상
- □ **제재** 양반 매매
- □ **주제** 양반들의 허위의식과 특권의식 비판
- □ **의의** 시대 현실을 반영하고 있는 사실성이 돋보이는 작품
- □ **출전** 〈연암집(然巖集)〉

양반인 작가가 이 글을 쓰게 된 이유를 생각하며 감상해 보자.

이 작품은 조선 후기 신분 질서의 변동과 밀접한 관련이 있다. 이앙법, 견종법 등의 도입으로 농업 생산력이 증가하고 상공업이 발달함에 따라 새롭게 부를 축적한 부농층과 신흥 상공인 계층이 등장하게 된다. 이들은 경제적으로 높은 지위를 차지하게 됨에 따라 점차 사회 신분의 상승을 꾀하게 된다.

양반전 兩班傳

양반이란, 사족(士族)[1]들을 높여서 부르는 말이다.

정선군(旌善郡)에 한 양반이 살았다. 이 양반은 어질고 글 읽기를 좋아하여 항상 군수가 새로 부임하면 으레 몸소 그 집을 찾아와서 인사를 드렸다. 그런데 이 양반은 집이 가난하여 해마다 고을의 환자[2]를 타다 먹은 것이 쌓여서 천 석에 이르렀다. 강원도 감사가 군읍을 순시하다가 정선에 들러 환곡의 장부를 열람하고 크게 화를 내어,

"어떤 놈의 양반이 이처럼 군량[3]을 축냈단 말이냐?"

하고는, 곧 명을 내려 그 양반을 잡아 가두게 했다. 군수도 그 양반이 가난해서 갚을 힘이 없는 것을 딱하게 여기면서도 차마 가두지 못했지만, 그렇다고 무슨 도리가 있는 것은 아니었다.

양반 역시 밤낮 울기만 하고 해결할 방도를 찾지 못했다. 그 부인

---

1 문벌이 높은 집안. 또는 그 자손.
2 각 고을의 사창에서 백성에게 곡식을 꾸어 주던 제도. 환곡(還穀).
3 軍糧. 원문에는 '군흥(軍興)'이라고 되어 있는데, 이는 환곡을 의미하는 것으로 환곡은 원래 국가 비상시를 대비한 군량이었음..

이 역정을 냈다.

"당신은 평생 글 읽기만 좋아하더니 고을의 환곡을 갚는 데는 아무런 도움이 안 되는군요. 쯧쯧. 양반, 양반이란 한 푼어치도 안 되는 걸."

그 마을에 사는 한 부자가 이 소식을 듣고 가족들과 의논하였다.

"양반은 아무리 가난해도 늘 존귀하게 대접받지만, 나는 아무리 부자라도 항상 비천하지 않느냐? 말도 못하고, 양반만 보면 굽신거리며 두려워해야 하고, 엉금엉금 가서 정하배(庭下拜)[4]를 하는데, 코를 땅에 대고 무릎으로 기는 등 우리는 노상 이런 수모를 받는단 말이다. 이제 동네 양반이 가난해서 타먹은 환자를 갚지 못하고 시방 아주 난처한 판이라니, 그 형편이 도저히 양반을 지키지 못할 것이다. 내가 장차 그의 양반을 사서 가져 보겠다."

부자는 곧 양반을 찾아가 보고 자기가 대신 환자를 갚아 주겠다고 청했다. 양반은 크게 기뻐하며 승낙했다. 그래서 부자는 즉시 곡식을 관가에 실어가서 양반의 환자를 갚았다.

군수는 양반이 환곡을 모두 갚은 것을 놀랍게 생각했다. 군수가 몸소 찾아가서 양반을 위로하고, 또 환자를 갚게 된 사정을 물어보려고 했다. 그런데 뜻밖에 양반이 벙거지[5]를 쓰고 짧은 잠방이[6]를 입고 길에 엎드려 '소인'이라고 자칭하며 감히 쳐다보지도 못하고 있지 않은가. 군수가 깜짝 놀라 내려가서 부축하고,

"귀하는 어찌 이다지 스스로 낮추어 욕되게 하시는가요?"

---

4 뜰 아래에서 절을 올림.
5 주로 병졸이나 하인이 쓰던 털로 검고 두껍게 만든 모자.
6 가랑이가 무릎까지 올라오는 짧은 남자용 홑바지.

하고 말했다. 양반은 더욱 황공해서 머리를 땅에 조아리고 엎드려 아뢰었다.

"황송하오이다. 소인이 감히 욕됨을 자청하는 것이 아니오라, 이미 제 양반을 팔아서 환곡을 갚았습지요. 동리의 부자 사람이 양반이옵니다. 소인이 이제 다시 어떻게 전의 양반을 모칭[7]해서 양반 행세를 하겠습니까?"

군수는 감탄해서 말했다.

"군자로구나, 부자여! 양반이로구나, 부자여! 부자이면서도 인색하지 않으니 의로운 일이요, 남의 어려움을 도와주니 어진 일이요, 비천한 것을 싫어하고 존귀한 것을 사모하니 지혜로운 일이다. 이야말로 진짜 양반이로구나. 그러나 사사로이 팔고 사고서 증서를 해두지 않으면 송사[8]의 꼬투리가 될 수 있다. 내가 너와 약속을 해서 군민으로 증인을 삼고 증서를 만들어 미덥게 하되 본관이 마땅히 거기에 서명할 것이다."

그리고 군수는 관부로 돌아가서 고을 안에 사는 사족(士族)과 농공상(農工商)들을 모두 불러 관정에 모았다. 부자는 향소(鄕所)[9]의 오른쪽에 서고, 양반은 공형(公兄)[10]의 아래에 섰다.

그리고 증서를 만들었다.

건륭(乾隆) 10년 9월 일
위에 명문(明文)[11]은 양반을 팔아서 환곡을 갚은 것으로 그 값은

---

7 冒稱. 성명을 거짓으로 꾸며댐.
8 訟事. 백성들끼리의 분쟁을 관청에 호소하여 그 판결을 구하는 일.
9 유향소. 지방 수령을 보좌하던 자문기관.
10 삼공형. 조선 시대 각 고을의 구실아치인 호장, 이방, 수형리를 이름.

천 석이다. 오직 이 양반은 여러 가지로 일컬어지나니, 글을 읽으면 가리켜 사(士)라 하고, 정치에 나아가면 대부(大夫)가 되고, 덕이 있으면 군자(君子)이다. 무반(武班)은 서쪽에 늘어서고 문반(文班)은 동쪽에 늘어서는데, 이것이 '양반'이니 너 좋을 대로 따를 것이다. 야비한 일을 딱 끊고 옛것을 본받아 뜻을 고상하게 할 것이며, 늘 오경(五更)만 되면 일어나 황(黃)에다 불을 당겨 등잔을 켜고 눈은 가만히 코끝을 보고 발꿈치를 궁둥이에 모으고 앉아 동래박의(東萊博義)[12]를 얼음 위에 박 밀듯 왼다. 배고픔을 참고 추위를 견뎌 입으로 설궁(說窮)[13]을 하지 아니하되, 고치 탄뇌(叩齒彈腦)[14]를 하며 입안에서 침을 가늘게 내뿜어 연진(嚥津)[15]을 한다. 소매자락으로 모자를 쓸어서 먼지를 털어 물결 무늬가 생겨나게 하고, 세수할 때 주먹을 비비지 말고, 양치질해서 입내를 내지 말고, 소리를 길게 뽑아서 여종을 부르며, 걸음을 느릿느릿 옮겨 신발을 땅에 끈다. 그리고 고문진보(古文眞寶)[16], 당시품휘(唐詩品彙)[17]를 깨알같이 베껴 쓰되 한 줄에 백 자를 쓰며, 손에 돈을 만지지 말고, 쌀값을 묻지 말고, 더위도 버선을 벗지 말고, 밥을 먹을 때 맨상투로 밥상에 앉지 말고, 국을 먼저 훌쩍훌쩍 떠먹지 말고, 무엇을 후루루 마시지 말고, 젓가락으로 방아를 찧지 말고, 생파를 먹지 말고, 막걸리를 들이켠 다음 수염을 쭈욱 빨지 말고, 담배를 피울 때 볼에 우물이 파이게 하지 말

---

11 증서.

12 송 나라 여조겸(呂祖謙)이 지은 책. 춘추좌씨전(春秋左氏傳)에 대한 사평(史評).

13 구차한 형편을 남에게 말함.

14 고치-이를 여러 번 마주침. 탄뇌-손가락으로 머리를 가볍게 두드림.

15 도가의 양생법 중 하나.

16 송나라 말기에 황견이 주나라 때부터 송나라 때까지의 시문을 모아 엮은 책.

17 중국 명나라의 고병이 편찬한 당시선집.

고, 화난다고 처를 두들기지 말고, 성내서 그릇을 내던지지 말고, 아이들에게 주먹질을 말고, 노복들을 야단쳐 죽이지 말고, 마소를 꾸짖되 그 판 주인까지 욕하지 말고, 아파도 무당을 부르지 말고, 제사 지낼 때 중을 청해다가 재(齋)를 드리지 말고, 추워도 화로에 불을 쬐지 말고, 말할 때 이 사이로 침을 흘리지 말고, 소 잡는 일을 말고, 돈을 가지고 노름을 말 것이다. 이와 같은 모든 품행이 양반에 어긋남이 있으면, 이 증서를 가지고 관에 나와 변정[18]할 것이다.

　성주(城主) 정선군수(旌善郡守) 화압(花押)[19]. 좌수(座首) 별감(別監) 증서(證書)

　이에 통인[20]이 탁탁 인(印)을 찍어 그 소리가 엄고[21] 소리와 마주치매 북두성이 종으로, 삼성이 횡으로 찍혀졌다.

　부자는 호장(戶長)이 증서를 읽는 것을 쭉 듣고 한참 머엉하니 있다가 말했다.

　"양반이라는 게 이것뿐입니까? 나는 양반이 신선같다고 들었는데 정말 이렇다면 너무 재미가 없는 걸요. 원하옵건대 무어 이익이 있도록 문서를 바꾸어 주옵소서."

　그리하여 문서를 다시 작성했다.

　하늘이 민(民)을 낳을 때 민을 넷으로 구분했다. 사민(四民) 가운데 가장 높은 것이 사(士)이니 이것이 곧 양반이다. 양반의 이익은 막대

---

18 辨正. 옳고 그름을 가리어 바로잡음.

19 수결(手決). 사인(sign).

20 通引. 관아의 심부름꾼.

21 嚴鼓. 시간을 알리는 북.

하니, 농사도 안 짓고, 장사도 않고, 약간 문사(文史)를 섭렵해 가지고 크게는 문과 급제요, 작게는 진사가 되는 것이다. 문과의 홍패[22]는 길이 두 자 남짓한 것이지만 백물이 구비되어 있어 그야말로 돈자루인 것이다. 진사가 나이 서른에 처음 관직에 나가더라도 오히려 이름 있는 음관[23]이 되고, 잘 되면 남행[24]으로 큰 고을을 맡게 되어, 귀밑이 일산[25] 바람에 희어지고, 배가 요령 소리에 커지며, 방에는 기생이 귀고리로 치장하고, 뜰에선 곡식으로 학을 기른다. 궁한 양반이 시골에 묻혀 있어도 강제로 행하여 이웃의 소를 끌어다 먼저 자기 땅을 갈고, 마을의 일꾼을 잡아다 자기 논의 김을 맨들 누가 감히 나를 괄시하랴. 너희들 코에 잿물을 들이붓고 머리 끄덩을 희희 돌리고 수염을 낚아채더라도 누구 감히 원망하지 못할 것이다.

부자는 증서를 중지시키고 혀를 내두르며

"그만 두시오, 그만 두어. 맹랑하구먼. 나를 장차 도둑놈으로 만들 작정인가."

하고 머리를 흔들고 가버렸다.

부자는 평생 다시 양반 말을 입에 올리지 않았다 한다.

---

22 紅牌. 문과 과거의 합격증.
23 蔭官. 과거에 의하지 아니하고 조상의 덕으로 벼슬길에 나아가는 것.
24 南行. 과거에 의하지 아니하고 문벌을 따라 벼슬을 내리는 것.
25 日傘. 햇볕을 가리기 위해 한데다 세우는 큰 양산.

■ **줄거리 정리**

　강원도 정선 고을에 한 양반이 있었는데 너무 가난하여 관가에서 내주는 환자를 타먹은 빚이 산더미처럼 쌓여 천 석이나 되었다. 이 고을에 순찰차 들린 관찰사가 관곡 천 석이 빈 연유를 알고는 당장 그 양반을 투옥하라고 했다. 군수는 난감하기 그지없었고, 양반은 울기만 하고 있었다. 이때 이웃에 사는 부자가 그 소문을 듣고 양반을 찾아가서 양반을 팔라고 하자 양반은 기꺼이 승낙하여 부자는 관곡을 갚아준다. 자초지종을 들은 군수는 군민들을 모아놓고 양반권 매매 계약서의 작성에 들어갔다. 처음에 양반의 행동거지를 하나하나 열거하자 부자는 양반이 좋은 것인 줄 알았는데 행동의 구속만 받아서야 되겠느냐며 좋은 일이 있게 해 달라고 한다. 이에 군수는 두 번째 문서를 작성한다. 양반의 횡포를 하나하나 나열하는데, 부자는 그런 양반은 도둑이나 다를 바 없다면서 도망쳤다. 그리고 다시는 양반을 입에 올리지도 않았다고 한다.

■ **보충 정리**

1. 〈양반전〉의 풍자 대상인 양반의 두 모습
　① 첫째 문서 : 무위도식하며 공허한 관념과 겉치레에 얽매인 비생산적 계층.
　② 둘째 문서 : 개인의 이익만을 취하며 부당한 특권을 남용하는 계층으로 이에 대한 비판의 강도가 더 세다.

2. 연암 소설의 특징
　① 풍자적 성격 : 몰락해 가는 봉건사회와 새로운 사회의 등장 속에서 조선 사회의 허의의식을 신랄하게 비판함.
　② 사실주의적 특성 : 당대 평민층의 모습을 생생하게 포착하는 사실주의적 기법으로 뛰어난 소설적 성과를 이룩함.

깊이 생각해보기

1. 이 글의 대화 중에서 양반의 부도덕함을 가장 함축적으로 표현한 대목이 어디인가 생각해 보자.
2. 이 글을 읽고 양반인 작가의 계급적 한계성은 무엇인지 생각해 보자.

▶ 예시 답은 [부록] 참고

1. 이 글에 나타난 양반의 행동 중 그 종류가 <u>다른</u> 하나는?( )

① 깨알같이 베껴 쓰되 한 줄에 백 자를 쓴다.

② 맨상투로 밥상에 앉지 않는다.

③ 이웃의 소를 끌어다 먼저 자기 땅을 간다.

④ 화난다고 처를 두들기지 않는다.

⑤ 아파도 무당을 부르지 않는다.

2. 이 글에서 부자의 어떤 행동이 풍자의 대상이 되고 있는가?( )

① 천한 신분으로 양반의 빚을 갚아준 것

② 부정한 방법으로 부자가 된 것

③ 돈이 많으면서도 군수에게 뇌물을 주지 않은 것

④ 돈으로 신분 상승을 할 수 있다고 믿는 것

⑤ 양반을 돈으로 사놓고 도망쳐 버린 것

▶ 모범 답은 [부록] 참고

광문자전 _{廣文者傳}

고전소설

박지원(朴趾源, 1737~1805)

- 조선 후기의 문신. 실학자. 호(號)는 연암(燕巖).

- 1765년 처음 과거에 응시했으나 낙방, 이후 과거 시험에 뜻을 두지 않고 오직 학문과 저술에만 전념함.

- 1780년(정조4) 북경?열하를 여행하고 돌아와 견문을 정리해 〈열하일기〉를 집필함.

- 말년에 한성부판관, 안의현감, 면천군수, 양양부사 등을 역임함.

- 저서 : 〈열하일기(熱河日記)〉, 〈연암집(燕巖集)〉

- □ **갈래** 고전 소설(한문 소설)
- □ **시대** 조선 후기
- □ **성격** 풍자적, 비판적, 사실주의적
- □ **문체** 번역체, 문어체
- □ **제재** 정직한 거지의 생활
- □ **주제** 정직하고 소탈한 인간상 추구, 허욕에 물든 양반 세태 비판
- □ **의의** 당시의 사회상을 생생하게 묘사한 사실주의적 작품
- □ **출전** 〈연암집(然巖集)〉

감상의
주안점

사람을 겉치레로 평가하는 세태를 비판하며 감상해 보자.

도움말

이 소설은 비천한 거지인 광문의 순진성과 거짓 없는 인격을 그림으로써 양반이나 서민이나 인간
은 똑같다는 것을 강조하고 권모술수가 판을 치던 당시의 양반사회를 은근히 풍자한 작품이다.

광문자전 廣文者傳

광문(廣文)은 비렁뱅이다. 그는 예전부터 종루[1] 시장 바닥을 돌아 다니며 밥을 빌었다. 길거리의 여러 비렁뱅이 아이들이 광문을 두목으로 추대하여, 자기들의 보금자리인 구멍집을 지키게 하였다.

하루는 날씨가 춥고 진눈깨비가 흩날렸는데, 여러 아이들이 서로 이끌고 밥을 빌러 나갔다. 한 아이만 병에 걸려 따라가지 못하였다. 얼마 뒤에 그 아이가 더욱 추워하더니, 신음 소리마저 아주 구슬퍼 졌다. 광문이 그를 매우 불쌍히 여겨, 직접 구걸하러 나가서 밥을 얻었다. 병든 아이에게 먹이려고 하였지만, 아이는 벌써 죽어 버렸다.

여러 아이들이 돌아와서는, 광문이 그 아이를 죽였다고 의심하였다. 그래서 서로 의논하여 광문을 두들겨 패고는 내쫓아 버렸다.

광문이 밤중에 엉금엉금 기어서 동네 안의 어떤 집으로 들어갔는데, 그 집 개가 놀라는 바람에 주인이 깨었다. 집주인이 광문을 도둑인 줄 알고 잡아 묶자, 광문이 이렇게 외쳤다.

"나는 원수를 피해서 온 놈이유. 도둑질할 뜻은 없어유. 영감님이

내 말을 믿지 않는다면, 아침 나절 종루 시장 바닥에서 밝혀 드리겠어유."

그의 말씨가 순박하였으므로, 주인 영감도 마음속으로 광문이 도둑이 아닌 것을 알아챘다. 그래서 새벽에 풀어 주었다. 광문은 고맙다고 인사한 뒤에, 거적때기를 얻어 가지고 가 버렸다.

그러나 주인 영감은 끝내 그를 괴이하게 여겨, 그의 뒤를 밟았다. 마침 여러 거지 아이들이 한 시체를 끌어다가 수표교[2]에 이르더니, 그 시체를 다리 아래에 던지는 것이 보였다. 광문이 다리 아래에 숨었다가 그 시체를 거적때기에 싸더니, 남몰래 지고 갔다. 서문 밖 무덤 사이에 묻고 나서는, 울면서 무슨 말인지 중얼거렸다.

집 주인이 광문을 잡고서 그 영문을 물었다. 광문이 그제야 앞서 있었던 일과 어제 한 일들을 다 말해 주었다. 주인 영감은 마음 속으로 광문을 의롭게 여겨서, 그와 함께 집으로 돌아왔다. 광문에게 옷을 주고는 두텁게 대하였다. 그리고 광문을 약방 부자에게 추천하여, 고용살이를 시켰다.

오래 뒤에 약방 부자는 문 밖으로 나섰다가 자꾸만 돌아오곤 하였다. 그리고는 다시 방 안에 들어와 자물쇠를 살펴보고는, 문 밖으로 나갔다. 그의 얼굴빛은 자못 불쾌한 듯하였다가 돌아와 깜짝 놀라더니, 광문을 물끄러미 바라보았다. 무엇인가 말하려다가, 얼굴빛이 바뀌더니 그만두었다.

광문은 그 이유를 정말 몰랐다. 날마다 잠자코 일했을 뿐이지, 감히 하직하고 떠나지도 못했다. 며칠이 지나자 부자의 처조카가 돈을

---

2 水標橋. 조선 세종 때 청계천에 가설한 돌다리.

가지고 와서 부자에게 돌려주며 말했다.

"지난 번 제가 아저씨께 돈을 꾸러 왔더니, 마침 아저씨가 계시지 않았어요. 그래서 제가 스스로 방에 들어가 돈을 가지고 갔었지요, 아마 아저씨께서는 모르고 계셨겠지요."

그제야 부자는 광문에게 매우 부끄러워하면 사과하였다.

"나는 소인이네. 이 일 때문에 점잖은 사람의 마음을 상하게 하였네그려. 내 이제 자네를 볼 낯이 없네."

그리고는 자기의 모든 친구와 다른 부자나 큰 장사치들에게까지 광문은 의로운 사람이라고 두루 칭찬하였다. 그는 또 종실[3]의 손님들과 공경[4]의 문하에 다니는 이들에게 이르는 곳마다 광문을 칭찬하였다. 그래서 공경의 문하에 다니는 이들과 종실의 손님들이 모두 광문을 이야깃거리로 삼아, 밤마다 그들의 베갯머리에서 들려주었다.

그리하여 몇 달 사이에 사대부들이 광문의 이름을 모두 옛날 훌륭한 사람의 이름처럼 알게 되었다. 그래서 한양 사람들이 모두들,

"광문을 우대하던 중인 영감이야말로 참으로 어질고도 사람을 잘 알아보는 분이지."

하고 부자를 칭찬하였고, 더욱이

"약방 부자야말로 정말 점잖은 사람이야."

하고 부자를 갈수록 더 칭찬하였다.

그런데, 이 때 돈놀이꾼들은 대체로 머리 장식품이나 구슬, 비취옥

---

3 宗室. 임금의 친족(親族). 종친(宗親)
4 公卿. 높은 벼슬아치들.

따위, 또는 옷, 그릇, 집, 농장, 종 등의 문서를 전당 잡고서 밑천을 계산해서 빌려주고 있었다. 그러나 광문은 남의 빚을 보증서면서도 전당 잡을 물건이 있는지를 묻지 않았다. 천 냥도 대번에 승낙하였다.

광문의 사람됨을 말한다면, 그의 모습은 아주 더러웠고, 그의 말씨도 남을 움직이지 못했다. 입이 넓어서 두 주먹이 한꺼번에 드나들었다. 그는 또 만석중놀이[5]를 잘하고, 철괴춤[6]을 잘 추었다. 당시에 아이들이 서로 헐뜯는 말로,

"니네 형이야말로 달문(達文)이지?"

라는 말이 유행하였다. '달문'이란 광문의 또 다른 이름이었다.

광문이 길에서 싸우는 이들을 만나면, 자기도 역시 옷을 벗어 젖히고 함께 싸웠다. 그러다가 무슨 말인가 지껄이면서 머리를 숙이고 땅바닥에 금을 그었다. 마치 그들의 옳고 그름을 따지는 듯했다. 그러는 꼴을 보고서 시장 사람들이 모두 웃었다. 싸우던 자들도 역시 웃다가 모두 흩어져 버리곤 하였다.

광문은 나이 마흔이 넘도록 그대로 총각 머리를 땋았다. 남들이 장가들기를 권하면 그는,

"대체로 아름다운 얼굴을 모두 좋아하는 법이지. 그런데 사내만 그런 게 아니라, 여인네들도 역시 그렇거든. 그러니 나처럼 못생긴 놈이 어떻게 장가를 들겠어?"

하였다. 남들이 살림을 차리라고 하면 이렇게 사양하였다.

"나는 부모도 없고 형제 처자도 없으니, 무엇으로 살림을 차리겠소? 게다가 아침나절이면 노래 부르며 시장 바닥으로 들어갔다가,

---

5 음력 4월 8일 개성지방에서 공연되던 인형극놀이. 대사는 없고 불교음악을 반주로 사용한다.
6 이철괴의 탈을 쓰고 추는 춤. '이철괴'는 술취한 신선을 가리킴.

날이 저물면 부잣집 문턱 아래서 잠을 잔다오. 한양에 집이 팔만이
나 되니, 날마다 잠자는 집을 옮겨 다녀도 내가 죽을 때까지 다 돌아
다닐 수 없을 정도라오."

  한양의 이름난 기생들은 모두 아리땁고 예쁘며 말쑥하였다. 그러
나 광문이 칭찬해 주지 않으면 한 푼 어치의 값도 나가지 못하였다.
지난번에 우림아[7]와 각전의 별감 또는 부마도위[8]의 겸종들이 소매
를 나란히 하여 운심을 찾았다. 운심은 이름난 기생이었다. 당(堂)
위에다 술자리를 벌이고 비파를 뜯으며, 운심의 춤을 즐기려고 하였
다. 그러나 운심은 일부러 시간을 늦추면서 춤을 추려하지 않았다.
  광문이 밤에 찾아가 당 아래에서 어정이다가, 곧 들어가서 그들의
윗자리에 서슴지 않고 앉았다. 광문은 비록 옷이 다 떨어지고 그 행
동이 창피하였지만, 그의 뜻은 몹시 자유로웠다. 눈구석이 짓물러서
눈곱이 낀 채로 술 취한 듯 트림하여 양털처럼 생긴 그 머리로서 뒤
꼭지에다 상투를 틀었다. 자리에 앉았던 사람들이 모두 깜짝 놀랐
다. 서로 눈짓해서 광문을 몰아내려고 하였다. 그러나 광문은 더 앞
으로 다가 앉아 무릎을 어루만지며 가락을 뽑아, 콧노래로 장단을
맞추었다.
  운심이 그제야 일어나서 옷을 갈아입고 광문을 위해서 칼춤을 추
었다. 자리에 앉았던 사람들이 모두 기뻐하였다. 그들은 다시금 광
문과 벗으로 사귀고 흩어졌다.

---

7 羽林兒. 조선의 금군의 하나인 우림위(羽林衛)에 근무하는 사람.
8 왕이 타던 부마(駙馬)를 맡아보는 직책.

■ **줄거리 정리**

광문(廣文)은 청계천변에 움막을 짓고 사는 거지의 우두머리다. 어느 날 동료들이 모두 걸식을 나간 사이에 병들어 누워 있는 거지 아이를 혼자서 간호하다가 그 아이가 죽어버리자 동료들의 오해를 사게 되어 거기서 도망친다. 어떤 집 주인이 다음 날 거지들이 버린 아이의 시체를 광문이 몰래 거두어 산에다 묻어 주는 것을 목격하고 가상히 여겨 약방 부자에게 소개한다. 점원이 된 그는 그곳에서 처음에는 의심도 받았으나 정직함과 허욕이 없는 원만한 인간성으로 많은 사람의 인정을 받게 된다. 나이가 차서 결혼할 때가 되었으나 그는 자신의 추한 몰골을 생각하고 아예 결혼할 생각을 하지 않고 많은 이들의 칭송을 들으며 그들과 벗이 되어 살아간다.

■ **보충 정리**

1. 〈광문자전〉의 창작 동기 : 작자는 서문에서 '광문은 궁한 걸인으로서 그 명성이 실상보다 훨씬 더 컸다. 즉, 실상은 더럽고 추하여 보잘 것 없었지만, 그의 성품과 행적으로 나타난 명성은 참으로 대단한 것이었다. 그리고 그는 원래 세상에서 명성 얻기를 좋아하지도 않았다. 그러나 형벌을 면하지 못하였다. 하물며 도둑질로 명성을 훔치고, 돈으로 산 가짜 명성을 가지고 다툴 일인가.'라 하여, 당시 양반을 사고 판 어지러운 세태를 꾸짖고 있는데, 이것이 창작 동기라고 할 수 있다.

2. 〈광문자전〉의 등장 인물

① 광문 : 걸인의 두목으로 어디를 가나 한몫하며, 비록 얼굴은 못 생겼으나 의를 지키고 순진한 생활을 하여 참다운 인간성이 무엇인가를 보여 주는 인물

② 기타 : 걸인들, 주인영감, 생약포 부인의 처조카, 생약포 부인, 별감 등 복잡한 인물 구성으로, 서민과 양반이 서로 어울려 등장하는 것이 특색이다.

깊이 생각해보기

1. 이 글을 통하여 작가는 당시 사회의 어떤 점을 비판하려고 하였는지 생각해 보자.

2. 주인공 광문의 어떤 점이 사람들을 감동시켰는지 생각해 보자.

▶ 예시 답은 [부록] 참고

1. 이 글의 주인공 광문의 행동을 통해 작가가 말하고자 하는 바와 가장 알맞은 내용의 시조는?

( )

① 오늘도 다 새거다 호미 메고 가자스라 / 내 논 다 매여든 네 논 좀 매어주마 / 올 길에 뽕 따다가 누에 먹여 보자스라

② 가마귀 검다하고 백로야 웃지마라 / 겉이 검은들 속조차 검을쏘냐 / 아마도 겉 희고 속 검은손 너뿐인가 하노라

③ 까마귀 싸우는 골에 백로야 가지 마라 / 성낸 까마귀 흰 빛을 세올세라 / 청강에 이껏 씻은 몸 더러 일까 하노라

④ 태산이 높다하되 하늘 아래 뫼이로다 / 오르고 또 오르면 못 오를리 없건마는 / 사람이 제 아니 오르고 뫼만 높다 하더라

⑤ 마을 사람들아 옳은 일을 하자스라 / 사람이 되어 나서 옳지 곧 못하면 / 마소를 갓고깔 씌워 밥 먹이나 다르랴

2. 다음 〈보기〉와 같은 광문의 생활 태도를 가장 잘 나타내는 한자 성어는? ( )

〈보기〉

아침나절이면 노래 부르며 시장 바닥으로 들어갔다가, 날이 저물면 부잣집 문턱 아래서 잠을 잔다오. 한양에 집이 팔만이나 되니, 날마다 잠자는 집을 옮겨 다녀도 내가 죽을 때까지 자 돌아다닐 수 없을 정도라오.

① 삼순구식(三旬九食)

② 인생무상(人生無常)

③ 조삼모사(朝三暮四)

④ 안빈낙도(安貧樂道)

⑤ 남부여대(男負女戴)

▶ 모범 답은 [부록] 참고

I can do it.

고전수필 古典隨筆

고전 수필(古典隨筆)에 대하여

1. 개념 : 중세 이후의 패관 문학 작품들을 비롯한 근세 후기의 많은 문집의 글들을 고전 수필이라
   할 수 있음. 수필이란 명칭은 박지원의 〈열하일기(熱河日記)〉 중에 있는 '일신수필' 등의 용례에
   서 보듯이 일찍부터 쓰여 왔는데, 이것은 만필, 만록, 시화, 잡기 등과 거의 비슷한 뜻으로 사용된
   것임.

2. 특징
   ① 형태는 일기, 기행, 수기, 회고록, 궁정수상, 내간, 창작 수필 등 다양함.
   ② 처음에는 한문, 나중에는 순 한글로 씌어지기 시작함.
   ③ 중세 이후, 특히 임진왜란과 병자호란 이후 크게 발전함.
   ④ 내간체 : 15세기 중엽 창제된 한글이 사대부 여성들을 중심으로 보급되면서 편지와 기행, 생활
      기록에 널리 쓰이는 과정에서 이루어진 문체
   ⑤ 궁정 수필 : 여성 특유의 섬세하고, 우아한 표현으로 곡진한 정서와 인간미 넘치는 내간체 문
      장으로 궁중에서 일어났던 역사적 사건을 우아하고 섬세하게 표현한 수필 문학의 백미

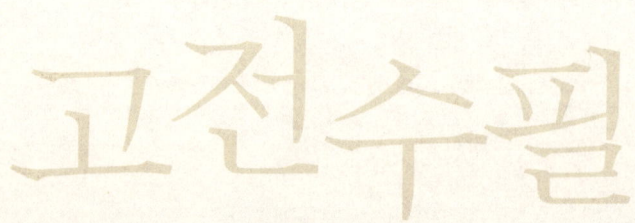

이옥설 理屋說

고전수필

이규보(李奎報, 1168~1241)

- 고려 시대의 문신, 문인. 호(號)는 백운거사(白雲居士).
- 몽골군의 침입을 진정표(陳情表)로써 격퇴한 명문장가.
- 시·술·거문고를 즐겨 삼혹호(三酷好) 선생이라 자칭했으며, 만년에 불교에 귀의함.
- 저서 : 〈동국이상국집(東國李相國集)〉, 〈백운소설(白雲小說)〉, 〈국선생전(麴先生傳)〉 등.

- **갈래** 고전 수필
- **시대** 고려 말기
- **성격** 교훈적, 경험적
- **구성** 미괄식 구성
- **제재** 퇴락한 행랑채
- **주제** 잘못을 미리 알고 그것을 고쳐 나가는 자세의 중요성
- **출전** 〈동국이상국집(東國李相國集)〉

서둘러야 할 일을 늦추는 바람에 낭패를 당한 경험을 생각하며 감상해 보자.

퇴락한 행랑채를 수리하는 과정에서 느낀 점을 인간의 삶의 이치와 나라를 다스리는 경륜으로 확대하여 해석한 작품임.

이옥설 理屋說

　행랑채가 퇴락[1]하여 지탱할 수 없게끔 된 것이 세 칸이었다. 나는 마지못하여 이를 모두 수리하였다. 그런데 그 중의 두 칸은 앞서 장마에 비가 샌 지가 오래 되었으나, 나는 그것을 알면서도 이럴까 저럴까 망설이다가 손을 대지 못했던 것이고, 나머지 한 칸은 비를 한 번 맞고 샜던 것이라 서둘러 기와를 갈았던 것이다. 이번에 수리하려고 본즉, 비가 샌 지 오래 된 것은 그 서가래[2], 추녀, 기둥, 들보가 모두 썩어서 못 쓰게 되었던 까닭으로 수리비가 엄청나게 들었고, 한 번밖에 비를 맞지 않았던 한 칸의 재목들은 완전하여 다시 쓸 수 있었던 까닭으로 그 비용이 많지 않았다.

　나는 이에 느낀 것이 있었다. 그것은 사람의 몸에 있어서도 마찬가지라는 사실이다. 잘못을 알고서도 바로 고치지 않으면 곧 그 자신이 나쁘게 되는 것이 마치 나무가 썩어서 못 쓰게 되는 것과 같으

---

1 頹落. 무너지고 떨어짐.
2 건물의 칸과 칸 사이에 두 기둥 위를 건너지른 나무.

며, 잘못을 알고 고치기를 꺼리지 않으면 해(害)를 받지 않고 다시 착한 사람이 될 수 있으니, 저 집의 재목처럼 말끔하게 다시 쓸 수 있는 것이다.

뿐만 아니라 나라의 정치도 이와 같다. 백성을 좀먹는 무리들을 내버려 두었다가는 백성들이 도탄에 빠지고 나라가 위태롭게 된다. 그런 연후에 급히 바로잡으려 하면 이미 썩어 버린 재목처럼 때는 늦은 것이다. 어찌 삼가지 않겠는가.

■ **내용 정리**

이 작품의 주제가 독자들에게 설득력을 발휘하게 되는 것은 평범한 생활의 문제를 놓고 삶의 자세와 방법에까지 그 사상을 확대시켜 나간 점이다. 예시의 효과를 최대한 발휘하고 있는 것이 이 글의 특징이다. 효과적인 예화를 통하여, 그야말로 집수리 같은 것을 예로 평범한 사람이 살아가는 자세와 방법, 나아가 나라를 바로잡고 백성의 안정된 삶을 위한 시의 적절한 개혁 정치의 필요성에 대한 비유적으로 말하고 있다. 그러니까 작은 잘못이라도 바로 고쳐야 하며, 알고도 고치지 않으면 더 큰 문제가 생긴다는 평범한 진리로 독자를 설득하고 있다.

■ **보충 정리**

□ 〈동국이상국집(東國李相國集)〉에 대하여

① 53권 13책. 이규보의 아들 함(涵)이 1241년 전집(前集) 41권을, 그 이듬해에 후집(後集) 12권을 편집하여 간행함.

② 전집은 시·부(賦)·전(傳)를 비롯한 각종의 문학적인 글들이 25권을 이루고, 나머지는 서(書)·장(狀)·표(表) 등 개인적인 편지 및 관원으로서 나라에 바친 글들, 교서·비답·조서 등 임금을 대신해 작성한 글들, 비명·뇌문(文)·제축(祭祝) 등 장례나 제사, 불교 행사에 쓰인 글들이 담겨 있음.

③ 후집은 시가 더욱 압도적이어서 10권을 점하며, 서·표·잡저 등이 실려 있으며, 많은 시 중에서도 특히 서사시 〈동명왕편(東明王篇)〉은 282구에 이르는 장편으로서 고구려 건국의 신화를 웅장하게 서술함.

깊이 생각 해보기

1. 이 글의 주제를 드러내기 위해 사용한 방법은 무엇인지 생각해 보자.

▶ 예시 답은 [부록] 참고

1. 이 글의 특성으로 거리가 먼 것은?(   )

① 직접적 고백을 통한 호소력 증대

② 허구적 인물의 등장을 통한 갈등 해소

③ 사물에 대한 통찰을 통한 주제 의식 강화

④ 1인칭 서술의 사용을 통한 개성 표출

⑤ 경험의 진술을 통한 친근감 표현

2. 이 글과 다음 〈보기〉의 시조의 주제상의 공통점은?(   )

> 〈보기〉
>
> 오늘도 다 새거다 호미 메고 가쟈스라.
>
> 내 논 다 매여든 네 논 졈 매여 주마.
>
> 올 길에 뽕 따다가 누에 먹여 보쟈스라.
>
> - 정철 -

① 시간성(時間性)

② 풍자성(諷刺性)

③ 역사성(歷史性)

④ 교훈성(敎訓性)

⑤ 저항성(抵抗性)

▶ 모범 답은 [부록] 참고

경설 鏡說

고전수필

이규보(李奎報, 1168~1241)

□ 고려 시대의 문신, 문인. 호(號)는 백운거사(白雲居士).

□ 몽골군의 침입을 진정표(陳情表)로써 격퇴한 명문장가.

□ 시·술·거문고를 즐겨 삼혹호(三酷好) 선생이라 자칭했으며, 만년에 불교에 귀의함.

□ 저서 : 〈동국이상국집(東國李相國集)〉, 〈백운소설(白雲小說)〉, 〈국선생전(麴先生傳)〉 등.

□ **갈래** 고전 수필
□ **시대** 고려 말기
□ **성격** 교훈적, 관조적
□ **표현** 문답법
□ **제재** 거울
□ **주제** 사물의 심층을 이해하는 통찰력. 올바른 처세의 자세.
□ **출전** 〈백운소설(白雲小說)〉

올바른 처세의 자세가 어떤 것인지 생각하며 감상해 보자.

이 글에서 거울은 '흐린 거울'과 '맑은 거울'로 구분하여 제시되는데, 그것은 각각 거울을 이용하는 사람의 '못 생긴 얼굴'과 '잘 생긴 얼굴'에 대응되어 있다. 그리고 작중 화자(작자 자신)는 '못생긴 얼굴'의 주인공으로 '흐린 거울'을 애용하고 있는 상황이다.

경설 鏡說

어떤 거사(居士)[1]가 거울 하나를 갖고 있었는데, 먼지가 끼어서 흐릿한 것이 마치 구름에 가리운 달빛과 같았다. 그러나 그 거사는 아침저녁으로 이 거울을 들여다보며 얼굴을 가다듬곤 하였다.

한 나그네가 거사를 보고 이렇게 물었다.

"거울이란 얼굴을 비추어 보는 물건이든지, 아니면 군자(君子)[2]가 거울을 보고 그 맑은 것을 취하는 것으로 알고 있는데, 지금 거사의 거울은 안개가 낀 것처럼 흐리고 때가 묻어 있습니다. 그럼에도 당신은 항상 그 거울에 얼굴을 비춰 보고 있으니 그것은 무슨 뜻입니까?"

거사는 이렇게 대답했다.

"얼굴이 잘 생기고 예쁜 사람은 맑고 아른아른한[3] 거울을 좋아하겠지만, 얼굴이 못 생겨서 추한 사람은 오히려 맑은 거울을 싫어할

---

1 속인(俗人)으로서 불교의 법명(法名)을 가진 남자. 우바새(優婆塞). 처사(處士). 신사(信士).

2 덕행이나 학식이 높은 사람.

3 잔 무늬나 흰 그림자 같은 것이 물결지어 자꾸 움직이는.

것입니다. 그러나 잘 생긴 사람은 적고 못 생긴 사람은 많습니다. 그러므로 맑은 거울 속의 추한 얼굴이 보기 싫어, 만일 한번 보기만 하면 반드시 깨뜨려 버리고야 말 것이니, 먼지에 흐려진 그대로 두는 것이 나을 것입니다. 먼지로 흐리게 된 것은 겉뿐이지, 거울의 맑은 바탕은 속에 그냥 남 아있기 때문입니다. 그러니 잘 생기고 예쁜 사람을 만난 뒤에 닦고 갈아도 늦지 않습니다.

아! 옛날에 거울을 보는 사람들은 그 맑은 것을 취하기 위함이었지만, 내가 거울을 보는 것은 오히려 흐린 것을 취하는 것인데, 그대는 어찌 이를 이상스럽게 생각합니까?"
하니, 나그네는 아무 대답이 없었다.

■ **내용 정리**

　이 작품에서 거사가 흐린 거울을 택한다는 의미는, 세상에는 흠과 티끌이 있는 사람이 더 많은데 지나치게 결벽하고 청명한 태도만으로는 살아가기 어려움을 뜻한다고 볼 수 있다. 즉, 박절하지 않은 인간 관계와 허물까지도 수용하는 처세의 필요함을 드러내고 있다고 하겠다. 이는 이규보가 살던 시대가 내우외환으로 어렵던 시대임에 비추어 볼 때, 흠과 티끌을 탓하여 상대를 용납하지 못해서는 살아가는 지혜에 이를 수 없음을 나타낸 것으로 볼 수도 있다. 또 한편으로는 이규보가 자기 자신의 글 쓰는 행위에 대한 태도를 드러낸 것으로, 흐린 세태에 결벽의 정신으로 대결하면 파국에 이를 수 있다는 현실주의적 태도를 풍자적 시각으로 드러낸 것으로 볼 수 있다.

■ **보충 정리**

1. 〈경설(鏡說)〉의 비유적 의미

　① 거사(居士) : 작자 자신의 주관을 대리적으로 표상하는 일종의 수필적 자아임.

　② 거울 : 인간과 세계의 본성과 관련된 비유적 의미로, 현상으로서의 세계를 상징함.

　③ 나그네 : 세속적, 인습적 고정 관념을 대표함.

2. 〈경설(鏡說)〉에서 '설'의 의미

　'설(說)'은 이치에 따라 사물을 해석하고, 시비를 밝히면서 자기 의견을 설명하는 형식의 한문 문체의 한 종류이다. 사물의 이치를 풀이하고[解], 자신의 의견을 덧붙여 펴는[述] 것이나, 논(論)보다는 약간 옅고 평이하며 상세하게 해설해 이해시키는 것을 목적으로 한다.

깊이
생각 해보기

1. 이 글에서 거사가 흐린 거울을 보는 이유에 대해 생각해 보자.
2. 흐린 거울을 택한 거사는 어떤 세계관을 가진 사람인지 생각해 보자.

▶ 예시 답은 [부록] 참고

1. 이 글에서 거울이 주는 교훈으로 가장 적당한 것은?(　)

　① 적극적 도전이 필요하다.

　② 청렴한 자세가 필요하다.

　③ 유연한 처세가 필요하다.

　④ 철학적 관념이 필요하다.

　⑤ 역사적 반성이 필요하다.

2. 다음 〈보기〉의 밑줄 친 부분이 의미하는 바가 <u>아닌</u> 것은? (　)

〈보기〉

> 얼굴이 잘 생기고 예쁜 사람은 맑고 아른아른한 거울을 좋아하겠지만, 얼굴이 못 생겨서 추한 사람은 오히려 맑은 거울을 싫어할 것입니다.

　① 주객전도(主客顚倒)

　② 나르시시즘(narcissism)

　③ 자기 도취 현상

　④ 인간 행위의 본질

　⑤ 보편적 태도

▶ 모범 답은 [부록] 참고

청학동 青鶴洞

고전수필

이인로(李仁老, 1152~1220)

□ 고려 시대의 학자. 호(號)는 쌍명재(雙明齋).

□ '정중부의 난' 때 머리를 깎고 절에 들어가 난을 피한 후 다시 환속함.

□ 강좌7현(江左七賢)의 한 사람. 예부원외랑(禮部員外郞), 비서감(秘書監), 우간의대부(右諫議大夫) 등의 벼슬을 지냄.

□ 저서 : 〈은대집(銀臺集)〉, 〈후집(後集)〉, 〈쌍명재집(雙明齋集)〉, 〈파한집 (破閑集)〉 등.

- □ **갈래** 고전 수필
- □ **시대** 고려 시대
- □ **성격** 체험적, 서정적
- □ **표현** 인용법, 설의법
- □ **제재** 청학동
- □ **주제** 이상향에 대한 동경
- □ **출전** 〈파한집(破閑集)〉

감상의 주안점

자신이 생각하는 이상향은 어떤 모습인지 생각하며 감상해 보자.

도움말

이 글은 고사 성어와 문장을 예시하면서, 이상향인 청학동을 찾아간 체험과 찾지 못한 안타까움을
교차시키고 있으며, 이상과 현실의 괴리(乖離)를 관조적으로 서술하고 있다.

청학동 靑鶴洞

지리산은 두류산(頭留山)이라고도 한다. 북쪽 백두산으로부터 일어나서 꽃봉오리처럼 그 봉우리와 골짜기가 이어져 대방군에 이르러서야 수천 리를 서리고 얽혀서, 그 테두리는 무려 십 여 고을에 뻗치었기에 달포를 돌아다녀야 대강 살필 수 있다. 옛 노인들의 전하는 바로는, '그 속에 청학동이 있는데 길이 매우 협착[1]하여 겨우 사람이 다닐 수 있고, 몸을 구부리고 수십 리를 가서야 허광한[2] 경지가 전개된다. 거기엔 모두 양전[3] 옥토가 널려 있어 곡식을 심기에 알맞으나, 청학만이 살고 있기 때문에 이런 이름이 붙여졌고, 대개 여기엔 옛날 세상을 피해 사는 사람들이 살았기에 무너진 담과 구덩이가 가시덤불에 싸여 남아 있다.'고 한다.

연전에 나는 당형[4] 최상국(崔相國)과 같이 옷깃을 떨치고 이 속된

---

[1] 狹窄. 길이 몹시 좁음.
[2] 虛曠한. 탁 트여 넓에 펼쳐진.
[3] 良田. 기름진 밭.
[4] 堂兄. 종형제지간.

세상과는 등지고 싶은 마음이 있어 우리는 서로 이곳을 찾아가기로 했다. 대고리짝에 소지품을 넣어 소 두서너 마리에다 싣고 들어가 이 세속과는 담을 쌓기로 했다. 드디어 화엄사로부터 출발하여 화개현에 이르러 신흥사에 투숙하였는데, 가는 곳마다 모두가 선경이었다.

수많은 암벽은 경수[5]하고, 수많은 깊고 큰 골짜기들은 쟁류[6]하며, 대울타리에 초가들이 복숭아꽃 살구꽃 핀 사이로 은은하게 비치니 거의 인간 세상이 아닌 듯하나, 찾고자 하는 청학동은 마침내 찾지 못하고 말았다. 하는 수 없이 시만 바윗돌에 남기고 돌아왔다.

두류산은 드높이 구름 위에 솟고
만학 천암 둘러보니 회계[7]와 방불하네.
지팡이에 의지하여 청학동 찾으려 했으나
속절없는 원숭이 울음소리만 숲속에서 들리네.
누대는 표묘[8]한데 삼산[9]은 안 보이고
써 있는 넉 자가 이끼 끼어 희미하네.
묻노니, 선원[10]은 어디인가
낙화유수[11]만이 가물가물.

어제 서루[12]에서 우연히 '오류선생집'[13]을 훑어보다가 도원기[14]

---

5 競秀. 빼어남을 다투고.
6 爭流. 다투어 물이 흐름.
7 會稽. 중국의 회계산을 말함.
8 縹緲. 아득하고 어렴풋함.
9 三山. 신선이 산다는 산.
10 仙源. 청학동을 뜻함.
11 落花流水. 떨어지는 꽃과 흐르는 물. 여기서는 아름다운 자연의 경치를 뜻함.

가 있기에 이것을 거듭 읽어 보았다. 대개 진나라 때 어떤 이가 난리를 피해 처자를 거느리고 그윽하고 깊어 궁벽진 곳을 찾아 산이 둘렀고 시내가 거듭 흘러 초동도 갈 수 없는 험한 이곳에 살았는데, 진의 태원 연간에 어떤 어부가 다행히 한번 그곳을 찾았으나 그 다음엔 길을 잃어 그곳을 다시 찾지 못했다는 것이다.

후세에 이것을 그림으로 그리고 노래와 시로 전하여 도원으로써 선계라고 하고, 장생불사하는 신선이 모여 사는 곳이라고 하였으나, 아마도 그 기록을 잘못 읽었기 때문일 것이니 사실은 저 청학동과 다름이 없을 것이다. 어떻게 유자기(劉子驥)15와 같은 고상한 선비를 만나서 나도 그곳을 한번 찾아가 볼 것인가.

12 書樓. 글쓰는 방.
13 송나라 때의 시인 도연명의 문집.
14 도연명이 지은 '도화원기(桃花源記)'의 준말.
15 진(晉)나라 남양 사람. 물욕을 떠나 산수를 즐기며 은일한 생활을 함.

■ **내용 정리**

　이 작품은 이상 세계가 현실에 존재할 때 그것은 이미 이상 세계가 아니며, 이상 세계로서의 청학동(靑鶴洞)은 그대로 남겨 놓아야 한다는 작자의 믿음이 잘 드러나 있는 한문 수필이다. 결국 이상향이란 현실과 대립적 성격을 가지면서 현실 속에서 도달하고자 하는 곳이라는 생각이 이 글 안에 담겨 있다.

■ **보충 정리**

1. '청학동'과 이상향

　① 서양의 유토피아(utopia)와 동양의 무릉도원(武陵桃源)에 해당하는 우리의 이상향이 '청학동'이라 할 수 있음.

　② 청학동은 '푸른 학이 사는 마을'이라는 뜻으로, 고고하고 상서로운 기운이 감도는 신비롭고 탈속적인 초월적 공간을 의미함.

　③ '이상향을 찾고자 하나 청학동을 찾을 수 없다'는 데에서, 이상 세계가 현실에 존재할 때 이미 그것은 이상 세계가 아니라는 이상향에 대한 선조들의 가치관을 알 수 있음.

2. 유토피아(utopia)의 유래

　① 영국의 정치가이며 인문주의자인 토마스 모어(1478~1535)의 정치적 공상 소설로, 1516년 간행되었으며, 라틴어로 쓰여짐.

　② 이상 사회를 묘사한 작품인데, 간접적으로는 당시의 유럽, 특히 영국 사회의 현상을 비판함.

　③ 저자 사후인 1951년 영역판이 간행되었으며, 제목 '유토피아'는 본시 그리스어에서 유래한 것으로 '아무 데에도 없는 나라'라는 뜻이었으나 이 작품을 계기로 '이상향(理想鄕)'이라는 뜻을 가지게 되었음.

깊이 생각 해보기

1. 이 글의 지은이는 이상향에 대해 어떤 생각을 가지고 있는가?
2. 이 글의 지은이와 달리 현대인들은 이상향에 대해 어떻게 생각하고 있는지 생각해 보자.

▶ 예시 답은 [부록] 참고

1. 이 글의 중간에 시를 삽입한 효과로 가장 바른 것은?(　)

　① 산문에서 운문으로 넘어가는 과도기적 문체를 드러내고 있다.

　② 주제를 상징적으로 감추어 주는 역할을 하고 있다.

　③ 작가의 경험을 강조하고 있다.

　④ 이상향을 찾지 못한 안타까운 감회를 드러내고 있다.

　⑤ 세속을 떠나 자연에 귀의하고자 하는 의식을 표현하고 있다.

2. 다음 〈보기〉의 밑줄 친 부분에 나타난 작중 화자의 심리로 가장 바른 것은?(　)

> 〈보기〉
>
> 　후세에 이것을 그림으로 그리고 노래와 시로 전하여 도원으로써 선계라고 하고, 장생불사하는 신선이 모여 사는 곳이라고 하였으나, 아마도 그 기록을 잘못 읽었기 때문일 것이니 사실은 저 청학동과 다름이 없을 것이다. 어떻게 유자기(劉子驥)와 같은 고상한 선비를 만나서 나도 그곳을 한번 찾아가 볼 것인가.

　① 이상향에 대한 관심에서 완전히 떠나 있다.

　② 고상한 선비와 같은 삶을 살기 위해 속세를 떠나고 싶다.

　③ 물아일체의 삶을 살지 못하는 자신을 질책하고 있다.

　④ 이상향이 현실 속에 존재한다는 강한 확신을 가지고 있다.

　⑤ 이상향에 대한 미련을 버리지 못하고 있다.

▶ 모범 답은 [부록] 참고

I can do it.

주옹설 舟翁說

고전수필

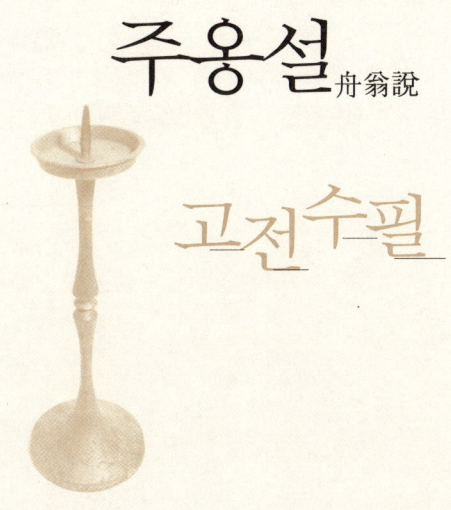

권근(權近, 1352~1409)

- 고려 말·조선 초의 문신, 학자. 호(號)는 양촌(陽村).
- 조선이 개국된 후 대사헌을 지내고, 사병(私兵)의 폐지를 주장하여 왕
  권 확립에 큰 공을 세웠음.
- 문장에 뛰어났으며, 경학(經學)에도 밝아 사서오경(四書五經)의 구결
  (口訣)을 정함.
- 저서 : 〈양촌집(陽村集)〉, 〈동국사략(東國史略)〉 등

□ **갈래** 고전 수필
□ **시대** 조선 전기
□ **성격** 교훈적, 계몽적, 비유적
□ **제재** 뱃사람의 삶
□ **주제** 편안한 삶에 젖어 위태로움을 깨닫지 못하는 태도 경계
□ **출전** 〈동문선(東文選)〉

감상의
주안점

편안한 삶과 불안한 삶의 차이를 생각하며 감상해 보자.

도움말

이 글은 손과 뱃사람의 대화를 통해 어떻게 사는 것이 참된 인생인가를 넌지시 드러내고 있는 교
훈적인 작품이다.

주옹설 舟翁說

손(客)이 주옹(舟翁)[1]에게 물었다.

"그대가 배에서 사는데, 고기를 잡는다 하자니 낚시가 없고, 장사를 한다 하자니 돈이 없고, 진리[2] 노릇을 한다 하자니 물 가운데만 있어 왕래가 없구려. 변화를 측정할 수 없는 물에 조각배 하나를 띄워 끝없는 만경[3]을 헤매다가, 바람 미치고 물결 놀라 돛대는 기울고 노까지 부러지면, 정신과 혼백이 흩어지고 두려움에 싸여 목숨이 지척에 있게 될 것이로다. 이는 지극히 험한 데서 위태로움을 무릅쓰는 일이거늘, 그대는 도리어 이를 즐겨 오래오래 물에 떠가기만 하고 돌아오지 않으니 무슨 재미인가?"

이에 주옹이 대답하였다.

"아, 손은 생각하지 못하는가? 대개 사람의 마음이란 다잡기와 느슨해짐이 무상한 것이니, 평탄한 땅을 디디면 태연하여 느긋해지

---

1 배에서 사는 사람.
2 津吏. 나루터를 관리하는 벼슬아치.
3 萬頃. 만경창파(萬頃蒼波)의 준말. 끝없이 너른 바다.

고, 험한 지경에 처하면 두려워 서두르는 법이다. 두려워 서두르면 조심하여 든든하게 살지만, 태연하여 느긋하면 반드시 흐트러져 위태로이 죽나니, 내 차라리 위험을 딛고서 항상 조심할지언정, 편안한 데 살아 스스로 쓸모없게 되지 않으려 한다.

하물며 내 배는 정해진 꼴이 없이 떠도는 것이니, 혹시 무게가 한쪽에 치우치면 그 모습이 반드시 기울어지게 된다. 왼쪽으로도 오른쪽으로도 기울지 않고, 무겁지도 가볍지도 않도록, 내가 배 한가운데서 평형을 잡아야만 기울어지지도 뒤집히지도 않아 내 배의 평온을 지키게 되나니, 비록 풍랑이 거세게 인다 한들 편안한 내 마음을 어찌 흔들 수 있겠는가?

또, 무릇 인간 세상이란 한 거대한 물결이요, 인심이란 한바탕 큰 바람이니, 하잘 것 없는 내 한 몸이 아득한 그 가운데 떴다 잠겼다 하는 것보다는, 오히려 한 잎 조각배로 만 리의 부슬비 속에 떠 있는 것이 낫지 않은가? 내가 배에서 사는 것으로 사람 한 세상 사는 것을 보건대, 안전할 때는 후환[4]을 생각지 못하고, 욕심을 부리느라 나중을 돌보지 못하다가, 마침내는 빠지고 뒤집혀 죽는 자가 많다. 손은 어찌 이로써 두려움을 삼지 않고 도리어 나를 위태하다 하는가?"

그리고 주옹은 뱃전을 두들기며 노래하기를,

아득한 강 바다여, 유유하여라.
빈 배를 띄웠네, 물 한가운데.

---

4 後患. 뒷날의 걱정이나 근심.

밝은 달 실어라, 홀로 떠가리.
한가로이 지내다 세월 마치리.

하고는 손과 작별하고 간 뒤, 더는 말이 없었다.

■ **내용 정리**

이 작품은 사람이 세상을 살아가는 데 필요한 깊은 사색을 담고 있는 계도적인 글이다. 일상의 편안한 가운데에 처해 있으면, 편안함만 따르다가 뒷날의 우환을 대비하지 못할 것임을 지적하면서, 오히려 배 위의 생활은 한편 위태로워 보이지만, 위험을 경계하면서 지내므로 오히려 평온함을 느낄 수 있다고 하는 주옹의 말을 통해 안이함에 젖어 위험을 알지 못하는 일상적 삶의 태도를 경계하고 있다.

■ **보충 정리**

□ 〈동문선(東文選)〉에 대하여

1. 체제 : 154권 45책

2. 지은이 : 서거정(徐居正) 등의 편저에 의함.

3. 판본 : 고활자본(古活字本), 목판본

4. 내용 : 목록 3권, 정편(正篇) 130권, 속편(續編) 21권으로 이루어져 있음. 정편은 1478년(성종 9)에 성종이 서거정 등에게 명하여 편찬한 것이고, 속편은 1518년(중종 13)에 신용개(申用漑)·김전(金詮) 등이 편찬한 것을 1713년(숙종 39)에 대제학(大提學) 송상기(宋相琦) 등이 개편한 것임. 정편은 신라 때부터 조선 전기까지의 시문을 모은 것이고, 속편은 그 이후부터 숙종 때까지의 시문을 수집 정리한 것이다.

5. 번역 : 1914년 고서간행회(古書刊行會)에서 출판하였으나 속편이 누락되어 있음. 민족문화추진위원회에서 1968~1970년 12책으로 번역, 발간함.

깊이 생각 해보기

1. 이 글에서 '주옹'의 사고 방식이 다른 사람들과 어떻게 다른지 생각해 보자.

▶ 예시 답은 [부록] 참고

1. 이 글에 나타난 주옹의 삶의 태도를 바르게 말한 것은?(   )

① 편안하게 사는 것이 위험하게 사는 것보다 낫다.

② 위험하게 사는 것이 편안하게 사는 것보다 낫다.

③ 편안하게 살기 위해서 반드시 위험하게 살아야 한다.

④ 위험하게 살기 위해서 반드시 편안하게 살아야 한다.

⑤ 위험하게 살다 보면 편안하게 살 생각이 사라져 버린다.

2. 다음 중 그 의미하는 바가 <u>다른</u> 하나는? (   )

① 장사

② 바람

③ 물결

④ 세상

⑤ 인심

▶ 모범 답은 [부록] 참고

I can do it.

박연의 피리

고전수필

성현(成俔, 1439~1504)

□ 조선 전기의 학자. 호(號)는 용재(慵齋).

□ 1475년 한명회(韓明澮)를 따라 명나라에 다녀와서 1476년 문과중시(文
  科重試)에 급제, 대사간 등을 지냄. 유자광(柳子光) 등과 〈악학궤범(樂
  學軌範)〉을 편찬함.

□ 문집 〈용재총화(慵齋叢話)〉는 조선 전기의 정치 ·사회 ·제도 ·문화
  를 살피는 데 중요한 자료가 됨.

□ 저서 : 〈허백당집(虛白堂集)〉, 〈풍아록(風雅錄)〉, 〈부휴자담론(浮休子談
  論)〉, 〈주의패설(奏議稗說)〉 등.

- □ **갈래** 고전 수필
- □ **시대** 조선 전기
- □ **성격** 교훈적, 사실적, 서정적
- □ **구성** 추보식 구성
- □ **표현** 문답법
- □ **제재** 피리
- □ **주제** 피리에 얽힌 박연의 맑고 고매한 삶
- □ **출전** 〈용재총화(慵齋叢話)〉

성실한 삶의 태도는 어떤 것인지 생각하며 감상해 보자.

이 글은 성현(成俔)의 〈용재총화〉 제 8권에 실려 있는 수필이다. 원래 제목이 없는 글인데, 15C에 살았던 박연이라는 예술인의 삶을 한 자루의 피리로 압축시켜 놓은 것으로, 세 개의 삽화로 이루어져 있다.

박연의 피리

　대제학[1] 박연(朴堧)은 영동의 유생[2]이다. 젊었을 때에 향교에서 학업을 닦고 있었는데 이웃에 피리 부는 사람이 있었다. 제학[3]은 독서하는 여가에 겸하여 피리도 배웠다. 온 고을이 그를 피리의 명수로 추중[4]하였다.

　제학이 서울에 과거보러 왔다가 이원[5]의 피리 잘 부는 광대를 보고 피리를 불어 그 교정을 청하니, 광대가 크게 웃으며 말하기를,
　"소리와 가락이 상스럽고 절주[6]에도 맞지 않으며, 옛 버릇이 이미 굳어져서 고치기가 어렵겠습니다."
고 하였다. 제학이 말하기를,

---

1 大提學. 조선시대 홍문관(弘文館)과 예문관(藝文館)에 둔 정2품 벼슬.
2 儒生. 유교의 도(道)를 닦는 선비.
3 박연이 예문관 대제학을 지냈기 때문에 이렇게 불렀음.
4 推重. 추앙하여 존중히 여김.
5 梨園. 조선시대 궁중에서 연주하는 음악과 무용에 관한 일을 담당한 관청인 장악원(掌樂院).
6 節奏. 리듬.

"비록 그러하더라도 가르침을 받고자 합니다."
고 하고, 날마다 다니기를 게을리하지 않았다.

　수일 후에 듣고는 말하기를,

"규범이 이미 이루어졌으니 장차 대성할 수 있겠습니다."
고 하였다. 또 수일 후에는 광대가 자기도 모르는 사이에 무릎을 꿇고 말하기를,

"제가 따라갈 수 없습니다."
고 하였다.

　그 뒤에 제학은 과거에 급제하였으며, 또 거문고와 비파 등 여러 악기를 익혀서 정묘[7]하지 않은 것이 없었다. 세종(世宗)에게 지우[8]를 얻어 드디어 발탁 등용되었다.

　관습도감제조(慣習都監提調)[9]가 되어서 음악에 관계되는 일을 전담하였다.

　세종이 일찍이 석경[10]을 만들고 제학을 불러 교정하게 하였더니, 제학이 말하기를,

"어느 음률은 일 분 높고, 어느 음률은 일 분 낮습니다."
고 하였다. 다시 보니 음률이 높다고 한 곳에는 찌꺼기가 붙어 있었다. 세종이 찌꺼기의 일 분을 떼어내라고 명령하였다. 또 음률이 낮

7　精妙. 정밀하고 오묘함.

8　知遇. 학식이나 인격을 남이 알아줌.

9　'관습도감'은 향악과 당악을 가르치는 일을 맡은 관아이며, '제조'는 그 관아의 일을 다스리던 사람.

10　石磬. 아악기의 한 가지. 돌로 된 타악기.

다고 한 곳에는 다시 찌꺼기 일 분을 붙였다. 제학이 아뢰기를,

"이제 음률이 바르게 되었습니다."

고 하였다. 사람들이 다 그의 신묘함에 탄복하였다.

　그의 아들이 계유의 난[11]에 관여하여 제학도 또한 이 때문에 벼슬이 파면되고 시골로 돌아가게 되었다. 친한 벗들이 한강 위에서 전별하였는데 제학은 필마[12]에 하인 한 사람을 거느린 쓸쓸한 행장이었다. 함께 배 안에 앉아서 술잔을 주고받다가 소매를 잡고 장차 이별하려 할 즈음에 제학이 전대에서 피리를 꺼내어 세 번 불었다. 그리고 떠났다. 모두 쓸쓸한 느낌에 듣는 이 중에 눈물을 흘리지 않은 이가 없었다.

---

11 조선 단종 계유년(1453)에 수양대군이 정권을 잡은 계유정난(癸酉靖難).
12 匹馬. 한 필의 말.

■ **내용 정리**

이 글의 첫째 삽화는 박연의 배움에 임하는 성실한 태도를, 둘째는 음악에 대한 그의 뛰어난 감수성과 감식력(鑑識力)을, 셋째는 피리 한 자루를 삶의 반려로 삼고 홀홀히 떠나는 박연의 모습을 그리고 있다. 특히 마지막 부분에서는 지성인의 고매하고도 깨끗한 성격이 간결하게 표현되어 여운을 감돌게 하고 있다. 이 작품은 성실한 배움의 태도와 예술적 재능을 갖추고서 맑고 깨끗한 삶을 지향한 박연의 모습을 서술자의 주관적 해석을 벗어나 객관적이고 간결하고 꾸밈없이 제시하고 있다.

■ **보충 정리**

□ 박연(朴堧, 1378~1458)

조선 전기의 문신·음률가(音律家). 본관은 밀양(密陽). 호는 난계(蘭溪). 영동(永同) 출생으로, 1405년(태종 5) 문과에 급제하여 집현전 교리(校理)를 거쳐 지평(持平)·문학(文學)을 역임하다가, 세종이 즉위한 후 악학별좌(樂學別坐)에 임명되어 악사(樂事)를 맡아보았다. 당시 불완전한 악기 조율(調律)의 정리와 악보 편찬의 필요성을 상소하여 허락을 얻고, 27년(세종 9) 편경(編磬) 12장을 만들고 자작한 12율관(律管)에 의거 음률의 정확을 기하였다. 또한 조정의 조회 때 사용하던 향악(鄉樂)을 폐하고 아악(雅樂)으로 대체하게 하여 궁중음악을 개혁하였다.

45년 명나라에 다녀와서 인수부윤(仁壽府尹)·중추원부사를 역임한 후 예문관 대제학(大提學)에 올랐다. 53년(단종 1) 계유정난(癸酉靖難) 때 아들 계우(季愚)가 처형되었으나, 그는 삼조(三朝)에 걸친 원로라 하여 파직에 그쳐 낙향하였다. 고구려의 왕산악(王山岳), 신라의 우륵(于勒)과 함께 한국 3대 악성(樂聖)으로 추앙되고 있다. 영동의 초강서원(草江書院)에 제향되고, 지금도 고향 영동에서는 해마다 '난계음악제'가 열려 민족음악 발전에 남긴 업적을 기리고 있다. 시문집으로 〈난계유고(蘭溪遺稿)〉, 〈가훈(家訓)〉이 있다.

깊이 생각해보기

1. 이 글의 소재인 피리가 박연의 삶과 어떤 점에서 조화를 이루는지 생각해 보자.

▶ 예시 답은 [부록] 참고

1. 이 글에서 박연의 사람됨을 나타내는 구절로 가장 바른 것은?( )

① 사람들이 다 그의 신묘함에 탄복하였다.

② 제학은 독서하는 여가에 겸하여 피리도 배웠다.

③ 제학이 말하기를, "비록 그러하더라도 가르침을 받고자 합니다."고 하고, 날마다 다니기를 게을리하지 않았다.

④ 여러 악기를 익혀서 정묘하지 않은 것이 없었다.

⑤ 장차 이별하려 할 즈음에 제학이 전대에서 피리를 꺼내어 세 번 불었다.

2. 이 글의 마지막 문장에서 알 수 있는 서술자의 태도는?( )

① 인물의 무력한 현실 인식에 대해 회의하고 있다.

② 인물의 감상적인 태도에 대해 비판하고 있다.

③ 인물의 적극적 도전에 대해 경탄하고 있다.

④ 인물의 진지한 삶의 태도에 대해 예찬하고 있다.

⑤ 인물의 세속적 욕망에 대해 무시하고 있다.

▶ 모범 답은 [부록] 참고

I can do it.

박계쇠 이야기

고전수필

유몽인(柳夢寅, 1559~1623)

- 조선 중기의 문인. 호(號)는 어우당(於于堂).
- 문장이 뛰어나 1593년 세자시강원문학(世子侍講院文學)이 되어 왕세자에게 글을 가르침.
- 황해도관찰사·좌승지·도승지를 거쳐, 1612년(광해군 4)에 예조참판·이조참판에 이름. 인조반정으로 역모로 몰려 사형 당함.
- 저서 : 〈어우야담(於于野談)〉, 〈어우집(於于集)〉

- □ **갈래** 고전 수필
- □ **시대** 조선 선조
- □ **성격** 교훈적, 비판적
- □ **제재** 한 상인의 욕망과 부정
- □ **주제** 부정한 이익을 취하거나 허위를 일삼는 자에 대한 비판
- □ **출전** 〈어우야담(於于野談)〉

사람은 어떻게 살아야 하는지 생각하며 감상해 보자.

이 글과 같은 야담(野談)은 조선 시대의 단편 서사 양식의 하나로, 사실성보다는 흥미에 초점을 두고 있으며, 사회 윤리적인 가치가 중시되기도 한다. 민간에 퍼져 있는 근원을 알 수 없는 이야기들이 야담의 소재가 된다. 〈어우야담〉에 기록되어 있는 이야기들은 일상적인 삶의 과정에서 야기되는 여러 가지 흥미 있는 일들을 소재로 하고 있다.

박계쇠 이야기

박계쇠는 시정 상인의 아들이다. 감사 홍춘경에게 첩에게서 난 딸이 있었는데, 마땅히 결혼시켜야 할 나이가 되었다. 어떤 사람이 계쇠를 거론하니, 춘경의 조카인 승지 홍천민이 말하였다.

"사대부가 어찌 시전 사람과 더불어 혼인하리오."

춘경이 말하였다.

"천녀[1]인데 뭐 나쁠 게 있나?"

하고 마침내 첩에게서 난 딸을 계쇠의 처로 삼아 주었다.

계쇠는 가업이 매우 풍요하였는데도, 왜와 무역해서 이익을 취하고자 하여 동평관에 묵고 있는 왜인을 찾아갔다. 그러자 왜인이 야광주[2] 한 개를 자랑하는데 그 크기가 달걀만 하였다. 밤중에 시험해 보니 밝은 것이 마치 등잔불 같아 방이 온통 환하였다. 그 값을 흥정하여 보니 수백만 금이나 하였다. 속으로 생각하되, '이 야광주의 값

---

1 賤女. 천한 여자.
2 夜光珠. 밤에 빛이 나는 구슬.

을 백 배로 늘리는 방법은 연경에 가서 채단과 바꾸는 것이 제일 낫다.'고 하여 뇌물을 써서 부경사 일원이 되었다.

요동 회원관에 이르러 상자를 열고 보니 정채롭던[3] 광채가 조금 일그러져 있었다. 옥하관에 이르러 밤을 타서 살펴보니 컴컴하여 아무 광채가 없는, 보잘 것 없는 하나의 둥근 돌일 뿐이었다. 그것을 연경의 저자 사람들에게 보이며, '이것은 야광주요.'라고 말하니, 저자 사람들이 모두 크게 웃고 그의 얼굴에 침을 뱉으며 말하였다.

"이것은 구워서 만든 가짜 진주요."

날이 오래 되니 광채가 없어져 연석 같은 옥보다도 못하여 마침내 빈손으로 집에 돌아왔다.

이로부터 저자에 빚을 지게 된 것이 천금을 넘어 집을 팔아도 다 갚을 수 없었고, 전원을 팔아도 갚을 수 없었으며, 서울과 지방에 있는 장획[4]을 팔아도 다 갚을 수가 없었다. 계책이 궁해지고 형세가 급박하게 되자 몰래 이부의 아전과 도모하여 이미 죽은 종실의 고신[5]과 녹패 문서[6]를 발급 받았고, 태창[7]의 아전과 모의하여 문서에 준해 삼품의 종실의 녹을 태창에서 받기를 해마다 네 차례씩 하여 마치 조정의 벼슬아치인 듯 행세하였다.

이 같은 짓을 거의 십 년 동안 하여 빚을 갚았는데, 후에 일이 발각되어 그에 연루되었던 옥에서 죽었다. 해당 관부에서 죽은 지 삼일 후에 그의 시체를 옥에서 꺼내 보니, 쥐가 양쪽 눈을 모두 파먹어

---

3 아름답고 영롱하던.

4 藏獲. 종, 노비.

5 신분 문서.

6 하인으로 하여금 녹봉을 타 오도록 할 때 소지하게 하는 문서.

7 太倉. 녹봉을 나누어 주는 곳.

구멍이 뚫려 있었다.

  슬프다. 사람의 보화 중히 여기는 마음 때문에 처음에 실패하였고, 급히 구하고자 하는 꾀가 뒤를 이어 생겨났다. 하지만 죽음을 자초하는 계책이 생길 때에 억제치 못하여, 흉화[8]에 걸려 쥐가 두 눈을 파먹었기에 이르렀다. 이 일에 대해 박계쇠를 책망하는 것으로는 부족하다. 사대부가 시정의 자식을 가려 그 딸을 아내로 삼게 해 집안에 누를 끼친 것이니, 당연한 결과 아니냐? 홍 승지의 말이 진실로 귀감이다.

---

8 凶禍. 흉악한 재화.

■ **내용 정리**

이 작품은 주인공의 결혼, 파멸, 그리고 편찬자의 평결로 되어 있다. 주인공의 결혼 부분에서는 조선 시대의 사회적 관습인 상인 천대가 나타나며, 그의 파멸에서는 이 작품의 주제 의식과 관련 있는 내용, 즉 부정한 이익을 취하거나 허위를 일삼는 자는 반드시 그 대가를 치른다는 교훈적인 내용이 암시되어 있다. 그리고 이러한 행동에 대한 평결이 드러나 있는데, 편자는 상인의 자식이란 본래 그 바탕이 바르지 못해 믿을 수 없다는 것을 증거하는 것으로 해석하고 있다. 이를 통해 볼 때, 이 작품은 한 인간의 생활상을 드러내 주면서 부정이나, 허위에 대한 비판 의식을 나타내는 것이라 하겠다.

■ **보충 정리**

□ 〈어우야담(於于野談)〉에 대하여

1. 구성 : 한문본은 5권 1책으로 되어 있는데, 책머리에 저자의 초상과 필적 및 서문과 연보를 실었다. 1964년 종후손 제한(濟漢)이 발문(跋文)을 붙여 활자본으로 간행하였다.

2. 내용

① 권1[인륜편] : 효열(孝烈) · 충의 · 덕의(德義) · 은둔 · 혼인 · 처첩 · 기상(氣相) · 붕우 · 노비 · 배우(俳優) · 창기(娼妓)

② 권2[종교편] : 선도(仙道) · 승려 · 서교(西敎) · 무격(巫覡) · 몽(夢) · 영혼 · 귀신 · 속기(俗忌) · 풍수 · 천명

③ 권3[학예편] : 문예 · 식감(識鑑) · 의식(衣食) · 교양 · 음악 · 사어(射御) · 서화 · 의약 · 기예 · 점후(占候) · 복서(卜筮) · 박혁(博奕)

④ 권4[사회편] : 과거(科擧) · 구관(求官) · 부귀 · 치부 · 내구(耐久) · 음덕 · 붕당(朋黨) · 무망(誣罔) · 고풍(古風) · 외임(外任) · 용력(勇力) · 처사(處事) · 구변(口辯) · 오기(傲忌) · 교학(驕虐) · 욕심 · 재앙 · 생활고 · 도적 · 해학(諧謔)

⑤ 권5[만물편] : 천지 · 초목 · 인류 · 금수(禽獸) · 인개(鱗介) · 고물(古物)

깊이
생각 해보기

1. 이 글을 통해 '야담(野談)'이라는 형식의 이야기는 어떤 특성을 가지고 있는지 두 가지만 생각해 보자.

2. 이 글에 나타난 당시의 계급 의식에 대해 생각해 보자.

▶ 예시 답은 [부록] 참고

1. 이 글의 주제와 가장 밀접한 관련이 있는 속담은?( )

① 낮말은 새가 듣고 밤말은 쥐가 듣는다.

② 굼벵이도 구르는 재주가 있다.

③ 호랑이에게 물려가도 정신만 차리면 산다.

④ 자라 보고 놀란 가슴 솥뚜껑 보고도 놀란다.

⑤ 함부로 나는 새가 그물에 걸린다.

2. 이 글에서 지은이가 박계쇠를 비판하는 이유로 바른 것은?( )

① 사대부의 딸과 결혼하였기 때문에

② 물건을 속아서 샀기 때문에

③ 장사를 하면서 밀수를 하였기 때문에

④ 부당한 이익을 취하려고 하였기 때문에

⑤ 뇌물을 주고 벼슬을 취하려고 하였기 때문에

▶ 모범 답은 [부록] 참고

I can do it.

계축일기 癸丑日記

고전수필

어느 궁녀

□ **갈래** 고전 수필
□ **시대** 조선 광해군
□ **성격** 사실적, 서사적
□ **표현** 중후한 궁중어 사용
□ **제재** 인목대비 폐위 사건과 영창대군의 죽음
□ **주제** 궁중 내 권력 투쟁의 비극
□ **의의** ① 〈한중록〉, 〈인현왕후전〉과 함께 궁중 비사를 그린 3대 궁중 문학의 하나임. ② 고유어
를 써서 문학성이 높으며, 궁중어가 풍부함. ③ 조선 중기 궁중의 인정, 풍속, 생활상을
사실적으로 묘사함.
□ **출전** 낙산재 문고 필사본

옛날 궁중의 생활과 사람들의 모습을 상상하며 감상해 보자.

이 작품은 광해군 5년에, 광해군이 그 이복 동생 영창대군의 생모 인목 대비를 폐위하여 서궁(서
궁)에 가두고, 영창대군을 강화로 내쳐 죽인 비극적 사건을 적은 글이다.

계축일기 癸丑日記

(전략)

서궁록 제2권

계유년 섣달에 중환이가 문 상궁에게 말하였다.

"얼마 전에 슬며시 오라비를 불러서 어머니의 안부를 들은 일이
있는데, 혹시 동생의 안부라도 알고자 하시지 않나 하는 생각에서
이런 말 드리는 것이니 서로 내통한다는 소문이 나면 되겠습니까?
그러니 상궁만 알고 글월을 적어 주십시오."

상궁은 원래 중환에 관해서는 평소부터 가엾게 생각하고 있었던
터라, 그 오라비가 옥에 갇혀 있을 때 쌀에 반찬에 입을 것까지 주었
다. 그 은혜를 중환이가 잊지 못하는 듯 항상 이렇게 말하고 있었던
것이다.

"상궁의 은혜는 죽어서 땅 속에 들어가도 결코 잊을 수 없을 만큼
크니 어떻게 다 갚아 드려야 할지 모르겠습니다."

이런 사이인 만큼 상궁은 추호도 의심하지 않고 오라비인 문득람

에게 글월을 써서 주었다. 그랬더니 중환은 즉시 답장을 받아다 주었던 것이다.

본전 감찰상궁[1]의 종인 부전이와 천복의 종인 은덕이가 모두 중환의 심복이 되어서 오로지 공을 세워 보려고 한패가 밤낮을 가리지 않고 동정을 살피며 무슨 일이고 보는 대로 고해 바치면 중환이는 들어 두었다가 밤이 되면 담을 넘어서 바깥과 내통하곤 했던 것이다.

대비께서 들어 계신 곳은 동쪽 구석이고 중환이 거처하는 곳은 서남쪽 행랑이며 전으로 통하는 곳은 서쪽 구석이니, 동쪽과 서쪽을 통틀어 알고 다닐 만한 사람이 여럿이나 나가 죽었으므로 궁중이 텅 비어 밤이 되면 인적이 끊어져서 일만의 군사가 쳐들어와 날뛰어도 알 길이 없는 형편이었다. 중환의 행동거지를 살펴보면 차차 수상한 점이 드러나고 나라를 향해서도 원망하고 옥에 갇히러 가는 나인[2]을 보고도 꾸짖었던 것이다.

"곱게 살지 못하려고 이런 큰일을 저질러 서러운 노릇을 당하는 게 다 뉘 탓인지 아는고?"

이러면서도 중환이는 태연자약[3]하게 문 상궁에게 드나드니 문 상궁은 추호도 의심을 품지 않았고, 혹시 다른 나인이 의심을 하더라도 오히려 그렇지 않다고 두호하였던 것이다. 이렇듯 신임을 얻은 중환이는 문 상궁을 달래는 것이었다.

---

1 궁녀들의 근태나 소행 등을 감시해 평가하는 임무를 맡는 상궁.
2 궁궐 안에서 대전·내전을 가까이 모시는 내명부를 통틀어 이르던 말. 궁녀(宮女). 본디말은 내인(內人).
3 泰然自若. 태연하고 천연스러움.

"시녀 방씨는 그 전에 나가서 아무 탈 없이 잘 살고 있고 그의 오라비는 대전별감을 지냈으니, 대군[4] 계신 곳에도 간다더군요. 그러니 기별을 듣기가 쉽지 않을까 합니다."

"대군이 가 계신 곳이 어디라고 그런 무서운 일을 누가 할까?"

"제 오라비를 시켜서 하겠습니다."

이에 상궁은 아기씨의 안부를 알아보겠다는 일념에서 글월을 써 중환에게 주었다.

이 일은 물론 중환에 의해서 곧 폭로되고 말았다. 그리하여 문 상궁은 말할 것도 없고 그 일가가 극형에 처해졌다. 그밖에도 많은 나인들이 걸려들었다.

이런 일이 있은 후 대군이 돌아가셨다는 말을 듣고 시위인[5]들의 서러움이 태산 같았으나 그렇다고 함부로 소리 내어 울 수도 없는 노릇이었다. 그들은 다만 가슴을 두드리고 원통해 할 따름이었던 것이다.

그러나 그들은 사월이 되도록 대군이 돌아가셨다는 말을 윗전[6]께 여쭙지 않았다. 그런데 하루는 윗전께서 꿈을 꾸시니 두 젖이 흐르고 모든 사람들이 아기씨를 안아다가 윗전께 안겨 드렸다. 그러자 윗전께서 우시며 반가워서 젖을 먹이시다가 잠을 깨셨던 것이다. 그리고 놀라서 말씀하셨다.

"마음이 다시금 놀랍고 온몸이 떨리어 지금은 얼른 진정할 수 없

---

4 선조 임금의 적자인 영창대군.

5 侍衛人. 임금을 모셔 호위하는 사람.

6 인목대비.

을 지경이니 어째서 이런 꿈을 꾸었노?"

이에 가까이 모신 나인이 대답하였다.

"젖이란 것은 아이들 양식의 줄기이니 아기씨께서 장수하셔서 대전의 마음을 자연히 풀어지게 하시고 서로 만나실 좋은 조짐입니다."

그 후에 또 꿈에 아기씨께서 윗전께 와 안기시며 말씀하시고 우시는 것이었다.

"머리 빗을 사이에 하늘의 옥경을 보고 인간의 복과 운명이 다 하늘에서 하시기에 달린 줄 알았습니다. 어머님께서는 저를 보지 못하시어 서러워하시나 저는 옥황상제를 뵈었으니……."

"어디를 갔었느냐? 나는 너를 여의고는 서러워 죽을 지경이건만 어째서 간 곳도 아니 일러 주느냐?"

윗전께서 붙들고 물었으나 아기씨의 대답은 간단한 것이었다.

"아셔도 아무 소용이 없어요."

이러고 보면 심상한 일일 수밖에 없었다. 그러니 윗전께서는 더이상 참지 못하시고 안달하실 수밖에 없었다.

"죽었는데도 나를 속이는 것 같구나. 바른 대로 일러 주지 않으면 나는 스스로 죽고 말겠다."

상궁은 더 이상 숨기고만 있을 수가 없었다. 사실을 말씀드리지 않을 수 없었던 것이다. 윗전은 그 자리에서 그대로 졸도하시고 말았다. 상궁은 가까스로 냉수로 윗전을 깨워 정신을 차리게 한 다음 이렇게 여쭈었다.

"아기씨 벌써 범의 입안에 들어감을 면치 못하셨으니 이제 아무리 간장을 태우시고 서러워하셔도 살아오실 리가 없는 일입니다. 아기씨를 위해 옥체를 버리시면 저들이 더 기뻐할 것입니다. 모쪼록 서러움을 참으셔야 합니다. 저희들 종으로서도 어찌 잔인하다는 생각이야 들지 않겠습니까? 형시 좋은 시절에 존귀하게 시위하고 살다가 이젠 나인이 초야에서 김을 매는 하인만도 못한 신세가 되어 해골이 거리에 구르고, 금부7 나장8에게 뒤를 쫓기게 되었으며, 선왕마마를 가까이 모시던 사람이 모두 중형을 받아 죽었으니 불쌍하고 애처롭기 그지없습니다. 차라리 죽어서 이런 모든 끔찍한 꼴을 안 보고 싶으나 윗전마마를 생각하고 오늘날까지 살아온 것인데, 이제 돌아가시면 우리만 살라고 그냥 둘 리가 있겠습니까? 새로 옥사를 일으킬 것입니다. 한 아기씨를 위하여 이제 남은 신하들을 모두 서럽게 죽게 마십시오."

"난들 그걸 모를 리가 있겠느냐만, 동서도 분별치 못하는 어린애 슬하에서 자라는 양이나 보려고 했더니 위력으로 빼앗고 간 곳도 가르쳐 주지 않다가 죽였으니 기가 막히구나. 어머님이며 내 일로 말미암아 서럽게 죽은 동생들을 생각하니 이제 죽으면 저승에 가서도 부형에게도 떳떳이 뵐 수 없어 부끄러운 넋이 외로이 허공을 떠돌 것이니, 그래 내 차마 죽지는 못한다지만 무슨 원수를 졌기에 이렇듯 서러운 일을 겪게 하는고. 선왕으로부터 사랑을 못 받은 원한을 내게 풀어 내 친정 가문과 어린 대군을 모두 죽였으니 어쩌면 좋으냐? 앞으로 영원히 다시는 이런 땅에 태어나지 않겠거니와 문 열어 주거든 노모의 안부나 알려다오."

그러나 바깥 경비가 삼엄한 만큼 노모의 안부마저 알 길이 없었다. 이런 중에도 광해군과 그 일당의 음모는 쉴 새 없이 진행되고 있

---

7 禁府. 의금부(義禁府)의 준말.
8 羅將. 죄인에게 매질하는 일이나, 귀양 가는 죄인을 압송하는 일을 맡던 하인.

었다.

　나인 중에 천이란 년이 있었다. 이 년이 모진 생각을 하고 섣달 열이렛날에 침실 근처에 몰래 불을 놓았다. 이 때가 밤 이경이다. 침실에 잇달은 상랑채에 불이 붙었다. 누군가가 '불이야!' 외치는 바람에 모든 나인이 다 쫓아나가 옷을 벗어 물에 담가 가지고 쳐서 불을 껐다. 그러나 그 후로도 이와 비슷한 불상사는 쉴 새 없이 일어났다. 그리고 밖으로부터 들어오는 생필품의 조달이 점점 끊어져 갔다.

　이렇게 되고 보니 윗전이 계신 명례궁에서 식칼이 없어 예부터 있던 환도를 둘로 잘라서 식칼를 만들어 쓰고 무딘 가위를 숫돌에 갈아서 날을 세워 쓰고, 나인들은 떨어진 옷을 누덕누덕 기워 입기도 하였다. 또 쌀 일 바가지가 없어 소쿠리로 쌀을 일었다.

　옛집이라 여러 해째 손을 보지 못하니 대들보가 꺾이고 기울어져 사람이 다치게 되었다. 그래서 윗전께서는,

　"대전께 아뢰라."

하고 백 번도 더 빌다시피 하였건만 내관은 들은 체도 않는 것이었다.

　무오년 여름에 불이 났다. 윗전은 방 속에 갇힌 채 피를 토하셨다. 이 사실을 나인이 내관에게 알리니 내관은 불은 끌 생각도 안 하고 엉뚱한 수작만 하는 것이었다.

　"어디가 아프시며 무슨 연유로 피를 토하시며 하루 몇 번씩 토하시느냐? 나인의 말이 믿어지지 않으니 의녀를 들여보내 진맥케 하라."

　"의녀는 그만두십시오. 우선 문을 열어 주십시오."

　그러나 내관은 오히려 나인을 협박할 뿐이었다.

"없는 병을 꾸며 아프다 하니 나인을 모두 죽이겠다."
그리고는 겨우 문을 열어 주었다.

정사년부터는 조정에서 음력 초하루나, 탄일에도 문안을 아니하고 절하러 오지도 아니하는 것이었다.

신유년 칠월에는 조정에서 포수들을 달래고 꾀어서 내장사 밑에서 숙직을 하게 하고 자정 때쯤 해서 야경을 돌게 하니 마치 일만 군사가 들끓는 듯하였다.

나인들은 그들이 들어와서 죽이려는 것만 같아 애가 타서 갈팡질팡하였다. 그러다가 침실에 가서 윗전을 시위하여 함께 죽자고 말하였던 것이다.

나전에 살던 포수가 본궁에 가서 해마다 총을 쏘아 귀신을 몰아서 우리에게로 죄다 오게 한 일이 있었다. 그리고 병든 나인들을 밖으로 끌어 내갔다. 이에 남은 나인들은 울며 호소하였다.

"집은 크고 사람 수는 적어서 밤이면 무서우니 않는 사람만 내가고 성한 나인은 내가지 말아 주십시오."

그러자 대전 내관은 말하는 것이었다.

"대군도 내갔는데, 나인들 따위야 무엇이 대단하다고 그러느냐? 잔소리 말아라."

이러고 내간 일이 대여섯 차례나 되었던 것이다. 계해년 정월 초사흗날에는 죽은 나인의 종을 다 잡아 내가겠다고 하였다. 그래서 윗전께서 비셨다.

"죽이려는 생각으로 이곳에 가두었으니 서러운 생각을 한다면야 벌써 죽었어야 한다. 그러나 내 명은 하늘에 달린 것이니 사람을 뜻대로 못하리라. 나인 삼 십여 명을 다 죽였으니 이제 궁중이 텅 비어 까막까치와 도깨비만 꾀어 들끓는 형편인데 죽은 나인들의 종들까지 내놓으라니 그러고는 나 혼자서 무서워 살 수 없다."

그러나 조정에서는 들은 체도 않고 어서 내놓으라고 독촉만 하는 것이었다. 두어 나인의 종만 내 주자 조정에선 데려다가 개 부리듯 심하게 하였던 것이다. 그리고는 삼월 열하룻날에 또 내관을 보내어 앓는 사람을 내놓으라고 독촉하는 것이었다.

열이튿날에는 가죽에다 마마⁹ 귀신을 그리고 붉은 작은 주머니에 죽은 나인들의 이름을 써넣고 산 나인들의 이름은 밖에 써 매달아 가지고 내관이 와서 말하였다.

"이 가죽은 침실 문안에 걸고 주머니는 거기 써 있는 나인들의 이름을 보여 주고 나인들에게 차게 하라. 없애 버리면 일러바치겠다."

윗전께서 보시고 곧 땅 속에 파묻게 하였다.

계축년부터 겪은 서러운 일이며, 항상 내관을 보내어 공갈하고 꾸 짖던 일이며, 도리에 어긋난 일이며, 박대하고 불효한 일들을 이루 다 쓸 수 없어 그 중 만분의 일이나마 여기에 쓰는 바이다.

---

9 천연두'를 달리 이르는 말. 손님마마.

■ **내용 정리**

이 글은 〈서궁록(西宮錄)〉이라고도 한다. 1613년(광해군 5년, 계축년) 선조의 계비인 인목대비 폐비 사건을 시작으로 하여 일어난 궁중비사를 기록한 글이다. 인조반정 뒤 대비의 측근인 나인이 썼다고 한다. 그러나 문체와 역사적 사실을 들어 인목대비 자신이 쓴 것이라는 설도 있다. 〈계축일기〉는 공빈 김씨의 소생인 광해군과 인목대비의 소생인 영창대군을 둘러싼 당쟁을 중후한 궁중어로써 사실적으로 서술한 글이다. 묘사보다는 서술에 중점을 두고 있어 당시의 치열한 당쟁의 이면을 이해하는 데 보조 자료가 된다. 인목대비의 아버지인 김제남이 영창대군을 추대하여 모반하려 한다는 무고로 김제남 부자와 영창대군은 참혹한 죽음을 당하고, 인목대비는 서궁인 덕수궁으로 쫓겨나 폐비가 되며, 그 뒤 갖은 고초를 겪은 끝에 11년 만에 인조반정으로 복위되었다는 이른바 궁중비사이다.

■ **보충 정리**

1. 저술 의도 : 광해군을 패륜아로 몰아 자신들의 억울했던 지난 날을 보다 강하게 후세 사람들에게 전달하려는 목적으로 역사적 사건을 줄기로 인물과 사건을 과장되고 편파적으로 표현함.
2. 인물 설정 : 극단적 선과 악으로 대비됨. 성립 연대가 인조반정 직후로서 대비는 승자 입장이고, 광해군은 패자 입장에서, 자신들을 피해자로 광해군 쪽은 가해자로 자신들이 유리한 대로 과장하여 인물을 묘사함.
3. 허구적 성격 : 창작 의식이 가미되어 권선징악을 주제로 허구화했으므로, 단순한 제목 그대로의 일기보다는 허구성이 강하게 나타남.

깊이
생각 해보기

1. 이 글의 서술자는 어떤 관점으로 사건을 전달하고 있는지 생각해 보자.

▶ 예시 답은 [부록] 참고

1. 다음 중 서술하고 있는 관점이 <u>다른</u> 하나는?( )

① 모두 중환의 심복이 되어서 오로지 공을 세워보려고 한패가 밤낮을 가리지 않고 동정을 살피며

② 선왕마마를 가까이 모시던 사람이 모두 중형을 받아 죽었으니 불쌍하고 애처롭기 그지 없습니다.

③ 광해군과 그 일당의 음모는 쉴 새 없이 진행되고 있었다.

④ 내관은 불은 끌 생각도 안 하고 엉뚱한 수작만 하는 것이었다.

⑤ 삼월 열하룻날에 또 내관을 보내어 앓는 사람을 내놓으라고 독촉하는 것이었다.

2. 다음 〈보기〉와 같이 인물이 처한 상황을 나타내는 말은? ( )

> 〈보기〉
>
> 나인 삼십 여 명을 다 죽였으니 이제 궁중이 텅 비어 까막까치와 도깨비만 꾀어 들 끓는 형편인데 죽은 나인들의 종들까지 내놓으라니 그러고는 나 혼자서 무서워 살 수 없다.

① 군계일학(群鷄一鶴)

② 상전벽해(桑田碧海)

③ 금상첨화(錦上添花)

④ 고립무원(孤立無援)

⑤ 이심전심(以心傳心)

▶ 모범 답은 [부록] 참고

산성일기 山城日記

고전수필

어느 궁녀

읽기 전에 알아두기

□ **갈래** 고전 수필
□ **시대** 조선 인조 이후
□ **성격** 사실적, 기록적, 서사적
□ **제재** 병자호란
□ **주제** 병자호란의 치욕과 남한산성의 항쟁
□ **출전** 필사본 〈산성일기(山城日記)〉

감상의
주안점

병자호란 당시의 상황을 상상하며 감상해 보자.

도움말

전쟁의 현장을 생생하게 기록한 이 글은, 당시의 사정을 알려주는 사료적 가치와 함께 사건을 간결하면서도 객관적이고 사실적으로 묘사하고 있어 기록 문학으로서의 가치를 지닌 작품이다. 이 부분은 풍전등화와 같은 사직을 지키려는 임금의 결연한 의지가 잘 나타나 있다.

산성일기 山城日記

십칠일[1]에 상감께서 남대문에서 전좌[2]하시고 애통한 교서를 내리시니, 뜰에 가득한 여러 신하들이 아니 우는 이가 없더라.

십팔일에 북문대장 원두표(元斗杓)가 적군을 비로소 맞아 나가 싸워 도적 여섯을 죽이다. 성 안 창고의 쌀과 피, 잡곡 합하여 겨우 일만육천 여 석이 있으니, 군병 만 명의 한 달 양식은 된다. 소금, 장, 조, 면화, 병장기 집물[3] 등이 다 이서(李曙) 장군이 장만하여 둔 것을 쓰니, 사람들이 모두 이 장군의 재주를 칭송하더라.

십구일에 남문대장 구굉(具宏)이 군사를 내어 싸워 도적 이십 명을 죽이다. 큰바람 불고, 비 오려 하더니 김청음에게 명하여 성황신께 제사를 지내니, 바람이 즉시 그치고 비 아니 오더라.

---

1 병자년(1936년) 12월 17일.
2 殿座. 임금이 옥좌에 나와 앉음.
3 什物. 살림살이에 쓰는 온갖 기구.

이십일에 마장(馬將)[4]이 통사(通使)[5] 정명수를 보내어 화친하기를 언약하므로, 성문을 열지 아니하고 성 위에서 말을 전하게 하다.

이십일일에 어영별장 이기축(李起築)이 군사를 거느려 적을 십 여 명을 죽이고, 동문대장 신경진(申景진)이 또 군사를 내어 도적을 죽이다.

이십이일에 또 마부대 통사 정수명[6]을 보내어 이르기를, 이제는 동궁[7]을 청하지 않으니, 만일 왕자 대신을 보내면 정하여 화친하자 하므로 상감이 오히려 허락하지 아니하시다. 북문 어영군이 도적 십 여 명을 죽이고, 신경진 장군이 또 서른아홉 명을 죽이다. 상감께서 궁궐 안에서 음식을 베풀어 군사를 위로하시다.

이십삼일에 동·서·남문의 영문(營門)에서 군사를 내고, 상감께서 북문에서 싸움을 독촉하시다.

이십사일에 큰비가 내려, 성첩[8]을 지키는 군사를 다 적시고 얼어 죽은 사람이 많으니, 상감께서 세자와 더불어 뜰 가운데 서서 하늘께 빌어 말씀하시기를,
"금일 이에 이르기에는 우리 부자가 득죄함이니, 일성 군민[9]이 무

---

4 청나라 장수 마부대(馬夫大)를 가리킴.
5 통역관.
6 병자호란 때 용골대, 마부대의 통역으로 온갖 만행을 저지름.
7 東宮. 소현세자.
8 城堞. 성 위에 낮게 쌓은 담.

슨 죄가 있겠습니까? 천도(天道)가 우리 부자에게 화를 내리시고 원하옵건대 만민을 살려주옵소서."

하시니, 군신들이 들어가시기를 청하나 허락치 아니하시더니, 오래지 않아 비가 그치고 날씨가 춥지 아니하므로, 성 안 사람들이 감읍[10]하지 않은 사람이 없더라.

이십오일에 몹시 춥다. 조정에서 적진에 사신 보내기를 청하니, 상이 말씀하시기를,

"우리 나라가 매양 화친을 하다 적에게 속으니, 이제 또 사신을 보내어 욕될 줄 알지만, 모든 의논이 이러하니, 이 때는 세시[11]라, 술과 고기를 보내고 은합에 실과를 담아 써 두터운 정을 보인 후, 만나 이야기하여 기색을 살피리라."

하시다.

입십육일에 이경직(李景稷), 김신국(金藎國)이 술, 고기 은합을 가지고 적진에 가니, 적장이 말하기를,

"군중이 날마다 소를 잡고 보물이 뫼같이 쌓였으니, 이것을 무엇에 쓰리오. 네 나라 군신이 돌구멍에서 굶은 지 오래니, 가히 스스로 씀직하도다."

하고 드디어 받지 아니하고 도로 보내다.

---

9 一城軍民. 온 성 안의 군사와 백성.

10 感泣. 감격하여 울다.

11 歲時. 명절에 가까운 시기.

이십칠일에 날마다 성중의 구완하러 오는 군사를 바라나, 한 사람도 오는 이 없고, 강원감사 조정호(趙廷虎)가 본도군(本道軍)이 다 모이지 못하였기로 양근[12]에 퇴진하여 후에 오는 군사를 기다리고, 먼저 영장[13] 권정길(權井吉)로 하여금 군사를 거느려 검단산성[14]에 이르러 봉화를 들어 서로 응하다.

이십팔일에 체찰사(體察使)[15] 김류(金瑬)가 친히 장사를 거느려 북성에 가 싸움을 독려할 새, 도적이 방포 소리를 듣고 거짓으로 물러나며 적은 수의 군사와 우마를 머무르게 하니, 이것은 유인하는 꾀라. 김류가 그를 헤아리지 못하고 군사를 독촉하여 내려가 치라 하니, 산성에 있는 군사가 그 꾀를 알고 내리지 아니하니, 김류는 병방 비장 뉴호에게 환도를 주어 아니 내리는 자는 어지러이 짓찌르니, 군사 내려도 죽고 아니 내려도 죽겠으므로, 비로소 내려가 적진의 우마를 가지되, 적이 본 체 아니하다가, 군사 다 내리기를 기다려 적의 복병이 사면에서 내닫고, 물러갔던 적병이 나아들어 잠시에 우리 군을 다 죽이고 접전할 적에, 김류가 화약을 아껴 함께 많이 주기를 아니하고 달라기를 기다려 주더니, 이 때 급하여 화약을 미처 청하지 못하고, 조총으로 서로 치다가 못 이기니, 산길이 급하여 오르기 어려우니, 이에 다 죽기에 이르다.

---

12 경기도 양평.
13 각 진영의 으뜸장수.
14 경기도 광주 동쪽에 있는 산성.
15 지방에 군란이 있을 때 임금을 대신해 그 지방에 나아가 군무를 총괄하는 군직.

■ **내용 정리**

　병자호란 당시의 전쟁 체험을 한글로 기록한 일기인 〈산성일기〉는 도입부, 중심부, 종결부 세 부분으로 나눌 수 있다. 도입부에서는 청 태조 누루하치가 명나라로부터 용호 장군의 이름을 얻는데서 시작하여 47년간의 일을 짤막하게 설명하였다. 중심부는 병자년, 곧 1636년 12월 12일부터의 전쟁에서부터 시작하여 1637년 1월 30일, 임금이 세자와 함께 청나라 옷을 입고 서문으로 나가 삼전도에서 청나라에게 치욕적인 항복을 하고 서울로 돌아오기까지 48일간의 일을 기록한 것이다. 종결부는 그 이후 3년간의 일을 짧게 요약한 것이다.

■ **보충 정리**

□ 〈산성일기〉의 문학적 가치
　① 병자호란을 취재한 유일한 한글 일기라는 점
　② 궁중의 기록으로서 개인적 감정에 지배되지 않고 냉정하고 객관적인 필치를 보여준 점
　③ 임진, 병자 양란의 문학들이 빠지기 쉬웠던 비현실적 감정이 제거되고, 국력의 부족과 등장
　　 인물들의 인간성 문제에 이르기까지 냉철한 비판을 가하고 있는 점
　④ 야담보다 사실적, 구체적인 필치를 보여주어 기록 문학으로서 돋보이는 점
　⑤ 백성을 사랑하는 임금의 심정 등이 감동적으로 묘사되어 있는 점

1. 이 글에서 사직을 지키려는 임금의 결연한 의지가 잘 나타난 부분이 어디인가 생각해 보자.
2. 이 글의 역사적인 가치는 어떤 것인지 생각해 보자.

▶ 예시 답은 [부록] 참고

1. 날짜별 일기의 내용을 <u>잘못</u> 요약한 것은?( )

① 12월 17일 : 인조가 남대문 옥좌에 앉아 애통교를 내리고 제신들이 애통해 함.

② 12월 20일 : 마장이 통사 정명수를 보내 화친을 추진함.

③ 12월 23일 : 동·서·남문에 군사를 내고, 왕은 북문에서 싸움을 독촉함.

④ 12월 25일 : 적진에 세찬을 보내어 그 기색을 살피게 함.

⑤ 12월 27일 : 검단산성에 불을 질러 적을 물리침.

2. 이 글에서 알 수 있는 당시의 상황을 가장 알맞게 나타낸 것은?( )

① 난중지난(難中之難)

② 사면초가(四面楚歌)

③ 맥수지탄(麥秀之嘆)

④ 난형난제(難兄難弟)

⑤ 백척간두(百尺竿頭)

▶ 모범 답은 [부록] 참고

한중록 閑中錄

고전수필

혜경궁 홍씨(惠慶宮洪氏, 1735~1815)

- 본관은 풍산(豐山). 영의정 홍봉한(洪鳳漢)의 딸. 정조의 어머니. 영조의 아들 장조(莊祖:사도세자)의 비(妃).
- 1776년 아들 정조가 즉위하자 궁호(宮號)도 혜경(惠慶)으로 올랐고, 1899년(광무 3) 사도세자가 장조로 추존되자 경의왕후에 추존됨.
- 저서 : 〈한중록(閑中錄)〉

- □ **갈래** 고전 수필
- □ **시대** 조선 정조
- □ **성격** 자전적, 회고적
- □ **표현** 전아한 궁중 문체 사용
- □ **제재** 사도세자의 참변과 기구한 운명
- □ **주제** 임오화변을 중심으로 한 작자의 기구한 궁중 생활의 애환
- □ **출전** 필사본 〈한중록(閑中錄)〉

조선 시대 궁중 여인들의 삶의 모습에 대해 생각하며 감상해 보자.

이 글은 궁중(宮中)의 비극적 사건을 소재로 했기 때문에 극적이면서도 서사적인 성격을 띠고 있는 작품이다. 그리고 회고적이며 자전적인 글로서 여성 특유의 우아한 표현과 인간 내면에 흐르는 섬세한 정서를 나타내어, 내간체의 전형적인 문장을 보여 준다.

한중록 閑中錄

내 어릴 적에 궐내에 들어와 서찰[1]이 아침 저녁으로 오고갔으니 내 집에 내 손수 쓴 기록이 많이 있을 것이나, 입궐 후 선인[2]께서 경계하시기를,

"외간 서찰이 궁중에 들어가 흘릴 것이 아니요, 안부를 묻는 이외에 사연이 많은 것은 공경하는 도리에 가하지 아니하니 조석 봉서[3] 회답에 소식만 알고 그 종이에 써 보내라."

하시기에 선비[4]께서 아침 저녁 웃어른께 문안드리는 봉서에 선인 경계대로 종이 머리에 써 보내옵고, 집에서도 또한 선인 경계를 받자와 다 모아 원고를 정리하므로 내 필적이 전함직한 것이 없었다. 친정 조카 수영이 매양,

"본집에 마누라 손수 쓴 기록이 머문 것이 없으니 한번 친히 무슨 글을 써 내려오셔 보장하여 집에 길이 전하면 아름다운 글이 되겠

---

1 편지.
2 先人. 선친. 돌아가신 아버지.
3 封書. 봉투에 넣어 봉한 편지.
4 先妣. 돌아가신 어머니.

다.”

하니 그 말이 옳아 써 주고자 하였으나 틈 없어 못 하였더니, 올해 내 회갑 해를 당하니 추모지통(追慕之痛)이 백 배 더하고, 세월이 더 하면 내 정신이 이 때만도 못할 듯하기에 내 감정이 일어나는 마음 과 경력한 일을 생각하는 대로 기록하였으나 하나를 건지고 백을 바 친다.

선왕조[5] 을묘 유월 십팔일 오시[6]에 선비께서 나를 반송[7] 방 거평 동 외가에서 낳아 오셨다. 전일 한밤에 선인께서 흑룡이 선비 계신 방 반자[8]에 서리었음을 꿈에 보신 후, 내가 태어나니 남자가 아닌 여자라 꿈의 징조와 맞지 않음을 의심하셨다. 조고[9] 정헌공께서 친 히 임하여 보시고,

“비록 여자나 보통 아이와 다르다.”

하시며 매우 사랑해 주셨다.

삼칠일 후 집으로 들어오니 증조모 이씨께서 보시고 기대하시 면서,

“이 아이 다른 아이와 다르니 잘 기르라.”

하시고 유모를 친히 가리어 보내오시니 곧 내 아지러라.

내가 점점 자라며 조부께서 이상히 사랑하시어 무릎 아래 떠나 본 때가 드물고, 매양 희롱같이 말씀하시기를,

---

5 영조.
6 午時. 상오 11시부터 하오 1시까지의 동안.
7 盤松. 지표면 가까이에서 주된 원줄기 없이 여러 개의 줄기로 갈라져서 자라는 소나무.
8 방이나 마루의 천장을 평평하게 만들어 놓은 시설.
9 祖考. 죽은 할아버지. 왕고(王考).

"이 아이가 작은 어른이니 어른 됨을 일찍 하리라."

하셨다. 이와 같이 내가 어려서 들어왔던 일을 궁금[10]에 들어온 후에 생각하니, 내 평생에 즐거이 당하려고 한 일은 아니나 두 어른의 귀중하신 말씀이 무엇을 알고 하신 것이 아닌가 하고 늘 생각하였다.

(중략)

그 날 아침에 대조(大朝)[11]께서 무슨 전좌[12] 나오려 하시고, 경현당 관광청에 계셨다. 선희궁(宣禧宮)[13]께서 가서 울면서 아뢰되,

"큰 병이 점점 깊어서 바랄 것이 없사오니 소인이 차마 이 말씀을 자모지정에 아뢰올 말씀이 아니오나, 옥체를 보호하옵고 세손을 건져서 종사를 평안히 하옵는 일이 옳사오니 대처분[14]을 하옵소서."

하고 이어서 하시는 말씀이,

"부자지정으로 이리하시나, 병으로 이리된 일, 병을 어찌 책망하오리까. 처분은 하오나 은혜는 끼치셔서 세손 모자를 평안케 하옵소서."

하시니, 내 차마 아내 된 도리로 이것을 옳게 하신다고 못하나, 일인즉 할 수 없는 지경이었다. 내가 따라 죽어서 모르는 것이 옳되, 세손으로 차마 결단치 못하였다. 만난 바의 몹시 곤궁하고 혹독함을 서러워할 뿐이었다.

---

10 宮禁. 궁궐.
11 '임금'을 가리킴. 여기서는 조선 제21대 영조(英祖).
12 殿坐. 친정(親政) 때나 조하(朝賀) 때 임금이 옥좌에 나와 앉음, 또는 그 자리.
13 영조의 후궁이자 사도세자의 생모인 영빈 이씨(暎嬪李氏).
14 大處分. 사도세자가 음모를 꾸몄다 하여 그 죄를 다스리는 것.

대조께서 들으시고 조금도 지체하지 않고 창덕궁으로 거둥령[15]을 급히 내리셨다. 선희궁께서 사사로운 정을 끊고 대의로 말씀을 아뢰시고, 가슴을 치고 기절할 듯이 당신 계신 양덕당으로 가서 음식을 끊고 누워 계시니 만고에 이런 정리가 어디 있으리오. 대조께서 선원전으로 거둥하시는 길이 두 길 있으니, 그 중 하나는 만안문으로 그곳은 탈이 없으나, 경화문 거둥은 탈이 났었다. 그 날 거둥령이 경화문으로 나오시니, 동궁[16]께서 십일일 밤은 수구로 다녀오셔서 몸이 물에 빠지시고, 십이일은 통명전에 계셨는데, 그 날 들보에서 부러지는 듯이 굉장한 소리가 났다. 동궁께서 들으시고,

"내가 죽으려나 보다, 이게 무슨 일인고?"

하고 놀라셨다. 그 때 부친이 재상으로서 첫 오월(영조 38) 엄중한 교지를 받자와 파직되고 동교[17]에 달포 동안이나 나가 계셨다. 동궁께서 스스로 위기를 느끼셨는지 조재호(趙載浩)가 원임대신(原任大臣)[18]으로 춘천에 있었는데, 계방(桂房) 조유진(趙維進)으로 하여금 말을 전하여 상경하라고 하셨다. 이런 일을 보면 그 누가 당신보고 병이 계시다 하겠는가. 참으로 이상한 하늘의 조화였다.

동궁은 부왕의 거둥령을 듣고 두려워서 아무 소리 없이 기계와 말을 다 감추어 두라 하시고, 교자를 타고 경춘전 뒤로 가시며 나를 오라 하셨다. 근래에 동궁의 눈에 사람이 보이면 곧 일이 일어나기 때문에 가마뚜껑을 하고 사면에 휘장을 치고 다니셨는데, 그 날 나를

15 거둥하라는 영. 거둥 : 임금의 나들이. 거가(車駕). 본딧말은 '거둥(擧動)'.
16 영조 임금의 둘째 아들인 사도세자.
17 서울 동대문 밖 근처.
18 전임(前任) 대신(大臣)을 말함.

덕성합[19]으로 오라 하셨다. 그 때가 오정쯤 되었는데 갑자기 무수한 까치떼가 경춘전을 에워싸고 울었으니, 이 또한 무슨 징조인지 괴이하였다. 세손이 환경전에 계셨으므로 내 마음이 황망한 가운데 세손의 몸이 염려되어 환경전에 내려가서,

"무슨 일이 있어도 놀라지 말고 마음을 단단히 먹으라."

하며, 천만당부하고 어찌할 바를 몰랐다. 그런데 거둥이 무슨 일인지 늦으셔서 미시[20] 후에나 휘령전으로 오신다는 말이 있었다. 덕성합으로 오라시는 동궁의 말씀에 내가 가 보니 그 장하신 기운과 언짢은 말씀도 안 하시고 고개를 숙여 깊이 생각하시는 듯 벽에 기대어 앉으셨는데, 안색이 놀라서 핏기가 없이 나를 보셨다. 응당 화증[21]을 내고 오죽하랴, 내 목숨이 그 날 마칠 것도 각오하여 세손에게 부탁 경계하였건만 말씀이 뜻밖에도,

"아무래도 이상하니, 자네는 잘 살게 하겠네. 그 뜻들이 무서워."

하시기에 내가 눈물을 드리워 말없이 허황해서 손을 비비고 앉았다.

이 때, 대조께서 휘령전으로 오셔서 동궁을 부르신다는 전갈이 왔다. 그런데 이상하게도 '피하자'는 말도 '도망가자'는 말씀도 안 하시고, 좌우를 물리치지도 않으시며 조금도 화증 내신 기색 없이 용포[22]를 달라 하셔서 썩 입으시는 것이 아닌가.

"내가 학질을 앓는다 하려 하니 세손의 휘항[23]을 가져오라."

하고 동궁이 말씀하시기에, '그 휘항은 작으니 이 취항을 쓰소서.' 하

---

19 德成閣. 창경궁 안에 있던 전각.

20 未時. 하오 1시부터 3시까지의 동안.

21 火症. 벌컥 화를 내는 증세.

22 龍袍. 임금이 입던 정복.

23 揮項. 추울 때 머리에 쓰는 방한구의 한 가지.

며 내가 당신 휘항을 권했더니 뜻밖에 하시는 말씀이,

"자네는 참 무섭고 흉한 사람일세. 자네는 세손 데리고 오래 살려 하기에, 오늘 내가 가서 죽겠기로 그것을 꺼려서 세손 휘항을 내게 안 씌우려 하니 내가 그 심술을 알겠네."

하시지 않는가.

내 마음은 당신이 그 날 그 지경에 이르실 줄은 모르고, 이 일이 어찌 될까, 사람이 다 죽을 일이요, 또 우리 모자의 목숨이 어떠하랴 하였는데, 다행히 아무 일도 없었지.

천만 뜻밖의 말씀을 하시니 내가 더욱 서러워서 세자의 휘항을 갖다 드리며,

"그 말씀이 마음에 없는 말이시니 이 휘항을 쓰소서."

하여도,

"싫다! 꺼려하는 것을 써 무엇할까?"

하시니, 이런 말씀이 어찌 병드신 이 같으시며, 어이 공순히 나가려 하시던가. 모두 하늘이 시키는 일이니 원통하고 원통하다.

그러할 제 날이 늦고 재촉이 심하여 나가시니, 대조께서 휘령전에 앉으시고 칼을 안으시고 두드리시며, 그 처분을 하시게 되니, 차마 망극하여 이 참상을 내가 어찌 기록하리오. 슬프고, 슬프도다. 동궁이 나가시며 대조께서 엄노[24]하시는 음성이 들려왔다. 휘령전과 덕성합 사이가 멀지 않아 담 밑으로 사람을 보내서 보니 벌써 용포를 덮고 엎드려 계시더라 하였다. 이 말을 듣고 대처분인 줄 알아 천지가 망극하여 창자가 끊어지는 듯하였다. 거기 있는 것이 부질없게 생각되어 세손 계신 데로 와서 서로 붙잡고 어찌할 줄 몰랐더니 신

---

24 嚴怒. 엄하게 꾸짖고 화내다.

시[25]쯤 내관이 들어와서 밖 소주방[26]에 있는 쌀 담는 궤를 내라 한다. 이것이 어찌된 말인지 황황하여 내지 못하고 세손궁이 망극한 일이 있는 줄 알고 문정[27] 앞에 들어가서,

"아비를 살려 주옵소서."

하니 대조께서,

"나가라!"

하고 엄하게 호령하셨다. 할 수 없이 밖으로 나와 왕자재실에 앉아 있었으니, 그 때 내 마음이야 고금 천지간에 그런 일이 없고 일월이 깜깜하게 다 막히었으니, 내 어찌 일시나마 세상에 머무를 마음이 있으리오. 칼을 들어 목숨을 끊으려 하였으나 옆의 사람이 빼앗아서 뜻을 이루지 못하고 다시 죽으려 하되 촌철[28]이 없어서 못하였다.

숭문당에서 휘령전으로 나가는 건복문 밑으로 가니, 아무것도 보이지 않고 다만 대조께서 칼 두드리는 소리와 동궁께서,

"아버님, 아버님. 잘못하였습니다. 이제는 하라시는 대로 하고 글도 읽고 말씀도 다 들을 것이니 이리 마소서."

하시는 소리가 들렸다. 이 소리를 들으니 내 간장이 마디마디 끊어지고 앞이 안 보이니 가슴을 아무리 두드린들 어찌 하리오.

당신의 용기와 장한 기운으로 궤에 들어가라 하신들 아무쪼록 들어가지 마실 일이지, 어찌하여 마침내 들어가셨는가. 처음엔 뛰어나오려 하시다가 이기지 못하여 그 지경에 이르시니, 하늘이 어찌 이

---

25 申時. 하오 3시부터 5시까지의 동안.
26 燒廚房. 대궐 안의 음식 만드는 곳.
27 門庭. 대문 안에 있는 뜰.
28 寸鐵. 작고 날카로운 쇠붙이나 무기.

토록 하였는가. 만고에 없는 설움이며, 내가 문 밑에서 통곡하여도 소용이 없었다. 동궁이 이미 폐위되어 계시니 그 처자가 편히 대궐에 있지 못할 것이므로 세손을 밖에 그저 두어서는 어떠할까 차마 두렵고 조심스러워서, 그 문에 앉아서 대조께 상서를 하였다.

"처분이 이러하오니, 죄인의 처자가 그대로 대궐에 있기 황송하옵고 세손을 오래 밖에 두옵기 죄가 더한 몸이 되어 두렵사오니, 이제 친정으로 나가겠나이다. 천은으로 세손을 보존하여 주옵소서."

가까스로 내관을 찾아 들이라 하였다. 얼마 안 있어 오라버니가 들어오셔서,

"이제 폐위 서인[29]하여 대궐에 있지 못할 것이므로 본집으로 돌아가라 하시니 나가시오이다. 가마를 들여놓았고 세손이 타실 남여[30]도 준비했나이다."

하고 남매가 붙들고 망극 통곡하고, 업혀서 청휘문에서 저승전 차비문에 가마를 놓고 윤 상궁이란 나인이 함께 타고, 별감이 가마를 메고 허다한 상하 나인이 모두 뒤를 따라 쫓으며 통곡하니, 천지간에 이런 정상이 어디 있으리오. 나는 가마에 들어갈 때 기절하여 인사를 모르니 윤 상궁이 주물러서 겨우 명이 붙었으니 오죽하리오.

친정에 도착한 나는 건넌방에 눕고, 세손은 내 중부와 오라버니가 모셔 나오고, 세손 빈궁은 그 집에서 가마를 가져다가 청연과 함께 들려 나오니 그 정상이 어떠하리오. 나는 자결하려다가 못하고 돌이켜 생각하니, 십일 세 세손에게 첩첩한 고통을 남긴 채 내가 없으면 세손이 어찌 성취하시리오. 할 수 없이 참아서 모진 목숨을 보전하

---

29 廢位庶人. 폐위되어 벼슬 없는 서민이 됨.
30 籃輿. 뚜껑이 없이 의자처럼 생긴 가마의 한 가지.

고 하늘만 부르짖으니 만고에 나같은 모진 목숨이 어디 있으리오. 집에 와서 세손을 만나니 내 망극함을 더욱 이길 수 없었다. 그러나 어린 나이에 이토록 큰 변을 당하시니 놀라서 병이라도 날까 염려되어,

"망극 망극하나 다 하늘이 하시는 노릇이니, 네가 몸을 평안히 하고 착하여야 나라가 태평하고 성은을 갚사올 것이니, 설움이 크겠지만 네 마음을 상하지 마라."

하고 위로하였다.

부친께서는 궐내를 떠나지 못하시고 오라버니도 벼슬에 매어 왕래하시니, 세손 모시고 있을 이가 중부와 두 외삼촌이니, 주야로 모셔 보호하였다. 내 끝 아우는 아이 때부터 들어와서 세손을 모시고 놀았으므로, 그 아이가 작은 사랑에 모시고 있어 팔구일을 지냈다. 김 판서 시묵(時默)과 그 자제 김기대(金基大)도 와서 뵈옵는다 하였다. 내 집이 좁은데 세손궁 상하 나인이 전부 나와 있기 때문에 남쪽 담 밖의 교리[31] 이경옥(李敬玉)의 집을 빌려서 김 판서 댁이 그 며느리를 데리고 와서 빈궁을 모시고 있게 하니 담을 트고 왕래하였다.

그 때 부친이 파직되어서 등교에 계시다가 대조께서 대처분하셔서 아주 할 수 없게 된 후, 대조께서 다시 부친을 등용하셔서 영의정이 되셨다. 부친이 천만 뜻밖에 그 처분 소식을 들으시고 망극하여 놀라고 애통해 하던 중 달려 들어가서 절하에 이르러 기절하셨다.

그 때, 왕자재실에 계시던 세손이 이 일을 들으시고 당신이 자시

---

31 校理. 집현전 · 홍문관 · 승문원 · 교서관 등에 둔 5품 관직.

던 청심환을 내어 주셨다. 부친 또한 세상에 무슨 뜻으로 살리요마
는 망극 중 극진히 세손을 보호하려는 정성 때문에 죽지 못하시니,
세손을 보호하여 종사를 보전하실 혈심단충[32]만은 천지신명이 잘
아실 것이다. 모질고 흉악하여 목숨이 붙었으나 당하신 일을 어찌
견디시는고. 마음이 타는 듯하니 차마 어찌 견딜 정경이리오. 오유
선과 박성원이 집 대문 밖에 와서 세손이 근신하라 하니, 근신함이
당연하나 차마 어린아이를 어찌 하리오. 낮에는 집에 계셔 지냈다.

대궐을 나온 후 부친께도 못 뵈옵고 망극하더니, 그 이튿날 선친
이 상교를 받자와 나오셨다. 모자가 부친을 붙잡고 한바탕 통곡하였
다. 부친께서 대조의 뜻을 전하시니, 내가 보전하여 세손을 구호하
라 하셨다. 이 때, 성교는 망극중이나 세손을 위하여 감읍[33]함이 헤
아릴 수 없었다. 세손을 어루만져 축수하고,
　"나는 네 아버님 아내로 이 지경이 되고, 너는 아들로 이 지경을
만났으니, 다만 명을 서러워할 뿐이지 누구를 원망하며 탓하리오.
우리 모자가 이 때에 보전함도 성은이요, 우러러 의지하여 명을 삶
도 또한 성상이시니, 너에게 바라는 것은 성의를 받자와 힘쓰고 가
다듬어 착한 사람이 되면, 그것으로 성은을 갚고 네 아버님께 효자
가 되니 이밖에 더 큰 일이 없다."
하고 타일렀다. 그리고 부친께 천은을 감축하여,
　"남은 날은 주시는 날이니, 하교대로 받자오려 하는 뜻을 위에다
아뢰소서."

---

32 血心丹忠. 정성스런 마음과 변치 않는 충성심.
33 感泣. 감격하여 울다.

하고 애통히 울었는데, 내 이 말에 털끝만큼도 틀림이 없었다. 처음부터 그리 되신 것이 서러웠지, 점점 그 지경에 이르신 바를 어찌 하리오. 조금도 마음에 먹사온 바 없이 감히 이렇다 원하옵지 못한다. 부친이 나와서 세손을 붙잡고 통곡하고 위로하시되,

"이 뜻이 옳으시니 세손이 현(賢)하게 되시고 성(聖)하게 되시면, 성은을 갚으시고, 낳으신 아버님께 효자 되시는 것입니다."

하고 들어가셨다.

시간이 흐를수록 차마 망극한 경지를 생각하되 어찌할 바를 몰라서 마음이 혼동하여 누웠더니, 십오일은 굳게 굳게 하고 깊이 깊이 하여 놓으시고, 윗대궐 오르신다 하니 알 수 없었다. 대궐 안의 비단 필도 내어 올 길이 없으니 염습[34] 제구를 다 부친이 차비하여 유감 없이 하여 주셨다. 그 전 여러 해 동안 큰 병환에 의복을 무수히 대어 주시고 이 수의를 다 차비하여 동궁 위한 마지막 정성으로 힘을 다하셨다.

이십일 신시쯤 폭우가 내리고 뇌성이 치니, 뇌성을 두려워하시던 일이나 어찌 되셨는가 하는 생각 차마 형용할 수 없었다. 음식을 끊어 굶어죽고 싶고, 깊은 물에라도 빠지고 싶고, 수건을 어루만지며 칼도 자주 들었으나 마음이 약하여 강한 결단을 못하였다. 그러나 먹을 수 없어서 냉수도 미음도 먹은 일이 없으나 목숨 지탱한 것이 괴이하였다. 그 이십일 밤에 비 오던 때가 동궁께서 숨지신 때던가 싶으니 차마 어찌 견디어 이 지경이 되셨던가. 그저 온몸이 원통하니 내 몸 살아난 것이 모질고 흉악하다.

(후략)

---

34 殮襲. 죽은 이의 몸을 씻은 다음에 수의(壽衣)를 입히고 염포(殮布)로 묶는 일.

■ 내용 정리

　〈한중록〉제1편은 혜경궁 홍씨의 어린 시절과 세자빈이 된 이후 50년 간 궁궐에서 지낸 이야기이다. 제2편과 제3편은 천정 쪽의 누명이 억울함을 말하는 내용이다. 제4편에서 비로소 사도세자 참변의 진상이 기록되고 있다. 영조는 그가 사랑하던 화평옹주의 죽음으로 세자에 무관심해지고, 그 사이 세자는 공부에 태만하고 무예 놀이를 즐기는가 하면, 서정(庶政)을 대리하게 하였으나 성격 차이로 부자 사이는 점점 더 벌어지게 된다. 마침내 세자는 부왕이 무서워 공포증과 강박증에 걸려 살인을 저지르고 방탕한 생활을 한다. 여기에 영조 38년(1762) 5월, 나경언(羅景彦)과 영빈의 종용으로 왕은 세자를 뒤주에 유폐시켜 9일만에 절명하게 한다. 또한 영조가 세자를 처분한 것은 만부득이한 일이었고, 뒤주의 착상은 영조 자신이 한 것이지 친정아버지인 홍봉한의 머리에서 나온 것이 아니라는 주장도 한다. 이 글을 쓴 혜경궁 홍씨의 당시 나이는 71세였다.

■ 보충 정리

□ 〈한중록〉의 역사적 배경

　조선 제 21대 영조 임금 당시 세력을 쥐고 있던 노론 세력은 사도세자를 중심으로 새 새력을 구축, 소론을 물리치고자 했으나 세자가 이를 들어주지 않았다. 이에 노론은 온갖 음모를 꾸며 세자를 못살게 굴었고, 급기야는 역모를 꾸민다고 무고(誣告)하여 부자간의 사이를 갈라놓았다. 이에 분노가 극에 이른 영조는 세자를 폐위하여 서인(庶人)으로 만들었고, 군관을 시켜 세자를 뒤주에 가두라고 하였다. 세자는 9일 간을 신음하다가 결국 그 속에서 굶어 죽었다. 영조는 탕평책을 써서 당쟁을 없애려고 했으나, 오히려 자기 아들을 그 희생물로 만들었다. 혜경궁 홍씨는 28세의 젊은 나이에 이 참변을 목격하였으나 은인자중하여, 결국 아들 정조를 왕위에 오르게 하였다.

깊이
생각 해보기

1. 이 글이 많은 사람들에게 보편적인 공감을 주는 것은 무엇 때문인지 지은이의 글쓰기 방법과 관련하여 생각해 보자.
2. 이 글에 나타난 사도세자의 성격이 어떠했을지 생각해 보자.

▶ 예시 답은 [부록] 참고

1. 이 글의 성격을 가장 바르게 말한 것은?( )

　① 자신의 결백을 주장하는 탄원서

　② 궁중의 역사를 사실대로 바로잡으려는 역사서

　③ 사건의 내막을 폭로하고 규명하려는 해명서

　④ 반대파의 음모를 고발하는 폭로서

　⑤ 사랑하는 사람의 죽음을 애도하는 추도사

2. 다음 〈보기〉의 밑줄 친 부분에서 유추할 수 있는 서술자의 심리 상태는?( )

> 〈보기〉
>
> 　그 날 나를 덕성합으로 오라 하셨다. 그때가 오정쯤 되었는데 갑자기 무수한 까치떼가 경춘전을 에워싸고 울었으니, 이 또한 무슨 징조인지 괴이하였다.

　① 평온한 느낌이 든다.

　② 기쁜 소식이 있을 것이란 예감이 든다.

　③ 당황스럽고 어찌할 바를 모른다.

　④ 불길한 예감이 든다.

　⑤ 자연의 재앙이 닥쳐올 것 같은 예감이 든다.

▶ 모범 답은 [부록] 참고

I can do it.

동명일기 東溟日記

고전수필

의유당 김씨(意幽堂金氏, 1727~1823)

- 본관 연안. 판관(判官) 이희찬(李羲贊)의 아내.
- 조선 순조 때 여류 문인.
- 저서 : 〈의유당관북유람일기(意幽堂關北遊覽日記)〉

□ **갈래** 고전 수필
□ **시대** 조선 순조
□ **성격** 사실적, 묘사적, 주관적
□ **표현** 비유적 표현
□ **제재** 동해의 일출
□ **주제** 귀경대에서 본 일출의 장관
□ **특징** 여성 특유의 섬세함으로 순 우리말을 사용한 사실적 묘사가 돋보임.
□ **출전** 〈의유당관북유람일기(意幽堂關北遊覽日記)〉

감상의 주안점

해돋이를 어떤 방법으로 묘사하고 있는지 생각하며 감상해 보자.

도움말

이 작품은 의유당 김씨가 함흥 판관으로 부임해 가는 남편을 따라가 그 곳의 명승 고적을 살피고 느낀 바를 적은 기행 수필로, 귀경대에서 일출을 구경하기까지의 여정을 사실적으로 묘사하고 있 다.

동명일기 東溟日記

(전략)

행여 일출을 못 볼까 노심초사[1]하여, 새도록 자지 못하고, 가끔 영재를 불러 사공(沙工)에게 물으라 하니,

"내일은 일출을 쾌히 보시리라 한다."

하되, 마음에 미쁘지 아니하여 초조하더니, 먼 데 닭이 울며 계속하여 날 새기를 재촉하니, 기생과 비복[2]을 혼동하여 어서 일어나라 하니, 밖에 급창[3]이 와,

"관청 감관[4]이 다 아직 너무 일찍 하니 못 떠나시리라 한다."

하되 곧이 아니 듣고, 매우 강하게 재촉하여, 떡국을 쑤었으되 아니 먹고, 바삐 귀경대(龜景臺)[5]에 오르니 달빛이 사면에 조요[6]하니, 바다가 어제 밤보다 희기 더하고, 거센 바람이 크게 일어 사람의 뼈에

---

[1] 勞心焦思. 애를 쓰고 속을 태움.
[2] 婢僕. 계집종과 사내종.
[3] 及唱. 관아에서 일하는 사내종.
[4] 官廳監官. 관청의 감독관.
[5] 함흥의 해변가에 있는 누각의 이름.
[6] 照耀. 환하게 비치어 빛남.

사무치고, 물결치는 소리에 산악이 움직이며, 별빛이 말곳말곳하여[7] 동편에 차례로 있어 새기는 멀었고, 자는 아해를 급히 깨워 왔기 치워 날치며 기생과 비복이 다 이를 두드려 떠니, 사군(使君)[8]이 소리하여 꾸짖어 말하기를,

"분별없이 일찍이 와 아해와 실내(室內)[9] 다 큰 병이 나게 하였다."

하고 소리하여 걱정하니, 내 마음이 불안하여 한 소리를 못하고, 감히 추워하는 눈치를 못하고 죽은 듯이 앉았으되, 날이 샐 가망이 없으니 계속하여 영재를 불러,

"동이 트느냐?"

물으니, 아직 멀기로 계속하여 대답하고, 물 치는 소리 천지가 진동하여 찬바람 끼치기 더욱 심하고, 좌우의 시중 드는 이들이 고개를 기울여 입을 가슴에 박고 추위하더니, 매우 이슥한 후, 동편의 별이 드물며, 달빛이 차차 옅어지며, 홍색이 분명하니, 소리하여 시원함을 부르고 가마 밖에 나서니, 좌우 비복과 기생들이 옹위[10]하여 마음을 졸이며 보더니, 이윽고 날이 밝으며 붉은 기운이 동편 길게 뻗쳤으니, 진홍 비단 여러 필을 물 위에 펼친 듯, 만경창파[11]가 일시에 붉어 하늘에 자욱하고, 노하는 물결 소리 더욱 장하며, 홍전[12] 같은 물빛

---

7 말똥말똥하여
8 남편.
9 부인.
10 擁衛. 좌우에서 부축하며 지키고 보호함.
11 萬頃蒼波. 한없이 넓고 넓은 바다.
12 紅氈. 붉은 색깔의 모직물.

이 황홀하여 바다색이 조요하니, 차마 끔찍하더라.

붉은빛이 더욱 붉으니, 마주 선 사람의 낯과 옷이 다 붉더라. 물이 굽이져 치치니, 밤에 물 치는 굽이는 옥같이 희더니, 지금의 물굽이는 붉기가 홍옥 같아서 하늘에 닿았으니, 장관을 이를 것이 없더라.

붉은 기운이 퍼져 하늘과 물이 다 조요하되, 해가 아니 나타나니, 기생들이 손을 두드려 소리하여 애달파 가로되,

"이제는 해가 다 돋아 저 속에 들었으니, 저 붉은 기운이 다 푸르러 구름이 되리라."

매우 떠들썩하게 지껄이니, 마음이 쓸쓸하여 그저 돌아가려 하니, 사군과 숙씨(叔氏)[13]께서,

"그렇지 아냐, 이제 보리라."

하시되, 이랑이, 차섬이 냉소하여 이르되,

"소인 등이 이번뿐 아니고 자로[14] 보았사오니, 어찌 모르리까. 마누하님[15], 큰 병환 나실 것이니, 어서 가압사이다."

하거늘, 가마 속에 들어앉으니, 봉의 어미 악써 가로되,

"하인들이 다 하되, 이제 해가 솟으려 하는데 어찌 가시리요. 기생 아해들은 철 모르고 즈레[16] 이렁 구는다?[17]"

이랑이 손뼉을 치며 가로되,

"그것들은 전혀 모르고 한 말이니 곧이 듣지 말라."

---

13 시아주버니. 남편의 형제.
14 자주.
15 마나님, 귀부인의 호칭.
16 지레짐작으로.
17 이렇게 구느냐?

하거늘, 돌아 사공(沙工)에게 물으라 하니,

"사공께서 오늘 일출이 유명하리란다."

하거늘, 내 도로 나서니, 차섬이, 보배는 내 가마에 드는 모습 보고 먼저 가고, 계집 종 셋이 먼저 갔더라.

홍색이 거룩하여 붉은 기운이 하늘을 뛰놀더니, 이랑이 소리를 높이 하여 나를 불러,

"저기 물 밑을 보라."

외치거늘, 급히 눈을 들어 보니, 물 밑 홍운[18]을 헤치고 큰 실오리 같은 줄이 붉기 더욱 기이하며, 기운이 진홍 같은 것이 차차 나 손바닥 넓이 같은 것이 그믐밤에 보는 숯불 빛 같더라. 차차 나오더니, 그 위로 적은 회오리밤 같은 것이 붉기 호박[19] 구슬 같고, 맑고 통랑[20]하기는 호박보다 더 곱더라.

그 붉은 위로 홀홀 움직여 도는데, 처음 났던 붉은 기운이 백지 반장 넓이만치 반듯이 비치며, 밤 같던 기운이 해 되어 차차 커 가며, 큰 쟁반만 하여 불긋불긋 번듯번듯 뛰놀며, 적색이 온 바다에 끼치며, 먼저 붉은 기운이 차차 가시며, 해 흔들며 뛰놀기 더욱 자로 하며, 항 같고 독 같은 것이 좌우로 뛰놀며, 황홀히 번득여 두 눈이 어질어질하며, 붉은 기운이 명랑하여 첫 홍색을 헤치고, 천중에 쟁반 같은 것이 수레바퀴 같아서 물 속으로 치밀어 받치듯이 올라붙으며, 항, 독 같은 기운이 스러지고, 처음 붉어 겉을 비추던 것은 모여 소

---

18 紅雲. 붉은 구름.

19 琥珀. 예전에 송진들이 땅속에 묻혀 이루어진 광물.

20 通朗. 환하게 트이어 밝음.

혀처럼 드리워 물 속에 풍덩 빠지는 듯싶더라. 일색[21]이 조요하며 물결에 붉은 기운이 차차 가시며, 햇빛이 청랑하니, 만고천하에 그런 장관은 대두[22]할 데 없을 듯하더라.

짐작에 처음 백지 반 장만치 붉은 기운은 그 속에서 해가 장차 나려고 우리어[23] 그리 붉고, 그 회오리밤 같은 것은 진짓[24] 일색을 빼어 내니 우리어 낸 기운이 차차 가시며, 독 같고 항 같은 것은 일색이 몹시 고운고로, 보는 사람의 안력[25]이 황홀하여 도무지 헛기운인 듯싶은지라.

---

21 日色. 해의 빛깔.

22 對頭. 맞대어 견줌.

23 내비치어.

24 진짜의, 참된.

25 眼力. 시력(視力).

■ 내용 정리

　　이 글은 동명의 해돋이와 달맞이가 유명하다는 말을 듣고 그의 남편을 졸라서 허락을 받고 길을 떠나 왕래하는 사이에 보고 겪은 일들과 해돋이의 장관을 그린 기행 수필이다. 우리말의 멋스러운 사용으로 표현의 운치를 드높인 점이나, 일출의 장엄하고 화려한 모습과 색채가 매 순간마다 치밀하고 예리한 관찰에 의해 사실적으로 묘사되고 있는 점은 여류 문학의 매력을 유감없이 발휘한 것이라 할 만하다.

　　이 작품은 크게 두 부분으로 나눌 수 있는데, 전반부에서는 일출의 장관에 대한 호기심과 기대, 일출을 기다리는 과정이, 후반부에서는 해돋이 광경을 여성 특유의 세밀한 관찰로 사실적으로 표현한 치밀한 필치가 드러나 있고, 참신하고 순연한 우리말의 구사를 통하여 작가의 개성이 잘 나타나고 있다.

■ 보충 정리

□ 〈의유당관북유람일기(意幽堂關北遊覽日記)〉의 내용

1. 낙민루(樂民樓) : 함흥의 유명한 낙민루 일대의 경관 묘사

2. 북산루(北山樓) : 북산 누각을 찾아 풍류를 즐기던 일의 기록

3. 동명일기(東溟日記) : 귀경대에서 본 해돋이 장관의 묘사

4. 춘일소흥(春日笑興) : 김득신, 남호곡, 정인흥, 이번 등의 전기문

5. 영명사득월루상량문(永明寺得月樓上樑文) : 대동강 북쪽에 세워진 득월루의 상량문 번역

깊이
생각 해보기

1. 이 글에 나타난 지은이의 심리에 대해 생각해 보자.

2. 해돋이를 묘사하기 위해 가장 중점적으로 쓰인 표현법은 무엇인지 생각해 보자.

▶ 예시 답은 [부록] 참고

1. 이 글의 표현상 특징에 대해 바르게 말한 것은?(   )

① 주관적 상상력 바탕으로 현실을 재구성하고 있다.

② 참신한 비유로 대상의 변화를 생동감 있게 그리고 있다.

③ 대상의 변화를 긴박한 문체로 그리고 있다.

④ 인물 간의 대화를 중심으로 갈등을 표출하고 있다.

⑤ 강건한 문체로 대상의 지배적 인상을 표현하고 있다.

2. 다음 〈보기〉의 밑줄 친 부분은 어떤 모습을 묘사한 것인가?(   )

> 〈보기〉
>
> 천중에 쟁반 같은 것이 수레바퀴 같아서 물 속으로 치밀어 받치듯이 올라붙으며, 항, 독 같은 기운이 스러지고, 처음 붉어 겉을 비추던 것은 모여 소 혀처럼 드리워 물 속에 풍덩 빠지는 듯싶더라.

① 해가 수면 위로 완전히 떠오른 모습

② 해가 떠오르려고 하는 모습

③ 해가 반쯤 떠오른 모습

④ 해가 파도 속에 잠겨 버린 모습

⑤ 해가 물 속에 잠겨 있는 모습

▶ 모범 답은 [부록] 참고

I can do it.

규중칠우쟁론기 閨中七友爭論記

고전수필

- □ **갈래** 고전 수필
- □ **시대** 조선 후기
- □ **성격** 풍자적, 교훈적
- □ **표현** 의인법
- □ **제재**   바늘 · 자 · 가위 · 실 · 다리미 · 인두 · 골무
- □ **주제** 자신의 공만 내세우는 세태 풍자
- □ **의의** 〈조침문(弔針文)〉과 함께 의인화로 된 내간체 고전 수필의 쌍벽을 이룸.
- □ **출전** 〈망로각수기(忘老却愁記)〉

감상의
주안점

사람이 성실하게 산다는 것은 어떤 의미인지 생각하며 감상해 보자.

도움말

이 글은 바느질에 관련된 일곱 가지 사물을 의인화하여 세태를 풍자하는 내용으로 되어 있다. 극적인 구성과 섬세한 표현으로 고전 수필의 묘미를 느끼게 해 주며 사람은 직분에 따라 성실하게 살아야 한다는 교훈을 주는 글이다.

규중칠우쟁론기 閨中七友爭論記

　이른바 규중 칠우(閨中七友)는 부인내 방 가운데 일곱 벗이니, 글하는 선비는 필묵[1]과 종이, 벼루로 문방 사우(文房四友)를 삼았나니, 규중 여자인들 홀로 어찌 벗이 없으리오.

　이러므로 침선[2] 돕는 무리들을 각각 부르는 이름을 정하여 벗을 삼으니, 바늘을 세요 각시(細腰閣氏)라 하고, 자를 척 부인(戚夫人)이라 하고, 가위를 교두 각시(交頭閣氏)라 하고, 인도[3]를 인화 부인(引火夫人)이라 하고, 달우리[4]를 울 랑자(熨娘子)라 하고, 실을 청홍흑백 각시(靑紅黑白閣氏)라 하며, 골모[5]를 감토 할미라 하여, 칠우를 삼아 규중 부인내 아침 소세[6]를 마치매, 칠우가 일제히 모여 종시[7]하기를 한가지로 의논하여 각각 소임을 이루어 내는지라.

---

1 筆墨. 붓과 먹.
2 針線. 바느질.
3 인두. 불에 달구어 솔기를 꺾어 누르거나 구김살을 눌러 펴는 데 쓰임.
4 다리미.
5 골무. 바느질할 때 바늘을 눌러 밀기 위하여 바늘 쥔 손가락 끝에 끼는 물건.
6 梳洗. 머리를 빗고, 얼굴을 씻음.
7 끝까지.

하루는 칠우가 모여 침선의 공을 의논하더니 척 부인이 긴 허리를 재며 이르되,

"벗들은 들으라. 나는, 가는 명주·굵은 명주·흰 모시·가는 베와, 청홍녹라·자라·홍단[8]을 다 내여 펼쳐 놓고 남녀 옷을 마련할새, 장단 광협[9]이며 수품 제도[10]를 나 곧 아니면 어찌 이루리오. 이러므로 옷 만드는 공은 내가 으뜸되리라."

교두 각시 두 다리를 빨리 놀려 내달아 이르되,

"척 부인아, 그대 아무리 마련을 잘한들 베어 내지 아니하면 모양 제대로 되겠느냐. 내 공과 내 덕이니 네 공만 자랑 마라."

세요 각시 가는 허리 구부리며 날랜 부리 돌려 이르되,

"두 벗의 말이 불가하다. 진주 열 그릇이나 꿴 후에 구슬이라 할 것이니, 재단에 능소능대[11]하다 하나, 나 곧 아니면 옷 만들기를 어찌 하리오. 세누비 미누비[12] 짧은 솔[13] 긴 옷을 이룸이 나의 날래고 빠름이 아니면 잘게 뜨며 굵게 박아 마음대로 하리오. 척 부인 재어 내고 교두 각시 베어 낸다 하나, 내 아니면 공이 없으려든 두 벗이 무슨 공이라 자랑하느뇨?"

청홍 각시 얼굴이 붉으락푸르락하여 화내어 말하기를,

"세요야. 네 공이 내 공이라. 자랑마라. 네 아무리 착한 체하나 한 솔 반 솔인들 내 아니면 네 어찌 성공하리오."

---

8 여러 가지 비단의 종류들.
9 長短廣狹. 길고 짧으며, 넓고 좁음.
10 手品制度. 솜씨와 격식.
11 能小能大. 모든 일에 두루 능함.
12 세누비 : 잘게 누빈 누비. 미누비 : 중누비.
13 솔기. 옷 따위를 지을 때 두 폭을 맞대고 꿰맨 줄.

감토 할미 웃고 이르되,

"각시님네, 웬만히 자랑 마소. 이 늙은이 수말[14] 적기로 아가시내 손부리 아프지 아니하게 바느질 도와 드리나니, 옛말에 이르기를, 닭의 입이 될지언정 소 뒤는 되지 말라 하였으니, 청홍 각시는 세요의 뒤를 따라다니며 무슨 말 하시느뇨? 실로 얼굴이 아까워라. 나는 매양 세요의 귀에 질리었으되 낯가죽이 두꺼워 견딜 만하고 아무 말도 아니 하노라."

인화 낭자가 이르되,

"그대네는 다투지 말라. 나도 잠간 공을 말하리라. 미누비 세누비 누구로 하여 젓가락 같이 고우며, 혼솔[15]이 나 곧 아니면 어찌 풀로 붙인 듯이 고우리오. 바느질 재주 용속한 재[16] 들락날락 바르지 못한 것도 나의 손바닥을 한번 씻으면 잘못한 흔적이 감추어져, 세요의 공이 나로 하여 광채가 나느니라."

울 낭자가 크나큰 입을 버리고 너털웃음으로 이르되,

"인화야, 너와 나는 소임이 같다. 그러나 인화는 침선뿐이라. 나는 천만 가지 의복 만들기에 아니 참여하는 곳이 없고, 가증한 여자들은 하루 할 일도 열흘이나 구기여 살이 주역주역한[17] 것을 나의 광둔[18]으로 한번 스치면 굵은 살 낱낱이 펴지며, 제도와 모양이 고와지고, 더욱 여름철을 만나면 하는 일이 많아 하루도 한가하지 못한지라. 의복이 나 곧 아니면 어찌 고우며, 더욱 빨래하는 년들이 게을

---

14 耸末. 머리의 끝. 골무의 생긴 모습.
15 홈질한 옷의 솔기.
16 범속하여 특징이 없는 솜씨.
17 구깃구깃한.
18 廣臀. 넓은 볼기.

러 풀 먹여 널어 두고 잠만 자면 부딪쳐 말린 것을 나의 팡둔 아니면 어찌 고우며, 세상 남녀 어찌 반반한 것을 입으리오. 이러므로 의복 만드는 공이 내가 제일이 되느니라."

규중 부인이 이르되,

"칠우의 공으로 의복을 다스리나 그 공이 사람의 쓰기에 있나니 어찌 칠우의 공이라 하리오."

하고 말을 마침에 칠우를 밀치고 베개를 돋우고 잠을 깊이 드니, 척 부인이 탄식하고 이르되,

"매정한 것은 사람이오, 공 모르는 것은 여자로다. 의복 마를 제는 먼저 찾고, 이루어 내면 자기 공이라 하고, 게으른 종 잠 깨우는 막 대는 나 곧 아니면 못 칠 줄로 알고 내 허리 부러짐도 모르니, 어찌 야속하고 노엽지 아니리오."

교두 각시 이어 가로되,

"그대 말이 가하다. 옷 말라 벨 때는 나 아니면 못하려마는, 드느 니 아니 드느니 하고 내어 던지며 두 다리를 각각 잡아 흔들 제는 불 쾌하고 노엽기 어찌 측량하리오. 세요 각시 잠간이나 쉬랴 하고 달 아나면 매양 내 탓만 여겨 내게 트집 잡으니, 마치 내가 감촌 듯이 문고리에 거꾸로 달아놓고 좌우로 돌려보며 전후로 검사하여 얻어 내기 몇 번인 줄 알리오. 그 공을 모르니 어찌 애원하지 아니리오."

세요 각시 한숨 지고 이르되,

"너는 그렇다하더라도 내 일은 무슨 일이기에 사람의 손에 보채이 며 요악지성19을 듣는고. 각골통한20하며, 더욱 나의 약한 허리 휘

---

19 妖惡之聲. 요망하고 간악한 말.
20 刻骨痛恨. 뼈에 사무치게 맺힌 원한.

두르며 날랜 부리 돌려 힘껏 침선을 돕는 줄은 모르고 마음 맞지 아니면 나의 허리를 부러뜨려 화로에 넣으니 어찌 통원하지 아니리요. 사람과는 극한 원수라. 갚을 길 없어 이따금 손톱 밑을 질러 피를 내어 설한[21]하면 조금 시원하나, 간흉한 감토 할미 밀어 만류하니 더욱 애닯고 못 견디리로다."

인화가 눈물지어 이르되,

"그대는 아프다 어떻다 하는도다. 나는 무슨 죄로 포락지형[22]을 입어 붉은 불 가운데 낯을 지지며 굳은 것 깨치기는 나를 다 시키니 섧고 괴롭기 측량하지 못할레라."

울 랑자가 근심하고 두려워하며 이르되,

"그대와 소임이 같고 욕되기 한가지라. 제 옷을 문지르고 멱을 잡아 들까부르며[23] 우겨 누르니 황천[24]이 덮치는 듯 심신이 아득하여 나의 목이 따로 날 적이 몇 번이나 한 동 알리오."

칠우 이렇듯 담론하며 회포를 이르더니 자던 여자가 문득 깨서 칠우에게 말하기를,

"칠우는 내 허물을 그대도록 하느냐?"

감토 할미 고두사왈,[25]

"젊은 것들이 망령되게 생각이 없는지라, 잘 알지 못하리로다. 저희들이 재주 있으나 공이 많음을 자랑하야 원망하는 말을 지으니 마

---

21 雪恨. 한스러움을 해소함.
22 炮烙之刑. 불에 달구어 지지는 형벌.
23 몹시 흔들어서 까불며.
24 皇天. 크고 넓은 하늘.
25 叩頭謝曰. 머리를 조아리며 사죄하여 이르기를.

땅히 결곤[26]해야 하나, 평일 깊은 정과 저희 조그만 공을 생각하야 용서하심이 옳을까 하나이다.”

여자가 답하여 말하기를,

“할미 말을 좇아 물시[27]하리니, 내 손부리 성함이 할미의 공이라. 꿰어 차고 다니며 은혜를 잊지 아니하리니 금낭[28]을 지어 그 가운데 넣어 몸에 지녀 서로 떠나지 아니하리라.”

하니 할미는 고두배사[29]하고 모든 벗들은 부끄러워 물러가니라.

---

26 決棍. 곤장을 침.
27 勿施. 용서하다.
28 錦囊. 비단주머니.
29 叩頭拜謝. 머리를 조아려 절하고 사례함.

■ **내용 정리**

규중 부인이 칠우(七友)와 더불어 일해 오던 중, 주인이 잠이 든 사이에 칠우는 서로 제 공을 늘어놓으며 다툰다. 그러다가 부인에게 꾸중을 듣고, 부인이 다시 잠들자 이번에는 자신들의 신세 타령과 부인에 대한 원망과 불평을 늘어놓는다. 잠에서 다시 깬 부인에게 꾸중을 듣고 쫓겨나게 되었는데, 이 때 감투 할미가 나서서 사죄함으로써 용서를 받고, 이 감투 할미를 가장 귀하게 여긴다.

■ **보충 정리**

1. 〈규중칠우쟁론기〉의 시점

이 수필은 작품 속의 인물들이 이야기를 이끌어가면서 꾸민 글이다. 작품 속의 '나'가 아닌 '그들'의 이야기이므로 3인칭 시점이며, 이 수필의 작자는 그 인물들의 내면을 들여다보지 못하고 외면을 관찰하는 입장에 서 있으므로, 작가관찰자 시점이라 할 수 있다.

2. 〈규중칠우쟁론기〉의 구성

   ① 기 – 규중 칠우에 대한 소개
   ② 승 – 규중 칠우의 자기 공 자랑
   ③ 전 – 규중 칠우의 인간에 대한 원망
   ④ 결 – 감투 할미의 사죄와 규중 부인의 치사

깊이 생각 해보기

1. 이 글의 규중 칠우를 여성의 목소리라 한다면, 이들의 대화는 어떤 성격을 가지고 있는지 것인지 당 시대와 관련하여 생각해 보자.

2. 감토 할미의 처세술은 어떤 점에서 긍정적인지 생각해 보자.

▶ 예시 답은 [부록] 참고

1. 이 글에서 궁극적으로 말하고자 하는 교훈으로 바른 것은?(　)

① 아랫사람들을 다스릴 때는 엄하게 하여야 한다.

② 이기심을 가진 사람은 언젠가는 공동체에서 쫓겨난다.

③ 침묵하며 사는 것이 최선의 방법이다.

④ 사람은 직분에 따라 성실하게 살아야 한다.

⑤ 여인의 미덕은 순종하고 참는 데 있다.

2. 다음 밑줄 부분의 뜻과 의미가 통하는 속담은?(　)

〈보기〉

　　두 벗의 말이 불가하다. <u>진주 열 그릇이나 꿴 후에 구슬이라 할 것이니,</u> 재단에 능소 능대하다 하나, 나 곧 아니면 옷 만들기를 어찌 하리오.

① 열 길 물 속은 알아도 한 길 사람 속은 모른다.

② 돼지 목에 진주 목걸이

③ 백짓장도 맞들면 낫다.

④ 우선 먹기는 곶감이 달다.

⑤ 부뚜막의 소금도 집어 넣어야 짜다.

▶ 모범 답은 [부록] 참고

조침문 弔針文

고전수필

유씨 부인(俞氏夫人)

- □ **갈래** 고전 수필
- □ **시대** 조선 순조
- □ **성격** 추모적, 신변잡기적
- □ **구성** 3단 구성(기-서-결)
- □ **표현** 의인법, 과장법
- □ **제재** 바늘
- □ **주제** 부러뜨린 바늘에 대한 애도
- □ **의의** ① 바늘을 의인화했다는 점에서 고려의 가전체 문학과 접맥되어 있다고 볼 수 있음. ② 조선 시대 여인들의 생활관을 엿볼 수 있음. ③ 여성적인 감각으로 신변잡기적 소재를 취함.
- □ **출전** 〈국어 교과서(2)〉(1986, 한국 교육개발원)

감상의
주안점

자신이 가장 아끼는 물건을 잃어버린 경험을 생각하며 감상해 보자.

도움말

일찍이 문벌 좋은 집으로 시집을 갔다가 과부가 된 유씨 부인이 슬하에 자녀가 없이 바느질로 생활을 해 오다가 시삼촌에게 얻은 마지막 바늘을 부러뜨리고는 그 섭섭한 심회를 누를 길이 없어 이 글을 지었다고 한다.

조침문 弔針文

　유세차[1] 모년 모월 모일에, 미망인[2] 모씨는 두어 자 글로써 침자 (針者)[3]에게 고하노니, 인간 부녀의 손 가운데 종요로운 것이 바늘이로되, 세상 사람이 귀히 아니 여기는 것은 도처에 흔한 바이로다. 이 바늘은 한낱 작은 물건이나, 이렇듯이 슬퍼함은 나의 정회가 남과 다름이라. 오호 통재[4]라, 아깝고 불쌍하다. 너를 얻어 손 가운데 지닌 지 지금까지 십칠 년이라. 어이 인정이 그렇지 아니하리요. 슬프다. 눈물을 잠깐 거두고 심신을 겨우 진정하여, 너의 행장[5]과 나의 회포[6]를 총총히[7] 적어 영결하노라.

---

1 維歲次. 제문(祭文)의 첫머리에 쓰는 말.

2 未亡人. 남편이 죽고 홀몸이 된 여자.

3 바늘.

4 嗚呼痛哉. 아아, 슬프고 원통하도다.

5 行狀. 사람이 죽은 뒤 그 평생에 지낸 일을 적은 글.

6 懷抱. 세상을 살아오면서 마음속에 품어 온 온갖 번민이나 시름.

7 매우 급하게. 바쁘게. 간략하게 대강.

몇 해 전에 우리 시삼촌께옵서 동지상사[8]로 낙점[9]을 받아와, 북경(北京)을 다녀오신 후에, 바늘 여러 쌈을 주시거늘, 친정과 원근 일가에게 보내고, 비복들도 쌈쌈이 나눠 주고, 그 중에 너를 택하여 손에 익히고 익히어 지금까지 해포[10] 되었더니, 슬프다, 연분이 비상하여, 너희를 무수히 잃고 부러뜨렸으되, 오직 너 하나를 오래도록 보전하니, 비록 무심한 물건이나 어찌 사랑스럽고 미혹[11]지 아니하리오. 아깝고 불쌍하며, 또한 섭섭하도다.

나의 신세 박명하여 슬하에 한 자녀 없고, 인명이 흉완[12]하여 일찍 죽지 못하고, 가산이 빈궁하여 침선에 마음을 붙여, 널로 하여 생계에 도움이 적지 아니하더니, 오늘날 너를 영결하니, 오호 통재라, 이는 귀신이 시기하고 하늘이 미워하심이로다.

아깝다 바늘이여, 어여쁘다 바늘이여, 너는 미묘한 품질과 특별한 재치를 가졌으니, 물중의 명물이요, 철중(鐵中)의 쟁쟁[13]이라. 민첩하고 날래기는 백대의 협객이요, 굳세고 곧기는 만고의 충절이라. 추호[14]같은 부리는 말하는 듯하고, 두렷한 귀는 소리를 듣는 듯한지라. 능라[15]와 비단에 난봉과 공작을 수놓을 제, 그 민첩하고 신기함은 귀신이 돕는 듯하니, 어찌 인력이 미칠 바리요.

---

8 同至上使. 해마다 동짓달에 중국에 보내던 사신(使臣)의 우두머리.

9 落點. 조선 시대에 관원을 뽑을 때, 임금이 세 명의 후보자 가운데 마땅한 사람의 이름 위에 점을 찍어서 뽑던 일

10 일년 남짓. 여기서는 여러 해의 뜻.

11 迷惑. 무엇에 홀려서 정신을 차리지 못하는 것.

12 凶頑. 흉악하고 모질다.

13 錚錚. 여럿 가운데에서 매우 뛰어나다.

14 秋毫. 가을에 짐승의 털이 매우 가늘다는 뜻. 털끝만큼 아주 조금.

15 綾羅. 무늬가 있는 두꺼운 비단과 얇은 비단.

오호 통재라. 자식이 귀하나 손에서 놓일 때도 있고, 비복이 순하나 명을 거스릴 때 있나니, 너의 미묘한 재질이 나의 전후에 수응[16]함을 생각하면, 자식에게 지나고 비복에게 지나는지라. 천은[17]으로 집을 하고, 오색으로 파란을 놓아 곁고름에 채였으니, 부녀의 노리개라. 밥 먹을 적 만져 보고 잠잘 적 만져 보아, 널로 더불어 벗이 되어, 여름 낮에 주렴[18]이며, 겨울 밤에 등잔을 상대하여, 누비며, 호며, 감치며, 박으며, 공그릴 때에, 겹실을 꿰었으니 봉미[19]를 두르는 듯 땀땀이 떠 갈 적에, 수미가 상응하고, 솔솔이 붙여 내내 조화가 무궁하다. 이생에 백년 동거하렸더니, 오호 애재[20]라, 바늘이여.

금년 시월 초십일 술시[21]에, 희미한 등잔 아래서 관대 깃을 달다가, 무심한 중에 자끈동 부러지니 깜짝 놀라와라. 아야 아야, 바늘이여, 두 동강이 났구나. 정신이 아득하고 혼백이 산란하여, 마음을 빻아 내는 듯, 두골을 깨쳐 내는 듯, 이윽도록 기색 혼절하였다가 겨우 정신을 차려, 만져 보고 이어 본들 속절없고 하릴없다. 편작(扁鵲)[22]의 신술로도 장생불사 못하였네. 동네 장인(匠人)에게 때이련들 어찌 능히 때일손가. 한 팔을 베어 낸 듯, 한 다리를 베어 낸 듯, 아깝다 바늘이여, 옷섶을 만져 보니, 꽂혔던 자리 없네. 오호 통재라, 내 삼가지 못한 탓이로다.

---

16 酬應. 남의 요구에 응함.
17 天銀. 품질이 썩 좋은 옷을 이름.
18 珠簾. 구슬을 실에 꿰어 만든 발.
19 鳳尾. 봉황의 꽁지.
20 哀哉. 슬프도다.
21 戌時. 초경(初更). 밤 7~9시.
22 중국 춘추 시대의 이름난 의사(醫師).

무죄한 너를 마치니, 백인(伯仁)[23]이 유아이사[24]라, 누구를 한탄하며 누구를 원망하리요. 능란한 성품과 공교한 재질을 나의 힘으로 어찌 다시 바라리요. 절묘한 의형[25]은 눈 속에 삼삼하고, 특별한 품재는 심회가 삭막하다. 네 비록 물건이나 무심치 아니하면, 후세에 다시 만나 평생 동거지정[26]을 다시 이어, 백년 고락[27]과 일시 생사[28]를 한 가지로 하기를 바라노라. 오호 애재라, 바늘이여.

---

23 중국 진(晉)나라 때 주의(周顗)의 자(字). 왕도(王導)가 그의 동생 왕돈(王敦)의 배반으로 죽게 되었을 때에 자기도 모르게 백인의 도움으로 살아났으나 그 뒤에 백인이 죽게 되었을 때에는 왕도가 살릴 만한 자리에 있으면서도 모르는 체한 까닭에 백인이 죽었으므로 뒤에 왕도가 백인의 무고한 죽음을 탄식하여 한 말.

24 由我而死. 나로 말미암아 죽음.

25 儀形. 몸을 가지는 태도.

26 平生同居之情. 평생을 함께 살면서 갖는 온갖 정(情).

27 百年苦樂. 한평생 고통과 즐거움을 같이 함.

28 一時生死. 한 날 같이 살고 한 날 같이 죽음.

■ **내용 정리**

한글체 수필인 이 작품은 '제침문'이라고도 한다. 유씨 부인은 일찍이 문벌 좋은 집으로 시집을 갔으나 남편과 사별하고 자식도 없이 바느질을 낙으로 살아가는데, 어느 날 시삼촌에게 얻은 바늘이 부러지자, 그 섭섭한 심회를 누를 길 없어 이 글을 지었다고 한다. 의유당의 〈관북유람일기〉나 작자 미상의 〈규중칠우쟁론기〉와 더불어 우리 나라 여류 수필 문학의 백미로 꼽히고 있다.

■ **보충 정리**

□ 〈조침문〉을 통해 본 '제문(祭文)'의 특징

1. 정의 : 천지신명이나 죽은 사람에게 제사 지낼 때 쓰는 글.

2. 종류

① 제문(祭文) – 죽은 사람을 추모하는 내용을 담은 글. 길이가 길다.

② 축문(祝文) – 죽은 사람이나 조상, 또는 신에게 제수를 드린다는 내용을 담은 글. 길이가 짧다.

3. 제문의 구성

① 서사(序詞) – '유세차 모년 모월 모일에 모(글쓴이)는 모(대상)에게 고하노니'라는 상투적인 문장으로 시작함.

② 본사(本詞) – 죽은 사람의 생전 모습을 회상하며 글쓴이의 마음에 품은 회포를 서술함.

③ 결사(結辭) – 추모자의 깊은 슬픔의 정을 나타내면서 죽은 자의 명복을 비는데, 축문의 경우는 '상향(尙饗)'이라는 상투어를 쓴다.

깊이 생각해보기

1. 이 글의 지은이는 어떤 심정으로 글을 썼을지 생각해 보자.

2. 자신이 아끼는 물건을 잃어버린 경험을 살려 이 글과 같은 형식의 제문을 써 보자.

▶ 예시 답은 [부록] 참고

1. 이 글로 미루어 작가에 대해 바르게 말하지 <u>않은</u> 것은?(   )

① 섬세하고 잔정이 많은 다정다감한 여인이다.

② 여인의 시댁은 벼슬을 하는 양반 집안이다.

③ 개방적이고 진취적인 생활 태도를 지닌 여인이다.

④ 남편과 사별하고 혼자서 사는 여인이다.

⑤ 자식 없이 바느질로 생계를 꾸려가고 있다.

2. 이 글의 지은이의 정서와 가장 가까운 내용의 글은?(   )

① 경포대 앞에는 한줄기 바람 / 갈매기는 모래톱에 헤락모이락 / 고깃배들 바다 위로 오고 가리니 / 언제나 강릉길 다시 밟아가 / 색동옷 입고 앉아 바느질할꼬.

② 청초 우거진 골에 자느냐 누었느냐. / 홍안은 어디 두고 백골만 묻혔나니 / 잔 잡아 권할 이 없으니 그를 슬퍼하노라.

③ 가노라 삼각산아 다시 보자 한강수야. / 고국 산천을 떠나고자 하랴마는 / 시절이 하 수상하니 올동말동 하여라.

④ 아버님 날 낳으시고 어머님 날 기르시니 / 두 분 곧 아니시면 이 몸이 살았으랴. / 하늘 같은 은덕을 어디에다 갚으랴.

⑤ 이고 진 저 늙은이 짐 풀어 나를 주오. / 나는 젊었거니 돌이라 무거울까. / 늙기도 설워라커든 짐을 조차 지실까.

▶ 모범 답은 [부록] 참고

일야구도하기 —夜九渡河記

고전수필

박지원(朴趾源, 1737~1805)

- 조선 후기의 문신. 실학자. 호(號)는 연암(燕巖).
- 1765년 처음 과거에 응시했으나 낙방, 이후 과거 시험에 뜻을 두지 않고 오직 학문과 저술에만 전념함.
- 1780년(정조4) 북경?열하를 여행하고 돌아와 견문을 정리해 〈열하일기〉를 집필함.
- 말년에 한성부판관, 안의현감, 면천군수, 양양부사 등을 역임함.
- 저서 : 〈열하일기(熱河日記)〉, 〈연암집(燕巖集)〉

□ **갈래** 고전 수필
□ **시대** 조선 영조
□ **성격** 교훈적, 비유적, 사색적
□ **제재** 물소리
□ **주제** 외물(外物)에 현혹되지 않는 삶의 자세
□ **출전** 〈열하일기(熱河日記)〉 중 '산장잡기(山莊雜記)'

인간의 두려움은 어디서 비롯되는지 생각하며 감상해 보자.

지은이는 시내를 건너며 귀에 들려오는 물소리가 상황의 변화에 따라 다르다는 사실을 경험적으로 인지하고, 이를 통하여 인식의 허실을 예리하게 지적하고 있다. 사물에 대한 정확한 인식에 도달하는 방법은 외부 세계의 영향을 배제한 순수한 이성적 판단에 의하여야 한다는 것을 말하고 있다.

일야구도하기 一夜九渡河記

하수(河水)는 두 산 틈에서 나와 돌과 부딪쳐 싸우며, 그 놀란 파도와 성난 물머리와 우는 여울과 노한 물결과 슬픈 곡조와 원망하는 소리가 굽이쳐 돌면서, 우는 듯, 소리치는 듯, 바쁘게 호령하는 듯, 항상 장성[1]을 깨뜨릴 형세가 있어, 전차[2] 만 승[3]과 전기[4] 만 대나 전포[5] 만 가[6]와 전고[7] 만 좌[8]로써는 그 무너뜨리고 내뿜는 소리를 족히 형용할 수 없을 것이다. 모래 위에 큰 돌은 홀연히 떨어져 섰고, 강 언덕에 버드나무는 어둡고 컴컴하여 물지킴과 하수 귀신이 다투어 나와서 사람을 놀리는 듯한데, 좌우의 교리(蛟螭)[9]가 붙들려고 애쓰는 듯싶었다.

1 긴 성. 만리장성을 가리킴.
2 戰車. 전쟁에 쓰이는 차.
3 乘. 네 필의 말이 끄는 전차를 세는 단위. 대.
4 戰騎. 전투 기병. 騎는 말 탄 사람의 수효를 세는 단위.
5 戰砲. 전쟁에 쓰이는 포.
6 架. 전포를 세는 단위.
7 戰鼓. 싸움에 쓰이는 북.
8 座. 전고를 세는 단위.
9 이무기. 용이 되려다 못 되고 물 속에 산다는 구렁이.

혹은 말하기를,

"여기는 옛 전쟁터이므로 강물이 저같이 우는 거야."

하지만 이는 그런 것이 아니니, 강물 소리는 듣기 여하에 달렸을 것이다.

산중의 내 집 문 앞에는 큰 시내가 있어 매양 여름철이 되어 큰 비가 한번 지나가면, 시냇물이 갑자기 불어서 항상 전차와 기마, 대포와 북 소리를 듣게 되어 드디어 귀에 젖어 버렸다. 내가 일찍이 문을 닫고 누워서 소리 종류를 비교해 보니, 깊은 소나무가 퉁소 소리를 내는 것은 듣는 이가 청아[10]한 탓이요, 산이 찢어지고 언덕이 무너지는 듯한 것은 듣는 이가 분노한 탓이요, 뭇 개구리가 다투어 우는 것은 듣는 이가 교만한 탓이요, 천둥과 우레가 급한 것은 듣는 이가 놀란 탓이요, 찻물이 끓는 듯이 문무[11]가 겸한 것은 듣는 이가 취미로운 탓이요, 거문고가 궁우[12]에 맞는 것은 듣는 이가 슬픈 탓이요, 종이창에 바람이 우는 것은 듣는 이가 의심나는 탓이니, 모두 바르게 듣지 못하고 특히 흉중에 먹은 뜻을 가지고 귀에 들리는 대로 소리를 만든 것이다.

지금 나는 밤중에 한 강을 아홉 번 건넜다. 강은 요새 밖으로부터 나와서 장성을 뚫고 유하(榆河) · 조하(潮河) · 황화(黃花) · 진천(鎭川)[13] 등의 모든 물과 합쳐 밀운성(密雲城) 밑을 거쳐 백하(白河)[14]가 되었

---

10 清雅. 맑고 우아하여 속되지 않음.

11 文武. 문무화(文武火)에서 온 말. 문화(文火)는 약하게 타는 불, 무화(武火)는 활활 타는 불.

12 宮羽. 옛날의 음계 이름.

13 백하(白河)의 지류(支流)를 이루는 강들의 명칭.

14 중국의 발해만으로 흐르는 강의 이름.

다. 나는 어제 두 번째 배로 백하를 건넜는데, 이것은 하류였다.

내가 아직 요동에 들어오지 못했을 때 바야흐로 한여름이라, 뜨거운 볕 밑을 가노라니 홀연 큰 강이 앞에 당하는데 붉은 물결이 산같이 일어나 끝을 볼 수 없으니, 이것은 대개 천 리 밖에서 폭우가 온 것이다.

물을 건널 때는 사람들이 모두 머리를 우러러 하늘을 보는데, 나는 생각하기에 사람들이 머리를 들고 쳐다보는 것은 하늘에다 마음으로 기도를 올리는 것인 줄 알았더니, 나중에 알고 보니 물을 건너는 사람들이 물이 돌아 탕탕히 흐르는 것을 보면, 자기 몸은 물이 거슬러 올라가는 것 같고 눈은 강물과 함께 따라 내려가는 것 같아서 갑자기 현기가 나면서 물에 빠지는 것이기 때문에, 그들이 머리를 우러러보는 것은 하늘에 비는 것이 아니라, 물을 피하여 보지 않으려 함이다. 또한 어느 겨를에 잠깐 동안의 목숨을 위하여 기도할 수 있으랴.

그 위험함이 이와 같으니, 물소리도 듣지 못하고 모두 말하기를,

"요동 들은 평평하고 넓기 때문에 물소리가 크게 울지 않는 거야."

하지만 이것은 물을 알지 못하는 것이다. 요하(遼河)가 일찍이 울지 않는 것이 아니라 특히 밤에 건너보지 않은 때문이니, 낮에는 눈으로 물을 볼 수 있으므로 눈이 오로지 위험한 데만 보느라고 도리어 눈이 있는 것을 걱정하는 판인데, 다시 들리는 소리가 있을 것이다. 지금 나는 밤중에 물을 건너는지라, 눈으로는 위험한 것을 볼 수 없으니, 위험은 오로지 듣는 데만 있어 바야흐로 귀가 무서워하여 걱정을 이기지 못하는 것이다.

나는 이제야 도(道)를 알았도다. 마음이 어두운 자는 이목이 누[15]가 되지 않고, 이목만을 믿는 자는 보고 듣는 것이 더욱 밝혀져서 병이 되는 것이다. 이제 내 마부가 발을 말굽에 밝혀서 뒤차에 실리었으므로, 나는 드디어 혼자 고삐를 늦추어 강에 띄우고, 무릎을 구부려 발을 모으고 안장 위에 앉았으니, 한번 떨어지면 강이나 물로 땅을 삼고, 물로 옷을 삼으며 물로 몸을 삼고, 물로 성정[16]을 삼으니, 이제야 내 마음은 한번 떨어질 것을 판단한 터이므로, 내 귓속에 강물 소리가 없어지고, 무릇 아홉 번 건너는데도 걱정이 없어 의자 위에서 앉고 눕고 기거하는 것 같았다.

옛날 우(禹)[17]는 강을 건너는데, 황룡이 배를 등으로 져서 지극히 위험했으나, 죽고 사는 판단이 먼저 마음속에 밝고 보니, 용이거나 지렁이거나, 크거나 작거나 족히 관계될 바 없었다. 소리와 빛은 외물[18]이니 외물이 항상 이목에 누가 되어 사람으로 하여금 똑바로 보고 듣는 것을 잃게 하는 것이 이와 같거든, 하물며 인생이 세상을 지나는데 그 험하고 위태로운 것이 강물보다 심하고, 보고 듣는 것이 문득 병이 되는 것임에랴.

나는 또 우리 산중으로 돌아가 다시 앞 시냇물 소리를 들으면서 이것을 경험해 볼 것이려니와, 몸 가지는 데 교묘하고 스스로 총명한 것을 자신하는 자에게 경고하는 바이다.

---

15 累. 정신적인 괴로움이나 물질적인 손해.
16 性情 : 성질과 심정, 또는 타고 난 본성.
17 중국의 고대 전설상의 왕으로 하(夏)왕조의 시조. 치수 설화(治水說話)의 주인공.
18 外物. 마음에 접촉되는 객관적 세계의 모든 대상.

■ **내용 정리**

　작자는 이 글에서 자신의 강을 건넌 체험과 평소 관찰을 바탕으로 깊은 인생의 진리를 자연스럽게 이끌어 내고 있다. 묘사와 서사를 이용하여 상황을 설명하고, 다시 그것을 인간의 내적 세계와 연결짓는 방식으로 주제를 뚜렷하게 부각시키고 있다. 일상생활에서 눈과 귀로 보고 듣는 가운데 현상에만 얽매여 진실을 깨닫지 못하고 허우적대는 인간들에게 '마음가짐을 바르게 가지면 외물에 현혹되지 않는다.'는 진리를 사색적·분석적으로 표현하고 있는 교훈적인 글이다.

■ **보충 정리**

□ 〈열하일기(熱河日記)〉

　조선 정조 때의 실학자 연암 박지원이 지은 중국 기행문집. 26권 10책. 규장각도서. 1780년(정조 4) 그의 종형인 금성위(錦城尉) 박명원을 따라 청나라 고종(高宗)의 칠순잔치에 가는 도중 열하(熱河)의 문인들과 사귀고, 연경(燕京)의 명사들과 교류하며 그곳 문물제도를 목격하고 견문한 바를 각 분야로 나누어 기록하였다. 이 해 6월 24일 압록강 국경을 건너는 데에서부터 시작하여 요동(遼東)·성경(盛京)·산해관(山海關)을 거쳐 북경(北京)에 도착하고, 열하로 가서, 8월 20일 다시 북경으로 돌아오기까지 약 2개월 동안 겪은 일을 날짜 순서에 따라 항목별로 적었다.

깊이
생각 해보기

1. 이 글을 통해 어떤 사람이 마음에 병을 얻게 되는지 생각해 보자.
2. 같은 강물 소리가 왜 사람마다 다르게 들리는지 생각해 보자.

▶ 예시 답은 [부록] 참고

1. 이 글의 표현상 특징으로 거리가 먼 것은?(   )

① 관찰력이 치밀하다.

② 사색적이고 관조적이다.

③ 체험을 적절히 진술하고 있다.

④ 자연스러운 결론의 도출로 설득력을 높이고 있다.

⑤ 사물의 본질을 벗어나려고 한다.

2. 이 글에서 궁극적으로 말하고자 하는 것은?(   )

① 강을 건널 때는 아무 생각도 하지 말자.

② 위험은 도처에 있으므로 경계해야 한다.

③ 사람들의 개성은 존중되어야 한다.

④ 외부 세계의 유혹에 빠지지 말자.

⑤ 상황에 따라 적절하게 행동해야 손해를 안 본다.

▶ 모범 답은 [부록] 참고

고전비평 古典批評

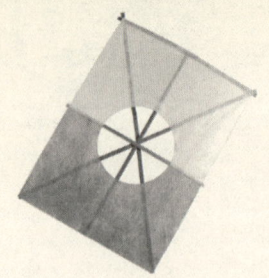

고전 비평(古典批評)에 대하여

1. 개념 : 고전 비평은 독자적 문학 장르로서의 인식을 기반으로 하여 출발한 것은 아니기 때문에, 비평 문학의 범주에서 논의될 수 있는 글들이 대부분 비평 문학적 격식을 갖추고 있지 못하다. 따라서, 고전 비평 문학은 패관 문학집이나 시화집이 주된 대상이 되며, 그 중 특히 어느 정도의 비평적 성격을 갖춘 글들이 비평 문학의 영역으로 분류될 수 있다.

2. 특징
   ① 한국 문학사에서 문학, 특히 시(한시)에 대한 비평적 관심이 비롯되는 것은 고려 시대부터임.
   ② 고려 시대의 비평은, 문학을 인간의 성정(性情)을 교화하는 계몽적 성격으로 파악하고 있음.
   ③ 고려에서 출발한 비평 문학은 조선 중기까지는 그 연장선상에 놓인 모습을 보인다. 서거정의 〈동문선(東文選)〉과 〈동인시화(東人詩話)〉, 성현의 〈용재총화(傭齋叢話)〉등이 그 대표적인 것이라 할 수 있음.

'문장의 가치'를 논함

 고전비평

이인로(李仁老, 1152~1220)

□ 고려 시대의 학자. 호(號)는 쌍명재(雙明齋).

□ '정중부의 난' 때 머리를 깎고 절에 들어가 난을 피한 후 다시 환속함.

□ 강좌7현(江左七賢)의 한 사람. 예부원외랑(禮部員外郎), 비서감(秘書監),
  우간의대부(右諫議大夫) 등의 벼슬을 지냄.

□ 저서 : 〈은대집(銀臺集)〉, 〈후집(後集)〉, 〈쌍명재집(雙明齋集)〉, 〈파한집
  (破閑集)〉 등.

□ **갈래** 고전 비평
□ **시대** 고려 중기
□ **성격** 예찬적, 논리적
□ **제재** 문장
□ **주제** 명문장이 지닌 가치
□ **출전** 〈파한집(破閑集)〉

감상의
주안점

좋은 문장의 조건이 무엇인지 생각하며 감상해 보자.

도움말

이 글은 문장은 일정한 가치를 지니고 있어 신분의 빈부 귀천으로 이를 좌우할 수 없다(卷下 22)
는 내용과 뛰어난 문장가가 공명을 함께 얻기가 무척 힘들다(卷下 23)는 내용으로, 〈파한집(破閑
集)〉에서 문장(文章)의 가치를 논한 부분만을 발췌한 것이다.

'문장의 가치'를 논함

—『파한집(破閑集)』 중에서—

    세상사 중에 빈부나 귀천으로 그 높고 낮음을 정할 수 없는 것은 오직 문장(文章)뿐이다. 대개 완성된 문장은 해와 달이 하늘에 빛나고 구름과 안개가 허공에서 모여들었다 흩어졌다하는 것 같아서, 눈이 있는 사람이면 보지 않을 수 없고 가릴 수도 없다. 그러므로 갈포[1]를 입은 비천한 선비로도 넉넉히 무지개처럼 찬란한 빛을 드리울 수 있으며, 조맹(趙孟)[2]의 귀함이야 그 세도가 나라를 부유하게 하고 집안을 넉넉하게 하는 데 부족함이 있으랴만, 문장에 있어서는 칭찬할 수가 없다.

    이렇기 때문에 문장은 일정한 가치를 지니고 있어 부로써도 그 가치를 감소시킬 수 없다고 말하는 것이다. 그러므로 구양 영숙(區陽永叔)[3]은, "후세에 정말 공정하지 못하다면 지금까지도 성현(聖賢)이 없었을 것이다."고 하였다. [卷下 22]

---

1 葛布. 칡의 섬유로 짠 베. '갈포를 입은 선비'는 벼슬하기 전의 선비를 가리킴.

2 중국 춘추 시대 진(晉)의 귀족. 중국 역대 명필의 하나.

3 구양수(歐陽修)의 이름. 중국 송나라 사람으로 문명(文名)이 높았고 당송 팔대가의 한 사람임.

복양(僕陽) 오세재(吳世才)는 재주 있는 선비이나 여러 번 과거에 들지 못했다. 갑자기 눈에 병이 나 앓으며 다음과 같이 시를 지었다.

늙음과 질병이 서로 따르니
마지막 나이의 가난한 선비로다.
현화[4]는 어른거리고
자석[5]도 광채를 잃어 가네.
등잔 앞에서 책 보기 겁나고
눈 위에 햇빛 보기 부끄러워,
금방[6]이 파하기를 기다려
눈을 감고 앉아 세상을 잊네.

세 번 장가를 들었으나 매양 버리고 가니, 아들과 송곳 찌를 땅조차 없어 단사표음[7]도 계속하지 못하다가, 나이 오십이 되어서야 급제하여 객지인 동도(東都)[8]에서 떠돌다가 죽었다. 그렇지만 문장에 이르러서는 곤궁하다고 해서 그것을 버릴 수 있겠는가.

대개 문장은 천성에서 얻어지는 것이나 작록[9]은 사람이 소유하는 것이므로, 도리로 구한다면 쉽다고도 할 수 있다. 그러나 이 세상

---

4 玄華. 눈동자. 병든 눈을 뜻함.
5 紫石. 눈동자. 눈이 모가 나고 광채가 있는 모양을 가리킴.
6 金榜. 과거에 급제한 사람의 명단을 적어 발표하는 방(榜).
7 簞食瓢飮. 밥 한 그릇, 물 한 모금의 어려운 살림.
8 지금의 경주.
9 爵祿. 관직과 작위, 녹봉(綠峰).

의 모든 만물에게 아름다운 것만을 독점하게 할 수는 없었으므로, 뿔이 있는 것에게는 이[齒]를 버리게 하고, 날개가 있으면 두 다리만 있게 했으며, 이름 있는 꽃에는 열매가 없고, 채색 구름은 흩어지기 쉽게 되었으니, 사람에게 있어서도 역시 마찬가지다. 뛰어난 재예를 주면 빛나는 공명은 주지 않게 되는 이치가 이렇기 때문이다.

그러므로 공자(孔子)·맹자(孟子)·순자(筍子)·양자(陽子)로부터 한유(韓愈)·유종원(柳宗元)·이백(李百)·두보(杜甫)에 이르는 분들은 비록 문장이나 덕예[10]로서는 넉넉히 천고에 치솟을 수 있을지라도 지위는 경상[11]에 오르지 못했으니, 장원으로 높이 뽑히고 재상에 오를 수 있는 것은 실로 고인이 말하는 양주가학[12]이라 하겠으니 어찌 흔한 일이라 할 수 있겠는가. [卷下 23]

---

[10] 德譽. 덕망과 명예.
[11] 卿相. 재상(宰相). 3정승과 6판서.
[12] 楊州駕鶴. 많은 즐거움을 함께 받고 싶어하는 것을 비유한 말.

■ 내용 정리

　이 글에서 문학은 문학 외적인 것으로 평가해서는 안 되며, 문학 그 자체에 일정한 가치가 있는 만큼 그것으로 평가해야 한다고 주장하고 있다. 이러한 주장을 입증시키기 위해 작가는 오세재의 불우한 일생과 그의 시를 함께 제시하면서, 인생은 불우했으나 시는 뛰어나다고 하여, 자기 주장의 타당한 근거로 삼았다. 문학이란 부나 권력으로부터 독립되어 그 나름대로 지고한 가치를 생산·보유하고 있다는 이인로의 문학관을 잘 보여 주는 글이라 할 수 있다.

■ 보충 정리

□ 〈파한집(破閑集)〉에 대하여

1. 간행 : 저자가 69세로 사망하기 직전에 지은 것으로 그의 사후 40년 뒤인 1260년 3월에 아들
　　세황(丗黃)이 수집하여 간행함.

2. 집필 동기 : 우리 나라 명유(名儒)들의 시 작품들이 기록으로 남겨지지 못한 채 사라지는 것을
　　막아야겠다는 사명감에서, 또 시를 삶의 정수로써 사랑하고 음미하면서 많은 시화를 수록함.

3. 내용 : 주로 시화·일화·기사 등으로 시학의 근본 문제에서 작시법(作詩法) 혹은 구체적인 작
　　품평에 이르기까지 두루 제시되어 있음.

4. 의의

　　① 우리 나라 고전 시학의 귀중한 연구 자료임.

　　② 우리 나라 시화집(詩話集)의 효시임.

　　③ 한국 최초의 비평문학서로 가치를 지님.

　　④ 최자(崔滋)의 〈보한집(補閑集)〉에 영향을 줌.

1. 이 글에서 작자가 가장 큰 가치를 부여하고 있는 것은 무엇인지 생각해 보자.

2. 이 글을 읽고 시인의 작품은 어떻게 평가받아야 올바른 것인지 생각해 보자.

▶ 예시 답은 [부록] 참고

1. 이 글로 미루어 볼 때 작자의 문학관으로 볼 수 <u>없는</u> 것은?(   )

① 뛰어난 문학은 반드시 세상에 드러난다.

② 문학 작품은 신분의 귀천으로 평가해서는 안 된다.

③ 문학 작품의 평가는 공정하게 이루어져야 한다.

④ 뛰어난 문학 작품을 쓸 수 있는 재주는 타고 나는 것이다.

⑤ 훌륭한 문학가는 결코 높은 벼슬을 바라서는 안 된다.

2. 다음 〈보기〉의 밑줄 친 부분의 뜻하는 바로 가장 알맞은 것은?(   )

〈보기〉

　　문장은 일정한 가치를 지니고 있어 부로써도 그 가치를 감소시킬 수 없다고 말하는 것이다. 그러므로 구양 영숙(區陽永叔)은, "<u>후세에 정말 공정하지 못하다면 지금까지도 성현(聖賢)이 없었을 것이다.</u>"고 하였다.

① 문장에 대한 평가는 공정해야 한다.

② 문장에 대한 평가는 성현이 해야 한다.

③ 문장에 대한 평가는 후세에만 이루어져야 한다.

④ 문장에 대한 평가는 성현이 할 수 없다.

⑤ 문장에 대한 평가는 지금까지 성현만이 해왔다.

▶ 모범 답은 [부록] 참고

I can do it.

도산십이곡발 陶山十二曲跋

고전비평

이황(李滉, 1501~1570)

- □ 조선 연산군, 선조 때의 문인. 호(號)는 퇴계(退溪).
- □ 1534년 식년시(式年詩)에 급제, 대사성, 대제학, 좌찬성 등 벼슬을 지냄.
- □ 율곡(栗谷) 이이(李珥)와 쌍벽을 이루는 성리학의 대가로 '사단칠정론 (四端七情論)'을 사상의 핵심으로 하였음.
- □ 저서 : 〈퇴계집(退溪集)〉, 〈성학십도(聖學十圖)〉, 〈도산십이곡(陶山十二 曲)〉 등

□ **갈래** 고전 비평

□ **시대** 조선 선조

□ **성격** 객관적

□ **제재** 도산십이곡

□ **주제** 도산십이곡에 대한 감회

□ **출전** 〈퇴계전서(退溪全書)〉

감상의
주안점

이퇴계의 문학관은 어떤 것인지 생각하며 감상해 보자.

도움말

이 글은 〈퇴계전서〉에 수록된 '도산십이곡'의 발문으로 '도산십이곡'을 짓게 된 까닭을 밝히고 있
으며, 우리 나라 가요를 해석하고 평가하는 말을 통하여 지은이의 문학관을 엿볼 수 있게 한다.

도산십이곡발陶山十二曲跋

　　이 '도산십이곡(陶山十二曲)'은 도산 노인(陶山老人)[1]이 지은 것이다. 노인이 이 시조를 지은 까닭은 무엇 때문인가? 우리 동방의 가곡은 대체로 음란하여 족히 말할 수 없게 되었다. 저 '한림별곡'과 같은 류의 글은 문인의 말씨에서 나왔지만, 교만과 허세와 방탕에다 무례하고 방자함과 희롱하고 업신여김을 겸하여 더욱이 군자로서 숭상할 바 못 되고, 다만 근세에 이별(李鼈)[2]이 지은 '육가(六歌)'[3]란 것이 있어서 세상에 많이들 전한다. 오히려 '육가'가 '한림별곡'보다 나을 듯하나, 역시 그 '육가' 중에는 완세불공[4]의 뜻이 있고 온유돈후[5]의 내용이 적은 것이 애석한 일이다.

---

[1] 이황. 작가 자신을 객관화하기 위한 방편임.
[2] 박팽년의 외손. 그의 형 원이 무오사화 이후 김종직의 신원운동을 벌이다 귀양 가자 황해도 평산 옥계산에 은거했다 함.
[3] 세상의 모순과 부조리를 질타하는 풍자적 목소리를 바탕으로 하고 있는 노래.
[4] 玩世不恭. 세상을 희롱하며 공손하지 못함.
[5] 溫柔敦厚. 온화하고 유순하며 두터움. 마음에 어긋남이 없는 경지를 일컫는 말.

노인이 본디 음률을 잘 모르기는 하나, 오히려 세속적인 음악을 듣기에는 싫어하였으므로, 한가한 곳에서 병을 수양하는 나머지에 무릇 느낀 바 있으면 문득 시로써 표현을 하였다. 그러나 오늘의 시는 옛날의 시와는 달라서 읊을 수는 있겠으나, 노래하기에는 어렵게 되었다. 이제 만일에 노래를 부른다면 반드시 이속[6]의 말로써 지어야 할 것이니, 이는 대체로 우리 국속[7]의 음절이 그러지 않을 수 없기 때문이다.

그러기에 내가 일찍이 이별의 노래를 대략 모방하여 '도산육곡'[8]을 지은 것이 둘이니, 기일(其一)에는 '지(志)'를 말하였고, '기이(其二)'에는 '학(學)'을 말하였다. 아이들로 하여금 아침저녁으로 이를 연습하여 노래를 부르게 하고는 궤짝에 기대어 듣기도 하려니와, 또한 아이들로 하여금 스스로 노래를 부르게 하는 한편 스스로 춤을 춘다면, 거의 비루함과 인색함을 씻고 감동하여 분발하고 융통할 바 있어서, 노래하는 자와 듣는 자가 서로 자익[9]이 없지 않을 것이다.

돌이켜 생각하건대, 나의 종적이 약간 이 세속과 맞지 않는 점이 있으므로 만일 이러한 한가로운 일로 인하여 시끄러운 일을 일으킬는지도 알 수 없거니와, 또 이것이 능히 가락과 음절에 알맞을는지도 모르겠다. 아직 한 건을 써서 서협[10]속에 간직하였다가, 때때로

---

6 俚俗. 상스럽고 속됨. 즉, '이속의 말?'이란 한글을 지칭한 것임.
7 國俗. 우리 나라의 습속. 곧 우리 국어를 말함.
8 '도산 육곡'은 전체 12수인데, 전 육곡과 후 육곡으로 이루어져 있음.
9 資益. 자양분과 이익.

내어 즐겨 구경하여 스스로 반성하고, 또 다른 날 이 글을 읽는 사람들이 버리고 취하는 반응이 어떠한가를 기다리기로 한다.

가정(嘉靖) 44년[11] 을축년 3월 16일 도산 노인은 쓴다.

---

10 書籛. 책을 넣는 상자.

11 1565년.

■ **내용 정리**

이 글에서 이황은 우선 우리나라의 과거 시가 문학에 대해 비판한다. 〈한림별곡〉과 같은 것은 음탕하고 교만에 차서 군자가 숭상할 바가 못 된다고 하였으며, 이별의 '육가'는 〈한림별곡〉에 비해 나으나 세상을 희롱하려는 뜻이 있고 온유돈후한 뜻이 부족하여 한계가 있다고 지적하였다. 이런 까닭에, 자신이 음률을 잘 모르지만 굳이 〈도산십이곡〉과 같은 작품을 지으려 했다고 말한다. 또한, 심성을 길러 주기엔 한시가 적절하겠으나 그것은 노래로 부를 수 없다는 점, 시는 노래로 부를 때 비로소 감흥을 불러일으킬 수 있다는 점에서 우리말로 시조를 지어야 하겠다는 판단을 내리게 되었다고 밝히고 있다.

■ **보충 정리**

1. '발(跋)'

어떤 글의 본문 끝에 내용과 관련하여 자신의 견해를 밝혀 놓은 글을 말한다. 글의 앞에 쓰는 '서(序)'와 함께 한문의 문장 양식의 하나이다. 이 글은 퇴계 이황이 왜 '도산십이곡'과 같은 우리말 노래를 지어 부르게 되었는지를 잘 알려 준다.

2. 이별(李鼈)의 '육가(六歌)'

이별은 이제현(李齊賢)의 후손 이자 박팽년(朴彭年)의 외손이다. '육가'는 본래 6수로 된 시조로, 4수만 한역(漢譯)되어 전한다. 그 내용은, 어려운 시대 상황에서 세상을 떠나 은거(隱居)하는 선비의 입장에서 세상의 모순과 부조리를 질타하는 풍자적 목소리를 바탕으로 하고 있다.

깊이 생각해보기

1. 이 글에서 우리말을 '이속(俚俗)'이라 한 이유에 대해 생각해 보자.
2. 이 글에 나타난 문학 비평의 관점은 어떤 것인지 생각해 보자.

▶ 예시 답은 [부록] 참고

1. 이 글의 내용으로 알맞지 <u>않은</u> 것은?(   )

① 한림별곡의 교만한 허세를 비판하고 있다.

② 한시로는 노래를 부를 수 없다.

③ '도산육곡'은 이별의 노래이다.

④ 노래의 내용은 교육적이어야 한다.

⑤ 지은이 자신은 세속의 음악을 싫어한다.

2. 이 글의 내용을 통해 알 수 있는 '도산십이곡'의 성격은?(   )

① 한정가(閑情歌)

② 도학가(道學歌)

③ 연군가(戀君歌)

④ 절의가(絶義歌)

⑤ 영물가(詠物歌)

▶ 모범 답은 [부록] 참고

I can do it.

'송강 가사'를 평함

고전비평

김만중(金萬重, 1637~1692)

- 조선 시대의 문신, 소설가. 호(號)는 서포(西浦).
- 1665년(현종6년) 정시문과에 장원. 벼슬이 공조판서, 대사헌까지 올랐으나, 당쟁으로 말년에 남해(南海)에 유배되어 여기서 〈구운몽(九雲夢)〉을 집필한 뒤 병사함.
- 저서 : 〈구운몽〉, 〈사씨남정기(謝氏南征記)〉, 〈서포만필(西浦漫筆)〉, 〈서포집(西浦集)〉 등

- □ **갈래** 고전 비평
- □ **시대** 조선 숙종
- □ **성격** 비판적, 주관적
- □ **표현** 인용법, 비유법
- □ **제재** 송강 가사
- □ **주제** 송강 가사에 대한 비평과 국문 문학의 중요성 강조
- □ **의의** 송강(松江)의 가사에 대한 비평인 동시, 국문학은 국어로 써야 된다는 국어 문학의 중요성을 강조한 조선조 비평문학의 고전임.
- □ **출전** 〈서포만필(西浦漫筆)〉

국문학의 우수성에 대해 생각하면서 감상해 보자.

이 글은 작가가 정철의 가사 작품을 극찬한 비평문으로, '송강 가사'에 대한 비평과 함께 국문 문학의 당위성을 주장함으로써 조선 시대 문학 비평의 고전으로 평가 받고 있다.

'송강 가사'를 평함

― 『서포만필(西浦漫筆)』 중에서 ―

송강(松江)의 '관동별곡(關東別曲)'[1], '전후사미인가(前後思美人歌)'[2]는 우리나라의 이소(離騷)[3]이나, 그것은 문자[4]로써는 쓸 수가 없기 때문에 오직 노래하는 사람들이 입에서 입으로 전하여 서로 이어 받아 전해지고, 혹은 한글로 써서 전해질 뿐이다. 어떤 사람이 칠언시로 관동별곡을 번역하였지만, 아름답게 될 수가 없었다. 혹은 택당(澤堂)[5]이 젊었을 적에 지은 작품이라고 하지만, 옳지 않다.

구마라습(鳩羅摩什)[6]은 이렇게 말하였다.

---

[1] 정철이 45세 때(선조 13, 1580) 강원도 관찰사 재임시 지은 가사 작품. 송강(松江)은 정철의 호.

[2] 정철이 50세 때(선조 18, 1585) 고향 창평에 내려가 지은 '사미인곡(思美人曲)'과 '속미인곡(續美人曲)'을 가리킴.

[3] 중국 초(楚)나라 시인 굴원(屈原)이 참소를 받은 슬픔에 읊은 시부(詩賦). 송강 정철의 작품이 우리 시가의 최고라고 하는 뜻임.

[4] 한문(漢文)을 뜻함.

[5] 조선 인조 때의 학자인 이식(李植, 1584-1647)의 호.

[6] 인도의 고승(343-413). 중국 진나라에 포로로 잡혀와 많은 불경을 번역함.

"천축인(天竺人)[7]은 문채[8]를 가장 숭상하는 풍속이 있어, 그들의 찬불사(讚佛詞)[9]는 극히 아름답다. 그러나 이제 이 노랫말을 중국어로 번역하면 단지 그 뜻만 알 수 있지, 그 말씨는 알 수 없다."

이치가 정녕 그럴 것이다.

사람의 마음이 입으로 표현된 것이 말이요, 말의 가락에 있는 것이 시가문부(詩歌文賦)[10]이다. 사방의 말이 비록 같지는 않더라도 진실로 말할 수 있는 사람이 각각 그 말에 따라 가락을 맞춘다면, 다 같이 천지를 감동시키고 귀신을 통할 수가 있는 것은 유독 중국만이 그런 것은 아니다.

지금 우리나라의 시문(詩文)은 자신의 말을 버려두고 다른 나라의 말을 배워서 표현한 것이니, 설사 아주 비슷하다 하더라도 이는 단지 앵무새가 사람의 말을 하는 것과 같다. 여항[11]의 골목길에서 초동급부(樵童汲婦)[12]가 서로 주고받는 노래가 비록 저속하다 하여도 그 참과 거짓을 따진다면, 정녕 학사대부(學士大夫)들의 이른바 시부(詩賦)라고 하는 것과는 함께 논할 수 없다.

하물며 이 삼별곡(三別曲)은 천기[13]가 저절로 나타남이 있고, 이

---

7 인도인.
8 文彩. 아름다운 광채. 여기서는 '아름다운 문장'을 뜻함.
9 부처의 공덕을 기리는 노래의 가사.
10 시와 노래와 문장과 부. 부는 감상을 그대로 쓰는 문체의 일종.
11 閭巷. 백성들이 모여 사는 마을.
12 나무하는 아이와 물 긷는 아낙네. 평범한 사람들. 갑남을녀(甲男乙女).
13 天機. 천부의 성질. 천기(天氣).

속[14]의 천박함도 없으니, 예로부터 좌해[15]의 진문장(眞文章)은 이
세 편뿐이다. 그러나 세 편을 가지고 논한다면, 그 중에서 '후미인
곡'[16]이 가장 높고 '관동별곡'과 '전미인곡'[17]은 그래도 한자어를 빌
려서 수식을 했다.

---

14 夷俗. 오랑캐의 풍속.

15 左海. 우리 나라의 별칭. 청구(靑丘), 진단(眞檀), 근역(槿域), 해동(海東) 등과 같음.

16 속미인곡.

17 사미인곡.

■ **내용 정리**

　이 글은 송강(松江)의 가사인 〈관동별곡〉과 〈전후 사미인곡〉을 평한 부분으로, 송강의 가사를 한 마디로 '우리 나라의 이소(離騷)'라 하여 우리 나라 시가의 최고라 했으며, 또한 '좌해 진문장'이라 하여 우리나라의 참문장은 이 세 편의 시가라 했다. 그리고, 그 중에서도 순수 국어로 표현된 〈후미인곡〉이 가장 뛰어나다고 평가하고 있다. 서포는 송강의 가사를 평하면서, 시화(詩話)의 전통에 따라 나라말의 묘미를 살린 것이면 어떤 나라 시라도 귀신을 감동시킬 수 있다는 문장에 대한 관점을 분명히 했다. 곧 언어는 제각기의 색조를 가지고 있으므로, 이를 잘 살려야만 좋은 시가 될 수 있다는 것이다.

■ **보충 정리**

1. 〈서포만필(西浦漫筆)〉
　① 내용 : 중국 제자백가(諸子百家)의 여러 학설 중에서 의문되는 대목을 번역·해명하고, 신라 이후 조선 시대에 이르는 명시(名詩)들을 비평함.
　② 의의 : 한문 문장에 비하여 국문학의 우수성을 주장하고 있으며, 조선조 문학 비평의 고전으로 평가 받고 있음.

2. 김만중의 문학관
　① 국어로 표현된 문학만이 진정한 문학이다.
　② 문학은 도(道)를 전하는 것이 아니라 감동을 주는 것이다.
　③ 문학의 진정한 가치는 꾸미는 것이 아니라 진실을 전하는 데 있다.

깊이
생각 해보기

1. 지은이의 관점에서 오늘날의 국어 생활을 비판해 보자.
2. 이 글을 통하여 나타난 참된 문장의 조건은 무엇인지 생각해 보자.

▶ 예시 답은 [부록] 참고

1. 이 글에서 유추할 수 있는 작가의 문학 이념으로 적당한 것은?(   )

　① 형식주의(形式主義)

　② 사대주의(事大主義)

　③ 세계주의(世界主義)

　④ 민족주의(民族主義)

　⑤ 박애주의(博愛主義)

2. 작가의 문학관에 비추어 볼 때 가장 참된 문장은?(   )

　① 吾等은 玆에 我 朝鮮의 獨立國임과 朝鮮人의 自主民임을 宣言하노라.

　② 내가 일찍이 이별의 노래를 대략 모방하여 '도산 육곡(陶山六曲)'을 지은 것이 둘이니, 기일(其一)에는 '지(志)'를 말하였고, 기이(其二)에는 '학(學)'을 말하였다.

　③ 元淳文 仁老詩 公老四六 / 李正言 陳翰林 雙韻走筆 / 基對策 光鈞經義 良鏡詩賦 / 위 試場ㅅ景 긔 엇더하니잇고

　④ 최근 유행하는 패션은 드라마틱한 분위기의 앙상블이 있는 롱스커트로서 복고풍과 함께 포스트 모던한 젊은이들의 취향을 반영하고 있다.

　⑤ 우러라 우러라 새여 / 자고 니러 우러라 새여 / 널라와 시름 한 나도 / 자고 니러 우니노라

▶ 모범 답은 [부록] 참고

I can do it.

순오지 旬五志

고전비평

홍만종(洪萬宗, 1643~1725)

- 조선 중기의 학자. 호(號)는 현묵자(玄?子).
- 숙종 1년(1675) 진사시에 합격, 통정대부 첨지중추부사까지 지냈으나
  뒤에 관직을 버리고 학문과 문장에 뜻을 두어, 역사 · 지리 · 설화 · 가
  요 · 시 등의 저술에 힘씀.
- 저서 : 〈순오지(旬五志)〉, 〈시화총림(詩話叢林)〉, 〈소화시평(小華詩評)〉
  등

□ **갈래** 고전 비평
□ **시대** 조선 효종
□ **성격** 인상주의적, 역사적
□ **제재** 우리 나라의 시가
□ **주제** 우리 문학에 대한 자부심과 가치의 재인식
□ **의의** 김만중의 〈서포만필〉과 함께 우리 나라 국문 시가의 우수성을 인식하고 높이 평가한 대표
　　　적인 평론임.
□ **출전** 규장각(奎章閣) 수초본(手秒本) 〈순오지(旬五志)〉

자신이 좋아하는 우리의 문학 작품에는 어떤 것이 있으며 그 이유는 무엇인지 생각하며 감상해 보
자.

이 글에서 지은이는 일반적으로 중국의 시문만을 문장이라고 여기고, 편협하게도 우리의 시가를
경시하던 종래 한학자들의 고루한 생각과는 달리, 오히려 이러한 작품을 중국의 유명한 시문에 비
겨 이에 못지 않다고 평가하고 있다.

순오지 旬五志

자서(自序).

무오년 가을이었다. 내가 서호에서 병으로 누워 있으니, 낮이면 사람을 만날 수 없고, 밤이면 잠을 이루지 못하여 등불을 밝히고 앉았으나 역시 아무런 생각도 나지 않았다. 이에 옛날에 들은, 글하는 사람들의 여러 가지 말과 민가에 떠도는 속담 등을 기록하여 이것을 남을 시켜 한 권 책을 만들고 보니, 이를 시작한 날로부터 끝마친 날까지 겨우 십오일이 소요되었다. 그래서 이 책 이름을 '순오지(旬五志)'라고 한 것이다. 대개 이 책의 내용은 내가 밤중에 누워서 날이나 보내고 근심을 잃어버리고자 한 것뿐이요, 모든 대방가(大方家)[1] 에게 보이자고 한 것은 아니다.

이 책을 쓴 다음해 봄에 풍산 후인 현묵자는 쓴다.

(중략)

---

1 학문·예술 등의 분야에서 뛰어나 권위를 이룬 사람. 대가.

우리 동쪽 나라 사람들이 지은 가곡(歌曲)은 순전히 방언을 사용하고 어쩌다 한문자를 섞었는데 다 언문[2]으로 유포되었다. 방언의 사용은 그 나라의 습관이 그렇게 만드는 것이다. 그 가곡이 중국의 악보와 나란히 견줄 수는 없다 하더라도 볼 만하고 들을 만한 것들은 있다.

상촌집(象村集)[3]에 보면 지봉(芝峰)의 조천록가사(朝天錄歌詞)에다 이런 말을 쓴 것이 있다.

"중국의 가사(歌詞)라는 것은 곧 고대 악부와 새 노래를 관악기와 현악기에 올린 것들이 다 그것이다. 우리 나라로 말하면, 우리 땅의 음에서 나온 것을 한문어를 가지고 맞춘다. 이 점은 중국과는 다르다고 하지만 그 감정과 뜻한 바 경지가 다 담기어 있고, 오음[4]이 조화되어 있어, 듣는 사람으로 하여금 영탄하고 마음의 뜻을 움직여 흥겹게 놀아나게 하여 손발을 덩실거리며 춤추게 만드는 점은 결국 마찬가지다."

옳은 말이다. 나는 그 장가(長歌) 중에서 누구나 알고 많이 유행되는 것들을 골라서 다음에 간단히 평하는 말을 덧붙여 보기로 한다.

(중략)

면앙정가(俛仰亭歌)는 이상(二相)[5] 송순(宋純)이 지은 것이다. 산수의 경치 좋음을 있는 대로 다 말하고 거기서 노는 즐거움을 늘어놓

---

2 諺文. 한글을 속되게 이르던 말.
3 조선 중기 문인 신흠(申欽)의 문집.
4 五音. 음률의 다섯 가지 음. 궁, 상, 각, 치, 우.
5 삼정승 다음 가는 정승이라는 뜻으로, 좌찬성과 우찬성을 일컫는 말.

은 것으로 그의 가슴 속에는 호연지기[6]가 들어 있다.

관서별곡(關西別曲)은 기봉(岐峯) 백광홍(白光弘)이 지은 것이다. 공이 평안평사(平安評事)가 되어 강산의 아름다운 곳을 두루 다니고, 중국과의 접경을 내다보고 하여 지은 것으로 관서 지방의 좋고 아름다움이 이 한 노래에 다 그려져 있다.

관동별곡(關東別曲)은 송강(松江) 정철(鄭澈)이 관동 지방 산수의 아름다움을 두루 들어서 그윽하고 괴이한 경치를 다 말해 냈다. 사물을 형상해 낸 묘한 솜씨라든지, 말을 만드는 기발한 재주라든지, 정말 악곡 중의 절묘한 작품이다.

사미인곡(思美人曲)도 역시 송강이 지은 것이다. 시경(詩經)의 '미인(美人)' 두 글자를 본받아 써서 시대를 근심하고 임금을 사모하는 뜻을 부친 것으로 역시 영도(郢都)[7]의 이름난 가곡인 백설곡(白雪曲)과 맞잡이[8]다.

속사미인곡(續思美人曲)도 역시 송강이 지은 것이다. 다시 앞의 노래에서 다하지 못한 뜻을 말한 것으로, 표현이 더욱 좋아지고 뜻이 더욱 간절해졌는데, 제갈공명(諸葛孔明)의 출사표(出師表)[9]와 백중할[10] 만한 작품이다.

장진주(將進酒)도 역시 송강이 지은 것이다. 이태백(李太白)과 이장길(李長吉)[11]의 술을 권하는 뜻을 본받았고, 또 두공부(杜工部)[12]

---

6 浩然之氣. 넓고 굳고 맑고 올바른 마음.
7 중국 초(楚)나라의 도읍.
8 서로 대등한 정도나 분량.
9 제갈량이 위나라 토벌을 위한 출전 때 후주(後主)의 유선에게 바친 상소문으로 충신의 마음을 토로한 명문임.
10 伯仲할. 실력이나 기술 따위가 서로 비등하여 낫고 못함이 없는.
11 당나라 시인
12 당나라 시인 두보.

가 지은 '시마백부행, 군간속박거'[13]의 말을 따서 지은 것으로, 노래가 다 시원하게 나가고 어구가 몹시 처량하고 슬프다. 맹상군(孟嘗君)[14]에게 들려준다면 그가 눈물을 흘리는 게 옹문(雍門)[15]의 거문고 소리를 들었을 때 정도에서 그치지는 않았을 것이다.

강촌별곡(江村別曲)은 오산(五山) 차천로(車天輅)가 지은 것이다. 강산의 풍취를 굉장하게 논하고 한가로이 살아가는 흥겨움을 자세히 말한 것으로 하늘에 사는 신선의 청아하고 한가한 복이라 하더라도 그보다 더 나을 수 없었을 것이다.

원부사(怨婦辭)는 허균(許筠)의 첩인 무옥(巫玉)이 지은 것이다. 아무도 없는 방에서 임을 생각하는 마음을 있는 대로 다 말한 것으로 여인의 아리따운 태도가 나타나 있다. 고금 시인의 애정시라 하더라도 어찌 이보다 더하랴.

유민탄(流民歎)은 현곡(玄谷) 조위한(趙緯韓)이 지은 것이다. 어두운 조정의 정치상의 명령이나 법령이 어수선하고 복잡하며, 가혹하게 세금을 거두어들이고 강제로 물건을 요구하여 백성을 못살게 구는 독함을 하나도 빼지 않고 말한 것으로 정협(鄭俠)의 유민도(流民圖)와 서로 겉과 속이 될 수 있는 작품이라 하겠다.

---

13 緦麻百夫行 君看束縛去(상복 입은 뭇사람들이 가니, 그대 묶여가는 임을 보았는가).

14 중국 전국 시대 제(薺)나라의 정치가.

15 옹문주(雍門周), 옹문자(雍門子)라고도 함. 거문고를 잘 타 맹상군이 그 소릴 듣고 울었다는 고사가 전함.

■ **내용 정리**

　이 글은 우리 시가에 대한 지은이의 견해와 시가 작품에 대한 간단한 평을 싣고 있는 비평문이다. 지은이 홍만종은 우리말을 사용한 가사는 우리 곡조를 취해야 한다고 말하고 있다. 그 자신이 유학자였음에도 불구하고 이두나 언문, 즉 우리말의 사용을 주장하고 있는 것이다. 이러한 관점에서 그는 우리말 시가나 속담, 민간에서 전승되는 이야기를 수집, 기록하고 있다. 그 배경에는 서민적 평등사상이 잘 나타나 있다. 또 자신의 견해를 효과적으로 전달하기 위해, 중국과 우리 시가의 예를 적절히 비교, 활용하고 있다.

■ **보충 정리**

1. 〈상촌집(象村集)〉
　① 간행 : 조선 중기 문신인 신흠(申欽)의 문집으로, 신흠이 죽은 지 2년 후 아들 익성이 22권으로 간행함.
　② 내용 : 지은이가 그의 시문의 정수와 도학 전성기인 선조대에 체득하였던 광범위한 성리학적 체계와 또한 그의 경륜과 사론이 담겨져 있음.
　③ 특징 : 구성이 다양하고 폭넓은 것이 특징임.

2. 〈관서별곡(關西別曲)〉
　① 출전 : 조선 명종 10년(1555년) 문인 백광홍이 지은 한국 기행 가사의 효시로 문집 〈기봉집〉에 실려 있음.
　② 내용 : 지은이가 왕명을 받들어 평안도 병마평사가 되어 임지로 떠나는 심정에서부터 그곳의 자연 풍경을 두루 돌아다녀 보고 아름다움을 노래한 것임.
　③ 영향 : 25년 후 정철이 이 작품의 체제와 수사를 모방하여 〈관동별곡〉을 지음.

깊이
생각해보기

1. 이 글이 김만중의 〈서포만필〉과 공통되는 점은 무엇인지 생각해 보자.
2. 우리 나라와 중국의 음악은 어떤 점에서 다를 바가 없다고 했는지 생각해 보자.

▶ 예시 답은 [부록] 참고

1. 이 글에서 평가한 작품과 내용이 바르게 연결되지 <u>않은</u> 것은?( )

　① 면앙정가 – 호연지기가 들어 있음.

　② 관서별곡 – 관서 지방의 민심이 잘 나타나 있음.

　③ 관동별곡 – 악곡 중 절묘한 작품임.

　④ 사미인곡 – 임금을 사모하는 뜻이 드러나 있음.

　⑤ 강촌별곡 – 한가로이 살아가는 흥겨움을 표현함.

2. 이 글에서 평가 대상이 된 작품의 선정 기준으로 바른 것은?( )

　① 사대부들이 지은 노래

　② 뛰어난 자연의 경치를 읊은 노래

　③ 널리 알려진 대표적인 노래

　④ 임금을 사모하는 노래

　⑤ 중국의 영향을 받은 노래

▶ 모범 답은 [부록] 참고

□ 설화 □

『단군신화』 1.제정일치(祭政一致) 시대의 군장(君長)이 신격화되는 것을 보여 주는 것임. 2.곰을 토템으로 하는 부족이 호랑이를 토템으로 하는 부족에게 승리했음.

[심화문제] 1.① 2.쑥, 마늘 3.④

『동명왕신화』 1.태양 숭배 신앙 2.그러한 선조를 가진 우리들은 위대한 영웅의 후예라는 자긍심과 민족적 일체감을 가질 수 있게 하며, 시련을 이겨내고 승리를 쟁취한 신화 속 주인공처럼 우리들도 현재의 고난을 극복할 수 있다는 자신감을 가지게 함.

[심화문제] 1.① 2.⑤

『구토설화』 1.서로 속고 속이는 불신 세태를 풍자함. 2.권력자(용왕)에게 충성을 다하기 위해 약한 백성(토끼)을 속이려는 간계를 비판할 수 있음. [심화문제] 1.③ 2.④

『조신의 꿈』 1.인생의 덧없음을 부각시키기 위하여 2.욕심을 버리고 착하게 사는 것.

[심화문제] 1.⑤ 2.②

『온달설화』 1.남편 온달의 공과 왕인 아버지의 인정으로 이루어진 것이므로 진정한 자아실현이라고 보기 어려움. 2.신분의 차이를 극복한 점. 특출한 지혜와 안목이 있는 점.

[심화문제] 1.③ 2.①

『도미설화』 1.개루왕은 여성의 정조를 믿지 않으나 도미는 믿는다. 2.변사또

[심화문제] 1.⑤ 2.④

『서동설화』 1.미천한 젊은이가 자신의 야망을 성취하고 끝내 왕의 자리에 등극한다는 점. 2.서동의 모친이 용(龍)과 교통(交通)하여 아들을 낳았다는 점. [심화문제] 1.④ 2.①

『화왕계』 1.아첨하는 자에게 빠져 어진 신하를 몰라본다는 점. 2.임금이 정치를 잘못 할 때는 충심으로 간언하여 고칠 수 있도록 해야 함. [심화문제] 1.⑤ 2.③

『연오랑 세오녀』 1. '영일현', '도기야' 등 지명의 유래가 있음. 2.우리 나라의 왕족이 일본의 한 지방에 건너가 문명을 전수하고 그들을 가르쳐 그 지방을 다스리는 왕이 되었을 것임. [심화문제] 1.② 2.④

『점몽』 1.매사를 긍정적으로 바라보고 가능성을 찾아 힘써야 함. 2.꿈보다 해몽이 좋다.
[심화문제] 1.⑤ 2.④

□ 가전 □

『국순전』 1.간신들과 타락한 벼슬아치들이 판을 치고 국정은 문란했을 것이다. 2.국정을 어지럽히는 간신배들 [심화문제] 1.③ 2.⑤

『공방전』 1.매우 부정적인 생각을 가지고 있음. 2.돈이 필요하다면서 부정적으로 보고 있음. 돈의 올바른 활용법을 제시할 수 있음. [심화문제] 1.⑤ 2.③

『국선생전』 1.출신은 비천하지만 성실한 행동으로 관직에 등용된 점. 총애가 지나쳐 잘못을 저지르지만, 물러난 후 후회할 줄 알았다는 점. 2.임금을 잘 보필하여 태평 시절을 이루어야 하고, 넉넉한 것을 알고 스스로 물러날 줄 아는 신하. [심화문제] 1.④ 2.②

『정시자전』 1.소설문학에서 요구되는 개연성(蓋然性)이나 사실성(事實性)이 부족함.
[심화문제] 1.① 2.⑤

『죽부인전』 1.남녀관계가 문란해진 타락한 사회였을 것임. 2.대나무의 곧은 성질이 꿋꿋하게 절개를 지키는 여인의 성격을 표현하기에 알맞음.
[심화문제] 1.⑤ 2.③ 3.분서갱유(焚書坑儒)

□ 고전 소설 □

『만복사저포기』 1.저승의 여인이 사흘 동안의 재가 끝난 후 공중에 나타나, 자신이 양생의 은덕으로 타국의 남자로 태어났음을 말하고, 양생에게 속세의 누를 벗어날 것을 부탁하지만, 양생은 장가도 들지 않고 속세를 떠났다는 내용. 2.〈이생규장전〉, 〈취유부벽정기〉, 〈남염부주지〉, 〈용궁부연록〉 [심화문제] 1.⑤ 2.④

『홍길동전』 1.의적 활동도 본질적으로는 남의 재물을 빼앗는 도둑질이라는 점. 2.당대 사회의 모순과 부조리의 고발. 신분 차별 철폐, 탐관오리 응징, 이상국 건설.
[심화문제] 1.② 2.③

『춘향전』 1.표면 주제는 전통 윤리를 강조하는 '여성의 정절'을 들 수 있으며, 이면 주제는 '신분 제약을 벗어난 인간 해방'으로 볼 수 있다. 2.끈질긴 저항과 인내심으로 도덕성을 지키고, 불합리한 사회적 인습을 극복하고자 한 점. [심화문제] 1.① 2.④

『**심청전**』 1.심 봉사가 제의적 행위로 눈을 뜰 수 있다고 믿는 것. 뱃사람들이 인간을 제물로 바쳐 제사를 지내는 행위. 2.부모에 대한 효성이라는 사회 윤리적 가치.
[심화문제] 1.③ 2.⑤

『**흥부전**』 1.흥부 : 형제간의 우애를 소중히 여기며 도덕적 가치를 추구함. 놀부 : 인륜 도덕보다 자신의 이익을 더 소중히 여김. 2.빈부의 갈등. 해결되지 않는 가난의 사회적 문제.
[심화문제] 1.⑤ 2.①

『**토끼전**』 1.자신의 병에 대해 잘 알지도 못하면서 다른 사람들의 말만을 믿고 따르려고 하는 등 지도자로서 가져야 할 지혜가 없으며 무능하고 우유부단하다. 2.허욕을 추구하고 부패가 만연한 봉건사회. [심화문제] 1.③ 2.⑤

『**박씨전**』 1.병자호란이라는 역사적 사건을 배경으로 하고 있으며, 역사적 실존 인물(이시백, 임경업, 용골대, 용홀대 등)을 등장시킨 점. 2.도술을 쓰는 점.(추한 모습으로 액운을 감춘 것. 수삼 일 만에 금강산을 다녀온 것. 신기한 술법으로 적병을 물리친 것 등)
[심화문제] 1.① 2.⑤

『**장끼전**』 1.까투리의 타당한 충고를 여성의 말이라는 이유로 듣지 않는 점. 2.생략.
[심화문제] 1.② 2.③

『**구운몽**』 1. '구(九)=성진+팔선녀'를, '운몽(雲夢)=춘몽(春夢)'을 뜻한다고 볼 때, '구운몽'은 '성진을 중심으로 한 아홉 사람의 덧없는 인생 이야기'를 뜻함. 2.용왕, 팔선녀, 옥황상제의 등장 [심화문제] 1.④ 2.②

『**사씨남정기**』 1.가문의 대를 잇기 위해 자진해서 첩을 맞아들이는 행동, 누명을 뒤집어쓰고 유씨 가문에서 쫓겨난 다음에도 남편의 선산에 가서 살려는 행동. 2.축첩 제도.
[심화문제] 1.⑤ 2.⑤

『**양반전**』 1.나를 장차 도둑놈으로 만들 작정인가. 2.양반의 경제적 몰락과 비행을 비판하고 있으나, 양반 계급 자체를 전적으로 부정하지는 않고 있는 점. [심화문제] 1.③ 2.④

『**광문자전**』 1.사람을 믿지 못하며, 겉모습으로 사람을 판단하는 세태. 2.정직하고 인정이 많으며 묵묵히 자기의 할 일을 다하는 점. [심화문제] 1.⑤ 2.④

「**이옥설**」 1.실생활의 체험을 바탕으로 한 사색. [심화문제] 1.② 2.④

「**경설**」 1.세상을 너무 결벽스럽게 살지 않는 것이 좋다는 생각 때문에. 2.대단히 주체적이고 현실적인 세계관을 가진 사람. [심화문제] 1.③ 2.①

「**청학동**」 1.이상향을 동경하고 추구하지만, 실제로는 존재하지 않는다고 믿음. 2.이상은 현실 속에 있으므로 현실에 충실한 삶을 통해 이상을 실현할 수 있다고 믿음.
[심화문제] 1.④ 2.⑤

「**주옹설**」 1.일반 사람들의 생각과 정 반대의 방식으로 생각함.(고정 관념을 벗어나는 사고방식) [심화문제] 1.② 2.①

「**박연의 피리**」 1.피리는 청아한 음색을 가진 악기로, 음악가인 박연의 맑고 고매(高邁)한 삶을 표현함으로써 소재와 주제가 조화를 이룸. [심화문제] 1.③ 2.④

「**박계쇠 이야기**」 1.교훈성, 흥미성. 2.상인 계층을 천시하고 있음. [심화문제] 1.⑤ 2.④

「**계축일기**」 1.사건을 가급적 객관적으로 묘사하면서도 심정적으로는 인목대비와 영창대군을 옹호하는 관점을 보여줌. [심화문제] 1.⑤ 2.④

「**산성일기**」 1.적군이 화의를 청해 왔으나 응하지 않았음을 서술하고 있는 20일의 일기와 싸움을 독려하는 23일의 일기. 2.병자호란 당시의 상황을 객관적으로 기록하여 사실성을 잃지 않고 있는 점. [심화문제] 1.⑤ 2.①

「**한중록**」 1.남편의 억울한 죽음이라는 참변을 냉정한 자세로 일일이 분석하고 해부함으로써, 사태에 대한 정확한 파악을 가능하게 하여 누구나 공감할 수 있는 보편성을 유지하였기 때문. 2.소심하고, 정신병적 증상을 보이며 불안해하고 있음. [심화문제] 1.③ 2.④

「**동명일기**」 1.해돋이를 보고 싶은 조급한 마음과 기대감. 2.비유법 [심화문제] 1.② 2.①

「**규중칠우쟁론기**」 1.의인화된 규중 칠우를 여성으로 본다면, 각자에게 주어진 역할만큼 당당하게 보상을 요구하는 모습에서 가부장제 질서가 유지되던 시대에 여성들의 의식이 변화가 일어나고 있음을 알 수 있음. 2.규중 부인에게 용서를 구하되 자신을 포함한 모든 친구들의 잘못에 대해 용서를 구했다는 점. 은근히 자신들의 잘한 점을 부각시키고 있는 점.
[심화문제] 1.④ 2.⑤

『조침문』 1.지은이는 자기가 평소에 아끼던 바늘이 부러져 못쓰게 되자, 안타까운 마음을 토로하고 있는데, 단순히 물건을 못 쓰게 되었다는 데 대한 아쉬움과 자기가 아끼던 물건을 잃은 데 대한 상실감을 나타내고 있음. 2.〈조안경문(弔眼鏡文)〉 – 유세차 모년 모월 모일에 ○○○는 몇 마디 글로써 안경에게 고하노니, 무릇 눈 나쁜 사람에게 가장 중요한 것이 안경이로되, 안경이 한낱 작은 물건이나 내 이렇듯이 슬퍼함은 나의 느낌이 남과 다름이라. 아아, 슬프다. 너를 얻어 쓰고 살아간 지 거의 반 년인지라. 잠시 눈물을 거두고 나의 회포를 적어 너와 이별하려 하노라. (이하 생략) [심화문제] 1.③ 2.②

『일야구도하기』 1.눈과 귀를 통해 사물의 형상만을 취하는 자, 즉 이목만을 믿는 자는 형상에 얽매여 마음에 병이 생기게 됨. 2.강물 소리를 듣는 사람의 심정이나 그 때의 태도에 따라 각각 다르게 들리는 것임. [심화문제] 1.⑤ 2.④

□ 고전 비평 □
『문장의 가치를 논함』 1.뛰어난 문장. 2.빈부귀천 등 외적인 여건에 구애받지 않고 공평하게 평가받아야 함. [심화문제] 1.⑤ 2.①

『도산십이곡발』 1.한문을 숭상하는 지배계층의 관점에서 우리말을 천하게 여기고 있기 때문임. 2.효용론적 관점. 문학을 통해 도덕적, 교육적 목적을 성취하고자 함.
[심화문제] 1.③ 2.②

『송강가사를 평함』 1.서양 문화의 유입으로 영어와 같은 외국어를 마구 섞어 쓰면서 자신을 과시하려 하고 있어 문제임. 아무리 영어를 잘 해도 그것은 외국인을 흉내 내는 것에 불과하므로 아름다운 우리말을 잘 가꾸어 살려 써야 할 것임. 2.진실한 문장. 감동을 주는 문장. 우리글로 쓴 문장. [심화문제] 1.④ 2.⑤

『순오지』 1.국문 시가의 우수성을 인식하고 높이 평가하고 있는 점. 2.제각기의 언어로 표현되지만 그 나라 사람의 음악적 감흥이 담기어 있고 조화로운 바가 있어 듣는 이에게 감동을 주고 흥을 돋우는 데 있어 다를 바가 없음. [심화문제] 1.② 2.③

I can do it.